Elisabeth Büchle

Sehnsucht nach der fernen Heimat

Roman

Über die Autorin

Elisabeth Büchle ist gelernte Bürokauffrau, examinierte Altenpflegerin und seit ihrer Kindheit ein Bücherwurm. Schon früh begann sie, eigene Geschichten zu Papier zu bringen. Mit ihrem Mann und den fünf Kindern lebt sie im süddeutschen Raum. Ihr Debütroman „Im Herzen die Freiheit" erschien im März 2006 und war ein großer Erfolg. Es folgten die Romane „Die Magd des Gutsherrn" (März 2007) und „Wohin der Wind uns trägt" (September 2007). www.elisabeth-büchle.de

Elisabeth Büchle

Sehnsucht nach der fernen Heimat

Roman

Gerth Medien

FSC
Mix
Produktgruppe aus vorbildlich
bewirtschafteten Wäldern und
anderen kontrollierten Herkünften

Zert.-Nr. SGS-COC-1940
www.fsc.org
© 1996 Forest Stewardship Council

Verlagsgruppe Random House FSC-DEU-0100
Das für dieses Buch verwendete FSC-zertifizierte Papier
Super Snowbright liefert Hellefoss AS, Hokksund, Norwegen.

Die Bibelzitate wurden, sofern nicht anders angegeben,
den folgenden Bibelübersetzungen entnommen:
Lutherbibel, revidierter Text 1984,
durchgesehene Ausgabe in neuer Rechtschreibung (L),
Hoffnung für alle – Die Bibel, durchgesehene Ausgabe in neuer Rechtschreibung, © 1986, 1996, 2002 by International Bible Society, USA.
Übersetzt und herausgegeben durch:
Brunnen Verlag Basel, Schweiz (Hfa)

1. Auflage 2008
Bestell-Nr. 816 335
ISBN 978-3-86591-335-7
Umschlaggestaltung: Hanni Plato
Umschlagbild 816 335 („Faraway Thoughts“): Fine Art Photographic Library/CORBIS, Carl Pippich
Umschlagbild 16 335 („A Spring Morning“): Fine Art Photographic Library/CORBIS, Alfred Augustus Glendening II
Satz: Mirjam Kocherscheidt; Gerth Medien GmbH
Druck und Verarbeitung: GGP Media GmbH, Pößneck
Printed in Germany

Für Natalie

Vielen Dank

... meinen Schwiegereltern Fritz und Berta Büchle für die niedergeschriebenen Erinnerungen über die Flucht von „Opa" Otto Büchle mit seiner Familie und für die vielen Auskünfte zwischendurch – ich werde jetzt nicht mehr dreimal täglich anrufen!

... Mirjam Kocherscheidt, die sich wieder mit viel Energie, Geduld und Aufmerksamkeit durch das Manuskript gearbeitet hat.

... dem Team von Gerth Medien für seinen vielfältigen Einsatz.

... meinem Ehemann Christoph, der die Idee hatte, einmal einen Roman über die „Geschichte" seines Vaters zu schreiben – natürlich mit fiktiven Personen und viel Fantasie meinerseits.

... meinen Kindern Niklas, Marika, Natalie, Michal und Silas, die mir immer wieder Freiraum zum Schreiben gewähren und mich mit ihrem Interesse und inzwischen auch mit ihrem Wissen unterstützen.

Hintergrundinformation

Bessarabien

Der Landstrich zwischen den Karpaten, dem Dnjestr und dem Schwarzen Meer wurde vom 14. bis zum 16. Jahrhundert von einem Fürstengeschlecht namens Basarab beherrscht. Daher stammt der Name Bessarabien. Heute gehört das Gebiet zwischen Pruth und Dnjestr teilweise zur Ukraine, teilweise zu Moldawien.

Das fruchtbare Steppenland mit seinem schwarzen Boden wurde mal von den Türken, mal von den Rumänen und schließlich von den Russen für sich beansprucht. 1812 lud das russische Zarenreich unter Zar Alexander I., einem Neffen des württembergischen Königspaares, mittels Werber Ausländer ein, das Land zu bebauen.

Etwa 9 000 Deutsche – meist Württemberger – gründeten 24 Mutterkolonien. Aus ihnen entstanden nach und nach 150 Dörfer. Die Häuser standen entlang einer bis zu 50 Meter breiten Straße, sodass sich die Dörfer über mehrere Kilometer Länge erstreckten. Den Mittelpunkt bildete ein Zentrum mit Rathaus und Polizeistation, Pfarramt, Kirche und Schulhaus.

Die zu Anfang vom russischen Zaren zugestandenen Privilegien (Landschenkung, zinsloser Kredit, Steuerfreiheit auf zehn Jahre, Selbstverwaltung, Religionsfreiheit und Freiheit vom Militärdienst) wurden ab etwa 1870 unter Aufhebung des Kolonistenstatus zurückgenommen. Die Folge war, dass viele Bürger nach Nord- und

Südamerika, vor allem Nord- und Süddakota, Kanada, Argentinien und Brasilien, auswanderten.

1918 fiel Bessarabien an Rumänien, wurde 1940 jedoch, nach Unterzeichnung des Hitler-Stalin-Paktes (1939), von der Sowjetunion (wieder) annektiert. Zwar zeigte Hitler an dem Landstrich kein Interesse, wohl aber an den dort lebenden Deutschen, zumal sie sich viele ihrer Traditionen und sogar ihren schwäbischen Dialekt erhalten hatten. So wurden in einer groß angelegten Umsiedlungsaktion knapp 95000 Personen in das besetzte Polen gebracht. Im Winter 1944/1945 mussten diese Menschen dann vor der Roten Armee fliehen.

Historische Personen

Hans Bernd von Haeften (18. Dezember 1905–15. August 1944):

- Hans Bernd von Haeften trat 1933 in den Auswärtigen Dienst ein (hauptsächlich kulturpolitische Abteilung des Auswärtigen Amtes und Kulturattaché in Kopenhagen, Wien und Bukarest).
- 1940 war er Leiter dieser Abteilung, weigerte sich aber weiterhin, der NSDAP beizutreten.
- Seit 1933 auch Mitglied der Bekennenden Kirche.
- Das Attentat auf Hitler lehnte er aus religiösen Gründen ab, war aber für den Versuch eines Umsturzes. Er wurde nach dem gescheiterten Attentat vom 20. Juli 1944 am 23. Juli verhaftet und am 15. August hingerichtet (durch Erhängen). Sein jüngerer Bruder war Werner von Haeften, der Adjutant Claus Schenk Graf von Stauffenbergs.

Carl Hans Graf von Hardenberg (23. Oktober 1891–24. Oktober 1958):

- Auf Schloss Hardenberg, rund 70 km vor Berlin, fanden einige der vorbereitenden Gespräche für das Attentat auf Hitler statt.
- Carl Hans Graf von Hardenberg war einer der führenden Köpfe des Widerstands, seine Tochter Reinhild die Verlobte von Werner von Haeften.
- Vier Tage nach dem Attentat wollten SS-Leute Graf von Hardenberg verhaften. Er versuchte sich selbst zu erschießen, um unter der Folter durch die SS seine Kameraden nicht zu verraten. Er kam schwer verletzt und verhandlunsunfähig ins KZ Sachsenhausen, das er überlebte.

Teil 1

1815

„Die erste Generation hat den Tod,
die zweite die Not
und die dritte erst das Brot."

Kolonisten-Sprichwort

Prolog

Elisa Steiger ließ das Führseil des dunklen Pferdes los und beschattete mit beiden Händen ihre Augen. Die Sonne brannte heiß vom Himmel hernieder. Das mannshohe Steppengras duckte sich unter dem warmen Wind, der von Süden her über die grünen Hügel strich. Ein strahlend blauer Himmel spannte sich wie ein Zelt über die von Menschen unberührte Gegend und nur vereinzelt zeigte sich eine kleine, weiße Wolke.

Das war also Bessarabien, das kleinste der russischen Gouvernements im Zarenreich. Dies war das Land, das die russischen Anwerber ihrem Mann so sehr angepriesen hatten, dass dieser beschlossen hatte, der Einladung des Zaren zu folgen und ein Stück davon in Anspruch zu nehmen. Die Russen hatten auf dem Land zwischen den beiden Flüssen Pruth und Dnjestr die Tataren vertrieben. Der Zar wollte das Gebiet, das nun brachlag, neu besiedeln, und so wurden Siedler aus dem Ausland angeworben, denen die Aussicht auf eigenes, fruchtbares Land sehr willkommen war.

Elisa seufzte leise. Sie erinnerte sich gut an den Tag vor etwas mehr als einem halben Jahr, als Josef mit hochrotem Kopf und glänzenden Augen in ihre Küche gerannt gekommen war, nachdem er von dieser großen Chance gehört hatte. Begeistert hatte er von diesem Bessarabien erzählt. In einem für Josef ungewöhnlichen Redeschwall hatte er ihr die Vorzüge für einen Umzug in das weit entfernte russische Zarenreich schmackhaft zu machen versucht. Immerhin würden ihnen dort 65 Hektar Land gehören. Dabei mussten sie zehn Jahre lang keine Steuern zahlen, bekamen einen zinslosen Kredit, die Männer wurden vom Militärdienst befreit und sie durften sich selbst verwalten. Außerdem würden sie in Religionsfreiheit leben können – anders als in Deutschland, wo die Gängelung der liberal gewordenen Staatskirche für viele Gläubige schwer zu ertragen war. Josef war nicht mehr davon abzubringen gewesen, ihr württembergisches Zuhause zu verlassen, um dort sein Glück zu finden.

Hinter Elisa wurde es unruhig. Ein paar Familien zogen an ihr vorbei, um sich weiter auf den Weg in das lang gezogene Tal zu machen, das ihnen von der Ansiedlungsbehörde zugeteilt worden war. Dort würden sie ihre kleine, eigene Stadt aufbauen. Allerdings war von den versprochenen Kronhäuschen*, die für sie zum Einzug bereitstehen sollten, nichts zu sehen.

Elisa zog die Stirn kraus. Ob es mit den anderen Zusagen, mit denen sie und weitere Familien hierher in die Fremde gelockt worden waren, ebenso aussah?

„Mama, gehen wir auch weiter?", hörte sie ihren älteren Sohn vom Pferd herab fragen.

„Sicher. Ja", flüsterte sie und brachte die Stute wieder in Bewegung. Langsam stiegen sie den kleinen Hügel hinab und folgten den Spuren der Vorangegangenen durch das niedergetretene Gras. Neugierig betrachtete die junge Frau die von den Hufen der Tiere aufgeworfene Erde. Sie war dunkel, beinahe schwarz und duftete herrlich. Josef hätte daran sicher seine Freude gehabt.

Tränen schossen Elisa in die Augen. Erneut überfiel sie die in ihr schlummernde Verzweiflung. Wie sollte sie hier alleine mit ihren beiden kleinen Jungen leben und überleben können? Wie sollte sie allein ein Haus bauen und die ihr zustehenden Ländereien bebauen und bewirtschaften?

*Kommt von „Kronsland", von der russischen Krone/dem Zaren zur Verfügung gestellte Ländereien, i. d. Fall: vom russischen Staat errichtete Häuser. Diese waren jedoch nur teilweise vorzufinden.

Während sie einen Fuß vor den anderen setzte, wanderten ihre Gedanken in die gar nicht so ferne Vergangenheit zurück. Sie hatte sich nicht lange gegen Josefs Wunsch, der drückenden Enge auf dem elterlichen Hof zu entfliehen, zur Wehr gesetzt. Die Pässe der deutschen Behörden waren schnell ausgestellt worden, und so hatten sie sich in einer größeren Gruppe Schwaben wiedergefunden, die den etwa 2000 Kilometer langen Weg gemeinsam bewältigen wollten. Voller Hoffnung hatten sie sich mit ihren wenigen Habseligkeiten zunächst auf den Weg nach Ulm gemacht. Dort waren sie auf Einweg-Booten, die spöttisch und liebevoll zugleich Ulmer Schachteln genannt wurden, die Donau entlanggeschippert. Sie hatten Wien, Budapest und Belgrad hinter sich gebracht, ehe sie im Donaudelta das Schiff wieder verlassen hatten.

Auf der Schifffahrt hatten verschiedene Infektionskrankheiten unzählige Todesopfer gefordert. Die Steigers waren eine der wenigen Auswanderer-Familien gewesen, die, ohne einen Todesfall beklagen zu müssen, im Donaudelta angekommen waren. Dort waren sie jedoch auf einer Flussinsel vor der Stadt Ismail* unter Quarantäne gestellt worden. Wochenlang hatten sie auf der sumpfigen Insel, umspült vom brodelnden Wasser der schnell fließenden Donau, unter freiem Himmel ausharren müssen. Es hatte weitere Tote gegeben – unter ihnen auch Josef Steiger.

Elisa stieß mit dem linken Fuß gegen einen kleinen Erdhügel, den sie in dem hohen Steppengras nicht gesehen hatte. Sie stolperte und fiel auf die Knie. Die Stute schnaubte wütend auf, da ihr Kopf durch das Führseil, das Elisa in der Hand hielt, nach unten gezerrt wurde. Sie tänzelte auf der Stelle, und die beiden Jungen auf ihrem Rücken hatten Mühe, sich oben zu halten.

*heute Ismajil, Ukraine

Elisa blieb einen Moment lang erschöpft sitzen und hielt ihren Blick auf den Boden gerichtet. Dann griff sie in die schwarze Erde, nahm einen Klumpen in die Hand und zerrieb ihn zwischen ihren Fingern. Ob es irgendwo fruchtbarere Erde gab als diese? Josef hatte recht gehabt. Hier in Bessarabien bestand Hoffnung auf ein gutes Leben. Doch galt das auch für eine Witwe mit zwei halbwüchsigen Söhnen? Wie sollte sie sich hier durchschlagen?

„Elisa!“, rief eine aufgeregte Stimme hinter ihr. Langsam stand sie auf und drehte sich um. Emma Bader kam mit fliegenden Zöpfen den Hügel heruntergerannt. Keuchend blieb sie vor ihr stehen.

Elisas Herz begann schneller zu schlagen. Emma war ihr auf der langen Reise eine gute Freundin geworden. Ihre Anteilnahme und Hilfe nach Josefs plötzlichem Tod hatten gutgetan. Doch nun war der Zeitpunkt des Abschieds gekommen. Emma und ihre Familie würden weiterziehen, um das Land weiter im Norden in Anspruch zu nehmen, das ihnen zugeteilt worden war.

„Elisa, ich muss mich jetzt von dir und den Jungen verabschieden.“ Emma nahm sie in die Arme und drückte sie fest an sich.

Elisa erwiderte die Umarmung. Eine Welle der Enttäuschung überrollte sie. Sie hätte Emma als Freundin und ihre Eltern als Unterstützung gebrauchen können.

„Gottes Segen dir und den beiden Kindern, Elisa. Ich werde jeden Abend, bevor ich mich schlafen lege, für euch beten. Du wirst es schaffen!“

Elisa nickte tapfer und flüsterte: „Auch ich werde jeden Abend für dich und deine Familie beten, Emma.“

„Das ist schön. Lass uns an diesem Versprechen festhalten. So können wir trotz der Entfernung immer miteinander verbunden bleiben.“

Noch ehe Elisa reagieren konnte, wirbelte die 18-Jährige wieder den Hügel hinauf. Sie hatte keine Zeit, ihr lange nachzusehen. Die nachfolgenden Familien drängten an ihr vorbei, und so trieb auch sie das Pferd an, um endlich die Ebene zwischen den weit auseinanderliegenden, baumlosen Hügeln zu erreichen.

Eine Stunde später stand sie an der Stelle, an welcher der Marktplatz des Straßendorfes angelegt werden sollte. Ein Deutsch sprechender Russe, der sie hierhergeführt hatte, empfahl ihnen, erst einmal Erdhütten zu graben.

Josef und Adam drückten sich gegen ihre Beine, während Elisa das Papier in der Hand hielt, auf dem das für sie vorgesehene Land eingezeichnet war. Dann wurde auch der Familie Steiger das Grundstück für ihr zukünftiges Wohnhaus zugewiesen.

Hilflos und verloren stand sie mit ihren beiden Kindern an der Hand, der Stute im Rücken und dem bisschen Gepäck, das sie ihr Eigen nannte, da. Das war ihr Grund und Boden. Um sie herum gab es nichts als das hohe, raschelnde Steppengras und das Zirpen der Grillen.

Teil 2

Frühjahr 1939

Alle eure Sorge werft auf ihn;
denn er sorgt für euch.
1. Petrus 5,7; L

Kapitel 1

Die Frühlingssonne löste die letzten Schneefelder an den Nordseiten der Hügel auf. Obwohl es noch kalt war, sprangen die Jungen in ihren kurzen Hosen durch die matschige Straße des Dorfes, als Elisa Steiger die Stufe vor dem Kolonistenhaus verließ. Ein paar Hühner flatterten laut gackernd davon. Elisa ging an den angebauten Ställen und dem Wagenschuppen vorbei und hastete über den Dreschplatz hinüber zum Gemüsegarten, wo ihre Mutter, ihre jüngere Schwester Friederike und ihr kleiner Bruder Anton damit beschäftigt waren, den nach dem Winter brachliegenden, kalten Boden umzugraben.

Hanna Steiger hob den Kopf und strich sich mit dem Handrücken eine Strähne ihres schwarzen Haares aus dem rundlichen Gesicht. „Bist du fertig?“, fragte sie ihre 16-jährige Tochter.

Elisa bejahte und fügte hinzu: „Alles abgestaubt, die Bilder und Stickereien hängen wieder an den Wänden, die Tischdecke ist ausgewechselt und die Häkeldecke auf der Kommode ebenfalls.“

„Gut. Dann kannst du die Wäsche plätten.“

Elisa nickte und eilte zurück ins Haus. Sie zog, zumindest zu dieser Jahreszeit, das Plätten mit dem schweren, durch Kohlen geheizten Bügeleisen der Gartenarbeit vor.

Von der Wohnstube trat sie in die angrenzende Küche und füllte die heiße Kohle in das Eisen. Aus einer Kommode holte sie ein schweres Baumwolltuch, das sie als Unterlage auf dem Tisch ausbreitete, und zog den Weidenkorb mit der Bügelwäsche zu sich.

Gerade als sie das erste Kleid ihrer Schwester auf dem Tisch ausbreitete, hörte sie von der Eingangstür her die fröhlichen Stimmen ihrer Freundinnen. „Lisa? Bist du da?“, rief ihre selbstbewusste Cousine Vera.

„In der Küche!“, antwortete Elisa. Sie hörte die Mädchen durch das Wohnzimmer gehen. Kurz darauf standen sie alle bei ihr in der inzwischen gut aufgewärmten Küche.

„Musst du noch lange arbeiten?“, wollte Anne wissen und ließ sich auf einem der dunklen Holzstühle nieder.

„Der ganze Korb Wäsche muss noch geplättet werden“, erklärte Elisa und setzte das Bügeleisen auf das Kinderkleid.

„Ich verstehe noch immer nicht, warum du nicht nach Sarata auf die Werner-Schule zur Lehrerinnerausbildung oder aufs Mädchenlyzeum nach Tarutino gegangen bist.“ Vera schüttelte ihren hübschen Kopf mit den blonden Locken, die heute jedoch brav in zwei geflochtene Zöpfe eingebunden waren. „Dann müsstest du nicht immer noch hier versauern und Kinderkleider plätten.“

„Das können wir alle nicht verstehen, Vera“, lachte die bereits 18-jährige Christina Weber.

Elisa hob nicht einmal den Kopf. „Was soll ich denn da?“, fragte sie leise.

„Du hattest nur die allerbesten Noten – in allen Fächern. Du könntest studieren“, schlug Vera vor. „Vielleicht in Deutschland.“

Allein bei dem Gedanken daran, ihre Heimat zu verlassen, wurde es Elisa mulmig im Bauch. Sie fühlte sich hier, in ihrer eigenen kleinen Welt, umgeben von den Menschen, die sie von Kindesbeinen an kannte, sicher und geborgen. Niemals würde sie in eine fremde Stadt gehen können – vor allem nicht alleine. Und schon gar nicht nach Deutschland. Das war viel zu weit weg. Elisa presste bei dieser Vorstellung das Plätteisen noch ein wenig fester auf den Stoff.

Sie sprach zwar, wie alle anderen deutschstämmigen Bessarabier, noch Schwäbisch, wenn sich in ihren Dialekt auch verschiedene russische und rumänische Begriffe eingeschlichen hatten, doch ansonsten hatte sie keinen Bezug zu dem Land ihrer Vorfahren. Elisa kannte nichts anderes als diesen Landstrich, der mittlerweile – anders als zu der Zeit, als ihre Ururgroßmutter hergekommen war – zu Rumänien gehörte.

„Sag jetzt bitte nicht schon wieder: ‚Was soll ich denn da?'", spottete Vera und nahm das Kinderkleid vom Bügelbrett, um es ordentlich zusammenzulegen.

Anne reichte Elisa ein Hemd von Anton an. Während diese sich daran zu schaffen machte, herrschte für einige Zeit nachdenkliche Stille. Dann meinte Vera: „Also, wenn ich deine Noten hätte, wäre ich schon längst auf dem Weg nach Deutschland. Stellt euch das einmal vor: allein in der Fremde. Vielleicht in Berlin. An einer Universität und –"

Anne unterbrach Vera, indem sie ihr das inzwischen glatte Hemd zum Zusammenlegen reichte. „Elisa ist nicht du, Vera."

„Ich weiß. Unser stilles, schüchternes, kleines Mäuschen." Vera legte das Hemd auf das Kleid und neigte den Kopf lächelnd zur Seite.

Christina schüttelte den Kopf. „Vor allem hattest du nicht ihre Noten, nicht wahr?" Das aufgeweckte Mädchen zog eine Grimasse und lachte dann unbekümmert auf.

„So ist das leider. Aber, wie ich schon mal sagte, sobald der nächste junge Mann –"

„... durch unsere kleine Stadt reist, wirst du ihn davon überzeugen, dass er dich heiraten und mit sich mitnehmen muss", vervollständigten Elisa, Christina und Anne gemeinsam Veras Satz und brachen dann in Gelächter aus.

„Woher wisst ihr das?", fragte Vera mit gespielter Empörung.

„Immerhin haben wir diesen Satz in den letzten Monaten mindestens hundert Mal aus deinem Mund gehört", kicherte Anne und reichte der Freundin das nächste Kleidungsstück.

Gemeinsam erledigten sie die Wäsche, und als sie endlich fertig waren, lief Vera nach hinten und erklärte ihrer Tante, Hanna Steiger, dass sie Elisa mit sich nehmen würden, ohne überhaupt in Erwägung zu ziehen, dass diese vielleicht einen Einwand erheben könnte.

So liefen die vier Mädchen durch die letzten, abendlichen Sonnenstrahlen über die brachliegenden Felder davon. Auf der Kuppe eines Hügels setzten sie sich auf eine Holzbank unter einem jungen, schlanken Baum. Dort redeten sie wie so oft in den vergangenen Jahren über ihre Familien, über ihre Träume, Hoffnungen und Wünsche und vergaßen dabei ganz die Zeit. Vor allem, als Christina ihnen von Carol Alexandru zu erzählen begann. Der Rumäne aus einem der Nachbardörfer machte schon länger Geschäfte mit ihrem Vater. Für die Freundinnen war es offensichtlich, dass Christina ihn sehr nett fand.

Irgendwann stellte Christina erschrocken fest: „Mädchen, es ist fast dunkel!“ Sie stand hastig auf. „Wir müssen nach Hause.“

Elisa, Vera und Anne erhoben sich ebenfalls. Neben- und hintereinander liefen sie, die Röcke weit in die Höhe gerafft, den Hügel hinunter und auf die Weidewiesen zu, da der direkte Weg über die Weiden kürzer und der Trampelpfad ohnehin ganz matschig war. Sie kletterten zwischen den Holzverstrebungen der Zäune hindurch und liefen über das alte, braune Steppengras auf die Lichter ihres Heimatstädtchens zu.

Plötzlich hörten die Mädchen vor sich ein tiefes Brüllen. Laut und unheimlich drang es durch die Dunkelheit. Es folgte ein wütendes Schnauben. Erschrocken blieben die Freundinnen stehen.

Elisa meinte, die Umrisse einer massigen schwarzen Gestalt zu erkennen. „Ist das die Weide von den Kerlers?“, fragte sie die anderen flüsternd. Sie spürte ein unangenehmes Ziehen in der Magengegend. Die Kerlers besaßen einen Zuchtbullen, der den ganzen Winter über im Stall gestanden hatte. Vermutlich war er erst seit heute wieder auf der Weide. Wenn dem so war, dann war er mit Sicherheit wild und leicht reizbar.

„Wir müssen hier weg!“, hauchte Christina, klammerte sich jedoch an Elisa fest, sodass diese keinen Schritt vorwärtsgehen konnte.

Der Bulle schnaubte erneut und setzte sich dann langsam in Bewegung.

„Was sollen wir denn jetzt tun?“, stieß Vera verzweifelt hervor.

Das massige Tier kam auf sie zu und wurde dabei immer schneller.

„Wir trennen uns. Jeder läuft in eine andere Richtung“, schlug Anne vor.

Sofort stoben die vier auseinander und versuchten – jede an einer anderen Stelle –, den rettenden Zaun zu erreichen.

Elisa sah sich nicht einmal um. Ihre Beine bewegten sich schnell und ihr Herz klopfte heftig. Panische Angst trieb sie vorwärts. Endlich konnte sie in der dunklen Dämmerung die quer verlaufenden Balken des Holzzaunes erkennen. Mit der Kraft der Verzweiflung warf sie sich nach vorne und rollte sich unter den Stangen hindurch in Sicherheit.

Keuchend blieb sie einen Augenblick im nassen Gras liegen. Erleichterung machte sich in ihr breit. Sie hatte es geschafft!

Langsam zog sie sich an den Balken in die Höhe. Gerade als sie aufrecht stand, konnte sie Annes lauten, lang gezogenen Schmerzensschrei hören.

Die Dunkelheit der Nacht lag über der Landschaft. Unzählige Sterne blinkten vom Himmel, doch ihr spärliches Licht reichte nur aus, um die zwar befestigte, aber mit

Löchern und Fahrrillen übersäte Straße erkennen zu können. Samuel Bader nahm sein Bündel in die andere Hand und schwang es auf den Rücken. Seine Füße schmerzten von dem langen Marsch, den er, seit er den Zug in Beresina verlassen hatte, bereits hinter sich gebracht hatte. Mit weit ausholenden Schritten versuchte er, sich halbwegs warm zu halten. Obwohl jetzt, Mitte März, der Schnee auch aus den Nordhängen verschwunden war, war es nachts noch immer unangenehm kalt.

Der junge Mann wagte es, den Blick von der Straße zu nehmen, um zum Himmel hinaufzublicken. Es war schon spät und demnach Zeit, für die Familie Steiger zu beten, wie die Baders es seit mehreren Generationen täglich taten.

Seit seine Urahnin Emma Bader und eine Vorfahrin der Steigers sich auf ihrer Reise nach Bessarabien kennengelernt hatten, waren beide Familien miteinander verbunden. Allerdings waren die unregelmäßigen Besuche der wechselnden Generationen immer von der Seite der wesentlich unternehmungslustigeren Baders ausgegangen. Er selbst hatte die Steigers zuletzt vor vier Jahren besucht, als er auf dem Weg nach Deutschland, wo er sein Studium antreten wollte, durch ihr Dorf gekommen war. Morgen wollte er wieder einmal den Steigers einen Besuch abstatten, bevor er weiter in den Norden zu seiner Familie reisen würde.

Samuel wechselte seinen schweren Beutel auf die andere Schulter und schritt wieder kräftiger aus. Er hoffte, noch vor Mitternacht sein Ziel zu erreichen. Immerhin hatte er auf der unruhigen Zugfahrt von Berlin bis Beresina nicht viel Schlaf gehabt.

„Anne!“, schrie Elisa. Sie stieg auf die unterste Querstange des Weidezaunes, wobei sie sich weit vorlehnte, um etwas erkennen zu können, was bei der Dunkelheit, die um sie herum herrschte, jedoch vergeblich war.

„Anne!“, drang auch Christinas Ruf zu ihr herüber. Er klang ebenso ängstlich wie ihrer.

„Ich sehe nichts! Wo ist Anne?“, rief Vera. Ihre Stimme überschlug sich geradezu vor Panik.

Vorsichtig stieg Elisa über den Zaun. Es half nichts; sie musste nachsehen, was mit Anne geschehen war. Als sie auf der anderen Seite heruntersprang, hörte sie ihren Rock reißen. Das war ihr im Moment jedoch gleichgültig. Mit langsamen, tastenden Schritten ging sie über die nasse Wiese. Sie hörte das Brechen des bereits vom Frost überzogenen Grases unter ihren Schuhen und das Schmatzen des feuchten Untergrundes. Alle ihre Sinne waren darauf ausgerichtet, irgendetwas aufzunehmen.

Wo war Anne? Und wo befand sich der aufgeschreckte, gereizte Stier? Elisa traute sich nicht, noch einmal nach ihrer Freundin zu rufen, aus Angst, der Stier könne so auf sie aufmerksam werden, doch sie flehte Gott um Hilfe an.

Dann hörte sie ein Scharren. Nicht weit von ihr entfernt, auf der linken Seite, bewegte sich etwas. Ein dunkler Schatten, massig und bedrohlich, stand dort unbeweglich auf der Stelle.

Der Stier.

Doch wo war Anne? „Anne?“, fragte sie zaghaft.

Sofort drehte das Tier den Kopf. Es schnaubte, bewegte sich jedoch nicht von der Stelle.

„Anne, wo bist du?“, flüsterte Elisa. Sie spürte den Schweiß über ihren Rücken laufen.

„Hier, Lisa“, drang die kaum wahrnehmbare Antwort zu ihr herüber.

Die Stimme klang verzerrt. Elisa hörte den Schmerz und die Angst aus ihr heraus. „Ich kann dich nicht sehen.“

„Ich liege vor den Füßen des Stiers.“

Elisa hielt inne. Was sollte sie jetzt tun? Sie konnte unmöglich zu Anne hinüber. Konnte ihre Freundin nicht einfach wegkriechen? Elisa erinnerte sich an den markerschütternden Schrei von zuvor. Vermutlich war Anne von dem Stier verletzt worden.

Plötzlich hörte Elisa Vera fragen: „Lisa? Wo bist du?" Ihre Stimme klang erstaunlich nah. Offensichtlich war sie um den Weidezaun herumgegangen.

„Hier, bei Anne und dem Vieh."

„Wie wär's, wenn ich Lärm mache und den Stier so in meine Richtung locke? Mir kann er hier hinter dem Zaun nichts tun."

Elisa überlegte einen Moment lang. Was, wenn das Tier über Anne hinweglief?

„Mach, Vera. Bitte", wimmerte Anne. Das Mädchen wollte, dass der Stier endlich aus ihrer Nähe verschwand.

Vera begann, mit irgendetwas kräftig gegen die Holzlatten des Zaunes zu klopfen. Der Kopf mit den gewaltigen, gebogenen Hörnern fuhr in die Höhe. Ein tiefes, brodelndes Geräusch aus der Kehle des Stieres war zu hören, dem ein Schnauben folgte. Dann donnerten die gewaltigen Hufe über den Boden.

Elisa lief los und warf sich neben ihre Freundin auf die Erde. „Wir müssen so schnell wie möglich aus dem Gatter raus, Anne."

„Ich kann nicht gehen. Mein Bein ...", klagte das Mädchen.

Elisa ließ ihren Blick zu Annes Beinen hinuntergleiten. Trotz der Dunkelheit konnte sie erkennen, dass Annes Rock zerrissen war und eine dunkle Flüssigkeit den Stoff durchtränkte. Anne blutete! „Wir müssen raus! Ich stütze dich", zischte Elisa und griff Anne unter die Arme.

Nur langsam kam die Verletzte auf die Beine, und Elisa musste sie kräftig stützen, damit sie vorankamen. Gemeinsam schleppten die beiden sich über die Wiese. Noch immer drang der Lärm, den Vera veranstaltete, durch die Dunkelheit. Der Stier brüllte wütend und rammte seinen Kopf immer wieder gegen den fest im Erdboden verankerten Zaun.

Als sie das Gatter erreicht hatten, kroch Elisa zwischen zwei Balken hindurch und zog anschließend die geschwächte Anne einfach über den Boden nach draußen. Heftig keuchend ließ sie sich neben ihre Freundin ins gefrorene Gras fallen, und während Anne ihren Tränen freien Lauf ließ, schloss Elisa die Augen, um Gott zu danken, dass sie es geschafft hatten.

Es dauerte nicht lange, bis Vera und Christina bei ihnen waren.

Die schweren Schritte des Stieres waren in der Dunkelheit zu hören, doch außerhalb des Gatters konnte er ihnen nichts mehr anhaben. Vielleicht hatte er sich abreagiert, denn er wandte sich einer anderen Ecke der Weide zu.

Vera schob Annes Rock und Unterrock nach oben und legte eine gewaltige Oberschenkelwunde frei. Christina sog hörbar Luft ein, während Vera einen zischenden Laut ausstieß.

„Ich hole Herrn Kessler“, erklärte Elisa und sprang auf die Beine. Der Feldscher* war der Einzige, der jetzt helfen konnte.

„Ihn und noch ein paar andere Männer. Sie müssen Anne den Berg hinuntertragen!“, rief Vera ihr nach, als sie bereits losgelaufen war.

Elisa rannte über die schwarze Erde. Immer wieder knickte sie mit dem Fuß um, wenn sie in eine Vertiefung des Bodens trat. Sie strauchelte, fing sich jedoch mit beiden Händen auf dem Boden ab, richtete sich wieder auf und lief weiter.

Endlich erreichte sie das Dorf. Sie stieß das hölzerne Gartentor auf, sprang über die zur Einsaat vorbereiteten

*ungelernter Arzt

Gemüsebeete und rannte an den Nebengebäuden vorbei, um zwischen den beiden Lehmmauern hinaus auf die gut 50 Meter breite Straße zu gelangen.

Ihr Atem ging heftig und ein stechender Schmerz zog bereits durch ihre Lunge. Einen kurzen Moment gestattete sie es sich, stehen zu bleiben und sich mit beiden Händen gegen die geweißte Mauer des Grundstückes zu stützen, um wieder neu zu Kräften zu kommen. Dann stieß sie sich heftig ab und lief die Straße weiter hinunter, überquerte den großen Marktplatz und betrat das Grundstück des Laienmediziners Friedhelm Kessler.

Vor der schweren, hölzernen Eingangstür blieb sie keuchend stehen. Elisa legte die Hand an den Klopfer, doch dann zögerte sie. Sie hatte einen gewaltigen Respekt vor dem großen, oft etwas herrischen Mann. Und es war schon so schrecklich spät. Das Mädchen kniff die Augen zusammen und holte tief Luft. Dann ließ es den Klopfer fest gegen das dunkle Holz fallen.

Es dauerte nicht lange, bis die Tür aufgerissen wurde. Herr Kessler – bereits im Nachthemd und in eine Decke gewickelt – baute sich im Türrahmen auf. „Die kleine Steiger. Was gibt es denn?“, donnerte er unfreundlich.

„Entschuldigen Sie bitte, Herr Kessler“, begann Elisa atemlos. „Anne ist von dem Kerler-Stier auf die Hörner genommen worden. Sie liegt oben auf der Weide.“

Der Mann schaute sie einen kurzen Moment lang regungslos an. Dann rief er über seine Schulter hinweg in den Wohnraum hinein: „Frau, eine Lampe und Verbandszeug!“ Er wandte sich wieder an Elisa. „Hol deinen Vater und deinen Onkel.“

Die Tür schloss sich vor den drei durchnässten Mädchen. Elisa schlang die Arme um ihren Körper, so sehr zitterte sie vor Furcht, aber auch vor Kälte. Ihre nasse Kleidung klebte an ihr, und der leichte Wind, der durch die Straße wehte, verstärkte ihr Unbehagen. Dennoch blieb sie stehen, den Blick starr auf die geschlossene Tür gerichtet.

Vera regte sich als Erste wieder. „Habt ihr gehört? Herr Kessler hat gesagt, er glaubt nicht, dass sie das überlebt. Der Oberschenkelknochen ist gebrochen. Und die Wunde ist so verdreckt –“

„Halt den Mund, Vera!“, fuhr Christina, ganz entgegen ihrer sonst so ruhigen, freundlichen Art, die Freundin an. „Wir haben es selbst gehört“, fügte sie weniger aggressiv hinzu und vergrub ihr Gesicht in ihren schmutzigen Händen.

„Ich muss nach Hause“, murmelte Vera und sah betreten zu Boden. Dann wandte sie sich ab und ging.

„Ich komme mit.“ Christina, die ein Stück weit den gleichen Weg hatte, drückte Elisa zum Abschied kurz an sich und lief dann schnell Vera nach.

Innerhalb von Sekunden waren die beiden in der Dunkelheit verschwunden.

Elisa blieb alleine zurück. Unschlüssig sah sie auf die Tür. Ihr Vater war noch dort drin. Ob sie auf ihn warten sollte? Aber es war schon so spät und sie fror erbärmlich. Außerdem hatte sie ihre abendlichen Aufgaben noch nicht erledigt.

Trotz des Wunsches, bei Anne zu bleiben, wandte sie sich schließlich um und verließ das Grundstück der Alders. Auf der Straße erfasste sie der kalte Märzwind, der zwischen den Häusern hindurchpfiff, mit voller Wucht. Elisas Zähne klapperten. Sie begann zu laufen und innerhalb weniger Minuten hatte sie das Haus ihrer Eltern erreicht. Mit ihrem ganzen Gewicht stemmte sie sich gegen die Holztür und trat in den Wohnraum, der von zwei Petroleumlampen erhellt wurde.

Ihre Mutter, die im Schaukelstuhl saß, legte sofort ihre Stickarbeit beiseite. „Elisa! Bist du unverletzt? Geht es dir gut?“, wollte sie wissen und stand auf.

„Mir ist nichts passiert, Mama. Aber Anne ...“, Elisa brach in Tränen aus.

Hanna Steiger nahm ihre Tochter in den Arm. In diesem Moment war es völlig gleichgültig, dass diese durchnässt und dreckig war.

Erleichtert legte Elisa ihren Kopf an den Hals ihrer Mutter. Zitternd vor Angst um die Freundin drückte sie sich fest an sie.

Lange Zeit standen die beiden so da. Schließlich löste sich Elisa von ihrer Mutter. „Es tut mir leid, dass wir so spät waren. Ich werde meine Aufgaben jetzt noch erledigen, Mama.“

„Ich habe sie bereits erledigt, Kind. Zieh dich aus und wasch dich.“

„Es tut mir so leid. Es wären meine Aufgaben gewesen. Du bist schwanger und machst schon so viel!“ Erneut schossen ihr Tränen in die Augen. Elisa fühlte sich elend.

„Wir sind froh, dass du unverletzt bist, Lisa. Und jetzt sieh zu, dass du ins Bett kommst. Morgen früh werde ich dir deine Aufgaben nicht abnehmen. Und ich nehme an, dein Vater wird noch ein paar deutliche Worte mit dir wechseln wollen.“

Elisa nickte und verschwand wortlos in der Küche. Dort entkleidete und wusch sie sich, ehe sie leise den Schlafraum betrat, in dem ihre jüngeren Geschwister bereits fest schliefen. Wie sie feststellte, war auch das Bett ihrer Eltern nicht mehr ordentlich. Elisa nahm an, dass ihre Mutter bereits geschlafen hatte, als sie vor einer Stunde hereingeplatzt war, um ihren Vater zu holen.

Leise schlüpfte sie neben ihre Schwester Friederike, mit der sie sich das Bett teilte, und kuschelte sich dicht an sie, um sich zu wärmen. Lange Zeit lag sie da, betete und hoffte, dass Anne ihre schwere Verletzung überleben würde. Doch auch sie wusste, wie hoch die Sterblichkeit in Bessarabien war. Und Herr Kessler war nun einmal kein richtiger Arzt.

Kapitel 2

Samuel wurde von einem Geräusch an der Scheunentür geweckt. Er blinzelte müde, den Blick auf den größer werdenden Lichtstrahl gerichtet, der von der Tür her hereinfiel und in dem der Heustaub tanzte. Er hörte etwas klappern, dann näherten sich leise Schritte seinem Schlafplatz im Heu. Es hatte keinen Sinn mehr, sich Hose und Hemd überzuziehen, geschweige denn in Strümpfe und Schuhe zu schlüpfen. So zog er einfach die raue, nach Erde und Pferd riechende Decke ein wenig enger um sich und richtete sich halb auf.

Eine langstielige Heugabel erschien in seinem Blickfeld, gefolgt von einem Mädchen mit grauem Rock, umgebundener Arbeitsschürze und einem hellen Kopftuch auf den schwarzen Haaren, die zu zwei dicken, festen Zöpfen geflochten waren.

Als das Mädchen ihn entdeckte, fuhr es erschrocken zurück und ließ die Heugabel zu Boden fallen. Mit großen, braunen Augen starrte es ihn einen Moment lang an. Dann bückte es sich hastig, um das Arbeitsgerät aufzuheben, wich jedoch – kaum, dass sie es ergriffen hatte – langsam, Stück für Stück zurück, bis es wieder hinter der Trennwand zwischen dem Heulager und den Feldgeräten verschwunden war.

„Warte!“, rief er. „Entschuldige, ich wollte dich nicht erschrecken. Ich bin Samuel Bader. Du musst eine der Steiger-Töchter sein.“ Gerne wäre er aufgestanden, doch nur mit seiner Unterwäsche bekleidet, wagte er das nicht.

Das Mädchen tauchte wieder hinter der Trennwand auf. Neugierig wurde er gemustert. Dann huschte ein kleines, schüchternes Lächeln über das junge Gesicht. „Samuel Bader? Sie sind doch in Berlin.“

Samuel grinste schief. „Im Moment nicht. Das hier sieht mir mehr nach einem Heuschober aus.“

Wieder lächelte das Mädchen. Unschlüssig stand es da. Dann wandte es sich ruckartig ab und erklärte: „Ich muss an meine Arbeit."

Samuel hätte die Steiger-Tochter gerne zurückgerufen, doch er erinnerte sich nicht an ihren Namen. Als er das letzte Mal hier gewesen war, konnte sie kaum älter als zehn oder elf Jahre gewesen sein. Damals hatte er nicht mehr als ein paar wenige Worte mit ihr gewechselt. Also ließ er sie gehen. Schnell spritzte er sich etwas Wasser ins Gesicht, das er sich nachts noch mit einem Eimer aus dem Brunnen geholt hatte.

Gerade als er sich das Hemd zuknöpfte, kam die Steiger-Tochter zurück. Sie machte plötzlich einen sehr aufgeregten Eindruck auf ihn, so als sei ihr gerade etwas Wichtiges eingefallen. Sie blickte ihn mit großen Augen erwartungsvoll an und ihre Wangen zeigten eine deutliche Rötung. „Herr Bader, Sie studieren in Berlin doch Medizin, oder?", fragte sie ihn.

„Richtig", erwiderte er ruhig und schloss den obersten Kragenknopf.

„Sie müssen schnell mitkommen ... zu Anne!", drängte sie ihn.

„Wer ist Anne?"

„Meine Freundin. Sie wurde gestern Abend von einem Stier auf die Hörner genommen", erklärte das Mädchen ungeduldig.

Samuel hob die Augenbrauen. „Wo ist deine Freundin denn?", wollte er wissen und griff bereits nach seinem Gepäck, bei dem sich auch seine Arzttasche befand.

„Sie kommen also mit?", fragte sie.

Er nickte. „Na komm, zeig mir, wo deine Freundin wohnt." Er trat noch vor ihr aus der Scheune hinaus auf den Wirtschaftshof.

„Nur vier Häuser weiter!", rief sie und lief mit schnellen Schritten an ihm vorbei.

Aus dem Hühnerstall kam ihnen Hanna Steiger entgegen. „Samuel?", rief sie überrascht. „Sind Sie das?" Ein Lächeln legte sich auf ihr Gesicht.

Samuel blieb stehen. „Guten Morgen, Frau Steiger. Ich habe mich heute Nacht leise zu meinem Schlafplatz geschlichen."

„Schön, dass wieder einmal ein Bader bei uns vorbeischaut", freute sich die Frau und streckte ihm ihre Rechte zur Begrüßung entgegen.

Ihre Tochter fiel ihr jedoch sofort in den Arm. „Mama, Herr Bader ist doch Arzt. Ich will ihn zu Anne bringen."

Frau Steiger musterte ihn einen Moment, dann nickte sie zustimmend. „Das ist ein guter Gedanke, Elisa. Aber du kommst sofort zurück, ja? Ich brauche dich hier."

„Ja, Mama!", rief das Mädchen und lief wieder los.

Samuel begann ebenfalls zu laufen und hatte sie schnell eingeholt. Elisa hieß sie also. Nun erinnerte er sich wieder. Sie war nach der ersten Steiger-Frau benannt worden, die bessarabischen Boden betreten hatte.

Als sie um die Lehmmauer bogen, die um das Grundstück herum verlief, stießen sie mit einem anderen Mädchen zusammen, das hier offenbar gewartet hatte.

„Meine Güte, Lisa. Was ist denn mit dir los?", fragte das Mädchen entgeistert. Dann erst nahm es Samuel wahr. Die blauen Augen des Mädchens musterten ihn neugierig. Dann legte sich ein Lächeln auf das hübsche Gesicht. „Samuel, nicht? Samuel Bader."

An den Namen von Elisas Cousine erinnerte Samuel sich sofort. Sie war schon als kleines Mädchen ausgesprochen selbstbewusst und vorlaut gewesen. „Guten Morgen, Vera", grüßte er.

„Wir haben jetzt einen richtigen Arzt für Anne", flüsterte Elisa ihrer Cousine zu.

Veras Lächeln wurde breiter. „Das ist wunderbar. Ich wollte gerade zu ihr."

Eine blasse Frau mit rot umrandeten Augen und wirrem Haar öffnete die Tür. Vera erklärte ihr, wer der Unbekannte war. Frau Alder öffnete den Mund, sagte aber nichts. Doch sie trat eilig beiseite und ließ Samuel herein. Noch bevor Elisa und Vera ihm ins Haus folgen konnten, schloss sich die Tür vor ihnen. Verdutzt blieb Elisa stehen. Dann wandte sie sich enttäuscht zu ihrer Cousine um. Sie hätte gerne nach Anne gesehen. „Wenigstens hat sie jetzt mit Herrn Bader einen richtigen Arzt, der sich um sie kümmert", bemerkte sie.

Vera sah sie mit leicht geneigtem Kopf nachdenklich an, ehe ein belustigtes Lächeln über ihr Gesicht huschte. „Du nennst ihn ‚Herr Bader'?", fragte sie.

Elisa legte die Stirn in Falten. „Du hast recht. Er ist ja ein Arzt. Ich müsste Dr. Bader zu ihm sagen."

Vera lachte kurz auf und drückte ihre Cousine einen Moment an sich. „Du bist einfach herrlich, Lisa. Vermutlich ist er gar nicht mit seinem Studium fertig. Dann hat er noch gar keinen Doktortitel. Ich dachte nur, da er ein Bekannter unserer Familie ist und wahrscheinlich höchstens fünf oder sechs Jahre älter als wir, könntest du ihn ruhig duzen."

Elisa blickte sie mit großen Augen erstaunt an. „Er ist ein erwachsener Mann. Ein Student. Und unsere Familien haben nur alle paar Jahre sporadisch Kontakt. Das kann ich mir nicht erlauben."

Vera ließ sich auf die Bank vor dem Haus fallen und zog Elisa zu sich nach unten. „Du bist beinahe eine erwachsene Frau. Und hast du es bemerkt? Er hat sich nicht beschwert, als ich ihn geduzt habe."

„Vielleicht weil er dich als ungezogenes Gör in Erinnerung hat. Außerdem wollte er schnell zu seiner Patientin und sich nicht mit dir über eine korrekte Anrede streiten."

Vera zuckte unbekümmert mit den Schultern.

Elisa sah sie einen Moment lang prüfend an, dann erhob sie sich. „Ich muss zurück. Meine Mutter hat gestern schon alle meine Aufgaben übernommen. Ich darf sie heute nicht schon wieder alles allein machen lassen – vor allem nicht in ihrem Zustand."

„Ich habe gestern eine ordentliche Abreibung bekommen. Vor allem von meinem Vater", murmelte Vera für ihre Verhältnisse erstaunlich betroffen.

„Das steht mir noch bevor. Papa ist heute sehr früh aufgestanden. Ich habe ihn noch gar nicht gesehen."

„Vielleicht wird die Anwesenheit eures Gastes ihn ein wenig in seiner Wut zügeln. Am besten, ich nutze seinen Besuch auch und lade ihn gleich heute zu uns zum Abendessen ein." Ein heiteres Lächeln legte sich auf Veras Gesicht.

Kapitel 3

Acht Tage hielt sich Samuel nun schon bei den Steigers auf. Das war viel länger, als er geplant hatte. Aber da ihm der Zustand von Anne Alder Sorgen bereitet hatte, war er noch geblieben. An diesem Morgen jedoch verließ er das Haus von Annes Eltern mit einem Lächeln auf den Lippen. Das Mädchen war über dem Berg. Anne würde überleben und das Bein behalten können, obwohl sie es vermutlich ihr Leben lang nachziehen würde.

Gemächlich schlenderte er die Straße hinunter und betrachtete die blühende Farbenvielfalt um sich herum. War es in den letzten Tagen tatsächlich so warm gewesen? Der Frühling hatte mit einer betörenden Fülle an Gerüchen und Farben den Winter vertrieben und er hatte es gar nicht bemerkt. Zu sehr war er mit Anne beschäftigt gewesen. Darüber hinaus hatte er Roman Steiger auf dem Hof geholfen – bei Reparaturen an den Stallungen ebenso wie beim Pflügen und Aussäen.

Zufrieden und mit dem drängenden Wunsch im Herzen, endlich zu seiner Familie weiterzureisen, betrat er das Grundstück seiner Gastfamilie. Zwei helle Araberpferde standen dort angebunden. Er zog seine Stirn kraus. Sofort erkannte er die Tiere seines Vaters. War zu Hause etwas passiert? Er hatte seine Familie darüber informiert, dass er auf dem Weg nach Hause einen kleinen Umweg machen wollte, um den Steigers einen Besuch abzustatten, doch mit einem so langen Aufenthalt hatte keiner von ihnen gerechnet.

Als er die Eingangstür aufstieß, hörte er fröhliches Gelächter. Die helle Stimme gehörte eindeutig Vera, auch Elisas Lachen meinte er herauszuhören. Aber wem gehörte der männliche Bass? War das etwa ...?

Samuel betrat den Wohnraum. Tatsächlich saß dort Moritz Steinfurt, sein bester Freund aus Berlin. „He, Samuel! Du bist ja schwerer zu finden als Churchills Zigarre. Deine Eltern haben sich schon Sorgen darüber gemacht, wo du bleibst."

„Du hier? Und die Pferde draußen bedeuten, dass du schon bei meinen Eltern warst?"

„Ja, ich wollte endlich mal deiner Einladung Folge leisten und dich in deiner Heimat besuchen. Die Wegbeschreibung, die du mir schon vor Ewigkeiten gegeben hast, war perfekt. Und du hast recht. Dieses Land ist endlos, aber auch endlos schön." Der schmächtige, semmelblonde junge Mann erhob sich und reichte seinem Freund die Hand. „Ich kann verstehen, dass du dich gerne hier hast aufhalten lassen", grinste er und zwinkerte ihm zu.

Wieder lachte Vera hell auf, während über Elisas Gesicht eine feine Röte huschte. Sie knetete unruhig ihre Hände. Offensichtlich brannte ihr eine Frage auf dem Herzen, doch sie traute sich nicht, die Begrüßung der beiden Männer zu stören.

Als Samuel ihre Unruhe registrierte, wandte er sich an sie und erklärte: „Anne geht es besser. Das Fieber ist deutlich gesunken und der Wundbrand ist ausgeblieben. Sie wird ihr Bein behalten können."

Vera stieß einen lauten Jubelruf aus und stürmte auf ihn zu, um ihm zum Dank für seine Hilfe heftig die Hand zu schütteln. Elisa hingegen verbarg ihr Gesicht in ihren Händen und senkte den Kopf, sodass ihre dicken schwarzen Zöpfe über ihre Schultern nach vorne rutschten.

„Deine Eltern und deine Schwester warten sehnsüchtig auf dich, Samuel. Wann kannst du hier weg?"

„Ich denke, ich kann mein Lager hier abbrechen. Der Feldscher ist ein fähiger Mann. Er wird das verletzte Fräulein weiterversorgen können. Am besten, ich packe gleich meine Sachen." Samuel lächelte die beiden jungen Frauen an, wandte sich dann zum Gehen um und verließ, gefolgt von seinem Freund, das Haus.

Gemeinsam traten sie in den angenehm warmen Sonnenschein hinaus. Ein paar Spatzen, die auf dem Hof nach Körnern gesucht hatten, flogen verschreckt auf und ein getigerter Kater verschwand leise um die Hausecke.

Moritz folgte Samuel schweigend und betrat hinter ihm den Stall. Die beiden Männer wurden von dem Schnauben eines Pferdes begrüßt.

Samuel drehte sich zu seinem Freund um. „Schön, dass du dein Versprechen, meine Familie und mich einmal zu besuchen, endlich wahr machst. Entschuldige bitte, dass ich nicht zu Hause war, als du ankamst. Aber ich konnte das Mädchen mit dem verletzten Bein nicht unversorgt lassen."

„Mach dir wegen mir keinen Kopf, Samuel. Nur deine Familie war besorgt, als du nicht kamst. Deswegen hatte ich angeboten, dir entgegenzureiten."

„Ich muss noch meine Sachen zusammenpacken und mich verabschieden. Das kann noch eine Weile dauern. Außerdem möchte ich, bevor wir losreiten, noch einmal bei Fräulein Anne vorbeisehen und auch ihrer Familie noch Auf Wiedersehen sagen."

„Das ist schon in Ordnung. Wenn du nichts dagegen hast, begleite ich dich dorthin. Dann können wir von dort aus losreiten. Aber bis du hier fertig bist, lege ich mich noch ein bisschen ins Heu. Ich bin die ganze Nacht durchgeritten“, erwiderte Moritz und zog seine Jacke aus. Unter dieser trug er ein braunes Hemd und an seinem linken Oberarm befand sich die rot-weiße Binde mit dem schwarzen Hakenkreuz.

Noch am selben Abend hatte Elisa sich, nachdem Samuel und sein Freund das Dorf verlassen hatten, auf den Weg zu Anne gemacht. Dort saß sie lange neben der Couch, auf der die Verletzte lag.

Elisa faltete die Zeitung sorgfältig zusammen und legte sie auf den Tisch. Sie strich sich eine schwarze Locke aus dem Gesicht, die sich aus der Frisur gelöst hatte.

„Du machst dir Sorgen, Lisa, nicht wahr?“, fragte Anne. Ihre Stimme klang noch immer sehr schwach.

„Sorgen? Seit bekannt wurde, dass Hitler Böhmen-Mähren besetzt hat und der tschechische Staatspräsident Hacha die Tschechoslowakei vertrauensvoll in die Hand des Führers gelegt hat, sind seine Anhänger wieder vermehrt öffentlich auf der Straße unterwegs.“

„Warum hat Hacha das nur getan?“, murmelte Anne, während sie mit zitternder Hand nach dem Wasserglas griff.

Elisa beugte sich ein wenig nach vorne und stützte die Freundin, damit sie ein paar Schlucke trinken konnte.

„Vermutlich hatte er keine andere Wahl. Er wurde immerhin nach Berlin geholt, um diese Erklärung abzugeben. Außerdem hat sich weder Frankreich noch England für sein Land eingesetzt – und die Sowjets schon gar nicht.“

„Frankreich und England haben versucht, den Frieden zu erhalten. Was ist daran falsch?“, wollte Anne wissen und schloss für einen Moment die Augen.

„Nichts, wenn man Aussicht auf Erfolg hat“, erwiderte Elisa leise und blickte auf ihre nackten Füße.

„Aber es gibt doch dieses Münchner Abkommen. Du hast mir gesagt, dass damit das Sudentenland an das Deutsche Reich zurückgegeben und der Friede gerettet wurde.“

„Das dachten wohl alle – ausgenommen dieser Hitler vielleicht“, erwiderte Elisa, blickte sich aber, kaum dass sie das gesagt hatte, ängstlich um, um sich zu vergewissern, dass niemand außer Anne sie gehört hatte. Sie hatte am Vorabend Annes älteren Bruder auf der Straße marschieren sehen. Deutlich hatte sie die Hakenkreuzbinde an seinem Arm erkannt.

„Und was passiert jetzt mit der Tschechoslowakei?“

„Mit der Tschechoslowakei?“, fragte Elisa und schüttelte dann langsam den Kopf. „Die existiert nicht mehr.“ Die jüngsten Entwicklungen machten Elisa Angst. War dieser Hitler nun zufriedengestellt? Hatte er seinem Volk genug Lebensraum geschaffen? Oder wollte er das Deutsche Reich noch weiter ausdehnen? In Richtung Polen, Litauen, Bulgarien, Ungarn und Rumänien? Was, wenn diese Länder dies nicht kampflos hinnehmen würden, wie es jetzt die Tschechoslowakei getan hatte? Und was würde in diesem Fall mit ihnen, den Deutschen in Bessarabien, geschehen? Wie würden sich England und Frankreich verhalten? Wollten sie weiterhin Frieden um jeden Preis? Oder würde es zu einem Krieg kommen?

„Lisa?“

Elisa hob den Kopf und blickte in Annes blaue Augen.

„Ich bin ganz froh, dass ich von alldem nicht so viel verstehe wie du. Ich denke, es würde mir auch Angst machen.“

Elisa runzelte die Stirn, bevor sie ihre Freundin aufmunternd anlächelte. „Werde du erst einmal wieder gesund, bevor ich dir weiter meine Schauergeschichten erzähle. Du kennst mich doch ..."

„Das stille, verängstigte Mäuschen", lachte Anne und verzog dann gequält das Gesicht. Offensichtlich hatte sie noch immer Schmerzen. Dennoch sprach sie weiter: „Dafür kann ich dir eine umso schönere Geschichte erzählen, Lisa. Vorhin war Christina da. Erinnerst du dich an das, was sie uns oben auf dem Hügel erzählt hat?"

„Bevor die Sache mit dem Stier ...?" Elisa beendete die Frage nicht, sondern senkte betroffen den Kopf.

Anne nickte und streckte ihr ihre weiße Hand entgegen.

Elisa nahm sie fest in ihre. „Sie hat uns von dem jungen Mann aus dem rumänischen Ort erzählt. Meinst du das?", fragte Elisa und lächelte, den Blick aus dem Fenster auf die blühenden Akazien gerichtet. Ihr schien es fast, als läge die Unbeschwertheit, die sie an diesem Abend dort auf der Bank empfunden hatten, schon weit zurück. Die Ereignisse der letzten Tage ließen die Erinnerung daran verblassen.

Anne nickte. „Ja, das meine ich. Stell dir vor, er hat bei ihrem Vater vorgesprochen. Er möchte unsere Christina heiraten. Ist das nicht wunderbar?"

„Tatsächlich? Das ist ja aufregend. Und was hat Christina gesagt?"

„Sie ist ganz glücklich und natürlich fürchterlich aufgeregt. Ihr Vater möchte sich mit der Entscheidung noch ein paar Tage Zeit lassen. Christina sagt, wenn er ihnen seinen Segen gibt, wollen sie schon im Sommer heiraten."

Elisa wehrte sich vergeblich gegen die Wehmut, die sich auf ihr Herz legen wollte. Sie würde eine ihrer Freundinnen verlieren. Vermutlich würde Christina in dieses rumänische Dorf ziehen. Und das ausgerechnet jetzt, wo sie schon genug andere Veränderungen zu befürchten hatte. Wer konnte schon wissen, wie sich die politische Situation entwickeln würde?

Die jungen Männer lenkten die Pferde an einer tief abfallenden, bedrohlich wirkenden Schlucht entlang und drangen in einen dicht gewachsenen Wald ein. Eichen und Buchen ragten weit in den blauen Himmel hinauf und ließen nur wenig Licht bis zu dem Waldboden durch.

Sie hatten die Hochebene im Norden Bessarabiens erreicht, ein Ausläufer der Karpaten, auf der sich auch der Gutshof von Samuels Eltern befand.

Samuel blickte zu seinem schweigsamen Begleiter hinüber. Licht und Schatten fielen in unregelmäßigen Abständen auf seine hellen Haare und seine verkniffenen Gesichtszüge. Seit sie die Familie Steiger verlassen hatten, hatte Moritz nur wenig gesprochen. Er schien in düstere Grübeleien versunken zu sein.

„Was ist eigentlich los?“, fragte Samuel schließlich und rutschte ein wenig auf dem Sattel hin und her, um sich in eine bequemere Position zu bringen. Er war es nicht mehr gewohnt, mehrere Tage am Stück auf einem Pferd zu verbringen.

Moritz räusperte sich und fuhr sich mit seiner behandschuhten Rechten durch die kurz geschnittenen Haare. Er schaute kurz zu Samuel hinüber, ehe er den Kopf wieder abwandte und seinen Blick stur geradeaus richtete.

Samuel zuckte kurz mit den Schultern. Er mochte Moritz, aber manchmal verstand er ihn nicht. Er arbeitete als Sekretär für Dr. Schmidt, den Dolmetscher von Hitler, wodurch er ein ausgesprochen gutes Wissen über die Pläne und politischen Ambitionen des Mannes besaß, der Deutschland nach dem Ersten Weltkrieg wieder auf die Beine gebracht hatte. Dennoch äußerte er sich nur selten über Hitler und dessen Politik. Das war seltsam, denn die Menschen, die sich im Umfeld des Führers befanden, sprachen üblicherweise mit brennendem Eifer und voller Bewunderung von diesem.

Samuel konnte deshalb schwer einschätzen, wie Moritz zu den aktuellen politischen Entwicklungen stand. Er selbst misstraute Hitler. Schon früh hatte es unter den Studenten Unruhen und auch Widerstand gegen die NSDAP gegeben, allerdings befanden sich unter den Hochschülern auch Anhänger der Partei, und es wurde immer schwieriger, die einen von den anderen zu unterscheiden. Aus diesem Grund hatte sich bezüglich der politischen Ansichten ein gefährliches Schweigen über die sonst so kritische junge Intelligenz des Deutschen Reiches gelegt.

„Diese Steigers sind gute Freunde deiner Familie, nicht wahr?“, fragte Moritz Steinfurt unerwartet.

Samuel wandte sich seinem Freund zu. „Seit die ersten Schwaben sich hier angesiedelt haben. Warum fragst du?“

Moritz presste so heftig die Zähne aufeinander, dass die Wangenknochen in seinem schmalen Gesicht hervortraten. Langsam schüttelte er den Kopf, als fiele es ihm schwer, zu sagen, was ihm auf der Seele brannte. Er brachte seine Stute zum Stehen. Dann wandte er sich im Sattel zu Samuel um. „Ich wollte mit dir und deiner Familie etwas besprechen“, begann er vorsichtig.

Samuel runzelte besorgt die Stirn. Er bearbeitete Moritz schon seit Jahren, dass er doch einmal mit ihm zusammen seine Familie besuchen würde. Doch der gebürtige Berliner hatte sich niemals zu dieser Reise durchringen können. War dieser Besuch also nicht einfach nur ein Besuch? Was war so wichtig, dass er diesen weiten Weg nun doch auf sich genommen hatte, um mit ihm und seiner Familie darüber zu sprechen? „Moritz –“

„Nein, lass mich bitte aussprechen, Samuel. Ich wollte deine Familie bitten, ins Deutsche Reich heimzukehren.

Hier könnte es Unruhen geben, und ich möchte nicht, dass ihr in Gefahr seid."

Samuel musterte seinen Freund, ehe er den Hut vom Kopf nahm und diesen unruhig in seinen Händen hin und her drehte. „Was für Unruhen?", fragte er schließlich nach, obwohl er die Antwort bereits erahnte.

„Hitler wird sich mit der Tschechoslowakei als einzigem Landgewinn nicht zufriedengeben, Samuel. Von Anfang an gab es Pläne für eine Expansion in Richtung Osten über die Tschechoslowakei hinaus."

„Von Anfang an? Was sollte dann dieses Münchner Abkommen oder die Aussagen Hitlers, dass –"

„Was denkst du, weshalb unsere Truppengattungen schon seit Jahren mit den modernsten Waffen ausgerüstet werden? Schon im November '37 hat Hitler gesagt, dass es eine Lösung der deutschen Frage nur über den Weg der Gewalt gebe und dieser niemals risikolos sein werde."

„1937?", fragte Samuel ungläubig und schüttelte den Kopf.

„Kannst du dir nicht denken, weshalb Generaloberst von Fritsch 1938 aufgrund einer falschen Beschuldigung entlassen wurde und Hitler später ohne Zögern Becks Rücktrittsgesuch annahm? Die Heeresspitze hatte es gewagt, Hitler zu widersprechen."

„Da tun sich Abgründe auf", murmelte Samuel und überlegte, welches Land wohl als nächstes von Hitler verschluckt werden sollte. Er wagte nicht zu fragen.

„Abgründe? Das ist nur ein kleiner Teil ..." Moritz beendete den Satz nicht und presste die Lippen fest zusammen.

Vermutlich hatte er schon mehr gesagt, als er es eigentlich hätte tun dürfen.

Moritz hielt den Blick starr geradeaus gerichtet, als er fortfuhr: „Ich wollte deiner Familie vorschlagen, nach Deutschland zu kommen. Doch jetzt habe ich auch die Steigers und die Alders kennengelernt. Sie sind sehr nett."

Moritz wandte den Kopf und sah ihn direkt an. Seine blauen Augen funkelten. „Aber ich kann doch nicht alle warnen …!“, brach es aus ihm heraus.

Samuel setzte sich den Hut wieder auf und trieb sein Pferd an. Er hörte am Aufsetzen der Hufe, dass die Stute seines Freundes folgte. Schweigend ritten die beiden Männer weiter, bis sie schließlich an den Waldrand kamen. Die Wärme der Sonne ließ den feuchten Boden dampfen, und der Nebel legte sich wie eine sanfte Decke über die gepflügten Felder, die lang gezogenen Weiden und die ersten Frühlingsblumen, die ihre farbenfrohen Köpfe aus der Erde streckten. In einiger Entfernung stand ein weiß gekalktes, von der Sonne freundlich beschienenes Gutshaus, dessen große, dunkle Eingangstür einladend offen stand.

Samuel betrachtete sein Zuhause und wandte sich dann an Moritz, der seine Stute neben ihm auf dem Hügel zum Halten gebracht hatte. „Meine Eltern werden Bessarabien niemals nur aufgrund eines Verdachts verlassen, Moritz. Wir sind alle hier geboren. Dieses Land ist unsere Heimat, selbst wenn wir in Hitlerdeutschland nur als Kolonisten angesehen werden. Es wird schon mehr brauchen, um meine Eltern dazu zu bewegen, hier wegzuziehen.“

Samuel trieb sein Pferd an, um endlich seine Eltern und seine jüngere Schwester in die Arme schließen zu können. Dennoch hörte er, wie Moritz leise vor sich hin sagte: „Es wird mehr kommen, mein Freund.“

Kapitel 4

Moritz Steinfurt verließ das Verwaltungsgebäude der Reichskanzlei und zog sich seine Mütze tief in die Stirn, als wollte er von niemandem gesehen werden und selbst nichts um sich herum wahrnehmen. Langsam und mit hängenden Schultern ging er zwischen den beiden quadratischen Säulen hindurch und an den Wachposten der SS-Leibstandarte Adolf Hitlers vorbei, die Stufen hinunter. Drohend blickte der riesige Reichsadler mit dem Hakenkreuz, dessen Relief oberhalb der Säulen aus der Mauer hervortrat, auf ihn herab.

Er wusste, dass es gefährlich war, was er tat – doch hatte er eine Wahl? Samuel Bader war sein Freund – der einzige Freund, der ihm geblieben war, seit er seine Anstellung in der unmittelbaren Nähe der deutschen Machtzentrale angetreten hatte. Wütend schüttelte er den Kopf. Warum nur hatten die Engländer nicht auf Winston Churchill gehört? Hatten sie und die Franzosen tatsächlich angenommen, dass sie mit dem Münchner Abkommen einen Sieg errungen hatten? Churchill hatte den kleinen Mann mit dem schwarzen Oberlippenbart doch auch durchschaut und in seiner Unterhausrede deutlich gemacht, wie sehr er Hitler misstraute und dass er das Münchner Abkommen für eine vollständige Niederlage und ganz gewiss nicht für einen Gewinn des Friedens hielt. *Der Weg die Donau hinab, der Weg zum Schwarzen Meer, ist frei ...*, hatte er ihnen zugerufen und kein Gehör gefunden.

Moritz fluchte leise vor sich hin. Er musste dringend mit Samuel sprechen und ihn davon überzeugen, dass seine Familie sowie die Freunde der Baders zurück ins Deutsche Reich kommen sollten. Samuel hatte damals mit seiner Vermutung recht behalten. Bei seinem Besuch vor fünf Monaten hatten sich dessen Eltern auf keine Diskussion über eine Rückkehr in das Land ihrer Vorfahren eingelassen.

Zwar würden morgen die Verträge für einen Nichtangriffspakt zwischen Deutschland und der Sowjetunion geschlossen, der für zehn Jahre Gültigkeit haben sollte, doch was bedeutete das bei Hitler schon? Vor allem, dass Hitler sich die Russen vom Hals halten wollte, wenn er weiter in Richtung Osten vorrückte? Was hatte er vor? Sich Polen oder Rumänien einzuverleiben – und somit auch Bessarabien? Was würde in dem Fall mit den deutschen Siedlern dort geschehen? Er als Sekretär von Dr. Schmidt hatte das Vertragswerk zu Gesicht bekommen, und er wusste, dass es ein geheimes Zusatzprotokoll gab, das niemals an die Öffentlichkeit gelangen sollte. Aber er kannte nicht den genauen Inhalt dieses Zusatzprotokolls. Allerdings war ihm das Wort Bessarabien ins Auge gefallen, als er einige Abschriften auf dem Schreibtisch Joachim von Ribbentrops hatte liegen gesehen. Und genau deshalb musste er dringend mit Samuel sprechen.

Moritz fand seinen Freund auf dem Campus.

Der groß gewachsene Medizinstudent saß auf einem Steinquader, hatte die Arme hinter sich aufgestützt und genoss mit geschlossenen Augen den wärmenden Sonnenschein auf seinem Gesicht.

„Hast du nichts zu tun?“, fragte Moritz und beobachtete amüsiert, dass sein Freund vor Schreck zusammenzuckte.

Samuel blinzelte gegen die grellen Sonnenstrahlen an und setzte sich schließlich auf, um mit einer Hand seine Augen beschatten zu können. „Ach, du bist es“, gab er träge von sich, ehe er es sich wieder bequem machte.

Moritz ließ sich neben ihn fallen und betrachtete die entspannten Gesichtszüge seines Freundes. „Nach jemandem, der im Prüfungsstress steckt, siehst du aber nicht gerade aus.“

„Dein Terminkalender ist auf einem miserablen Stand, Sekretär. Ich habe heute Morgen um kurz vor zwölf Uhr meine letzte Prüfung hinter mich gebracht.“

Moritz betrachtete ihn nachdenklich. Dann sagte er: „Gut. Dann hast du jetzt erst einmal frei?"

„Was willst du?", fragte Samuel zurück, ohne sich zu rühren oder seinen Freund anzusehen.

„Fahr zu deiner Familie, Samuel. Du solltest sie zumindest warnen."

„Fängst du schon wieder damit an?" Samuel schaute seinen Freund an. „Du hast meine Eltern und meine Schwester schon im März halb verrückt gemacht."

Moritz atmete tief ein und sah sich dabei prüfend um. Zwar gingen ein paar Studenten über den Hof, doch sie waren weit genug entfernt, sodass sie ihn nicht hören konnten. „Hör mir gut zu, Samuel. Vor ein paar Tagen ist Ribbentrop nach Moskau gefahren. Er und der sowjetische Kommissar für Äußeres, Wjatscheslaw Molotow, werden im Beisein von Stalin und dem deutschen Botschafter in Moskau, Friedrich-Werner Graf von der Schulenburg, einen Pakt unterzeichnen."

„Einen Teufelspakt?", flüsterte Samuel und grinste gequält.

Moritz kniff wütend die Augen zusammen und zischte: „Es existiert ein geheimes Zusatzprotokoll, Samuel. Darin geht es, soweit ich es sehen konnte, um die baltischen Staaten."

„Und weiter?"

„Mehr weiß ich nicht. Aber ich vermute, Hitler und Stalin haben sich darin diese Staaten brüderlich aufgeteilt."

Samuel musterte seinen Freund.

Jetzt konnte Moritz auch in seinen Augen einen Funken Unruhe und Misstrauen entdecken.

„Das könnte heißen, dass sowohl Deutschland als auch Russland in einige baltische Länder einmarschieren wollen?"

„Ich vermute schon. Was denkst du, was mit den Deutschen in Bessarabien geschieht, wenn Russland und Rumänien anfangen, sich um das Land zu streiten?“, fragte Moritz.

Samuel wandte den Kopf ab. „Hitler weiß doch, dass es dort noch Deutsche gibt“, wandte er schließlich leise ein.

Hilflos zog Moritz die Schultern in die Höhe. „Ich sollte von dem ganzen Zusatzprotokoll eigentlich überhaupt nichts wissen, Samuel. Ich konnte auch nur einige wenige Zeilen lesen, ehe jemand reinkam. Aber was ich gelesen hab, war, dass die Sowjetunion ihr Interesse an Bessarabien bekundet hat, die Reichsregierung jedoch völliges politisches Desinteresse an diesen Gebieten zeigt.“

„Mehr weißt du nicht? Nichts über vertragliche Inhalte?“

„Es tut mir leid, Samuel. Mehr habe ich nicht.“

Samuel nickte. Er wusste, welche brisanten Informationen er soeben erhalten hatte und dass es Moritz den Kopf kosten konnte, wenn etwas davon an die Öffentlichkeit drang. „Was können wir tun?“, flüsterte er. Dann faltete er die Hände, beugte den Oberkörper weit nach vorne und stützte die Ellenbogen auf die Knie.

„Bring die Nachricht deiner Familie und denen, die du sonst noch warnen willst, sofern du ihnen vertrauen kannst, dass sie Stillschweigen bewahren. Sie sollen sehr wachsam sein und sich auf eine Flucht vorbereiten.“

Samuel winkte ab. Er zweifelte nach wie vor daran, dass seine Eltern Bessarabien verlassen wollten. „Und was wirst du mit deinem Wissen tun?“, hakte er nach.

Moritz hob den Blick und beobachtete wieder ein paar Studenten, die an ihnen vorbeigingen und ausgelassen miteinander herumalberten. „Was soll ich tun?“ Diese Frage beschäftigte ihn, seit er vor einigen Tagen die Verträge gesehen hatte.

„Du könntest über deine beruflichen Beziehungen versuchen, die baltischen Staaten zu warnen. Oder England und Frankreich eine entsprechende Nachricht zukommen lassen."

Moritz seufzte. „Du bist gut. Der offizielle Vertragstext gibt nichts Handfestes her. Und was glaubst du, was in unserem Ministerium los ist, wenn bekannt wird, dass etwas über das geheime Zusatzprotokoll nach außen gedrungen ist? Außerdem wäre immer noch die Frage, ob mir irgendjemand Glauben schenken würde. Die Friedenspolitik Englands und Frankreichs war bisher nicht gerade –"

„Diese Länder sind durch die Tschechoslowakei aufgeschreckt worden. Sehr viel mehr werden sie Hitler nicht zugestehen wollen. Immerhin haben sie Verträge und können nicht weiter über die Köpfe anderer hinweg Länder verschenken", unterbrach ihn Samuel hitzig.

„Halt den Mund", fuhr Moritz ihn an und blickte sich ängstlich um.

Samuel hob entschuldigend seine rechte Hand. Leise fragte er: „Wie weit ist es gekommen, dass wir nicht einmal mehr aussprechen dürfen, was wir denken?"

Moritz nickte, enthielt sich aber jeglichen Kommentars. Sie schrieben das Jahr 1939, und die Zeichen standen auf Sturm, obwohl weder die Militärs noch die deutsche Bevölkerung einen Krieg wollte. Der letzte Weltkrieg und seine schrecklichen Folgen waren allen noch allzu frisch im Gedächtnis. Allerdings waren die Expansionspläne Hitlers nicht das Einzige, was Moritz Sorge bereitete.

„Gibt es niemanden, der Genaueres über Hitlers Pläne weiß und das Spiel nicht mitspielen möchte? Irgendjemanden von den Militärs, der ohne Weiteres die Möglichkeit hätte, mit England oder Frankreich Kontakt aufzunehmen?"

„So jemand würde militärische Pläne nicht verraten, selbst wenn er sie falsch oder irrsinnig fände, Samuel. Das sind Offiziere, eingeschworen auf dieses Land und inzwischen auch auf Hitler selbst."

„Irgendjemand, Moritz. Überleg doch mal", drängte Samuel.

Moritz schüttelte mit geschlossenen Augen den Kopf. Samuel hatte keine Ahnung, was er da von ihm verlangte.

Plötzlich sprang Samuel auf. Er griff nach seiner Tasche, die neben ihm gelegen hatte, und streckte seinem Freund die rechte Hand entgegen. „Ich sollte mich vielleicht doch auf die Reise machen."

„Zu deinen Eltern?"

„Ich werde mit ihnen sprechen. Aber ich glaube nicht, dass sich seit März an ihrer Einstellung etwas geändert hat. Spekulationen allein werden sie vermutlich noch immer nicht dazu bringen, ihr Haus und Land aufzugeben."

Moritz nickte und zog sich an der ausgestreckten Hand seines Freundes hoch. „Das verstehe ich. Es geht mir nur darum, dass deine Familie nicht ganz unvorbereitet ist, falls ..." Er führte den Satz nicht zu Ende, verstärkte noch einmal den Druck um Samuels Hand, ließ diese schließlich los und wandte sich ab.

„Moritz?"

Der Angesprochene drehte sich noch einmal um.

„Gib auf dich acht."

Kapitel 5

Elisa jagte mit der Hand eine Fliege von ihrer Wange und blinzelte gegen die heiß vom Himmel herabbrennende Augustsonne an. Wie schnell der Frühling dem Sommer gewichen war. Natürlich waren der Frühling und der Frühsommer eine arbeitsame Zeit und die Tage flogen nur so dahin, doch in diesem Jahr hatte sie das

Gefühl, als habe der Kalender einige Tage übersprungen.

„Träumst du?" Vera stieß sie von ihrer erhöhten Position auf der Leiter mit der Fußspitze an.

Elisa lächelte ihr zu und reichte ihr eine weitere Margaritenblüte nach oben.

Ihre Cousine befestigte die Blüte mit einem weißen Band an dem grünen Bogen, der für Christinas Hochzeitsgottesdienst über der Tür des Kirchenportals angebracht worden war, und streckte sogleich die Hand aus, um die nächste entgegenzunehmen.

Elisa reichte sie ihr hinauf.

Anne kam aus dem Inneren des Gotteshauses und betrachtete das Werk. „Das macht ihr wunderschön. Christina wird sich sehr freuen", erklärte sie und hinkte über den Platz davon.

Elisa sah ihr nachdenklich hinterher. Ihre Freundin war wieder zu Kräften gekommen. Ihr Gesicht hatte inzwischen durch die Arbeiten im Freien auch wieder eine dunklere, gesündere Hautfarbe angenommen. Doch sie war bei Weitem nicht mehr so fröhlich und ausgelassen wie früher. Der Angriff des Stieres hatte nicht nur körperliche Spuren an ihr hinterlassen, und Elisa wusste, was die Freundin quälte. Je näher Christinas großer Tag herbeigerückt war, desto verschlossener war Anne geworden. Sie befürchtete, aufgrund ihrer Behinderung niemals von einem Mann geliebt zu werden. Anne hatte immer schon davon geträumt, eine große Familie zu haben, doch dieser Traum schien in dem Augenblick geplatzt zu sein, als sie das erste Mal ohne Krücken laufen durfte und bemerken musste, dass sie ihr Bein nicht mehr so natürlich bewegen konnte wie früher.

„Lisa!", herrschte Vera sie an und Elisa zuckte erschrocken zusammen.

„Entschuldige bitte, Vera", murmelte Elisa und reichte ihr die letzten Blüten nach oben.

Vera befestigte sie, strich die weißen Bänder glatt, die sofort munter im leichten Wind zu flattern begannen, und stieg eilig von der etwas wackeligen Holzleiter herunter. Sie gesellte sich zu Elisa. „Ich hoffe auf ein wenig Männerbesuch, der nicht aus der Gegend stammt. Immerhin hast du Samuel und seinen ausgesprochen gut aussehenden Besuch im Frühjahr ohne einen Versuch, sie noch ein wenig aufzuhalten, ziehen lassen."

„Meine Güte, Vera." Elisa schüttelte den Kopf. „Du wirst schon noch einen Mann abbekommen."

„Ich möchte aber keinen aus unserem Dorf. Ich habe lange genug hier herumgesessen. Samuel oder sein Freund aus Berlin – das wäre eine gute Partie gewesen."

Elisa runzelte die Stirn und musterte ihre Cousine wenig begeistert. Sie mochte es nicht, wenn Vera vom Fortgehen sprach. Immerhin würde Christina sie schon verlassen.

Elisa beobachtete das Brautpaar, das die Glückwünsche der Hochzeitsgäste entgegennahm. Christina strahlte über das ganze Gesicht, und Carol stand stolz neben ihr, den Arm um die Schulter seiner frisch angetrauten Frau gelegt. Elisa ließ ihren Blick über die lange Reihe der Dorfbewohner wandern, die sich angestellt hatten, um dem Paar ihre Segenswünsche zuzusprechen. Die Leute plauderten und lachten miteinander, während die Kinder auf dem Platz vor der Kirche spielten. Ein paar Hunde, die von dem lauten Trubel angelockt wurden, sprangen aufgeregt bellend umher und weiter entfernt flüchteten ein paar aufgeregte Hühner flügelschlagend in den sicheren Schutz hinter einer der geweißten Mauern eines Grundstückes.

Genießerisch nahm Elisa den Duft der Blüten aus den Vorgärten und den kräftigen Geruch des staubigen, trockenen Bodens in sich auf. Dann entdeckte sie Anne, die langsam auf sie zugehinkt kam. An diesem Freudentag war der kleine Schatten der Trauer aus ihren Augen gewichen. Sie freute sich mit ihrer Freundin, die heute ihren großen Tag hatte.

Anne hängte sich bei Elisa ein und drückte ihren Arm fest gegen ihre Seite. „Ist sie nicht eine wunderschöne Braut?“, flüsterte sie. Eine Spur von Ehrfurcht schwang in ihrem Tonfall mit.

Elisa blickte wieder zu Christina hinüber und flüsterte: „Wir kennen uns, seit wir kleine Kinder waren. Mir ist noch nie aufgefallen, was für eine Schönheit Christina ist.“

Anne nickte. „Das stimmt, Lisa. Gegen Christina sind wir richtige Mauerblümchen.“

Elisa lachte und gab sich wieder schweigend ihren Beobachtungen hin. Sie genoss das Zuschauen aus der Ferne. Plötzlich drangen seltsame Geräusche an ihr Ohr. Es klang wie dumpfe, rhythmische Schläge. Diese wurden immer lauter und aufdringlicher. Verwundert drehte sie sich um, um der Quelle dieses Geräuschs auf den Grund zu gehen. In diesem Moment tauchte hinter der Kirche eine Gruppe junger Männer auf. Sie hatten sich in Viererreihen aufgestellt und jeder von ihnen trug eine rot-weiße Armbinde mit dem Hakenkreuz am Ärmel. In gleichmäßigem Takt setzten ihre schweren Schuhe dumpf, aber hart auf dem Straßenboden auf und erzeugten so dieses bedrohlich klingende Geräusch, das Elisa hatte aufhorchen lassen.

Ein junger Mann in der ersten Reihe trug eine große Flagge, auf der ebenfalls das Hakenkreuz prangte. Mit zusammengekniffenen Augen konnte Elisa erkennen, dass der Fahnenträger Annes Bruder Georg war. Wie seine Kameraden hatte auch er den Blick stur geradeaus gerichtet, als interessiere ihn die Hochzeitsgesellschaft überhaupt nicht.

Seit Hitler in Deutschland an die Macht gekommen war, hielten seine Anhänger in unregelmäßigen Abständen ihre Paraden ab. Selbst hier, in ihrem Dorf, hatte die Bewegung viele Anhänger gefunden. Mit erhobenem Haupt und militärisch zackigen Bewegungen passierten sie die Feiernden. Dabei warf Georg Alder einen zwar flüchtigen, aber doch feindseligen Blick zu Carol hinüber. Es stand außer Frage, dass die Parade am heutigen Tag ein Protest gegen die Eheschließung einer Deutschstämmigen mit einem Rumänen war.

Das muntere Geplauder war verstummt, das Lachen verklungen. Alle Anwesenden blickten der Gruppe nach. Manch einer von den Jüngeren winkte, einige Männer nickten den Burschen zu, während ein paar wenige sich demonstrativ abwendeten und ihren Unmut über die Demonstration bekundeten.

Elisa blickte zum Brautpaar hinüber. Während Christina das spukhafte Geschehen eher gelassen verfolgte, hatte sich Carols Miene deutlich verfinstert. Elisa ließ ihren Blick zu Carols Familie und Freunden hinüberwandern, die sich an diesem Tag im Dorf der Braut eingefunden hatten. Auch bei ihnen herrschte betroffenes Schweigen, und ihre Mienen zeugten von ihrem Unwillen. Auch wenn Rumänien nach außen hin ein deutliches Interesse an Hitler zeigte, so herrschte unter der Bevölkerung die Angst vor einem Militärputsch oder einer Invasion durch die mit Deutschland verbündeten Sowjets.

Elisa schüttelte verständnislos den Kopf. Wie konnten ein paar junge Männer allein dadurch, dass sie hier vorbeigingen, einen solchen Umschwung der Gefühle hervorrufen – und das nicht nur bei ihr, sondern, wie es aussah, auch bei den meisten anderen Hochzeitsgästen? Sie wandte sich Anne zu. Die Freundin klammerte sich fest an ihren Arm. Ihr Blick wirkte düster, als sie beobachtete, wie die letzten der paradierenden Männer hinter den Häusern verschwanden, die den großen Platz säumten.

Vera kam zu ihnen herübergeeilt. Sie hatte ihre blonden Haare zu einer modernen Frisur aufgesteckt und Elisa glaubte sogar einen Hauch von Puder und Farbe in ihrem Gesicht zu erkennen. „Kommt, Mädchen, wir kümmern uns um Christina und Carol“, schlug Vera vor.

Gemeinsam gingen die drei zum Brautpaar hinüber.

Vera hakte sich bei der Braut ein und führte sie an der Kirche vorbei in die Straße hinein.

Elisa und Anne folgten ihnen, und während die nicht geladenen Gäste entweder den Heimweg antraten oder noch auf dem Platz vor der Kirche stehen blieben, um sich weiter zu unterhalten, begaben sich die Angehörigen der Webers und der Alexandrus in den festlich geschmückten Hinterhof der Brauteltern.

Elisa, Vera und Anne saßen zusammen auf einer hölzernen Bank ein wenig abseits der im Freien errichteten Festtafel. Auf den Knien balancierten sie ihre Teller, die extra für das Fest aus den verschiedenen Haushalten zusammengetragen worden waren, und taten sich an herrlich saftigen Melonenscheiben gütlich.

Elisa schnitt sich mit dem Messer ein großes Stück roten Fruchtfleisches aus ihrer Melone und versuchte, es sich in den Mund zu schieben, ohne ihr gutes Festkleid zu bekleckern. Dabei beobachtete sie, wie die letzten noch sehr warmen Strahlen der untergehenden Sonne über das Ziegeldach des Stalles strichen. Als sie den Blick wieder senkte und zu den anderen Gästen hinübersah, fiel ihr Blick auf Annes Bruder Georg. Er hatte sich umgezogen, trug nun ebenfalls ein weißes Hemd und einen festlichen, schwarzen Anzug und näherte sich langsam dem Büfett.

„Sieh an, der stolze Fahnenschwinger hat sich auch herabgelassen, das einfache Volk zu besuchen“, lästerte Vera.

Georg grinste nur zu ihnen hinüber, ging aber nicht weiter auf Veras Kommentar ein. Vielleicht hatte er ihn auch gar nicht gehört.

Elisa stieß sie leicht mit dem Ellenbogen in die Seite. „Lass ihn doch."

„Das sagt die Richtige", zischte Vera zurück. „Ich habe vorhin deinen Blick gesehen, als diese Kerle vor der Kirche aufgetaucht sind. Du kannst mir nicht erzählen, dass du mit ihnen sympathisierst."

„Hört bitte auf", mischte sich Anne leise ein und erhob sich. „Ihr redet hier über meinen Bruder." Die junge Frau wandte sich um und ging hinkend zu ihrem Bruder hinüber, der sich inzwischen seinen Teller gut gefüllt hatte.

Vera zuckte mit den Schultern. „Solange sie nur marschieren und ihre großen Reden halten, mich aber in Ruhe lassen, habe ich nichts gegen sie. Aber ich habe Papa gehört. Er ist der Bewegung gegenüber sehr misstrauisch." Mit diesen Worten erhob sich Vera und stapfte ebenfalls davon. Es war offensichtlich, dass sie sich nicht weiter über dieses Thema unterhalten wollte.

Elisa widmete sich wieder ihrer Melone und hing ihren Gedanken nach. Gelegentlich misstraute sie den Berichten der Zeitung über die Entwicklungen in Deutschland. Die einen waren sehr reißerisch und enthusiastisch, andere muteten vielmehr vorsichtig und zurückhaltend an. Irgendwie war es schwer für sie, sich aus der Ferne ein eigenes Bild zu machen.

Abgelenkt durch das laute Gelächter einiger Männer und dem Hund der Webers, der angelaufen kam und sich zu ihren Füßen niederließ, vertrieb sie die grübelnden Überlegungen.

Gerade schob sie ein weiteres, großes Stück Melone in den Mund, als sich jemand neben sie setzte. Schnell wischte sie sich den Mund mit einer Serviette ab und hob den Kopf.

Es war Georg, der Veras Platz eingenommen hatte und sich genüsslich das bessarabische Weizenbrot und das verführerisch duftende Hühnchenfleisch schmecken ließ. „Du siehst toll aus in diesem Kleid, Lisa, richtig erwachsen“, sagte er zwischen zwei Bissen und blickte sie an.

Elisa lächelte ein wenig unsicher und schnitt das letzte Stück Fruchtfleisch aus der festen, grünen Schale.

„Jetzt ist Christina verheiratet. Ich bin gespannt, wer als Nächste folgen wird. Anne, Vera oder du?“, führte er seine Unterhaltung fort und warf ihr dabei einen seltsamen Blick zu.

Elisa zuckte leicht mit den Schultern. Sie war sich sicher, dass Vera die Nächste von ihnen sein würde, die vor den Traualtar trat, doch es fiel ihr nicht ein, mit Annes Bruder darüber zu reden.

„Deine zurückhaltende Art gefällt mir. Einem Mann kann wohl nichts Besseres passieren, als eine Frau zu haben, die sich ihm gerne unterordnet, für die Kinder und das Heim sorgt und dem deutschen Volk dient.“

Elisa zog die Stirn kraus und schaute zu Georg hinüber. Seine Worte klangen, als habe er sie aus einem Propagandaheft seiner Bewegung auswendig gelernt.

„Dass du das für ebenso wichtig hältst, zeigt allein die Tatsache, dass du darauf verzichtet hast, eine weiterführende Schule zu besuchen, um einen Beruf zu erlernen oder gar ein Studium zu beginnen“, fuhr Georg fort, ehe er erneut in das Brot biss und für eine Weile wieder mit seiner Mahlzeit beschäftigt war.

Elisa wurde es immer unbehaglicher zumute. Zum einen ärgerte sie sich darüber, dass Georg sich einbildete, zu verstehen, weshalb sie hier im Dorf geblieben war, anstatt zum Studium wegzugehen, zum anderen wusste sie nicht, warum Annes Bruder, mit dem sie in der Vergangenheit nie viel zu tun gehabt hatte, sich plötzlich in so vertraulicher Art und Weise mit ihr unterhielt. Sie jedenfalls hatte nicht das Bedürfnis, dieses Gespräch fortzusetzen, also erhob sie sich, um ihr Geschirr aufzuräumen.

Sie erschrak, als seine kräftige Hand nach ihrem Handgelenk griff. Langsam wandte sie sich um, blickte zuerst auf die Finger, die sich fest um ihren Arm schlossen, und dann auf Georg, der sie mit einem schiefen Lächeln von unten her ansah.

„Ich gehe jede Wette ein, dass du die Nächste bist, die heiratet!“, erklärte er mit einem Lächeln, das Elisa einen kalten Schauer über den Rücken jagte.

Energisch zog sie ihren Arm zurück und zischte: „Wenn du dich da nicht täuschst.“ Sie drehte sich um, lief über den Wirtschaftshof, bog um das Hauseck in den Vorgarten und betrat das Wohnhaus über die vordere Eingangstür. Zitternd blieb sie im kühlen Inneren der Wohnstube stehen und versuchte erst einmal, ihren Herzschlag zu beruhigen.

Was hatte Georg sich nur dabei gedacht?

Langsam ging sie in die Küche hinüber und stellte ihren Teller auf den Tisch. Hinter ihr polterten Vera und Anne kichernd herein. Als die beiden sie sahen, blieben sie verwundert im Türrahmen stehen.

„Welche Katze hat dich denn erschreckt, Mäuschen?“, wollte Vera wissen.

Ängstlich blickte sie an den Freundinnen vorbei, ehe sie leise antwortete: „Ich glaube, Georg hat mir gerade so etwas wie einen Antrag angedroht.“

„Einen Antrag angedroht?“ Vera lachte auf und umarmte sie stürmisch. „Aber das ist doch toll. Ist es nicht das, was du immer wolltest? Einen Mann, den du schon lange kennst und der hier verwurzelt ist?“

„Aber doch nicht Georg“, hauchte Elisa entsetzt.

„Warum? Ist er nicht gut genug für dich?“, fragte Anne vorwurfsvoll.

Elisa machte einen Schritt auf Anne zu und ergriff sie an beiden Händen. „Ich liebe ihn nicht, Anne. Und er gehört dieser Bewegung an, die mir mehr Angst einjagt, als dass ich sie ignorieren könnte. Ich könnte einfach nicht –"

„Natürlich nicht. Du hast vermutlich die große Auswahl", fauchte Anne, drehte sich auf dem Absatz um und verließ energisch das Haus.

Elisa senkte betroffen den Kopf und schloss für einen Moment die Augen. Dann sah sie wieder auf und blickte in Veras ungewohnt ernstes Gesicht. „Das ist es, was mir an dieser Bewegung Angst macht. Sie verändert uns. Nicht nur die Männer und Frauen, die sich mit Begeisterung für sie einsetzen, sondern auch uns und die Welt um uns herum. Annes Bruder hat sich verändert, und er hat seltsame Einstellungen, die auch Anne Angst machen. Das hat sie mir selbst gesagt. Aber er ist ihr Bruder und sie liebt ihn. Weißt du, dass er ihr neulich erzählt hat, dass Menschen mit Behinderungen nur Menschen zweiter Klasse seien? Ist er blind oder nur dumm? Was hat seine Schwester denn? Etwa keine Behinderung?"

„Meine Güte, Lisa. Das hat er tatsächlich zu ihr gesagt?"

„Vermutlich sieht er an Anne keine Behinderung, weil sie seine Schwester ist, aber sie war schwer getroffen von seinen Worten."

„Ist es das, was sie den Menschen in dieser Hitler-Bewegung beibringen? Dann kann ich verstehen, weshalb du Angst davor hast, und auch, dass du jemanden, der diese Ansichten vertritt, niemals heiraten könntest."

„Warum versteht Anne es dann nicht?"

„Du hast es selbst gesagt. Weil sie ihren Bruder liebt." Vera machte eine kurze Pause. Dann erklärte sie: „Du solltest Georg deine Ansichten mitteilen, bevor er sich weiter Hoffnungen macht."

Elisa riss ihre Augen auf. „Das kann ich nicht."

„Ich vergaß. Ich spreche ja mit unserem verschreckten Mäuschen."

„Bitte, Vera. Immerhin hat er ja nur Andeutungen gemacht. Es wäre zu peinlich, wenn ich ihn falsch verstanden hätte und ..." Elisa schüttelte den Kopf.

Vera zog ihre Schultern in die Höhe. „Da hast du natürlich recht. Aber vielleicht solltest du dir schon einmal eine gute Antwort überlegen, falls er irgendwann deutlicher werden sollte."

Elisa nickte zaghaft. Die Vorstellung behagte ihr gar nicht, doch es war sicher gut, Veras Rat zu beherzigen.

Kapitel 6

„Schluss jetzt!", polterte Herr Bader und schlug mit der flachen Hand energisch auf den Tisch. Bestecke klirrten auf den Tellern und der Rotwein in Samuels Glas schwappte hin und her.

Samuel betrachtete seine Mutter und seine jüngere Schwester. Beide hatten Tränen in den Augen. Der junge Mann wandte sich wieder an seinen Vater. „Es tut mir leid, Vater. Das sind die Nachrichten, die ich aus Berlin mitbringe. Irgendwann in den letzten Tagen ist dieser Nichtangriffsvertrag unterschrieben worden. Ich weiß nicht, was in Bezug auf Bessarabien und andere Gebiete, in denen deutsche Siedler leben, ausgehandelt wurde, aber Moritz vermutet –"

„Moritz, Moritz. Wer ist dieser Moritz schon? Vielleicht macht es ihm Freude, andere Menschen in Angst und Schrecken zu versetzen?"

„Vater, Moritz ist –"

„Denkst du, ich habe die Hakenkreuzbinde an seinem Ärmel nicht bemerkt?"

„Er arbeitet in der Reichskanzlei."

„Dann sollte er sich eine andere Arbeit suchen."

„Durch diese Arbeit kommt er an Informationen, an die er sonst nicht gelangen würde. Vermutlich ist er gerade dabei, einen Weg zu finden, England und Frankreich, aber vor allem auch Polen, Ungarn und andere baltische Staaten zu warnen."

„Vielleicht ist er aber auch gerade dabei, sich vor Lachen über dich auszuschütten und mit diesen Braunhemden weitere Gemeinheiten auszuhecken. Du warst im November '38 in Berlin. Weißt du nicht mehr, was sie dort mit den jüdischen Synagogen und Geschäften gemacht haben?"

Samuel schloss gequält die Augen und senkte den Kopf. Wie sollte er jemals diesen Tag vergessen, an dem die Synagogen und die jüdischen Geschäfte in Berlin zerstört und angezündet worden waren. Noch immer hörte er das Johlen der SA- und SS-Männer sowie das Weinen der Jungen, die gemeinsam mit ihren Vätern auf Lastwagen verladen und abtransportiert wurden, und er sah vor seinem inneren Auge das Bild von diesem älteren Mann mit zertrümmertem Schädel, der auf der Straße gelegen hatte.

Samuel riss sich aus seiner albtraumhaften Erinnerung. Einige jüdische Freunde seines Vaters hier in Bessarabien hatten Familie in Deutschland. Sie alle fürchteten um das Leben ihrer Angehörigen. Das, was er, Samuel, seiner Familie heute erzählt hatte, würde nicht gerade dazu beitragen, diese Furcht, auch um das eigene Hab und Gut und das Leben hier in Bessarabien, einzudämmen. „Moritz arbeitet zwar in der Reichskanzlei, aber er hat sich von der Ideologie Hitlers nicht verblenden lassen. Und vermutlich gibt es innerhalb des Systems weitere Männer, die Hitler unter Kontrolle halten wollen. Moritz muss sie nur finden."

„Und dann?", fragte Charlotte leise. Sie sah mit tränenfeuchten Augen zu ihrem Bruder hinüber.

Samuel griff über das Tischeck und nahm ihre zarte Hand in seine. „Dann könnte man versuchen, etwas gegen diesen furchtbaren Mann zu unternehmen."

Charlottes Augenbrauen zogen sich besorgt zusammen. „Du hast selbst gesagt, dass Hitler und sein Regime gefährlich sind."

Samuel nickte, beließ es jedoch dabei. Er hatte die beiden Frauen genug erschreckt.

„Komm mit nach draußen", bat sein Vater ihn, doch seine Worte klangen mehr nach einem Befehl als nach einer Bitte, was nicht verwunderlich war; immerhin hatte er es in der rumänischen Armee bis zu einem Offiziersrang gebracht.

Nacheinander verließen die beiden Männer die Küche. Sie gingen durch die große Eingangshalle und verließen das Gutshaus über die nach links und rechts verlaufende, weiße Freitreppe.

Neben dem Haus befand sich die Pferdekoppel. Samuels Blick wanderte zu den Arabern hinüber, die sich im Schatten der Ulmen und Buchen aufhielten und gemächlich am Gras rupften. Langsam und schweigend schlenderten Vater und Sohn bis an den hölzernen Koppelzaun. Während Herr Bader die Arme auf die oberste Querstange legte und einen liebevollen Blick über seine Zuchttiere gleiten ließ, drehte Samuel sich um, lehnte sich mit dem Rücken gegen die Stangen und betrachtete mit vor der Brust verschränkten Armen das Haus.

„Erst dieser Moritz und jetzt du", brummte Karl Bader.

„Ich vertraue Moritz, Vater. Er spielt kein falsches Spiel."

„Oh doch, er spielt ein falsches Spiel. Das hast du selbst gesagt. Er arbeitet für diese Männer, ohne ihre Ideologie und ihre Pläne gutzuheißen, will sie vielmehr zerstören. Weshalb sollte er nicht auch gegen dich ein falsches Spiel spielen?"

„Wieso sollte er das tun, Vater? Ich bin unwichtig."

„Ihr habt von Widerstand gesprochen."

„Ich habe damit angefangen."

„Und er hat mitgemacht, um deine Gesinnung zu überprüfen."

„Wenn das sein Beweggrund gewesen sein sollte, dann hat er höchstens gemerkt, dass ich kein begeisterter Anhänger Hitlers bin, aber auch nicht gegen ihn arbeite – noch nicht." Samuel sah, wie Charlotte ein Fenster öffnete und lange Zeit zu ihnen hinübersah. Es tat ihm leid, dass er sie und seine Mutter in Angst versetzt hatte. Doch Moritz hatte recht. Sie mussten vorbereitet sein auf das, was in den nächsten Monaten in diesem Land geschehen konnte. „Moritz ist ein Freund, Vater. Vermutlich bringt er sich im Moment selbst in Gefahr, indem er versucht, Hitlers Pläne durchsickern zu lassen."

„Du glaubst ihm also."

„Ich vertraue ihm."

Karl Bader schnalzte mit der Zunge und strich einer dunkelbraunen Stute, die neugierig zu ihnen herübergekommen war, über die Nüstern. „Angenommen, ich spreche darüber mit unserem Bürgermeister oder mit dem deutschen Volksrat und es dringt davon etwas an die Anhänger der Bewegung durch. Was wird dann geschehen?"

„Ich weiß es nicht", antwortete Samuel. „Vielleicht hält der Volksrat es für Geschwätz, für Vermutungen, für Panikmache und man kümmert sich nicht weiter darum. Oder es wird nach Deutschland weitergeleitet, und das könnte für einige Personen sehr unangenehme Folgen haben."

„Auch für diesen Moritz, für dich und für deine Familie hier?"

Samuel nickte nur.

„Aber zu schweigen heißt, den anderen die Möglichkeit zur Wachsamkeit zu rauben, die du in mir wecken wolltest. Ist das richtig?"

„Was ist richtig in diesen Tagen?", murmelte Samuel und strich sich über sein unrasiertes Kinn, dass die Bartstoppeln leise knisterten.

Karl Bader nahm die Arme vom Zaun und drehte sich ebenfalls um. Er ließ seinen Blick über die angrenzenden Ländereien, den tiefgrünen, von der Sonne freundlich beschienenen Wald und sein Haus gleiten, das, eingerahmt von einigen Laubbäumen, in mattem Weiß schimmerte. Er seufzte leise auf und lehnte sich wie sein Sohn mit dem Rücken gegen die Holzstangen. „Ich liebe Bessarabien, Samuel. Es ist meine Heimat. Meine Vorfahren und ich haben viel erreicht – zu viel, um es einfach aufzugeben."

Samuel schloss die Augen und hörte auf die vertrauten Geräusche um ihn herum. Der sanfte Wind strich durch die Äste der Bäume und brachte die Blätter zum Rauschen. Vögel sangen ihre Lieder und eine der Stuten hinter ihnen schnaubte leise auf. Er seufzte. Er war hier geboren, kannte jeden Hügel, jeden Baum im Umkreis von mehreren Kilometern und er konnte die Liebe seines Vaters zu diesem Land verstehen. Er sehnte sich selbst manchmal hierher zurück. Immerhin lebte er schon seit ein paar Jahren in Berlin.

Schwungvoll stieß sich sein Vater ab, dann stellte er sich dicht vor Samuel und legte seine schwielige, braungebrannte rechte Hand auf dessen Schulter. „Es war richtig, uns zu warnen, Samuel. Es tut mir leid, dass ich vorhin so heftig reagiert habe. Ich werde mit unserem Bürgermeister sprechen. Er mag die Braunhemden genauso wenig wie ich. Er hat in der Stadt ihre Aufmärsche und Plakatanschläge verboten. Als Begründung nannte er seine Sorge darüber, wie die rumänische Regierung auf solche Provokationen reagieren könnte. Sie dürfen sich nur noch in den Wirtshäusern versammeln – solange sie sich anständig und ruhig verhalten."

„Er sollte sie nicht noch mehr provozieren, Vater."

„Das wird er nicht. Aber wir werden die weitere Entwicklung im Auge behalten."

„Das ist gut", stimmte Samuel zu und atmete erleichtert aus.

Kapitel 7

Ein leichter warmer Windhauch brachte das Steppengras in Bewegung. Genießerisch schloss Elisa die Augen. Sie lauschte auf das Rascheln des Grases und spürte die harte, kühle Rinde der Weide in ihrem Rücken. Sie genoss die letzten warmen Strahlen der Herbstsonne. Vera, Anne und sie hatten die etwas ruhigeren Tage direkt vor der Ernte genutzt, um Christina über das Wochenende zu besuchen. Nun stand das alte Fuhrwerk zur Abfahrt bereit und die jungen Frauen wollten die letzten Minuten miteinander genießen.

Als das Blöken eines Schafes zu ihr herüberdrang, öffnete Elisa ihre Augen wieder. Entlang des sich durch die Ebene windenden Bachlaufes stand eine größere Herde Schafe, die sich langsam in Richtung Wasser in Bewegung setzte. Der Schäfer mit seiner spitzen Fellmütze stand bewegungslos auf seinen Schäferstock gestützt und beobachtete die träge dahintrottenden Tiere. Um den Mann und die Tiere herum flimmerte die Luft.

Christina, die neben Elisa saß, streckte langsam ihre Beine von sich und breitete sorgsam ihren dunklen Rock darüber. „Schade, dass ihr gleich gehen müsst", flüsterte sie leise, um die friedliche Stille um sie herum nicht zu stören.

„Wir sind immerhin schon seit Freitagabend hier. Morgen ist Montag, und wir haben alle zu Hause einiges an Arbeit nachzuholen, zumal die Erntezeit beginnt", erwiderte Anne, die ein paar Meter weiter entfernt auf einem Baumstumpf saß.

„Außerdem wird dein Carol bald von seiner Geschäftsreise aus Kischinew zurückkommen, und da wird er froh sein, wenn wir wieder weg sind", erwiderte Vera leise und blinzelte der jungen Ehefrau verschwörerisch zu.

Christina lächelte sanft. „Carol mag euch. Das hat er mir selbst gesagt. Er hat sich gefreut, dass ihr über das Wochenende nach mir sehen wolltet."

„Hast du im Dorf Anschluss gefunden?“, wolle Elisa wissen.

„Es hilft zumindest, dass ich Rumänisch spreche. Die Menschen sind freundlich und höflich. Und Carols Familie ist sehr nett zu mir. Seine ältere Schwester habe ich schon richtig ins Herz geschlossen. Dennoch fehlen mir meine Freundinnen“, erwiderte Christina.

Elisa beugte sich ein wenig nach vorne, um ihr ins Gesicht sehen zu können.

Christina lächelte ihr beruhigend zu. „Natürlich bin ich ein wenig traurig, dass ich euch nur noch so selten sehe. Aber mir geht es gut. Die Menschen hier haben mich herzlich aufgenommen und Carol verwöhnt mich sehr. Ich bin glücklich.“

„Das wollte ich hören“, erwiderte Elisa zufrieden und lehnte sich wieder gegen den Stamm der Weide, deren schmale, biegsame Äste sich im Wind sanft hin und her bewegten. Elisa blinzelte und beschattete dann die Augen mit einer Hand. „Wir sollten uns langsam auf den Weg machen. Die Sonne wandert schon in Richtung Hügel.“

„Es ist aber immer noch so warm.“

„In die Dunkelheit sollten wir aber nicht kommen“, widersprach Elisa ihrer Cousine.

Diese stieß ein vernehmliches Seufzen aus, erhob sich jedoch als Erste. „Vielen Dank für deine Gastfreundschaft, Christina. Ich habe das Wochenende sehr genossen. Endlich konnte ich wieder einmal von meinen Träumen erzählen, ohne ausgelacht zu werden oder von meinen Eltern zu hören, wie unanständig und unvernünftig ich bin.“

„Du hast uns nur nicht lachen gehört“, zog Christina sie auf, erhob sich ebenfalls und umarmte sie.

„Weil ich mitgelacht habe“, antwortete Vera.

Auch Elisa und Anne verabschiedeten sich von Christina.

Vera und Elisa stiegen auf den Kutschbock und Anne kletterte hinten auf die Ladefläche.

„Grüße deinen Schwager von uns und danke ihm, dass er uns mit dem An- und Ausspannen geholfen hat!“, rief Anne hinunter und winkte Christina noch einmal zu.

Die beiden Pferde zogen an, und Elisa lenkte das Gespann über die Ebene und einen kleinen, sanft ansteigenden Hügel hinauf. Dort wandte sie den Kopf und blickte noch einmal in das Tal zurück. Das kleine, rumänische Dorf lag friedlich in der Senke, eingeschlossen von Feldern und Weiden. Sie konnte Christina sehen, die langsam auf die ersten Häuser zuging.

„Pass auf, Lisa!“, fuhr Vera sie an.

Erschrocken wandte Elisa ihren Blick wieder nach vorne.

„Du träumst mal wieder.“

„Ich habe nur Christina nachgesehen.“

Vera schaute sie mitleidig an. „Sie fehlt dir, nicht wahr?“

„Dir etwa nicht?“

„Doch”, gab Vera zu und hielt sich an der Seite des Kutschbockes fest, da der Wagen auf dem ausgefahrenen Weg heftig hin und her schaukelte.

„Aber wir können sie ja immer wieder besuchen!“, rief Anne von hinten.

Elisa konzentrierte sich auf das Lenken des Wagens. Sie war es nicht gewohnt, selbst zu kutschieren.

Langsam sank die Sonne tiefer und verschwand hinter ein paar waldlosen Hügeln. Die Dämmerung, die sich über das Land legte, brachte eine angenehme Kühle. Der Himmel verfärbte sich orange und ließ das lange Steppengras wie ein großes Flammenmeer aussehen. Über ihnen kreiste ein Raubvogel und stieß einige heisere, laute Schreie aus, ehe er davonglitt.

Vera seufzte. „Das ist es, wonach ich mich sehne. Zu Hause in unserem Dorf sind wir so eingeengt. Ich habe dieses Wochenende genossen. Wir konnten endlich mal wieder unbeschwert sein, das Leben genießen –“

„… und uns vor den alltäglichen Arbeiten drücken, nicht wahr, Vera?“, vervollständigte Anne den Satz.

Elisa lachte über die Fratze, die ihre Cousine auf diesen Kommentar hin zog. Anne, die an diesem Wochenende sehr viel gelöster gewesen war als in den vergangenen Monaten, hatte die Freundin durchschaut.

„Wenn ich Christina wäre, würde ich Carol auf seinen Geschäftsreisen begleiten“, erklärte Vera.

„Christina hat einen Haushalt, einen Garten und Vieh zu versorgen. Außerdem wird sie irgendwann bestimmt auch einmal Kinder haben“, erklärte Anne.

„Was seid ihr beide doch vernünftig und langweilig!“, schimpfte Vera gutmütig.

Elisa lächelte belustigt vor sich hin. Sie zügelte die beiden kräftig ausschreitenden Tiere ein wenig, als sie von der Hochebene in das Tal hinuntermussten, in dem sie bereits die ersten Felder und Weiden ihres Dorfes erkennen konnte.

Plötzlich tauchte wie aus dem Nichts ein Mann am Wegrand auf, der in der Dämmerung nur als Schatten zu erkennen war. Als sie auf seiner Höhe waren, griff er in das Zaumzeug des auf der rechten Seite eingespannten Pferdes und brachte die Tiere zum Stehen.

Die Mädchen wurden auf dem Wagen unsanft durchgeschüttelt. Links und rechts von ihnen tauchten weitere Männer aus der Dunkelheit auf. Elisa war erleichtert, als sie ein paar von ihnen erkannte. Es waren junge Männer aus ihrem Dorf. Schnell stellte sie die Bremse fest, denn an dieser Stelle war der Weg so steil, dass der Wagen von hinten gegen die Pferde gerollt wäre.

„Wo kommt ihr denn her?“, fragte der Mann, der noch immer das Geschirr der Pferde fest in den Händen hielt.

Vera deutete mit dem Daumen über ihre Schulter und erwiderte trocken: „Von da hinten.“

„Von den Rumänen?“

„Wir haben eine Freundin besucht", erklärte Anne. Elisa konnte deutlich das Zittern in ihrer Stimme hören.

Plötzlich wippte der Wagen. Elisa drehte sich erschrocken um und sah, wie zwei der jüngeren Burschen zu Anne auf die Ladefläche stiegen. In Elisa wallte Angst auf. Was wollten sie von ihnen? Unwillkürlich schob sie den Rock ihres grünen Kleides ein wenig weiter über ihre Knie nach unten.

„Freunde bei den Rumänen? Eine deutsche Frau sollte sich ihre Freunde sorgsamer aussuchen", fauchte der Sohn ihres ehemaligen Lehrers, der neben dem Kutschbock stand.

Elisa fuhr erschrocken zu ihm herum. Erst jetzt sah sie die Hakenkreuzbinde an seinem Oberarm. Elisa blickte ihn entsetzt an. Sein bärtiges Gesicht machte auf sie einen unangenehm kalten und berechnenden Eindruck. Ängstlich schaute sie zu Vera hinüber. Auch auf ihrer Seite stand ein junger Mann. Dieser stellte sich auf den Tritt, um sich nach oben, näher zu Vera hinauf, zu stemmen.

„Na, dann kommt mal runter", meinte der Lehrerssohn neben Elisa und legte seine Hand auf ihren linken Unterschenkel. Ein eiskalter Schauer jagte ihr über den Rücken. Hinter sich hörte sie Anne aufschreien.

Moritz Steinfurts Schritte hallten laut durch den langen Flur des Verwaltungsgebäudes. Die großen Fenster mit ihren dicken Fensterkreuzen ließen an diesem verregneten Spätsommertag kaum Licht herein, und so wirkte der Bau, obwohl er neu und überaus prunkvoll war, trist und unheimlich. Vielleicht lag das aber auch an seiner Gemütslage, überlegte Moritz.

Es war Sonntagabend und dementsprechend verwaist war zumindest dieser Teil des Gebäudes. Doch er hoffte, dass Hans Bernd von Haeften heute in seinem Büro war.

Irgendwo am Ende des Flures wurde eine Tür geschlossen. Seine Schritte wurden ein wenig zögernder. Er hatte ein flaues Gefühl im Bauch. Dabei war er sich recht sicher, dass Hans Bernd von Haeften keine großen Sympathien für Hitler und seine Getreuen hegte. Doch was war schon sicher in diesen Tagen? Sein Leben jedenfalls nicht mehr, sollte er sich in Bezug auf von Haeften irren.

Moritz kannte von Haeften nur flüchtig aus dem Auswärtigen Amt. Der Jurist und Kulturattaché war sieben Jahre älter als er, hatte jedoch ebenfalls am Bismarck-Gymnasium in Berlin-Wilmersdorf sein Abitur abgelegt. Allerdings konnte er sich aus der Schulzeit nicht an ihn erinnern. Langsam und tief in Gedanken versunken nahm Moritz die Treppe nach oben. Er wusste über von Haeften, dass er seit '33 zur Bekennenden Kirche gehörte und dass er, obwohl er in der kulturpolitischen Abteilung des Auswärtigen Amtes beschäftigt war und inzwischen als dessen zukünftiger Leiter gehandelt wurde, noch immer nicht Mitglied der NSDAP war. Das war für Moritz letztendlich der Ausschlag gewesen, ihn und nicht einen anderen anzusprechen.

Der junge Mann blieb vor der massiven Tür, die zu von Haeftens Büro führte, stehen und hörte sein eigenes Herz schlagen. Vorsichtig sah er sich um. Er hatte Angst und wusste doch, dass er keine Nacht mehr ruhig würde schlafen können, wenn er jetzt einfach wieder ging. Gerade als er die Hand heben wollte, um anzuklopfen – in der leisen Hoffnung, von Haeften würde doch nicht da sein –, wurde die Tür schwungvoll geöffnet.

Hans Bernd von Haeften wich erschrocken zurück, als er sich dem jungen Mann gegenübersah. Dann fuhr er sich mit der Hand durch sein sorgfältig zurückgekämmtes Haar, runzelte die Stirn und fragte: „Wollten Sie zu mir?"

„Wenn Sie ein paar Minuten Zeit für mich hätten, Herr von Haeften ...?", erwiderte Moritz und trat schnell ein, als wolle er um jeden Preis verhindern, dass jemand sah, dass er sich mit dem Mann traf.

Von Haeften blickte ihn irritiert an und trat einen Schritt hinaus auf den Flur. Dort blickte er erst nach links, dann nach rechts und kam schließlich ebenfalls zurück ins Büro, wobei er sorgfältig die Tür hinter sich schloss.

Moritz sah sich in dem Raum um, ohne tatsächlich irgendetwas von dessen Einrichtung oder Atmosphäre wahrzunehmen. Seine Handflächen waren schweißnass, und er spürte, wie seine Beine zitterten.

„Was kann ich für Sie tun ... Steinfurt, nicht wahr?"

Moritz nickte und nahm auf dem gepolsterten Holzstuhl Platz, den von Haeften ihm anbot. Verunsichert senkte er den Blick. Was sollte er sagen? Wie sollte er beginnen? Keines der Worte, die er sich zurechtgelegt hatte, wollte ihm ins Gedächtnis kommen.

Sein Gegenüber räusperte sich leise. „Worüber wollten Sie mit mir sprechen, Herr Steinfurt?"

Moritz sah auf. Sein Blick fiel auf den linken Oberarm des Mannes.

Dieser blickte an sich herab und begann, sich die Armbinde auszuziehen, um sie wenig sorgfältig zusammenzuknüllen und in seiner Hosentasche verschwinden zu lassen. „Fühlen Sie sich jetzt besser?", fragte von Haeften, und obwohl eine Spur Spott in der Stimme mitklang, waren seine Augen freundlich auf ihn gerichtet.

Moritz nickte, beugte sich ein wenig nach vorne und begann stockend: „Sie kommen aufgrund Ihrer Tätigkeit gelegentlich nach Bukarest, Herr von Haeften?"

„Das war in der Vergangenheit ab und an der Fall, ja", lautete die einfache Antwort, die alle Möglichkeiten für ihn offenließ.

Moritz sah ihn direkt an. „Ich habe gute Freunde in Rumänien. In Bessarabien, um genauer zu sein."

Von Haeften nickte verstehend.

„Sie wissen selbstverständlich von der Vertragsunterzeichnung vor zwei Wochen in Moskau ..."

„Der Nichtangriffspakt. Natürlich."

Moritz holte tief Luft und fuhr fort: „Man munkelt etwas von einem geheimen Zusatzprotokoll."

„Mit welchem Inhalt?"

„Das entzieht sich meinem Wissen."

„Und was vermuten Sie?"

„Gebietsaufteilungen zwischen der Sowjetunion und dem Deutschen Reich nach weiteren Vorstößen der deutschen Armee in Richtung Osten."

„Deshalb Ihre Sorge bezüglich Ihrer Freunde in Bessarabien? Die Sowjetunion könnte sich diesen Teil Rumäniens wieder einverleiben wollen. Immerhin behauptet die Regierung seit über zwanzig Jahren, er sei ihr geraubt worden."

Moritz nickte und musterte seinen Gesprächspartner aufmerksam und ängstlich zugleich.

„Sie wollen, dass ich Ihren Bekannten eine Warnung zukommen lasse?", fragte er schließlich und sein Blick verdunkelte sich um eine Nuance.

„Das ist schon geschehen", antwortete Moritz, auch wenn er sich selbst mit dieser Aussage in große Gefahr brachte, wenn von Haeften nicht seine Einstellung zu Hitler teilte. Immerhin gab er damit indirekt zu, dass er vertrauliche Informationen weitergegeben hatte.

Von Haeften setzte sich aufrechter hin. „Wen könnte ich sonst warnen wollen?"

Moritz atmete tief ein, dankbar, dass der Mann vor ihm ihn sofort verstanden hatte. Aber konnte er geradeheraus ansprechen, dass man die bedrohten baltischen Länder warnen sollte? Oder dass es an der Zeit war, England und Frankreich einen Hinweis zukommen zu lassen, dass Hitlers Streben nach mehr Lebensraum für sein deutsches Volk noch nicht zu Ende war? Er entschied sich dagegen.

Der junge Mann stand auf.

Auch Hans Bernd von Haeften erhob sich und kam schnell um seinen Schreibtisch herum. Er streckte ihm seine Rechte entgegen und sagte sehr leise: „Es wurde schon versucht. Doch in diesen Zeiten sind viele Ohren taub, andere panisch vor Angst."

„Ich danke Ihnen", murmelte Moritz, erleichtert darüber, dass von Haeften den Grund seines Kommens auch ohne viele Worte verstanden hatte.

Von Haeften drückte ihm fest die Hand. „Es gibt viele von uns. Scheuen Sie sich nicht, zu mir zu kommen, Herr Steinfurt, wenn Sie etwas auf dem Herzen haben. Einen gesegneten Sonntag wünsche ich Ihnen noch."

Moritz trat hinaus auf die Voßstraße und ging in Richtung Potsdamer Platz. Er stand unter enormer Anspannung. Seit er das Büro des Leiters des Auswärtigen Amtes verlassen hatte, war er noch unruhiger als zuvor. Ängstlich blickte er sich um. Er musterte misstrauisch jede Person, die ihm entgegenkam. Konnte er von Haeften vertrauen? Oder hatte er womöglich schon jemanden verständigt? Würde man ihn nun beobachten? Musste er damit rechnen, in den nächsten Tagen festgenommen zu werden?

Andererseits hatte er sich nur besorgt um Bekannte in Bessarabien geäußert und war auf von Haeftens Andeutungen kaum eingegangen. Außerdem – war einem Mann, der sein Christsein offen lebte, sich noch immer weigerte, in die Partei einzutreten und der ihm einen gesegneten Sonntag wünschte, nicht zu trauen?

Seine Hand fand in der rechten Jackentasche die Armbinde, die er vor dem Gespräch ebenfalls abgenommen hatte. Einen Moment zögerte er, dann zog er die Hand wieder heraus – ohne die Armbinde. Was sollte es? Er fühlte sich sowohl mit als auch ohne die Hakenkreuzbinde mehr als unwohl.

„Was ist hier los?“, donnerte eine wütende Stimme mit Berliner Akzent durch die Dunkelheit. „Benimmt sich so die deutsche Jugend deutschen Frauen gegenüber?“

Die Hand an Elisas Bein verschwand, und der junge Kerl, der an Veras Seite den Kutschbock erklommen hatte, sprang hastig wieder auf den Boden hinunter, ebenso wie diejenigen, die zu Anne auf die Ladefläche geklettert waren.

Elisa sah sich um, doch sie konnte außer den jungen Männern aus ihrem Dorf niemanden sehen. Weiter hagelten Zurechtweisungen und NS-propagandistische Redewendungen auf die jungen Männer herab.

Elisa drehte sich um. Anne saß zusammengekauert in einer Ecke der Ladefläche. Hinter dem Wagen, oben auf dem Hügel, mit der untergehenden, glutroten Sonne im Rücken, sah sie die Silhouette eines Mannes auf einem Pferd. Sein Gesicht konnte sie nicht erkennen.

Mit ein paar letzten deutlichen Worten und einer herrischen Handbewegung schickte er die jungen Männer davon, die zum Abschied wortlos den Deutschen Gruß erboten. Die Antwort war ein kurzes, nachlässiges, beinahe widerwilliges Heben des Armes vonseiten des Reiters, der dann sein Tier antrieb und neben das Fahrzeug lenkte.

Elisa riss ihre Augen weit auf, als sie ihn erkannte. „Dr. Bader“, stammelte sie. Erleichterung machte sich in ihr breit. Tränen stiegen ihr in die Augen und sie senkte schnell den Kopf.

„Bist du in Ordnung, Elisa?“, fragte Samuel leise.

Die junge Frau zwang sich, ihn anzusehen, und nickte stumm.

„Gut“, sagte er und schenkte ihr ein Lächeln.

Neben ihr erwachte Vera aus ihrer Erstarrung. Sie beugte sich weit herüber und streckte dem Arzt ihre Rechte entgegen. „Samuel! Du bist unser Retter. Wie gut, dass du ausgerechnet jetzt hier aufgetaucht bist.“

Der junge Mann nahm die Hand und drückte sie kurz. Nachdem Vera, die weiterhin mit aufgeregter Stimme auf Samuel einsprach, ein wenig von ihr abgerückt war, drehte Elisa sich auf dem Holzsitz um und beugte sich nach hinten. Anne saß noch immer zusammengekauert auf der Pritsche, den Blick starr in die Richtung gewandt, in der die Männer verschwunden waren.

„Anne, haben sie dir etwas getan?“, fragte Elisa leise und streckte ihren Arm aus, um ihre Hand auf die Schulter ihrer Freundin zu legen.

Anne sah sie einen Augenblick lang verwirrt an, ehe sie langsam den Kopf schüttelte. „Mir geht es gut, Lisa. Ich habe mich nur erschrocken.“

„Das haben wir alle“, bestätigte Elisa. Dann entdeckte sie das aufgebrachte Blitzen in Annes Augen. „Was ist mit dir?“, wollte sie wissen.

„Was mit mir ist? Das waren Freunde von meinem Bruder!“, fauchte Anne.

Elisa zuckte unwillkürlich zusammen. „Aber er war nicht dabei.“

„Nein, er war nicht dabei!“, gab sie wütend zurück und verschränkte die Arme vor ihrer Brust. „Aber was denkst du, woher die wussten, wo wir sind und wann wir vorhatten zurückzukommen?“

Wenig später rollte der Wagen wieder über den Weg. Samuel hatte angeboten, die jungen Frauen nach Hause zu bringen. Er saß neben Vera, die darüber äußerst glücklich war, auf dem Kutschbock. Sein Pferd hatte er hinter dem Wagen angebunden, während Elisa zu Anne auf die Ladefläche gestiegen war.

Anne war völlig aufgelöst. Sie zitterte am ganzen Körper. Ob noch immer wegen des Schreckens oder aus Wut, war Elisa nicht ganz klar.

„Wie konnte er nur?“, flüsterte Anne.

Elisa betrachtete ihre Freundin. „Es ist doch gar nicht sicher, dass Georg etwas mit dieser Sache zu tun hat,

Anne. Vielleicht hat er seinen Kumpanen von unserer Wochenendreise erzählt. Aber geschickt hat er sie bestimmt nicht. Er wird doch seiner Schwester keinen solchen Schrecken einjagen wollen."

„Und dir auch nicht, wie? Immerhin scheint er dich ja zu mögen."

Unangenehm berührt zog Elisa die Schultern in die Höhe.

Anne fuhr fort: „Aber er weiß auch, wie du zu der Bewegung stehst."

„Anne –"

„Du hättest ihn mal hören sollen, als ich meine Eltern um Erlaubnis bat, zu Christina zu fahren. Er fragte, was ich mit diesen Rumänen zu tun hätte, und meinte, ich solle mich von solchen Leuten fernhalten. Du weißt ja, was die so sagen. Ich kann mir gut vorstellen, dass er uns mit diesem kleinen ‚Überfall' einfach eine Lehre erteilen wollte."

Elisa schaute sie ernst an. „Du glaubst also wirklich, dass er seine Freunde beauftragt hat, uns hier abzufangen?"

„Vermutlich sollten sie uns nichts tun, aber zumindest so sehr erschrecken, dass wir nicht noch einmal auf die Idee kommen, Christina und Carol zu besuchen", erklärte Anne mit zitternder Stimme und wandte dann den Kopf ab.

Samuel brachte erst Anne und dann Vera bis nach Hause, ehe er den Wagen in den Hof der Steigers fuhr.

Während der junge Mann vom Kutschbock sprang, rutschte Elisa ans Ende der Ladefläche, um abzusteigen. Gerade als ihre Beine über der Kante baumelten, tauchte Samuel vor ihr auf. Er griff ihr um die Taille und hob sie herunter. Vorsichtig stellte er sie auf ihre Füße und trat einen Schritt zurück. Dann erst nahm er seine Hände zurück und verschränkte sie vor seiner Brust.

„Kanntest du die Männer, Elisa?“, wollte er wissen.

Verwirrt blinzelte sie zu ihm hinauf. „Sie sind alle hier aus unserem Dorf.“

Samuel nickte und wandte sich seinem Reittier zu. Geschickt band er die Zügel vom Karren los und hielt sie ihr hin. „Wenn du mein Pferd nimmst, kann ich mich um die Zugtiere kümmern“, sagte er und drückte ihr die Zügel einfach in die Hände.

Elisa seufzte und drehte sich um. Ging ihm ihre ruhige, schüchterne Art auf die Nerven? Elisa schnalzte der Stute zu, die sofort die Ohren nach vorne drehte und ihr willig über den harten Boden des Wirtschaftshofes bis in den Stall folgte.

Sorgfältig band sie das Pferd in der Box fest. Dann suchte sie erst einmal nach der Stalllampe, die sie anzündete und an den dafür vorgesehenen Haken an einem Balken hängte. Nachdem sie Samuels Reittier abgesattelt hatte, begann sie, mit langsamen, gründlichen Bewegungen die Stute abzureiben.

Kurz darauf führte Samuel die beiden Pferde der Steigers herein.

Elisa warf Heu in die Raufen und füllte die Tränken in den Boxen, ehe sie begann, eins der eigenen Pferde zu versorgen, während Samuel sich um das andere kümmerte. Schweigen herrschte in dem dunklen Gebäude, das einzig durch das flackernde Licht der Stalllampe erhellt wurde.

Als Elisa fertig war, strich sie der Stute langsam über den Hals. Sie war sich unsicher, ob sie, nun, da sie hier ja nichts mehr zu tun hatte, einfach ins Haus gehen sollte. Aber sie konnte den Mann doch unmöglich alleine zurücklassen.

Schließlich sagte sie: „Sie können gerne ins Haus gehen, Dr. Bader. Ich versorge das Tier.“ Mit dem Eimer in der Hand trat sie zurück in die Stallgasse, um ihm Platz zu machen.

„Traust du mir das nicht zu, Elisa?“, fragte er mit einem belustigten Unterton in der Stimme.

Elisa lächelte in die Dunkelheit hinein. „Doch, aber vielleicht möchten Sie gerne meine Familie begrüßen.“

„Das kann ich nach der Arbeit auch noch tun.“

Mit kraftvollen Bewegungen säuberte er die Hufe der Stute und richtete sich dann wieder zu seiner vollen Körpergröße auf. „Vielleicht sollten wir deiner Familie nicht zu viel von eurem Zusammentreffen mit den Braunhemden erzählen“, schlug er vor und lehnte sich mit der linken Schulter gegen einen der hölzernen Stützpfeiler. „Sie könnten dir sonst weitere Ausfahrten mit deinen Freundinnen verbieten.“

Elisa nickte verstehend.

„Allerdings könnte es sein, dass Anne und vor allem Vera bei sich zu Hause etwas erzählen werden. Zudem solltest du dir der Gefahr bewusst sein, dass euch so etwas immer wieder passieren kann, wenn ihr Mädchen alleine unterwegs seid. Vor allem wenn euer Ziel ein rumänisches Dorf ist.“

Elisa zögerte einen Augenblick, dann stellte sie den leeren Eimer auf den mit festgetretenem Stroh bedeckten Boden. „Sie waren wieder in Berlin?“, fragte sie, um das Thema zu wechseln.

Samuel, der sich dem zweiten Hinterlauf der Stute zugewandt hatte, brummte nur zustimmend.

Verunsichert trat sie von einem Fuß auf den anderen. Seine Antwort war nicht gerade eine Ermutigung für sie gewesen, weitere Fragen zu stellen. „Was tut sich dort?“, wagte sie es nach längerem Schweigen dennoch. Sie sah ihn mit großen Augen an, als Samuel das Bein des Pferdes abstellte, sich aufrichtete und zu ihr herüberkam.

„Dinge, die dich davon abhalten sollten, in ein rumänisches Dorf zu fahren, um Freunde zu besuchen, Elisa“, erwiderte er leise und sah dabei mit ernstem Gesicht auf sie herunter.

„Sind Sie deshalb schon wieder hier bei uns, Dr. Bader?", wollte sie wissen. „Bringen Sie weitere beunruhigende Nachrichten?"

„Leider ja, Elisa. Allerdings geht die Bedrohung dieses Mal vielmehr vonseiten der Sowjets aus."

Elisa ging an ihm vorbei in die Box und nahm die rußende Stalllampe vom Haken.

Samuel schien auf eine Entgegnung von ihr zu warten. Allerdings war sie nicht gewillt, eine zu geben. Warum sollte sie diesem Mann zeigen, wie viel Angst ihr diese ganze Situation machte?

Die junge Frau schloss für einen Augenblick die Augen. Nachdenklich legte sie die Stirn in Falten und erwiderte dann sehr leise, als fürchte sie plötzlich heimliche Lauscher hinter den aufgeschichteten Strohballen: „Deshalb sind Sie schon wieder hier, nicht wahr? Wir sind hier nicht mehr sicher."

Samuel trat zu ihr in die Box. Er nahm ihr die Lampe aus ihrer heftig zitternden Hand und schob sie mit der anderen sachte in Richtung Stalltür.

Sie leistete keinen Widerstand, und während sie hinter ihm die Tür schloss und den Riegel vorschob, flüsterte er ihr zu: „Noch ist nichts geschehen, Elisa. Aber ich möchte dich und deine Familie bitten, sehr vorsichtig zu sein."

Kapitel 8

Elisa wischte sich mit dem Ärmel über die Stirn und blinzelte gegen die Sonne an. Sie war vollkommen verschwitzt und hatte Durst. Dennoch nahm sie den Rechen fest in die Hand und ging ein paar Schritte weiter.

Ihre Mutter folgte ihr langsam. Sie stand kurz vor der Niederkunft und Elisa blickte diesem Ereignis mit Sorge entgegen. Die letzten beiden Kinder, die Hanna Steiger zur Welt gebracht hatte, lagen – ebenso wie zwei weitere, die zwischen ihr und Friederike geboren worden waren – auf dem Dorffriedhof begraben. Sie hatte Sorge, auch dieses Kind könnte bei der Geburt sterben – und womöglich seine Mutter mit in den Tod nehmen.

Hanna Steiger stützte sich neben ihrer Tochter schwer auf den Rechen und blicke dem Gespann mit der Haspelmaschine nach. Samuel hockte hinten auf dem Gerät, der von Roman Steiger gelenkt wurde, und nahm den geschnittenen Weizen über dem Messer der Maschine weg, um die Halme dann durch die Öffnung am Ende auf die Erde hinunterfallen zu lassen. „Es ist schön, dass Samuel ein paar Tage bleibt. Wir können seine Hilfe im Moment gut gebrauchen."

Elisas Blick folgte dem ihrer Mutter. Sie beobachtete den jungen Mann. Samuel hatte auf seinem Weg von seinen Eltern zurück nach Berlin den Umweg zu ihnen in Kauf genommen, um auch sie zu warnen. Jetzt half er noch tatkräftig bei der Ernte mit. In seiner Arbeitshose, mit den aufgekrempelten Hemdsärmeln und der feinen Spreu im Haar sah er nicht gerade wie ein Akademiker aus. Vielmehr schien er schon immer hierher in das Dorf und zu den Knechten auf den Feldern gehört zu haben. Elisa lächelte zu ihrer Mutter hinüber. „Was wohl sein Vater sagen würde, wenn er wüsste, dass er auf den Feldern der Steigers statt auf denen der Baders die Ernte einbringt?"

Hanna Steiger lächelte und wischte sich den Schweiß von der Stirn. Noch immer stand sie schwer auf den Rechen gestützt da und atmete, als habe sie das gesamte Feld alleine bearbeitet.

Prüfend musterte Elisa ihre Mutter. „Warum gehst du nicht nach Hause?" Sie deutete auf ihre Schwester, die ein paar Meter von ihnen entfernt arbeitete. „Friederike und ich können den Rest erledigen. Hier ist es zu heiß und die Arbeit ist viel zu anstrengend für dich."

„Du redest schon wie dein Vater."

Elisa lachte leise. „Dann hör auf uns beide, Mama. Geh zurück. Die Geburt kann jeden Moment losgehen."

Hanna Steiger sah sie mit einem dankbaren Lächeln an, ehe sie sich umdrehte und sich über das bereits abgeerntete Feld auf den Rückweg machte.

Ein Ruf drang von vorne zu Elisa. Die beiden Männer hatten angehalten und blickten zu ihr zurück. Vermutlich wollten sie wissen, ob mit Hanna Steiger alles in Ordnung war. Elisa winkte mit einer Hand und bedeutete ihnen, dass sie ihre Arbeit fortsetzen sollten, dann nahm sie den Rechen auf und häufelte das Getreide weiter zusammen.

Nach einer Weile war von der Straße her das laute Brummen eines motorisierten Fahrzeugs zu hören. Sofort richteten Friederike und Elisa sich auf. Tatsächlich kam dort ein Automobil in Richtung Dorf gefahren. Die Pferde wurden bei dem ungewohnten, lauter werdenden Geräusch unruhig. Immerhin kam es selten genug vor, dass sich ein Automobil in das Dorf verirrte. Unter heftigem Ausschlagen und Wiehern zerrten die Tiere in ihrem Geschirr hin und her, und sowohl Herr Steiger als auch Samuel hatten alle Hände voll zu tun, die Tiere ruhig zu halten. Erst als das Fahrzeug in die einzige Straße ihres Dorfes eingebogen war und das Motorengeräusch allmählich verebbte, war es möglich, die Arbeit mit den Tieren fortzusetzen.

Während Elisa überlegte, wer das wohl gewesen sein mochte, fuhr sie mit ihrer Arbeit fort.

Schließlich waren Samuel und Elisas Vater am Ende des Feldes angelangt. Die beiden Männer spannten die Tiere vor den am Feldrand abgestellten Steppenwagen und kamen dann zu Elisa und Friederike herüber. Roman Steiger schickte seine jüngere Tochter nach Hause, damit sie nach ihrer Mutter sah, und ging dann hinüber zu seinen angrenzenden Feldern, um den dort wachsenden Mais zu begutachten.

Unter den letzten Strahlen der abendlichen Sonne arbeiteten Samuel und Elisa sich währenddessen dem Ende des Feldes entgegen. Irgendwann durchbrach Samuel das Schweigen: „Du machst dir Sorgen um deine Mutter, nicht wahr?“

„Sie hat schon ein paar Kinder verloren“, erwiderte Elisa, ohne aufzusehen. Am liebsten hätte sie den jungen Arzt gebeten, hier bei ihnen zu bleiben, bis das Kind geboren war. Vielleicht hatte es dann eine größere Chance zu überleben.

„Ich bin noch ein paar Tage hier, falls dich das beruhigen sollte“, sagte er leise und machte sich wieder an seine Arbeit.

Elisa schaute zu ihm hinüber.

Im selben Moment blickte auch er auf. Er musterte sie kurz, zwinkerte ihr zu und senkte dann erneut den Kopf. „Vera hat mir erzählt, dass dein Lehrer dich auf eine weiterführende Schule zum Abitur und später zu einem Studium schicken wollte.“

Elisa legte ihr Gesicht an ihre beiden vom Arbeiten geröteten Hände, die fest den hölzernen Stiel des großen Rechens umklammerten, und sah mit gerunzelter Stirn zu ihm hinüber. Worauf wollte er hinaus?

„Verrätst du mir, weshalb du das Angebot nicht angenommen hast?“

„Nicht jeder ist auf abenteuerliche Reisen aus“, erwiderte sie.

Samuel lachte kurz auf, doch es hörte sich keineswegs so an, als würde er sie auslachen. „Wenn du das sagst, hört es sich an, als wäre ich nicht in Deutschland, sondern in Australien oder Amerika zum Studium gewesen.“

„Ich bin gerne hier“, erwiderte sie leise.

„Ich liebe meine Heimat ebenfalls, Elisa.“

„Nicht jeder muss erst in der Ferne gewesen sein, um die Liebe zu seinem Zuhause zu entdecken.“

„Mit Sicherheit nicht“, gab Samuel zu.

Elisa machte sich wieder an die Arbeit. Samuels warnende Worte über die Veränderungen und Pläne des Deutschen Reiches hatten ausreichend Nahrung für weitere Ängste in ihr geliefert. Sie wollte nicht wieder darüber nachdenken, ob sie vielleicht wegziehen sollte.

„Schade ist es dennoch, Elisa. Du hättest studieren können. Vielleicht sogar Medizin."

Elisa schenkte ihm erneut ein Lächeln und erwiderte ruhig: „Es reicht doch, wenn Sie noch ein paar Tage hier sind, Dr. Bader. *Ein* Arzt für meine Mutter genügt."

Samuel nickte und trat dann direkt vor sie. „Muss das eigentlich sein?"

„Bitte?"

„Dass du Dr. Bader zu mir sagst."

„Aber Sie sind doch jetzt ein Arzt", erwiderte Elisa und erinnerte sich sofort an Veras Spötteleien, als Samuel im März hier gewesen war.

„Das stimmt allerdings!", bestätigte Samuel, als fiele ihm diese Tatsache zum ersten Mal auf, und kratzte sich dabei mit seiner freien Hand am Hinterkopf.

Elisa sah ihn empört an. Ihr war klar, dass er sich über sie lustig machte.

Samuel streckte ihr seine Rechte entgegen. „Ich heiße Samuel. Vera duzt mich schon immer und sogar die kleine Anne schafft das inzwischen. Außerdem habe ich meine Doktorarbeit noch gar nicht fertig."

„Sie denken, wenn Vera Sie duzen kann, dann kann ich das auch?"

„Offenbar nicht", zog er sie erneut auf und wandte sich wieder seiner Arbeit zu.

Als sie die Pferde erreicht hatten, stieß auch Elisas Vater wieder zu ihnen. „Genug für heute. Vielen Dank für deine tatkräftige Hilfe, Samuel." Er ging zum Kutschbock und schwang sich hinauf.

„Gern geschehen", erwiderte der junge Mann, zwinkerte Elisa zu und warf seinen Rechen auf die Ladefläche des Wagens. Dann kletterte er hinterher und bot ihr seine Hand an.

Elisa ließ sich von ihm hinaufziehen, und schon ruckelte das Gefährt an, um über das abgeerntete Feld in Richtung Dorf zurückzufahren. Sie waren noch nicht sehr weit gekommen, als ihnen der Wagen der Alders entgegenkam. Roman Steiger wartete, bis das andere Gefährt, auf dem fröhlich gesungen und gelacht wurde, an ihnen vorbeigefahren war.

Plötzlich verließ Georg Alder den voranfahrenden Karren und schwang sich zu ihnen auf die Ladefläche. Grinsend setzte er sich neben sie, den Rücken an die hölzerne Seitenwand gelehnt, und schlug die lang ausgestreckten Beine übereinander.

„Ihr habt aber einen teuren Knecht", lachte Georg und warf einen bedeutungsvollen Blick zu Samuel hinüber. „Sie sind doch der Arzt, der im Frühjahr nach Annes Bein gesehen hat, nicht wahr?"

Samuel nickte wortlos.

Georg wandte sich wieder Elisa zu. „Wir treffen uns heute Abend im Wirtshaus. Ein Besucher aus dem Deutschen Reich ist da. Ich habe ihn eingeladen. Wollen Vera und du nicht auch einmal vorbeikommen?"

„Danke für die Einladung", erwiderte Elisa höflich, „aber meine Mutter wird mich brauchen."

„Ach so", meinte er nur und legte seine Arme bequem auf einer Holzlatte am Rand des Wagens ab. Dadurch kam sein linker Arm jedoch hinter ihrem Nacken zum Liegen.

Elisa rutschte ein wenig nach vorne. Georgs Nähe war ihr unangenehm. Mit gerunzelter Stirn beobachtete sie die inzwischen ins Dämmerlicht getauchten Hügel, ohne den Anblick tatsächlich genießen zu können.

Als Georg nach einem heftigen Schlag der Wagenräder in ein tiefes Loch noch näher rutschte, war das zu viel für sie. Sie schob sich in Richtung Ende des Wagens nach hinten und rief, als ihre Beine bereits über die Rampe hingen, über die Schulter: „Ich laufe nach Hause." Noch ehe sie abspringen konnte, hörte sie jedoch die lauten Rufe einer Jungenstimme.

Es war ihr jüngerer Bruder Anton, der über den ausgefahrenen Feldweg angelaufen kam und wild mit beiden Händen winkte.

„Ob etwas passiert ist?", fragte Elisa leise.

Endlich war Anton bei ihnen angelangt. Keuchend und mit rotem Gesicht hielt er sich unterhalb des Kutschbocks am Wagen fest. „Papa, das Baby kommt!", sagte er schließlich kaum verständlich.

„Ist Tante Olga bei Mama?"

„Friederike holt sie gerade. Ich sollte es dir sagen."

Elisas Vater drehte sich langsam nach hinten um. Sofort stand Samuel auf und ergriff die Latten, die die Ladefläche vom Kutschbock trennten. „Soll ich vorlaufen?", fragte er.

„Könntest du den Wagen zurückbringen? Ich laufe über die Felder."

„Natürlich", stimmte Samuel zu und wartete, bis Roman Steiger vom Kutschbock gesprungen war und eilig über die bereits abgeernteten Felder lief, um auf dem kürzesten Weg nach Hause zu gelangen.

Elisa, die von Georg fortwollte, sprang ebenfalls ab. Mit schnellen Schritten und wild flatterndem Rock lief sie über die Felder ihrem Vater nach.

Das Wasser schimmerte dunkel in dem großen hölzernen, mit Eisenbeschlägen eingefassten Zuber. Das fahle Licht aus dem Dachfenster spiegelte sich auf der unruhigen Oberfläche. Samuel wandte sich ab, nachdem er die Lichtreflexionen eine Zeit lang beobachtet hatte. Er zog sich bis auf die Unterwäsche aus, wusch sich und nahm seine gute Hose und ein sauberes Hemd aus seiner Reisetasche. Nachdem er sich angekleidet hatte, trug er den Zuber durch die Stallgasse nach draußen und kippte das Wasser dort aus.

Prüfend sah er sich um. Noch immer war es ruhig in und um das Haus. Er hatte die Feldgeräte gereinigt und die Pferde versorgt, die Eier geholt, die Hühner und Gänse gefüttert und nach dem Hund gesehen. Jetzt, nachdem er sich gewaschen und umgezogen hatte, verspürte er einen gewaltigen Hunger und Durst. Seine letzte Mahlzeit war bereits ein paar Stunden her, und er hatte körperlich hart gearbeitet, was er einfach nicht mehr gewohnt war, seit er in Berlin lebte.

Erneut knurrte sein Magen hörbar. Nachdenklich blickte er zum Haus hinüber. Er war bisher nicht zur Geburt gerufen worden, und so nahm er an, dass alles gut verlief und Olga Steiger als Geburtshelferin genügte. Schließlich zog er seine Geldbörse hervor. Er würde heute eine Mahlzeit im Wirtshaus einnehmen, entschied er, da er das Haus der Gebärenden nicht unaufgefordert betreten wollte.

Langsamen Schrittes verließ er den Wirtschaftshof und trat durch den Vorgarten auf die mit Akazien gesäumte Straße. Gemächlich, obwohl der Hunger ihn trieb, ging er an den vielen Zäunen und geweißten Außenmauern entlang in Richtung Marktplatz. Vermutlich wäre er auch bei den anderen Steigers willkommen, selbst wenn die Frau des Hauses als Hebamme bei Hanna Steiger fungierte, doch nach diesem arbeitsamen Tag war er nicht gerade auf eine oberflächliche Unterhaltung mit der ausgelassenen, manchmal aber auch ein wenig anstrengenden Vera aus.

Das kleine Dorf hatte zwei Gasthäuser. Samuel entschied sich für das, über dessen Eingangstür eine in sich verknotete Baumwurzel angebracht worden war, die die Form eines Kreuzes hatte.

Abgestandene Luft und der Geruch von kaltem Tabak drangen ihm entgegen, als er das einfache Wirtshaus betrat. An einem Tisch saßen drei ältere Männer mit sonnengegerbter Haut in einfachen Arbeitshosen und -hemden. Vor jedem von ihnen stand ein Krug und ein Teller, auf dem die Reste eines einfachen Vespers lagen. Vermutlich handelte es sich bei den Männern um rumänische Erntehelfer, die für diese arbeitsreiche Zeit in den Ort gekommen waren.

Samuel grüßte leise und setzte sich einen Tisch weiter auf eine einfache, aus dunklem Holz gezimmerte Bank. Sie knarrte ein wenig unter seinem Gewicht, und als er die Arme auf den Tisch legte, wackelte dieser bedenklich.

Eine große schlanke, junge Frau kam aus der Küche. Sie stellte einen Korb mit herrlich duftendem, frisch gebackenem Brot auf den Nachbartisch und kam dann zu ihm herüber. „Sie sind der Besuch der Steigers", stellte sie fest und zeigte ein sehr unecht wirkendes Lächeln. Dann bückte sie sich, angelte aus irgendeiner Ecke einen Holzkeil hervor und schob diesen unter eines der Beine.

Samuel zog die Augenbrauen in die Höhe.

„Hab ich nach dem Putzen vergessen", erklärte sie und schenkte ihm wieder ihre Aufmerksamkeit.

„Was können Sie mir empfehlen?", fragte Samuel.

Während die hagere Frau eine beachtliche Liste von Speisen in so schneller Geschwindigkeit heruntersagte, dass er nur die Hälfte verstand, wurde die Eingangstür mit viel Schwung aufgestoßen. Ein paar jüngere Männer kamen herein. Sie lachten und grölten, als sie sich stühlescharrend um den größten Tisch im Wirtsraum niederließen.

Samuel bestellte Rinderbraten mit Mamalika*. Während er auf das Essen wartete, füllte sich der Raum mit

*Maisbrei

unangenehm beißendem Zigarettenrauch. Durch die Rauchschwaden hindurch glaubte er, unter den Männern, die eben hereingekommen waren, zwei oder drei Gesichter wiederzuerkennen. Zumindest ein paar der Burschen waren bei dem Überfall auf Elisa, Vera und Anne mit dabei gewesen.

Die Kellnerin brachte jedem der Männer ein Getränk, ohne vorher eine Bestellung aufgenommen zu haben. Es war ganz offensichtlich, dass die jungen Männer öfter hier waren und die Frau sehr genau wusste, was sie erwarteten.

Irgendwann kam auch sein Essen, und bevor er sein Besteck zur Hand nahm, stellte er fest, dass die anderen drei Gäste, die am Nebentisch gesessen hatten, gegangen waren. Wahrscheinlich war den Erntehelfern die Anwesenheit der lautstarken und pöbelnden Männer nicht geheuer gewesen.

Samuel aß und beobachtete das muntere Treiben an dem großen Tisch. Die Gäste aßen nichts, dafür tranken sie umso mehr, und das in einer erstaunlichen Geschwindigkeit. Der viele Alkohol zeigte schon bald seine Wirkung. Der Geräuschpegel nahm noch mehr zu und das Niveau der Unterhaltung sank. Irgendwann stand einer der Männer auf und kam zu ihm herüber. „Sind Sie der Deutsche aus Berlin?“, fragte er forsch.

„Das kommt darauf an, welchen Deutschen aus Berlin Sie erwarten“, gab Samuel zurück und legte das Besteck auf den Teller.

„Die Partei hat uns doch aus der Hauptstadt einen geschickt. Heute kam ein Automobil hier an. Er muss schon da sein.“

„Dann bin ich der Falsche. Ich bin mit einem Pferd gekommen“, erwiderte Samuel und grinste seinen Gesprächspartner an.

„Ach so.“ Das Interesse an ihm erlosch und der Bursche ging wieder zu seinem Stuhl zurück.

Einige Minuten später öffnete sich die Eingangstür erneut. In Erwartung des von der Partei geschickten Mannes wandten sich sowohl Samuel als auch ein Großteil der Männer nach der Tür um. Diese öffnete sich jedoch nur einen kleinen Spalt. Im Dunst und dem schwachen Licht im Eingangsbereich glaubte Samuel, die Silhouette einer Frau zu erkennen. Sie winkte die Bedienung herbei, die ihren Platz hinter dem Tresen verließ und auf die Tür zuging.

Ein paar der Männer begannen zu grölen und mit beiden Händen auf den Tisch zu klopfen. Der Lärm wurde gewaltig. Die Stimmung heizte sich auf. Der rote Wein in den Gläsern begann unter der Vibration des Tisches zu tanzen.

Samuel beugte sich ein wenig nach vorne und erkannte nun das verschreckte Gesicht Elisa Steigers.

Jemand drängte sich von hinten grob an Elisa vorbei. Erschrocken drehte sie sich um und blickte auf die groß gewachsene Gestalt in der braunen Uniform mit den unförmigen, ausladenden Reiterhosen und den schweren, schwarzen Stiefeln.

Der Mann, der sie so unsanft angerempelt hatte, hielt einen Moment inne und musterte sie ebenfalls. Sein bartloses Gesicht wirkte kalt und hart. „Bist du Jüdin?“, fragte der Mann herrisch.

Ihre Knie begannen zu zittern. „Nein, nein“, stammelte sie nur.

„Du siehst aber so aus.“

Elisa warf der Wirtstochter Rosa, die noch immer vor ihr stand, einen flehenden Blick zu. Sie hatte doch gerade noch gesagt, dass ein Fremder zum Essen da sei und dass es sich bei ihm wohl um Samuel Bader handeln würde. Sie wollte ihn doch holen. Warum tat sie es dann nicht?

Der Mann drängte sich nun vollständig an ihr vorbei. Direkt hinter ihm tauchte Georg Alder auf. „Willst du doch zuhören, was Herr Hettinger uns zu sagen hat, Lisa?“, fragte er.

Entsetzt sah Elisa Annes Bruder an. „Nein, danke“, erwiderte sie leise und warf Rosa einen weiteren auffordernden Blick zu.

Doch diese stand noch immer wie angewurzelt da und blickte den großen Deutschen in seiner Uniform an.

„Was machst du dann hier?“

„Ich suche Dr. Bader.“

„So, diesen Bader. Was willst du denn von ihm?“ Er beugte sich zu ihr herüber, sodass er ihr unangenehm nah kam.

„Kannst du ihn bitte zu mir herausschicken?“, bat sie und presste unruhig ihre Handflächen aufeinander.

„Vielleicht möchte er ja auch unseren Redner hören ...“

Elisas Augen wurden groß und rund. Ausgerechnet Samuel, der sie heimlich vor einem weiteren Vordringen der deutschen Armee gewarnt hatte?

Sowohl Rosa als auch Georg und der Deutsche ließen sie alleine in der offenen Tür stehen. Während Rosa sich wieder ihrer Arbeit widmete und der Fremde zu dem großen Tisch schlenderte, ging Georg tatsächlich zu Samuel hinüber und sagte irgendetwas zu ihm. Daraufhin stand Samuel auf, ging zur Kellnerin hinüber, um zu zahlen, und kam dann schnell zu ihr.

„Was tust du hier, Elisa?“, fragte er, drängte sie hinaus und zog die Tür hinter sich zu.

„Ich habe dich gesucht“, gab sie leise zurück und senkte den Kopf.

„Ist es wegen deiner Mutter?“

„Tante Olga sagt, dass irgendetwas nicht stimmt.“

„Komm mit.“

„Lauf du voraus. Du bist schneller als ich.“

„Ich lass dich nicht hier stehen. Immerhin ist es schon dunkel." Er griff einfach nach ihrer Hand und wollte loslaufen.

Elisa stemmte sich jedoch nach hinten. „Ich kenne mich aus. Schnell, bitte. Mama braucht Hilfe." Sie entzog ihm ihre Hand.

Tatsächlich begann der junge Mann zu laufen, doch Elisa sah, dass er nach einigen Metern stoppte und sich noch einmal umsah. So setzte auch sie sich in Bewegung. Immerhin wollte sie nicht der Grund dafür sein, dass ihre Mutter zu spät Hilfe bekam.

Georg Alder sah mit zusammengezogenen Augenbrauen auf die geschlossene Tür. Wut kochte in ihm hoch. Was fiel diesem Bader ein, in ihrem Dorf aufzutauchen und ihm das Mädchen wegzunehmen? Seine Hände ballten sich zu Fäusten.

Er hatte immer Christina gemocht. Schon als junges Mädchen war sie eine Schönheit gewesen, doch irgendwie auch unerreichbar für ihn. Jetzt hatte sie tatsächlich einen Rumänen geheiratet! Zorn ließ seine Augen dunkel aufblitzen.

Nun hatte er sich für Elisa entschieden. Sie war bei Weitem nicht so schön wie Christina, aber doch auch nicht unansehnlich. Leider entsprach sie nicht so ganz dem Bild einer Arierin, doch er wusste, dass sie trotz ihrer schwarzen Haare und der dunklen Augen rein arisch war. Auch würde sie – ruhig und fügsam, wie sie war – gut zu ihm passen. Er konnte es nicht gebrauchen, wenn ihm eine Frau fortlaufend widersprach, wie Vera es zu tun pflegte.

Aber dann war im Frühjahr dieser Bader aufgetaucht. Ein Freund der Familie Steiger, wie Anne ihm erzählt hatte. Die Verbindung zwischen den Familien reichte offenbar weit zurück, und es bestand immerhin die Möglichkeit, dass die Steigers und die Baders dieses Freundschaftsverhältnis zu einem Verwandtschaftsverhältnis ausbauen wollten.

Eine Hand legte sich schwer auf seine Schulter. Als er den Kopf umwandte, blickte er in die blauen Augen Peter Hettingers.

„Ärger wegen der Kleinen von vorhin? Dann ist sie also wirklich keine Jüdin?"

„In ihren Adern fließt nicht ein Tropfen jüdischen Blutes."

„Sie ist es also wert –"

Georg zog nur die Schultern in die Höhe. Vor diesem selbstsicher auftretenden Abgesandten aus Berlin hatte sogar er Respekt.

„Und wer ist der Kerl, der mit ihr verschwunden ist?"

„Ein Freund ihrer Familie. Er hat in Berlin studiert. Medizin."

„Ein Idealist", lachte der Ältere und schlug ihm erneut auf die Schulter. „Aber er geht doch sicher zurück nach Berlin?"

„Ich nehme es an."

„Kümmere du dich um die Kleine, ich behalte, wenn ich wieder in Berlin bin, den Arzt im Auge. Heutzutage gibt es Mittel und Wege ..." Er beendete den Satz nicht, sondern sah Georg nur breit grinsend an. Dann wandte er sich wieder den anderen, noch immer grölenden Burschen am Tisch zu.

Georg blieb noch einen Moment stehen und sah auf die geschlossene Tür. Nachdenklich strich er sich mit der flachen Hand über das Gesicht. Als die Hand am Kinn verharrte, lag ein Lächeln auf seinen Lippen. Ihm gefiel die Vorstellung, sich ein wenig intensiver um Elisa zu kümmern.

Kapitel 9

Es war drückend warm in der Schlafstube und Samuel wischte sich zum wiederholten Male mit dem Ärmel seines Hemdes den Schweiß aus dem Gesicht. Sein Blick wanderte an Veras Mutter vorbei zur offenen Tür. In diesen lang gezogenen Kolonistenhäusern, in denen schlauchartig ein Zimmer hinter dem anderen lag, blieb einem nichts verborgen. So hatte er, obwohl er sich intensiv um Hanna Steiger gekümmert hatte, gesehen, wie Elisa ihre beiden jüngeren Geschwister im Zimmer nebenan zu Bett gebracht hatte. Er hatte in den Wehenpausen der Frau gehört, wie sie den beiden aus der Bibel vorgelesen und mit ihnen gebetet hatte. Anschließend war sie herübergekommen und hatte ihren Vater trotz dessen Protest aus dem Zimmer geschickt, damit er seine abendliche Stallrunde erledigte.

Erstaunt hatte Samuel zur Kenntnis genommen, dass sie sehr wohl energisch und willensstark sein konnte, obwohl sie doch ansonsten eher still und zurückhaltend wirkte. Olga und er waren jedenfalls erleichtert gewesen, als der nervöse Roman Steiger aus dem Nebenzimmer verschwand. Er war wirklich nicht gerade eine Hilfe gewesen. Ganz anders Elisa. Sie hatte ihre Mutter mit frischen kalten Tüchern versorgt, Olga und ihm Tee gebracht und war immer in der Nähe, ohne im Weg zu stehen.

Nun war sie in der angrenzenden Küche, um dort einige Haushaltspflichten zu erfüllen. Samuel trat einen Schritt vom Bett zurück und blickte hinüber. Elisa saß am Küchentisch und nähte. Die Deckenlampe warf ein unstetes, flackerndes Licht auf sie, und in ihrem Schein leuchteten die dicken schwarzen Haare der jungen Frau in einem faszinierenden Blauschimmer auf. Gerade legte sie die Flickarbeit beiseite, faltete die Hände und berührte sie mit ihrer Stirn, während ihre Ellenbogen auf der Tischplatte ruhten. Bewegungslos und mit geschlossenen Augen saß sie da und betete – wahrscheinlich für ihre Mutter und das kleine, ungeborene Kind, das sich so schwer damit tat, seinen Weg ins Leben zu finden.

Samuel lächelte und wandte sich dann wieder seiner Patientin zu. Er fühlte ihren Puls und legte prüfend seine Hand auf den hart werdenden Bauch.

„Können Sie denn nichts tun, Dr. Bader?“, flehte Olga ihn leise an.

Samuel blickte auf Hanna Steiger hinunter und sah in ihre weit aufgerissenen Augen, die ihn an Elisas ängstlichen Blick erinnerten, und lächelte ihr zu. „Das Kind hat sich nicht gedreht, wird also mit dem Steiß zuerst auf die Welt kommen. Aber es ist so weit alles in Ordnung.“

„Aber das geht doch nicht“, entfuhr es Olga halblaut.

Elisa hatte sie wohl gehört, denn es war ein leises Scharren aus dem Nebenzimmer zu hören. Leise betrat sie das Zimmer. Sie blickte erst Samuel und dann ihre Tante fragend an.

„Sie hat bereits sechs Kinder zur Welt gebracht. Das macht es ihr leichter“, erklärte er leise und nickte Elisa beruhigend zu.

Diese lächelte leicht. Offenbar vertraute sie ihm – oder Gott, den sie seit Stunden mit Gebeten für ihre Mutter bestürmte. „Brauchst du eine Pause, Tante Olga? Möchtest du nach Hause gehen?“, fragte sie vorsichtig.

Olga Steiger runzelte die Stirn. Dann strich sie Elisa über den Arm. „Vielleicht wäre das wirklich nicht schlecht. Der Doktor hat ja alles im Griff und du kannst ihm helfen. Ruft mich, wenn ihr Hilfe braucht.“

„In Ordnung, Tante Olga. Vielen Dank für deine Hilfe.“

Nachdem Olga das Haus verlassen hatte, war der Geburtsverlauf zügig vorangeschritten. Samuel war froh, die besonnen agierende Elisa an seiner Seite zu haben. Schließlich konnte er Hanna Steiger einen kleinen, lauthals schreienden Jungen in die Arme legen. Er freute sich über das strahlende Glänzen in den Augen von Mutter und Tochter. „Die Atemwege sind frei, die Haut ist rosig und sein Herz ist schon jetzt das eines starken Bauern“, erklärte er.

Nachdem er Hanna Steiger fertig versorgt hatte, ließ er die beiden Frauen allein und trat in die Küche. Dort grinste ihn Roman fröhlich an, der mittlerweile seine Stallrunde beendet hatte. Er nahm mit Stolz und Freude seine Glückwünsche entgegen und reichte Samuel im Gegenzug ein Glas Schnaps. „Das hast du gut gemacht, mein Sohn.“

„Ich musste nicht viel tun“, erwiderte Samuel. „Aber vielleicht solltest du dir überlegen, deine Tochter, wenn sie schon nicht studieren will, wenigstens zur Krankenschwester ausbilden zu lassen.“

Roman zog die Schultern in die Höhe und leerte sein Schnapsglas in einem Zug. „Ich hätte sie nach Tarutino gehen lassen. Aber sie wollte nicht. Sie fühlt sich offenbar nur hier zu Hause wohl.“

Samuel drehte das noch volle Schnapsglas in seinen Händen. Im Nebenzimmer hörte er die beiden Frauen leise miteinander sprechen. Wahrscheinlich war es sinnlos, auch nur in Erwägung zu ziehen, dass Elisa mit ihm nach Berlin gehen könnte. Sie war zu sehr in ihrer Heimat und ihrer Familie verwurzelt, um sich eine Ausbildung in Berlin auch nur vorstellen zu können.

Teil 3

1940

Ich bin der Herr, dein Gott,
der [...] dich leitet auf dem Wege, den du gehst.
Jesaja 48,17; L

Kapitel 10

Das erste Kriegsjahr ging in das zweite über, und mit jedem Monat, der verstrich, wurden die Listen der Vermissten und Getöteten länger. Berlin hüllte sich Schutz suchend in eine Decke, die sich Verdunklung nannte, um etwaigen nächtlichen Angriffen der feindlichen Bomber zu trotzen. Im Sommer staute sich dank der verhängten Fenster in vielen Räumen die Hitze.

So auch an diesem Morgen. Samuel überreichte der Krankenschwester, die gerade die letzte Verdunklung von den Fenstern nahm, um diese weit zu öffnen und die frische Morgenluft einzulassen, die Patientenunterlagen und verließ das Zimmer. Müde strich er sich über die Augen. Er hatte eine Nachtschicht hinter sich, in der ihm kein Augenblick Ruhe gegönnt war.

Seit der Frankreichfeldzug begonnen hatte, kamen ständig verwundete Soldaten in der Hauptstadt an. Sie waren zwar notdürftig von den Ärzten der Feldlazarette versorgt worden, doch der lange Rücktransport und die Eile, die vor Ort teilweise vonnöten war, hinterließen deutliche Spuren an den Männern, die sie wohl ihr Leben lang würden tragen müssen.

Der Chefarzt hastete mit hektischen Bewegungen an ihm vorbei und drückte ihm dabei einen weiteren Stapel Patientenblätter in den Arm. Samuel seufzte leise auf. Er hatte seit über zwölf Stunden nichts mehr gegessen, und sein Körper begann, gegen den Nahrungs- und Schlafmangel zu rebellieren. Sein Magen rumorte und seine Hände zitterten.

Inmitten des unruhigen Treibens in dem breiten, gefliesten Flur blieb er stehen. Er hob die Augenbrauen und bemühte sich, die hastig niedergeschriebenen Zeilen auf der obersten Patientenakte zu lesen. Dann wandte er sich um, um das neu belegte Krankenzimmer aufzusuchen.

Schwester Anita, eine ältere Diakonisse mit nicht enden wollender Energie, trat zu ihm, nahm ihm wortlos die Papiere ab und deutete mit einer Kopfbewegung zum Ärztezimmer hinüber. „Da drin stehen ein paar Kuchen und Torten von der Hochzeit meiner Nichte. Setzen Sie sich fünf Minuten hin, und sehen Sie zu, dass Sie etwas in den Magen bekommen. Ich bereite so lange die Patienten vor." Ohne eine Entgegnung abzuwarten, drehte sie sich um, und ihre weiße Haube verschwand zwischen den anderen im Flur auf- und abgehenden oder wartend herumstehenden Menschen.

Ein Grinsen huschte über die angespannten, müden und mit Bartstoppeln versehenen Gesichtszüge des jungen Mannes. Sie hatten hier zwar einen Chefarzt, aber das Sagen hatte die kleine, drahtige Person mit der Diakonissenhaube auf dem Haar und dem dunklen Holzkreuz um den Hals.

Tatsächlich fand er auf dem abgeschabten Tisch im Arztzimmer mehrere große Kuchenteller. Der Duft von süßen Früchten und Sahne hob sich von dem stechenden Geruch der Medikamente und Desinfektionsmittel ab. Während er seinen Blick über die reichhaltige Auswahl streifen ließ, angelte er sich mit einer Hand einen Stuhl, mit der anderen einen der abgeschlagenen, inzwischen farblosen Teller. Die größte Torte, die mit roten Marzipankreisen verziert war, auf denen wiederum schwarze Hakenkreuze prangten, war bis auf zwei Stücke noch komplett. Auch er mied dieses Kunstwerk und bediente sich lieber am Rührkuchen. Vermutlich würde sich sein Magen gegen fette, allzu süße Cremetorten ohnehin zur Wehr setzen.

Gerade als er sich ein zweites, großes Stück in den Mund schob, klopfte es kurz an die milchige Glasscheibe, und die Tür wurde geöffnet. Ein Kopf wurde durch den Türspalt geschoben. Unter der jungenhaft frechen Mütze, die tief in die Stirn gezogen war, erkannte Samuel das Gesicht von Moritz Steinfurt. „Von wegen, ‚der Doktor wird keine Zeit für mich haben'. Da draußen verbreiten sie Hektik und du sitzt hier faul herum und haust dir den Bauch voll."

„Setzt dich, bedien dich und halt den Mund", gab Samuel kauend von sich.

„Dazu hab ich – im Gegensatz zu dir – keine Zeit." Moritz trat ein, schloss die Tür hinter sich und wandte sich an seinen Freund. „Hör zu, Samuel, gestern ist in Compiègne ein Waffenstillstand zwischen Frankreich und dem Deutschen Reich unterzeichnet worden."

„Sie haben kapituliert?"

„Hör mir einfach nur zu, Junge. Heute schon rührt sich der russische Bär. Rumänien hat seinen Bündnispartner Frankreich verloren. Russland ist schon viel zu lange hinter dem Territorium Bessarabien her."

Samuel sprang auf die Füße. „Ich werde unmöglich Urlaub bekommen, Moritz."

„Du hast Urlaub. Ich habe das veranlasst."

„Was? Wie?" Fassungslos sah Samuel seinen Freund an.

„Ich habe deinen Vorgesetzten erklärt, dass du anderweitig gebraucht wirst", erklärte er und tippte sich dabei bedeutungsvoll auf seine Armbinde. „Das entspricht ja auch irgendwie der Wahrheit."

„Du bringst dich in Teufels Küche", knurrte Samuel, unsicher, ob er sich nun über Moritz' Einsatz freuen oder deswegen sauer auf ihn sein sollte.

„Da bin ich schon längst", antwortete Moritz ernst und blickte seinen Freund warnend an. „Du machst deine Schicht hier zu Ende und dann kannst du gehen. Auf unbestimmte Zeit."

„Du bist ein echter Freund, Moritz Steinfurt."

„Vielleicht werde ich dich eines Tages auch einmal brauchen, Samuel."

Samuel blickte Moritz an und fragte leise: „Wo hast du sonst noch deine Finger drin?"

„Das willst du gar nicht wissen", lautete Moritz' Antwort, ehe dieser ihm kurz die Hand drückte und verschwand.

Sekunden später wurde die Tür erneut geöffnet und Schwester Anita streckte den Kopf herein. „Ich habe gesagt, Sie können etwas von dem Kuchen essen, nicht alles, Dr. Bader."

„Ich komme schon", erwiderte er und schob sich das restliche Stück, das er noch immer in seinen Händen hielt, auf einmal in den Mund.

„Wie ich sehe, hatten auch Sie einen zu großen Respekt vor der alles überragenden Torte", stellte die Frau fest. Ihr Tonfall klang so provozierend, dass Samuel sie erschrocken ansah. Doch die Diakonisse zuckte nur mit den Schultern und meinte: „Ich gehöre nur einem Herrn, und der muss seine Macht nicht durch Tausende von übergroßen Fahnen an allen Gebäuden dieser Stadt demonstrieren."

Kapitel 11

Der Himmel spannte sich wolkenfrei über das Dorf und die weit ausgedehnten Felder und Weiden, um irgendwo am Horizont in einem weißlichen Dunst zu enden.

Elisa Steiger atmete tief ein und nahm den Duft von Rosen und Seife auf. Sie bearbeitete das Wäschestück auf dem Waschbrett, sorgsam darauf bedacht, dass der hölzerne Waschzuber nicht von dem Stuhl rutschte, auf den sie ihn gestellt hatte. Ihre Mutter stand an einem Tisch, den sie ebenfalls ins Freie gebracht hatten, und plättete die noch feuchte Wäsche, während Friederike mit dem fast einjährigen Frank auf der Wiese spielte.

Plötzlich drang von irgendwoher das rhythmische Schlagen einer Trommel bis in den Vorgarten.

Elisa richtete sich auf und trocknete sich die Hände an ihrer Schürze ab. Langsam ging sie bis an den Durchlass in der Mauer auf die Straße hinaus. Eine Gruppe junger Burschen marschierte die Straße entlang. Seit vor fast einem Jahr dieser Gesandte aus Berlin in ihrem kleinen Ort gewesen war, hatten die Hitleranhänger hier in der Gegend noch mehr Aufwind bekommen. Inzwischen trugen sie drei Fahnen und ein Trommler schlug den Marschrhythmus. Auch die Kleidung der Gruppenmitglieder hatte sich verändert. Statt der bunt zusammengewürfelten Hemden und Hosen trugen sie nun ein einheitliches Braun.

Elisa verschränkte ihre feuchten, vom heißen Wasser roten Arme vor sich und betrachtete den Trupp, der wie eine kleine Armee wirkte. Eigentlich fehlten ihnen nur noch die Waffen über den Schultern.

Ein junger Mann aus der ersten Reihe löste sich aus der Formation und kam auf sie zu. Es war Georg. Als er bei ihr war, ergriff er Elisa an den Oberarmen. Er wollte sie mit sich im Kreis herumdrehen, doch sie ließ sich nicht mitreißen. Da Georg sich vor seinen Freunden nicht blamieren wollte, ließ er sie schnell wieder los und rief mit lauter Stimme, sodass es auch die anderen im Vorgarten und wahrscheinlich sogar im Haus hören würden: „Wir haben Frankreich besiegt. Sie haben kapituliert. Heil Hitler!“ Als er keine Antwort bekam, zuckte er nur mit den Schultern, strich Elisa, die erschrocken zurückzuckte, über die Wange und lief seinen davonmarschierenden Kameraden hinterher.

Hanna Steiger trat ebenfalls auf die Straße, stellte sich neben ihre Tochter und legte ihre Hände auf deren bebende Schultern. „Frankreich also“, murmelte sie nur leise.

„Georg tut gerade so, als sei er dabei gewesen“, erwiderte Elisa fast flüsternd.

„Und er scheint nicht zu verstehen, dass du kein Interesse an ihm hast.“

Elisa wandte langsam den Kopf nach ihrer Mutter um. Hatte sie die fortlaufenden Annäherungsversuche von Annes Bruder im vergangenen Jahr doch bemerkt? „Was soll ich denn tun?“

„Vielleicht solltest du ihm einmal sagen, dass er dich bitte in Ruhe lassen soll“, schlug Hanna Steiger vor.

„Das traue ich mich nicht“, erwiderte Elisa erschrocken.

„Du musst deinen ganzen Mut zusammennehmen, Lisa. Er muss es wissen, bevor er sich zu sehr mit dir befasst und bevor im Dorf Gerüchte entstehen.“

Elisa drehte sich langsam um. Mit großen Augen musterte sie ihre Mutter.

„Gerüchte?“

„Noch gibt es ja keine. Zumindest habe ich noch nichts zu Ohren bekommen.“ Hanna lächelte ihr zu, strich ihr kurz über die fest in einen Zopf geflochtenen Haare und wandte sich um.

Unruhig blickte Elisa wieder die Straße entlang. Der Wind wirbelte feinen Staub auf und trug ihn mit sich fort, den leiser werdenden Schritten und Trommelschlägen hinterher. Die junge Frau lehnte sich gegen die weiße Mauer und sah zu den hin und her schwingenden grünen Blättern der Akazien auf.

Frankreich war also in die Knie gezwungen worden. Hatte ihr Vater sie nicht immer damit zu trösten versucht, dass ihnen nichts passieren konnte, solange Rumänien einen starken Bündnispartner in Frankreich hatte? Die Tschechoslowakei war verschwunden, Polen besetzt, Frankreich besiegt und nebenbei waren ein paar weitere kleine Staaten von Hitlerdeutschland geschluckt worden.

Elisa schloss die Augen und ließ sich die warme Junisonne auf ihr Gesicht scheinen. In ihr brodelte eine tiefe Unruhe. Sie waren diesem Treiben Hitlers hilflos ausgeliefert. Elisas Hände ballten sich zu Fäusten. Hilflosigkeit – dieses Gefühl machte sich in der letzten Zeit immer mehr in ihr breit, und sie begann, es zu hassen. Sie wünschte sich, sie könnte sich irgendwie dagegen zur Wehr setzen.

In diesem Moment wanderten ihre Gedanken zu Samuel Bader. Sie hatte ihn eine ganze Weile nicht mehr gesehen, aber er hatte ihrer Familie schon in verschiedenen schwierigen Situationen beigestanden. Als Anne sich verletzt hatte, bei der Geburt von Frank – und er hatte sie vor den politischen Entwicklungen gewarnt, die möglicherweise auch zu Veränderungen hier in Bessarabien führen würden. Doch jetzt war er weit weg. In Berlin. Er würde ihnen in dieser Situation ohnehin nicht helfen können.

Sie wurde aus ihren Gedanken gerissen, als ihre Mutter nach ihr rief: „Lisa? Kommst du? Wir sollten mit der Wäsche vor Mittag fertig sein."

Elisa wandte sich um und ging zurück in den Vorgarten. Sie schenkte dem kleinen Frank ein Lächeln und tunkte das nächste Wäschestück in die nur noch lauwarme Waschlauge.

Nur fünf Tage später stand Elisa an der gleichen Stelle auf der Straße und beobachtete voller Angst und Sorge den Einmarsch der russischen Truppen in ihrem Dorf.

Auf der anderen Straßenseite entdeckte sie ihren Nachbarn, Herrn Reiger, der das Schauspiel ebenso fassungslos verfolgte. Als die Fußsoldaten, Fahrzeuge und Berittenen vorbeigezogen waren, kam er eilig zu ihr herübergelaufen. „Wo ist dein Vater, Lisa?", fragte er sie aufgeregt.

„Draußen auf dem Feld."

„Ich habe gehört, dass die Russen alle Gutsbesitzer verhaften. Vielleicht sollte er zu euren Freunden reiten, um sie zu warnen. Wie heißen sie noch gleich?"

„Zu den Baders?", fragte sie entsetzt. Sie wollte sich schon an dem älteren Herrn vorbeidrücken, um ihren Vater zu warnen, doch Joachim Reiger hielt sie am Arm fest.

„Ich gehe zu ihm. Für ein Mädchen könnte das im Moment zu gefährlich sein. Lauf du zu den Webers. Vielleicht möchten sie ihre Christina zu sich holen. Die Russen sind auf die Rumänen nicht gerade gut zu sprechen. Man spricht von Verhaftungen."

Elisa riss ihre Augen weit auf. „Verhaftungen? In den rumänischen Dörfern?"

Herr Reiger beugte sich zu ihr hinunter und flüsterte mit brüchiger Stimme: „Ich kenne einen der russischen Soldaten. Er hat mir im Vorbeigehen ein paar Informationen gegeben." Nach diesen Worten drehte er sich um und eilte davon.

Noch immer waren die Geräusche der marschierenden Truppe zu hören, obwohl die Soldaten inzwischen auf dem Marktplatz angekommen waren. Fragend blickte Elisa zum Haus zurück. Ihre Mutter, Friederike und Anton drängten sich an ein geöffnetes Fenster. Schnell lief sie über die Blumenrabatte hinweg bis an die Hausfront. „Herr Reiger sagt, die Russen verhaften alle Gutsherren und auch die Rumänen. Er geht Papa suchen, ich muss zu den Webers und sie warnen."

„Lisa!", rief ihre Mutter.

Elisa hatte sich bereits umgewandt, drehte sich jedoch nochmals zu ihrer Mutter um. „Sie müssen Christina und Carol warnen."

„Pass bitte auf, dass sie dich nicht sehen", bat ihre Mutter mit zitternder Stimme.

Elisa lief zurück auf die Straße. Von den Soldaten war nichts mehr zu sehen, nur das ungewohnte Brummen der Motoren und das wilde, wütende Bellen eines Hundes hallten durch die Straße. Elisa begann zu laufen. Im Schutz der Grundstücksmauern und -zäune auf der einen und der Bäume auf der anderen Seite lief sie mit wehendem Rock und wild hin und her schwingendem Zopf die Straße hinunter. Ihre Sinne waren aufs Äußerste angespannt und ihr Herz hämmerte wild bis zu ihrem Hals hinauf. Mit wachem Blick musterte sie jeden Schatten, jede Bewegung und hörte doch nicht auf zu laufen.

Als sie den großen Marktplatz erreichte, blieb sie stehen, lehnte sich an die Mauer eines Grundstücks und versuchte, erst einmal wieder zu Atem zu kommen. In der Mitte des Platzes standen die russischen Lastwagen und Automobile, die endlich die Motoren ausgeschaltet hatten. Zwischen den Fahrzeugen waren die Pferde angebunden worden. Offenbar befand sich eine Delegation im Rathaus, denn eine Wache stand dort vor der Tür. Die restlichen Soldaten machten es sich nach und nach auf dem Platz bequem. Von der Kirche her eilten der Küster, Elisas früherer Lehrer und ein paar Dorfälteste in Richtung Rathaus. Noch immer hallte das aufgebrachte Bellen des Hundes durch die Straße.

Langsam bewegte Elisa sich vorwärts. Die Soldaten würden sie sehen, wenn sie hier einfach über den Platz ging. Wo waren nur die anderen Dorfbewohner? Hatten sie sich alle in ihre Häuser zurückgezogen? Sollte sie normal gehen, um kein Aufsehen zu erregen, oder lieber von einem Baum zum anderen huschen, um möglichst unentdeckt zu bleiben?

Das Bellen wurde lauter. Dann hallten zwei Schüsse durch die Straße und es wurde still. Elisa sah sich mit weit aufgerissenen Augen um. Sie zitterte am ganzen Leib. Was tat sie hier nur? Sie war doch noch nie mutig gewesen! Warum war sie nicht zu Hause geblieben? Die Webers hatten inzwischen bestimmt mitbekommen, was hier vor sich ging. Kamen sie nicht selbst auf den Gedanken, Christina und Carol zu warnen?

„Mädchen, was machst du denn hier?"

Elisa schrak zusammen, als sie die Stimme hörte. Sie hob den Kopf und blickte in das Gesicht von Frau Kessler.

„Komm hierher, hinter die Mauer", flüsterte die Frau, ohne die Soldaten auf dem Platz aus den Augen zu lassen.

Elisa, dankbar dafür, dass ihr jemand sagte, was sie tun sollte, folgte der Aufforderung. Gebückt und mit weichen Knien lief sie die wenigen Meter bis zum Tor, schlüpfte durch und ließ sich dann rücklings gegen die Mauer fallen. Mit dem Rücken rutschte sie daran hinunter, bis sie auf der Erde saß.

Frau Kessler, die Frau des Feldschers, ging vor ihr in die Hocke. „Warum bist du nicht zu Hause, Lisa?"

„Ich wollte zu den Webers, Frau Kessler. Herr Reiger hat gehört, dass sie die Rumänen in der Gegend verhaften."

Frau Kessler warf ihr einen gequälten Blick zu. „Dann lauf durch die Gärten, Mädchen. Du bist doch jung. Du kannst über die Zäune klettern und durch die Hecken hindurch."

Elisa atmete tief ein und erhob sich wieder.

„Gott schütze dich", flüsterte die Frau noch, als sie bereits an ihr vorbei war und in Richtung Wirtschaftshof lief.

Flink überquerte Elisa den Dreschplatz und lief zwischen Schafstall und Obstgarten hindurch auf das benachbarte Grundstück. Auf diesem Weg kam sie zwar nicht ganz so schnell voran, doch in jedem Fall sicherer als über die Straße. Sie kletterte über Zäune, sprang über eine Hecke und huschte zwischen Obstbäumen und Ziersträuchern hindurch, bis sie den Hof der Webers erreichte. Sie lief an der Sommerküche vorbei in den Vorgarten, hastete zur Tür und schlug mit beiden Fäusten fest dagegen.

Lange Zeit geschah gar nichts. Schließlich sah sie, wie sich einer der Vorhänge am Fenster neben der Tür bewegte. Sie machte einen Schritt zurück, damit sie gesehen werden konnte. Dabei bemerkte sie eine kleine Patrouille, die sich langsam über die Straße auf sie zubewegte. Wenn Frau Weber nicht schnell öffnete, würde sie sich hinter einem Gebüsch verstecken müssen.

Endlich wurde die Tür geöffnet. Sofort drückte sich Elisa durch den Türspalt in das Wohnzimmer hinein.

„Lisa, was ist da auf dem Markt los?", fragte Christinas Mutter.

Elisa, darum bemüht, ihre Angst in den Griff zu bekommen, stieß hastig hervor: „Die Russen besetzen Bessarabien, Frau Weber. Sie sind in das Dorf einmarschiert."

„Aber warum?"

„Wissen Sie es denn nicht? Die Deutschen haben Frankreich besiegt."

„Was hat Frankreich mit Rumänien zu tun?", fragte die Frau ahnungslos.

„Frankreich war ein starker Verbündeter Rumäniens gegen die Sowjets. Jetzt steht Rumänien alleine da. Herr Reiger sagt, die Russen verhaften die Rumänen in Bessarabien, Frau Weber."

Christinas Mutter sah sie einen Moment lang fassungslos an. Dann suchte sie mit ihrer Hand Halt an dem dunkel bezogenen Sessel neben ihr.

„Mein Mann ist im Wagenschuppen, Lisa. Bitte lauf hinaus und sag ihm Bescheid."

Elisa wandte sich wortlos um, verließ das Haus und warf einen prüfenden Blick auf die Straße. Noch immer war sie menschenleer. Nur ein paar Hühner liefen kreuz und quer und gackerten vor sich hin. Der Hund war nicht mehr zu hören. Vermutlich lag er irgendwo in seinem Blut.

Fassungslos und ängstlich drückte sich Christina Alexandru in den hintersten Winkel des Wohnzimmers. Ihre Hände suchten Halt an der Wand, doch es gab nichts, woran sie sich festhalten konnte.

Ein paar Soldaten waren in ihr Haus eingedrungen. Einer von ihnen schlitzte mit einem Messer die Polstermöbel auf, dann riss er eine Schublade aus der Kommode und schüttete den Inhalt rücksichtslos auf den Boden. Eine Taschenuhr hüpfte über den Boden und rollte schließlich ein kleines Stück über die Holzdiele. Sie kam zur Ruhe, als der Soldat mit seinem schweren schwarzen Stiefel darauf trat.

Christina beobachtete den Mann, der nun die Sachen auf dem Boden mit seiner Stiefelspitze durchwühlte. Schließlich bückte sich der Soldat und hob eine Kette und eine Brosche auf. Mit einem schiefen Grinsen in ihre Richtung verschwand beides in der Jackentasche seiner Uniform. Die nächste Schublade wurde herausgezogen und landete krachend auf dem Boden. Strahlend weiße, geplättete Bettwäsche fiel heraus und wurde achtlos mit dem dreckigen Schuh beiseitegeschoben.

Ein anderer Mann wütete in der Küche. Christina konnte ihn zwar nicht sehen, doch sie hörte, wie er Einmachgläser öffnete, Dosen und Besteck herunterwarf und das wertvolle Porzellan von Carols Großmutter zertrümmerte. Tränen der Wut stiegen ihr in die Augen und sie ballte hinter ihrem Rücken die Hände zu Fäusten.

Plötzlich wurde die Tür aufgerissen. Helles Sonnenlicht flutete herein und blendete Christina, sodass sie blinzeln musste. Im Türrahmen erkannte sie die nicht sehr große, jedoch breite Gestalt ihres Mannes. Die Erleichterung, die sie für einen Moment empfand, wich sofort einer wilden Panik.

Der Soldat ließ die dritte Schublade, die er gerade aus der Kommode gezogen hatte, einfach fallen, riss seine Pistole aus dem Halfter und drückte sie Carol an die Schläfe. „Rein“, zischte er ihm auf Russisch zu und Carol gehorchte. Mit dem Knie schob der Eindringling die Tür zu. „Bist du der Ehemann?“, fragte er Carol, der einfach nur nickte. „Rüber zu ihr“, lautete die nächste Anweisung und der junge Mann wurde grob in Christinas Richtung gestoßen.

Er stolperte über eine der Schubladen, fand an einem der aufgerissenen Polsterstühle Halt und taumelte schließlich auf sie zu.

Christina schlang die Arme um ihn und barg ihr Gesicht an seiner Schulter. Sie war so froh, dass er da war.

„Sie sind im ganzen Dorf“, flüsterte Carol ihr leise zu. „Und in der ganzen Gegend. Ich habe auf dem Heimweg viele Truppen gesehen. Sie überrollen das ganze Land.“

„Was ist nur geschehen, Carol?“, fragte sie flüsternd, ohne ihr Gesicht von seinem zu heben.

„Sie randalieren und plündern. In Sarata hat man mir gesagt, Rumänien hätte ein 48-stündiges Ultimatum zur Abtretung Bessarabiens gestellt bekommen. Der König und seine Berater haben dem wohl kampflos zugestimmt.“

„Bessarabien wird wieder an die Sowjetunion abgetreten?“, hauchte Christina entsetzt.

Carol nickte und drückte sie fester an sich. „Keine Angst, sie wüten jetzt erst mal. Dann wird sich die Lage schon wieder entspannen“, versuchte er, sie zu beruhigen.

Wie zum Hohn drangen von draußen Schreie und schließlich mehrere Schüsse zu ihnen herein. Christina zuckte jedes Mal zusammen. Tränen stiegen ihr in die Augen. Die Leute hier im Dorf waren ihr ans Herz gewachsen. Viele von ihnen gehörten zu Carols Familie. Was geschah dort draußen?

Der Soldat hatte inzwischen alle Schubladen durchsucht. Mit der Waffe in der Hand stand er abwartend da, während sein Begleiter in einen der hinteren Räume eingedrungen war und dort sein Unwesen trieb.

Plötzlich klopfte es an der Tür. Mit energischen Schritten ging der Uniformierte hin und riss sie auf, wobei er die Waffe drohend hochhielt.

„Ich bin Reichsdeutscher", hörte Christina einen Mann sagen. Zu ihrem Erstaunen senkte der Soldat tatsächlich die Waffe. Noch größer war jedoch ihre Verwunderung, als ihr Vater eintrat.

Egon Weber blickte sich kurz um, dann wandte er sich wieder an den russischen Soldaten. „Sie zerstören hier das Eigentum einer reichsdeutschen Frau, Soldat."

„Wir handeln nur auf Befehl", lautete die Antwort.

„Dieser Befehl bezieht sich aber nicht auf Deutsche", erwiderte Egon Weber.

„Der Mann ist Rumäne."

„Aber die Frau ist Deutsche."

Der Soldat schien einen Moment nachzudenken. Dann sagte er: „Warten Sie hier", ging zur Küchentür hinüber und rief seinen Kameraden.

Währenddessen wandte sich Herr Weber an das Paar in der Ecke des Wohnraumes. „Seid ihr unverletzt?"

„Papa, was ist hier los?"

„Deutschland hat den Russen wohl erlaubt, Bessarabien zurückzuholen."

„Deutschland erlaubt ...?" Christina schüttelte fassungslos den Kopf.

„Im Moment ist Deutschland unser Schutz, Christina. Hitler hat zwar kein Interesse an diesem Land, aber wohl schon an uns Volksdeutschen, die wir hier leben."

„Woher weißt du das?", mischte sich Carol in das Gespräch zwischen Vater und Tochter ein und machte einen Schritt nach vorne.

„Die Russen sind auch schon in unserem Dorf. Es gab Gespräche mit den Ortsverantwortlichen. Noch ist nicht ganz klar, was mit uns Deutschen geschieht, aber wir stehen unter einem gewissen Schutz."

Carol nickte, dann wandte er sich langsam um und sah Christina an.

Sein Gesichtsausdruck machte ihr Angst. Was geschah hier? Was würde mit ihnen passieren? Sie war zwar Deutsche, aber Carol war Rumäne.

„Dann nimm sie bitte mit, Vater“, sagte Carol plötzlich emotionslos und ließ sie los.

„Nein!“, stieß Christina hervor.

Die beiden Soldaten, die noch immer an der Küchentür standen und miteinander redeten, fuhren herum.

Christina forderte energisch die Aufmerksamkeit ihres Mannes: „Ich bleibe bei dir, Carol.“

„Du wirst mit deinem Vater gehen. Zumindest so lange, bis sich die Lage beruhigt hat.“

„Carol, bitte. Schick mich nicht fort“, flehte Christina. Tränen liefen über ihre Wangen.

Ihr Mann legte seine Hände auf ihre Schultern. „Hör mir gut zu, Christina. Hier bist du nicht sicher, auch wenn du eine Deutsche bist. Es reicht schon, dass du mit einem Rumänen verheiratet bist. Es ist besser, du bleibst ist einer deutschen Stadt, bis wir wissen, was weiter geschieht. Dann hole ich dich wieder.“

„Aber, Carol, ich bin deine Frau. Ich gehöre zu dir.“

„Ich liebe dich, Christina. Und deshalb möchte ich dich in Sicherheit wissen. Sieh das Ganze als Besuch bei deiner Familie und bei deinen Freundinnen. Bitte.“

„Carol –“

„Christina, bitte geh mit deinem Vater. Das würde mir eine große Last von den Schultern nehmen. Bitte.“

„Carol hat recht, Christina. Ich bin mit dem Wagen hier. Pack das Nötigste ein und komm für ein paar Tage mit nach Hause.“

Christina wandte den Kopf und sah ihren Vater an. Dann wanderte ihr Blick zu den beiden Soldaten hinüber, die das Gespräch mitverfolgt hatten. Der eine zuckte nur mit den Schultern und ging an ihnen vorbei nach draußen. Der andere folgte ihm langsam, nickte ihr zu und verschwand ebenfalls.

Christina ließ ihre Schultern resigniert nach unten sinken. Sie spürte einen grässlichen Schmerz in ihrem Herzen. Aber sie gab sich geschlagen. Was blieb ihr auch anderes übrig?

Sie ging in die Schlafstube und stopfte in einem tranceähnlichen Zustand wahllos Kleidungsstücke in eine Reisetasche. Sie legte ihr Hochzeitsfoto hinzu und sah sich dann hilflos um. Nein, sie wollte sonst nichts mitnehmen, zumal ohnehin das Allermeiste von den Soldaten zerstört worden war.

Als sie zurück ins Wohnzimmer kam, stand Carol dort und lächelte sie an. Ihr Vater wartete offensichtlich schon draußen auf sie. Carol nahm sie fest in seine Arme, dann küsste er sie sanft auf die Stirn und flüsterte: „Ich komme dich holen, sobald wir wissen, was weiter geschieht, Christina. So lange weiß ich dich bei deinen Eltern in Sicherheit." Sie klammerte sich an ihn, doch er löste sich von ihr und trat entschlossen zurück. Er nahm sie an der Hand und brachte sie hinaus zum Wagen ihres Vaters.

Draußen herrschte ein unbeschreiblicher Lärm. Möbel waren bei den Plünderungen der Soldaten aus den Häusern geworfen worden und lagen nun inmitten von Hausrat auf der Straße. Frauen und Kinder weinten laut und drückten sich ängstlich gegen die Hausfassaden. Befehle wurden geschrien und Tiere liefen aufgescheucht umher.

Egon Weber nahm seiner Tochter die Tasche ab, warf sie auf den Wagen und half Christina dann beim Aufsteigen.

Alles in der jungen Frau wehrte sich dagegen, ihren Mann hier zurückzulassen, doch der Aufruhr im Dorf machte ihr Angst. Als sie sich noch einmal nach Carol umwandte, sah sie, wie drei Soldaten ihn in sein Haus zurückdrängten. Ein erstickter Schrei entrang sich ihrer Kehle. Sie raffte den Rock und wollte wieder vom

Kutschbock springen, doch ihr Vater, der inzwischen neben ihr saß, hielt sie eisern am Arm fest.

„Glaube mir, Christina, es ist besser so. Und Carol will, dass du mit mir nach Hause kommst und in Sicherheit bist."

„Aber ich kann ihn doch nicht alleine lassen. Ich lasse ihn im Stich."

„Er will es so", erwiderte Egon Weber mit Autorität in der Stimme und trieb die beiden Pferde an.

Als sie um die nächste Ecke bogen, lag dort auf der Straße, notdürftig mit einer Pferdedecke zugedeckt, ein Leichnam. Nur die mit schwarzer Erde verklumpten Stiefel schauten unter ihr hervor. Christina drohte es den Magen umzudrehen. Sie setzte sich gerade hin, schloss die Augen und bat Gott, Carol zu beschützen.

Kapitel 12

Samuel Bader hatte die bewaldete Hochebene im Norden Bessarabiens erreicht. Er spornte sein Pferd zu einer schnelleren Gangart an. Die Bäume am Wegrand schienen förmlich an ihm vorbeizufliegen. Es roch nach feuchter Erde und Harz – ein Geruch, den er kannte und liebte, seit er denken konnte. Doch ansonsten war hier nichts mehr so, wie er es in Erinnerung hatte. Überall patrouillierten russische Truppen. Ortschaften, die vorwiegend von rumänischen Familien bewohnt wurden, sahen aus, als sei ein gewaltiger Wirbelsturm durch sie hindurchgefegt. Auch die Ansiedlung einiger jüdischer Familien sah verheerend aus, während er einige deutsche Dörfer passiert hatte, die zwar besetzt waren, jedoch eine beruhigende Normalität ausstrahlten. Allerdings hatte er erfahren, dass die Russen mit der deutschen Bevölkerung recht manierlich umgingen, sich aber das Recht herausnahmen, Gutshofbesitzer zu inhaftieren.

Mit grimmigem Gesicht trieb er die Stute weiter an, sodass unter ihren Hufen die weiche Erde meterweit in die Höhe spritzte. Kühle Feuchtigkeit legte sich wie ein Mantel um ihn, als er in ein Waldstück eindrang. Der Pfad war schmal und an den Seiten von dichtem Unterholz bewachsen. Doch nun waren die Sträucher und Halme zerstampft und der Weg von vielen Pferdehufen, Stiefelabdrücken und Wagenrädern aufgewühlt wie ein Acker nach dem Pflügen. Demnach waren die Soldaten schon hier gewesen.

Dieser Weg führte direkt zum Gutshof seiner Familie. Ein heißer Schmerz zog durch Samuels Körper.

Trotz des unebenen Untergrundes und der ungünstigen Lichtverhältnisse im Wald zwang er die nervöse Stute in einen leichten Galopp.

Endlich öffnete sich vor ihm die sonnenüberflutete Lichtung.

Samuel zügelte das Pferd. Das zweistöckige Haus lag friedlich zwischen den Obstbäumen und dem Gemüsegarten. Die Sonne flirrte über der von Sommerblumen geschmückten Wiese, die sich vor ihm ausbreitete. Er atmete erleichtert auf. Auf den ersten Blick wirkte alles so friedlich wie immer. Der Fluss gurgelte durch sein Bett, Schmetterlinge und Vögel flogen umher und die Luft war erfüllt von den ihm so vertrauten Lauten und Gerüchen.

Nach der angenehmen Kühle des Waldes schlug ihm nun heiße Luft entgegen. Der junge Arzt trieb die heftig atmende und am Hals schäumende Stute in den Schritt und näherte sich dem Gutshof. Er ritt auf den Vorplatz des Hauses und brachte das Tier dort zum Stehen. Bewegungslos blieb er sitzen. Um ihn herum herrschte Stille. Wo war der Hund, der ihn sonst immer laut bellend begrüßte? Warum liefen keine Hühner umher, und wo waren die Gänse, die normalerweise hinter dem Stallkomplex auf der Wiese herumwatschelten und lauthals schnatterten? Nicht einmal eine Katze strich umher.

Langsam ließ er seinen Blick von einem Fenster zum anderen gleiten. Die oberen reflektierten die Sonne und blendeten ihn, während die unteren Fenster fest geschlossen und die Vorhänge zugezogen waren. Und das an einem so heißen Junitag?, wunderte er sich.

Samuel stellte sich in den linken Steigbügel, hob das rechte Bein langsam über den Rücken des Pferdes und stieg ab. Mit zögernden Schritten ging er auf die zweigeteilte Freitreppe zu. Verunsichert schaute er sich erneut um, ehe er die Stufen hinaufging und nach der großen, verschnörkelten Türklinke griff. Die Tür schwang nach innen auf.

Alles war ruhig. Schritt für Schritt tastete er sich voran. Zuerst betrat er die Küche. Schmutz war über den Boden verteilt. Einige Schubladen und Schranktüren standen offen, teilweise war der Inhalt herausgekippt. Auf der Arbeitsfläche lag ein Stück Brot. Samuel tippte es vorsichtig mit dem Finger an. Es war steinhart.

Sein Körper spannte sich an. Langsam verließ er die Küche und ging durch die anderen Räume. Der Wohnraum, das Arbeitszimmer seines Vaters, die Nähstube seiner Mutter und das Gästezimmer – überall bot sich ihm dasselbe Bild. Es herrschte ein wildes Durcheinander. Schubladen und Schranktüren waren geöffnet und der Inhalt war durchwühlt worden. Die Möbel waren jedoch nicht beschädigt.

Doch wo war seine Familie? Wo waren die Magd und die beiden Knechte? Was war mit den Tieren geschehen? Samuel ging zur Treppe und ergriff den Handlauf. Als sein Blick darauf fiel, entdeckte er, dass dort etwas Dunkles klebte. Erschrocken zog er seine Hand zurück und betrachtete den Fleck auf dem Geländer. Es war getrocknetes Blut. Zwei Stufen auf einmal nehmend jagte er die Treppe hinauf, die protestierend unter seinen schweren

Schritten knarrte. Oben angekommen, stürmte er von einem Zimmer in das nächste. Überall bot sich ihm ein ähnliches Bild wie unten. Und alle Räume waren menschenleer.

Samuel ging zur Treppe zurück und blieb dort stehen. Er schloss gequält die Augen. War sein Vater einer der Gutsbesitzer, die verhaftet worden waren? Was aber war in diesem Fall mit seiner Mutter und mit seiner Schwester geschehen? Wo waren sie?

Hastig lief er die Stufen wieder hinunter und verließ das Haus. Der junge Mann eilte mit schnellen Schritten über den Platz und betrat die Stallungen. Plötzlich strich ihm etwas am Hosenbein entlang. Samuel zuckte erschrocken zusammen und machte einen Satz nach hinten. Im gleichen Moment sprang eine Katze hinter einen Strohballen.

Samuel atmete auf. Es gab tatsächlich noch Leben hier. Er ging in die Hocke und lockte die Katze zu sich. Sie kam sofort und ließ sich von ihm auf den Arm nehmen.

Er strich ihr über das weiche Fell und schüttelte schließlich mit Tränen in den Augen den Kopf. „Was ist hier nur geschehen?“, fragte er leise.

Samuel hatte eine ausgesprochen schlechte Nacht hinter sich. Zum Frühstück hatte er sich im Garten ein paar Erdbeeren gepflückt, da er in der Küche nichts Essbares gefunden hatte. Anschließend war er im Haus wieder von einem Zimmer zum anderen gegangen. Doch er hatte keinen Hinweis darauf gefunden, wohin seine Familie gebracht worden oder geflohen war. Also ging er zu den Nebengebäuden hinüber. Dort war er am Abend nicht mehr gewesen, da er aufgrund der Dämmerung ohnehin nichts mehr gesehen hätte.

Jetzt drang die Morgensonne, die schon wieder ausgesprochen warm vom Himmel herabschien, durch alle Öffnungen und Ritzen, und so suchte er in den Ställen, in den Lagerschuppen und in den Vorratsräumen weiter nach irgendeinem kleinen Hinweis darauf, was mit seiner Familie geschehen sein könnte. Das Einzige, was er fand, waren die notdürftig verscharrten Überreste ihres Hofhundes auf der Wiese neben dem Fuhrwerkschuppen. Der leblose Körper des Tieres war nur mit einer dünnen Erdschicht bedeckt. Fliegen brummten um ihn herum. Samuel wollte sich schon abwenden, als ihm ein Gedanke kam, der ihn wieder herumfahren ließ.

Wenn die Soldaten den Hund erschossen hatten, weil er keine Ruhe gegeben hatte und vielleicht sogar seine Familie hatte beschützen wollen, dann hätten sie ihn mit Sicherheit nicht nach hier hinten gebracht und versucht, ihn zu verscharren. Wer also hatte das getan? Charlotte? Oder seine Mutter? Eine von ihnen musste es gewesen sein. Und warum war der Hund nur mit einer so dünnen Erdschicht bedeckt worden? Doch wahrscheinlich deshalb, weil er ihn finden sollte. Das hieß, hier musste es einen Hinweis geben. Ungeachtet der Schmeißfliegen und des unangenehmen Geruches, der von dem Tier bereits ausging, kniete er sich nieder und schob die Erde beiseite.

Getrocknetes Blut klebte in dem grauen Fell des Hundes, und als Samuel ihn an seinen Pfoten ein wenig nach vorne zog, wurde eine kleine Einschusswunde im Nacken sichtbar. Samuel betrachtete das Tier traurig. Er hatte den Hund großgezogen und trainiert. Energisch zog er das Tier aus der Mulde heraus. Tatsächlich – zwischen den kleinen Steinen und einigen Erdklumpen lag ein zusammengefalteter, verschmutzter Zettel.

Samuel atmete erleichtert auf. Er nahm das Stück Papier, erhob sich und setzte sich, ein paar Meter von dem toten Tier entfernt, auf die Wiese. Seine Schwester Charlotte hatte ihm eine kleine, hastig niedergeschriebene Nachricht hinterlassen.

Samuel, ich hoffe, dass du diese Nachricht findest. Wir sind alle bei Papas jüdischen Freunden untergekommen. Charlotte

Nachdenklich zerknüllte er den Zettel in seiner Hand und blickte in die Ferne. Zwar wusste er jetzt, dass seine Familie rechtzeitig von hier hatte fliehen können, doch wo genau sie war, erschloss sich ihm aus der Nachricht nicht. Sein Vater hatte einige Freunde in jüdischen Ansiedlungen, die teilweise weit verstreut lagen. Vermutlich hatte Charlotte aus reiner Vorsicht keine Namen oder Ortsbezeichnungen angegeben, doch das machte es auch ihm schwer, sie zu finden.

Lange Zeit saß er da und betrachtete die bunten Blütenköpfe, die im leichten Nordwind sanft hin und her schaukelten. Schließlich zog er die Knie an und legte seine Arme darum. Er stützte das Kinn auf und schloss die Augen. Die Sonne schien ihm heiß auf den Rücken und den Hinterkopf, und nach der langen, beschwerlichen Reise und der unruhigen Nacht fühlte er eine schwere Müdigkeit über sich kommen. Ob er sich einfach ausstrecken und schlafen sollte? Das Brummen und Surren der Fliegen, die um den Kadaver herumschwirrten, nahm zu. Offensichtlich wurden jetzt, wo der tote Körper wieder freigelegt war, immer mehr Insekten von seinem Geruch angezogen. Samuel schlug widerwillig die Augen auf und schaute zu dem Hund hinüber. Dann betrachtete er erneut das verschmutzte Papier in seiner Hand. Plötzlich kam ihm ein Gedanke. Er faltete den Zettel wieder auseinander und las noch einmal die Worte seiner Schwester:

... wir sind alle bei Papas jüdischen Freunden untergekommen ...

Das klang nicht so, als habe ihre Familie vorgehabt, dort nach Schutz zu fragen, sondern als sei dies bereits geschehen. Musste das nicht bedeuten, dass Charlotte nach ihrer Flucht noch einmal hier gewesen war, um den Hund zu verscharren und ihm eine Nachricht zu hinterlassen?

Samuel sprang mit einem gewaltigen Satz auf die Füße. Nun war er wieder hellwach. Er lief zurück in den Geräteschuppen, holte eine Schaufel und begrub das Tier ordentlich. Dann sattelte er die Stute, die sich inzwischen von dem anstrengenden Ritt am Vortag erholt hatte, und schwang sich auf ihren Rücken. Es gab zwei jüdische Familien in der Nähe, mit denen sein Vater befreundet war. Nur von ihnen aus hatte Charlotte die Möglichkeit gehabt, noch einmal hierherzukommen!

Kapitel 13

Elisa stellte den Besen in die Ecke und trat aus der offen stehenden Tür in den Sonnenschein hinaus. Prüfend sah sie sich um. Die meisten der russischen Soldaten hatten ihr kleines Dorf wieder verlassen, doch ein paar von ihnen waren noch geblieben, wohl um die Menschen hier im Auge zu behalten. Sie waren im Grunde recht friedlich und unauffällig, dennoch begegnete Elisa ihnen mit Vorsicht. Den Bewohnern des Dorfes war zwar zugesichert worden, dass sie unter dem besonderen Schutz des Deutschen Reiches standen, doch da Elisa Hitler misstraute, war ihr dieses Versprechen nicht viel wert. Sie fühlte sich trotzdem schutzlos und ängstlich.

An diesem späten Vormittag war die Straße, abgesehen von ein paar spielenden Kindern, leer. Elisa lief zum Hühnerstall hinüber, wo ihre Mutter gerade dabei war, Eier einzusammeln. Der strenge, beißende Geruch des Federviehs wehte bis zu Elisa hinüber und sie wandte sich ab. Es machte ihr nichts aus, mit den Tieren auf ihrem Hof umzugehen, doch den unangenehmen Geruch im Hühnerstall konnte sie nicht leiden. Umso mehr wunderte sie sich darüber, dass ihre Mutter, die sich aufgrund ihrer neuen Schwangerschaft derzeit jeden Morgen übergeben musste, es in der Stallung aushalten konnte.

Elisa blieb einige Schritte von dem Eingang entfernt stehen und rief: „Mama, ich bin mit allem fertig. Kann ich jetzt zu Christina?"

„Aber nicht zu lange."

„In Ordnung." Elisa drehte sich hastig um und lief auf die Straße. Gerade als sie zwischen die Akazien trat, vernahm sie von rechts das Geräusch von Pferdehufen, die über den harten Boden klackerten. In der Annahme, es handele sich um russische Soldaten, fuhr sie erschrocken herum.

Eine offene, vornehm aussehende Kutsche, die von zwei wunderschönen, dunklen Pferden gezogen wurde, rollte auf sie zu. Sie wurde begleitet von einem Reiter auf einem ebenso schönen Pferd. Als sie die Hand schützend über die Augen hielt, erkannte sie in dem Reiter Samuel Bader.

Der junge Mann zog grüßend den Hut und lächelte ihr zu.

Elisa spürte ein aufgeregtes Flattern in der Magengegend, das sie so noch nie gehabt hatte. Auf ihr Gesicht legte sich ein sanftes Lächeln.

Samuel trieb sein Pferd ein wenig an und kam zu ihr herübergeritten. Als er bei ihr angelangt war, schwang er sich geschickt aus dem Sattel und stieg ab. Er streckte ihr die Hand entgegen und sagte: „Schön, dich wohlauf zu sehen, Elisa." Elisa war zu verwundert, Samuel so unverhofft wiederzusehen, um irgendetwas zu erwidern.

Doch Samuel schien keine Reaktion von ihr zu erwarten. Stattdessen zog er sie die paar Schritte bis zu der

Kutsche, die inzwischen angehalten hatte, hinüber. Erst dort ließ er sie wieder los, um einer jungen, sehr zerbrechlich wirkenden jungen Frau und einer älteren Dame vom Fahrzeug herunterzuhelfen. „Darf ich vorstellen, Elisa? Das sind meine Schwester Charlotte und meine Mutter."

Elisa lächelte und gab den beiden Frauen die Hand. Dann sah sie Samuel fragend an. Was hatte das zu bedeuten? Was war der Grund für diesen Überraschungsbesuch?

„Elisa Steiger, mein Vater, Karl Bader", stellte Samuel nun seinen Vater vor, und Elisa gab auch dem groß gewachsenen, älteren Herrn zum Gruß ihre Hand.

„Schön, Sie endlich einmal kennenzulernen, Fräulein Elisa. Mein Sohn hat uns schon so viel von Ihnen erzählt", sagte er in breitem Schwäbisch. „Als ich Ihre Eltern das letzte Mal besucht habe, waren Sie noch nicht einmal geboren."

Elisa warf Samuel erneut einen kurzen Seitenblick zu. Doch als sie bemerkte, dass er sie ansah, wandte sie den Kopf schnell wieder ab. „Bringen Sie die Kutsche hier herein", sagte sie, als sie sich auf ihre Gastgeberpflichten besann, und deutete auf die Hofeinfahrt. Samuels Vater stieg wieder zurück auf den Kutschbock, während die beiden Frauen vorangingen. Samuel blieb bei ihr stehen. „Ist hier alles in Ordnung, Elisa?", fragte er leise, und sie sah, wie er erst sie prüfend musterte und dann die Straße entlangsah.

„Es ist alles ruhig", erwiderte Elisa knapp.

„Hast du etwas von deiner Freundin Christina und ihrem Mann gehört?"

„Christina ist seit vier Wochen hier. In dem rumänischen Dorf muss es schlimm zugegangen sein. Carol hat sie vorsichtshalber hierhergeschickt. Sie möchte heute wieder zurückkehren. Ich war gerade auf dem Weg zu ihr, um mich von ihr zu verabschieden."

„Dann möchte ich dich nicht aufhalten."

Elisa wollte sich abwenden, hob aber wieder den Kopf. „Wie ist es euch ergangen? Wir haben uns Sorgen gemacht. Mein Vater wollte sogar zu euch hinaufreiten, aber ein russischer Soldat, der mit unserem Nachbarn befreundet ist, hat ihm gesagt, das sei unnütz, die Russen seien beinahe überall zur gleichen Zeit einmarschiert."

„Meine Familie hat sich ein paar Tage bei Freunden versteckt, bis geklärt war, dass auch sie unter dem Schutz des Deutschen Reiches stehen."

„Und?"

Ein trauriger Zug lag um seinen Mund. „Großgrundbesitzer sind enteignet worden. Die Ländereien und der Viehbestand werden wohl unter anderen Bauern aufgeteilt. Vermutlich werden irgendwelche Russen unseren Hof übernehmen."

„Das tut mir leid", flüsterte Elisa.

„Für meine Eltern und für Charlotte ist es sehr schwer", erwiderte er leise.

Elisa hörte deutlich heraus, dass auch er unter dem Verlust seines Geburtshauses und seiner Heimat litt. „Was werdet ihr jetzt tun?", fragte sie vorsichtig und sah ihn prüfend an. Sein Schulterzucken wirkte ungewohnt hilflos an ihm.

„Wir dachten, dass wir vielleicht erst einmal eine Weile hierbleiben könnten, obwohl es meinen Vater viel Überwindung kosten wird, deinen Vater darum bitten zu müssen. Irgendwann werde ich meine Familie vielleicht mit nach Berlin nehmen können. Aber es ist schwierig in diesen Zeiten, dort eine Wohnung zu finden. Jeden, der irgendwie nach Ruhm oder Macht strebt, hat es in die Hauptstadt gezogen. Und die Bombardierungen nehmen zu. Wer weiß, wann Berlin ..."

„Du hast uns schon so oft geholfen. Jetzt sind wir an der Reihe, euch einmal zu helfen. Im Haus meiner Großeltern gibt es einen leer stehenden Raum. Dort könnt ihr sicher unterkommen."

Samuel lächelte. Dann deutete er mit der Hand in Richtung Marktplatz. „Du wolltest doch zu Christina. Grüße sie von mir."

„Das werde ich", erwiderte Elisa.

Samuel wandte sich um und ging zum Haus hinüber.

Elisa blieb noch einen Moment stehen und blickte ihm nach, bevor sie sich schließlich auf den Weg zu Christina machte.

Vor dem Haus der Webers stand bereits der angeschirrte Wagen der Familie. Ein paar Gepäckstücke lagen auf der Pritsche, und Herr Weber war dabei, seiner Tochter auf den Kutschbock zu helfen.

„Christina!", rief Elisa laut.

Ihre Freundin drehte sich um und ein Lächeln legte sich auf ihr schönes Gesicht. Sie nahm ihre Hand aus der ihres Vaters und kam Elisa ein paar Schritte entgegen. „Ich bin es nicht gewohnt, dass du zu spät kommst, Lisa", lachte sie und nahm sie einfach in den Arm.

Elisa versuchte, zu Atem zu kommen. „Christina, bist du dir sicher, dass du wieder zurückwillst? Die Gefahr ist noch nicht vorüber."

„Ich weiß, Lisa. Herr Reiger und sein Freund, der russische Soldat, waren bei meinem Vater, als sie hörten, dass ich heute zurück zu Carol fahre. Sie haben gesagt, dass die Rumänen in anderen Ortschaften teilweise aus ihren Häusern vertrieben wurden. Selbst der Soldat konnte nicht sagen, ob sie nach Rumänien hinübergelassen oder ob sie woanders hingebracht wurden."

Elisa warf einen kurzen Blick auf Herrn Weber, der ungeduldig zu ihnen herübersah.

„Und deine Eltern lassen dich trotzdem gehen?"

„Ich habe ihnen gesagt, dass ich wissen muss, wohin Carol gebracht wird, sollte dort je dasselbe passieren.

Ich kann nicht hierbleiben und ihn vielleicht mein Leben lang nicht mehr finden oder niemals wissen, was mit ihm geschehen ist."

„Christina ..."

„Es ist gut, Lisa. Du musst es akzeptieren. Meine Eltern haben es auch akzeptiert, obwohl ihnen klar ist, dass ich ebenfalls einfach mitgenommen werden könnte."

„Christina ...", wiederholte Elisa leise und erntete ein trauriges Lächeln. Wieder verstand ihre langjährige Freundin sie sofort.

„Natürlich werde ich mit ihm gehen, Lisa. Er ist mein Ehemann und ich liebe ihn. Ich möchte bei ihm sein, egal, wo."

Elisas Herz zog sich zusammen.

„Christina, wir sollten losfahren", drang die tiefe Stimme Herrn Webers in das Schweigen der beiden Mädchen hinein.

„Ich hab dich lieb, Mäuschen. Können wir es so halten, wie die Familie Steiger und die Familie Bader es über mehr als ein Jahrhundert hielten?"

Elisa nickte. „Ich werde jeden Abend für dich und deine Familie beten, Christina."

Christina lächelte, doch es lag auch etwas Traurigkeit und Angst in ihren Augen.

Schnell nahm Elisa die Freundin in die Arme. Sie konnte ihre Tränen nicht mehr zurückhalten. „Unser Gott ist dir jeden Tag nahe, geliebte Freundin. Vergiss das niemals, ja?" Sie spürte, wie Christina nickte. Dann lösten sie sich voneinander.

Christina ging zurück zum Fuhrwerk und ließ sich von ihrem Vater hinaufhelfen.

Elisa blieb bewegungslos auf der staubigen Straße stehen und beobachtete, wie der Wagen die Straße hinunterfuhr und ihre Freundin mit sich nahm.

Kapitel 14

Die Hitze flimmerte über den lang gezogenen Feldern, die an der einen Seite von den Gärten und Häusern des Dorfes und auf der anderen Seite von den sanft ansteigenden Hügeln eingerahmt wurden. Die Luft war trocken und der durch die Erntearbeiten aufgewirbelte Staub reizte die Atemwege und die Augen. Das laute Krächzen der schwarzen Krähen klang weithin über das Land. Während Elisa den Krug mit dem Rotwein, den sie mit Wasser verdünnt hatte, an ihre trockenen, rissigen Lippen setzte, beobachtete sie den aufgeregten Flug der Vögel. Sie verschloss den Krug wieder und stellte ihn zurück zu den Resten ihres Essens auf der aufgerollten Decke an den Wegesrand.

Mit in die Hüften gestemmten Händen richtete sie sich auf und sah sich prüfend um. Ihr Vater und Herr Bader gönnten den Arbeitspferden und sich selbst eine kleine Pause. Die beiden Männer tränkten erst die Tiere und lehnten sich dann mit dem Rücken gegen das Fuhrwerk mit dem Tierfutter und dem Wasserbehälter und unterhielten sich.

Elisa wandte sich um, hielt die rechte Hand schützend über ihre Augen und schaute zu Samuel Bader hinüber. Er war auf dem angrenzenden Sojabohnen-Feld zugange. Ein Lächeln legte sich über ihre verschwitzten und verstaubten Gesichtszüge. Mit jedem Tag, den die Baders bei ihnen waren, mochte sie den jungen Arzt ein wenig mehr. Wie bereits im Jahr zuvor half er bei den Feld- und ersten Erntearbeiten. Inzwischen hatte es sich in ihrem Dorf herumgesprochen, dass bei den Steigers ein Arzt untergekommen war. Da sich eine weite Fahrt in eine größere Stadt zu einem Arzt oder gar einem Krankenhaus nicht lohnte, kamen die Dorfbewohner mit kleineren Verletzungen und leichteren Erkrankungen, die sonst immer mit Hausmitteln behandelt worden waren, jetzt zu ihm, und auch hier half er gerne und selbstlos. Er war immer freundlich und zuvorkommend und gab damit den Leuten, die in den allermeisten Fällen einfache Landwirte waren, das Gefühl, wertgeschätzt zu werden.

Ganz anders Georg Alder, Annes Bruder. Er benahm sich noch immer sehr bestimmend und versuchte ständig, sich in ihr Leben einzumischen, und das, obwohl sie ihm vor einigen Wochen auf einen seiner Annäherungsversuche hin sehr deutlich klargemacht hatte, dass er sie bitte in Ruhe lassen solle. Elisa seufzte leise auf und zog mit beiden Händen an der vor Schweiß an ihrem Körper klebenden Bluse, um sich ein wenig Frische zu verschaffen.

Plötzlich stoben die Krähen, die sich weiter entfernt auf dem Feld niedergelassen hatten, in einem großen, schwarzen Pulk wieder in die Höhe und krächzten laut auf, während die Pferde, die vor den Wagen gespannt waren, unruhig ihre Köpfe zur Seite warfen. Die junge Frau schaute in die Ferne und entdeckte ein sich näherndes Automobil. Nun konnte sie auch das Motorengeräusch hören.

Elisa beobachtete das Fahrzeug mit gemischten Gefühlen. Seit die russische Armee sich Bessarabien von Rumänien kampflos zurückerobert hatte, herrschte in ihrem Ort eine seltsame Atmosphäre. Einerseits waren die Bewohner erleichtert darüber, dass bei ihnen alles ruhig geblieben war, andererseits schlummerte in allen die Erwartung, dass dies nicht immer so bleiben würde. Die ersten Veränderungen zeichneten sich bereits ab. Der Bürgermeister war abgesetzt worden, und die meisten rechneten damit, dass das kirchliche und deutsch geprägte kulturelle Leben hier in Bessarabien auf sein Ende zuging. Zudem hörte man von ersten Zwangskollektivierungen, und so fürchteten die Landwirte, dass sie bald ihren eigenen Grund und Boden aufgeben mussten. Einige – wie auch Georg und seine Freunde – sprachen von ihrer „völkischen Pflicht", in ihr Mutterland zurückzukehren, und es schien fast so, als würden immer mehr Stadtbewohner früher oder später dieser Pflicht nachkommen wollen. Zwar brachte man die ersten Ernten ein und das alltägliche Leben lief weiter wie bisher, doch niemand orderte mehr Güter von Händlern, und was kaputtging, wurde nicht mehr repariert, und einige sprachen bereits von der Hoffnung auf ein in materieller Hinsicht besseres Leben im Deutschen Reich.

Samuel Bader war am Vortag von einer Reise aus Sarata, die er unternommen hatte, um Medikamente einzukaufen, zurückgekommen und hatte beunruhigende Nachrichten mitgebracht. Man sprach von der Ablieferung eines Erntesolls an die Russen, von den Schließungen der deutschen Schulen, der Beschlagnahmung von Krankenhäusern und Apotheken sowie von einer Enteignung der Banken und Industrieunternehmen. Diese Nachrichten hatten sich in ihrem Dorf rasend schnell verbreitet, und Elisa glaubte, nun in noch mehr Augen den Wunsch nach einer baldigen Nachricht aus dem fernen Berlin gesehen zu haben. Die Familien wollten endlich wissen, ob sie in das ihnen fremde Heimatland ihrer Vorfahren zurückkehren sollten. Sie selbst konnte sich beim besten Willen nicht vorstellen, ihr Zuhause freiwillig zu verlassen. Sie verstand die anderen Dorfbewohner nicht, denn immerhin waren auch sie alle hier geboren und verwurzelt.

Elisa wurde aus ihren düsteren Überlegungen gerissen, als sich eine schwere Hand auf ihre linke Schulter legte.

Sie drehte sich um und sah Samuel vor sich stehen.

„Ich gehe zurück und sehe nach, wer da gekommen ist", erklärte er.

Elisa blickte kurz über die Schulter zur Straße hinüber. Das Automobil war inzwischen nicht mehr zu sehen, obwohl das Motorengeräusch noch zu hören war. Sie wandte sich wieder um und sah Samuel an. Vermutlich wurde er von denselben Fragen gequält wie alle anderen Deutschstämmigen in Bessarabien.

Leise fügte der junge Mann hinzu: „Ich weiß inzwischen, wie man mit den Deutschen aus dem Mutterland reden muss. Ich kenne ihren Jargon und weitere Eigenheiten."

„Heißt das, man spielt sich in Deutschland etwas vor?"

Samuel zwinkerte ihr belustigt zu. „Manche, Elisa. Andere gehen in diesem Herrenrassenleben ganz auf."

„Wie Georg?", sagte sie mehr zu sich selbst und sah doch, wie er die Augenbrauen in die Höhe zog, ehe er sich auf den Weg über die Felder machte. Elisa blickte ihm mit klopfendem Herzen nach. Hatte sie etwas Falsches gesagt? Sie wollte ihn nicht verletzen. Zum ersten Mal fragte sie sich, ob Samuel sich ihretwegen Gedanken über Annes Bruder machte. Höchstwahrscheinlich hatte auch er bemerkt, dass dieser großes Interesse an ihr zeigte.

Während ihr Herz heftig klopfte, wandte sie sich um und machte sich wieder an ihre Arbeit.

Christina Alexandru blinzelte und betrachtete die von Rissen durchzogene Decke über sich. Wohlig streckte sie sich aus, darum bemüht, Carol, der neben ihr lag, nicht zu wecken.

Sie war wieder zu Hause. Ihr Mann und auch ihre Schwiegereltern hatten sich sehr gefreut, sie zu sehen. Allerdings hatten sie auch deutlich ihre Sorge zum Ausdruck gebracht. Carol durfte nicht mehr reisen, was bedeutete, dass er als Handlungsreisender kein Einkommen hatte. Jetzt half er seinen Eltern und seinem Schwager bei der Ernte. Doch auch wenn es nach außen den Anschein hatte, so herrschte, seit die Russen ins Dorf gekommen waren, kein normaler Alltag mehr. Die Soldaten riefen sich immer wieder mit willkürlichen Hasstiraden und Übergriffen in Erinnerung.

Christina setzte sich auf und stieg leise aus dem warmen Bett. Eine Weile blieb sie einfach nur stehen und betrachtete ihren schlafenden Ehemann, ehe sie in die Küche ging, um sich zu waschen und anzuziehen. Sie entfachte ein Feuer in dem großen, quadratischen Ofen, der auch den Herd heizte, und griff nach dem Wasserkessel.

Für einen Moment spürte sie die Übelkeit, die sie seit einiger Zeit immer wieder überfiel, aber auch schnell wieder verklang. Sie lächelte und ihr schönes Gesicht wurde noch eine Spur strahlender. Sie hatte Carol noch gar nicht erzählt, dass er bald Vater werden würde. Das wollte sie an diesem Morgen bei einem gemütlichen Frühstück tun.

Noch immer lächelnd öffnete sie die Tür, um draußen am Brunnen Wasser zu holen. Im selben Moment wurde ihr diese aus der Hand geschlagen, sodass sie gegen die Wand donnerte. Mehrere Männer in Uniform drängten herein und der Erste von ihnen wischte sie mit einer Handbewegung förmlich zur Seite. Schreiend fiel sie auf den Boden. Der Wasserkessel polterte mit lauten Schlägen davon und ein heftiger Schmerz schoss durch ihren Körper.

Carol kam aus dem Schlafraum gerannt. Er prallte gegen die Männer, die ihn sogleich grob packten, ihm den rechten Arm auf den Rücken drehten und neben sie stießen.

„Christina, bist du ...?“, stöhnte er.

„Mir ist nichts passiert“, erwiderte sie leise, ohne den Blick von den Männern zu nehmen, die erneut das Haus durchwühlten. „Was geschieht hier?“

„Ich wünschte, du wärst nicht zurückgekommen“, erwiderte er leise.

Einer der Soldaten brüllte sie an, sie sollten aufstehen. Carol erhob sich und half auch seiner Frau auf ihre zitternden Beine. Christina drückte sich Schutz suchend an ihn, froh, wenigstens schon angekleidet zu sein.

„Anziehen!“, befahl der Soldat Carol.

Christina wollte mit Carol nach hinten in die Schlafstube gehen, doch einer der anderen Männer hielt sie zurück. „Hierbleiben!“, zischte er ihr zu.

Zitternd blieb sie stehen. Der Soldat ließ sie trotzdem nicht los. Sie hörte ein Poltern und die Stimmen der Soldaten, die bei Carol waren und ihn permanent beschimpften. Von draußen drangen Schreie und andere beängstigende Geräusche zu ihr herein. Offenbar wurde niemand im Dorf verschont. Voller Angst schloss Christina für einen Moment die Augen.

Das hatten sie doch vor einigen Wochen schon einmal durchlebt. Aber ob es dieses Mal wieder so glimpflich abgehen würde wie das letzte Mal?

Ihr Mann betrat die Küche und wurde erneut zu ihr hinübergestoßen. Er hatte sowohl seinen wie auch ihren Pelzmantel in den Händen. Was wollte er nur damit? Draußen war es bereits zu dieser frühen Morgenstunde drückend warm und der Tag würde mit Sicherheit wieder heiß und trocken werden.

„Raus!“, befahl einer der Soldaten.

Carol schob sie aus ihrem kleinen Haus auf die unbefestigte Straße hinaus. Dort standen bereits viele andere Dorfbewohner. Die Menschen drückten sich aneinander wie eine scheue Herde Schafe, die von einem Wolfsrudel bedroht wird. Die Menschen waren allesamt verstört und verängstigt. Die meisten schwiegen und drückten sich Hilfe und Schutz suchend an einen lieben Menschen. Nur wenige sprachen miteinander. Niemand wollte die Aufmerksamkeit der bewaffneten Soldaten auf sich ziehen.

Christina und ihr Mann fügten sich in die Menschentraube mit ein. Carol suchte mit den Augen die Gesichter der Russen ab, bis er die Person entdeckt hatte, die er suchte. „Hör mir zu, Christina“, flüsterte er dann seiner

Frau zu. „Ich spreche jetzt mit dem Leutnant dort vorne. Ich habe mich in den letzten Wochen ein paar Mal mit ihm unterhalten. Er ist ganz vernünftig. Ich werde ihm sagen, dass du eine Deutsche bist und zu deiner Familie –"

„Nein, Carol", widersprach Christina und ergriff ihn mit beiden Händen am Oberarm.

„Christina, ich will nicht, dass dir etwas passiert."

„Liebst du mich denn nicht?"

Er sah sie ernst an. In seinem Blick lag tiefe Zuneigung, aber auch Angst um seine Frau. „Ich liebe dich viel zu sehr, als dass ich dich dem hier aussetzen möchte. Bleib du hier. Ich hole den Leutnant."

Christinas Griff um seinen Arm wurde fester und sie sah ihn flehend an. „Nein, Carol. Ich bleibe bei dir."

„Christina, es ist zu gefährlich." Er wand seinen Arm aus ihren Händen und drückte sich durch die verängstigte Menschenmenge davon.

Die junge Ehefrau überlegte für einen Moment, ob sie ihm nachrufen sollte, dass sie ein Kind erwartete, doch diese Nachricht würde ihn wahrscheinlich noch mehr dazu drängen, sie zurück zu ihren Eltern zu schicken, also schwieg sie.

Sie blickte sich um. Eine ältere Frau hatte ein kleines, weinendes Kind auf dem Arm. An ihrem Rockzipfel hingen zwei weitere Kinder und hinter ihr klammerten sich zwei ältere Mädchen aneinander. Sie waren offensichtlich alle im Schlaf überrascht worden. Sie hatten sich nur einige wenige Kleidungsstücke über die Nachthemden geworfen und ihre Haare waren ungekämmt. Ihnen allen stand die Angst ins Gesicht geschrieben. Wo wohl der Vater und Ehemann dieser Familie war?

Christina blickte sich nach Carols Familie um. Sie entdeckte seine Schwester, die mit ihrem Mann und den Kindern einen ebenso verlorenen Eindruck machte wie all die anderen Dorfbewohner um sie herum.

„Christina!"

Die junge Frau wandte den Kopf und sah Carol, der mit dem russischen Leutnant an seiner Seite zurückkam. Der Soldat hatte ein offenes, ehrliches Gesicht, und Christina glaubte, in seinen Augen einen Anflug von Mitgefühl zu erkennen. Carol hatte schon immer eine gute Menschenkenntnis gehabt. Vielleicht war er deshalb auch so ein erfolgreicher Geschäftsmann.

„Sprich mit ihm, Christina", forderte Carol sie auf. „Er wird dich sicher gehen lassen."

„Ich möchte bei dir bleiben", flehte sie erneut, sah dabei aber nicht ihren Mann, sondern den Soldaten an. Der winkte sie mit einer knappen Handbewegung zu sich.

Während am anderen Ende der zusammengedrängten Menschentraube Befehle gebrüllt wurden und sich die Ersten in Bewegung setzten, beugte sich der Soldat zu ihr hinunter und raunte ihr in gebrochenem Deutsch zu: „Wenn Sie Ihren Mann in diesem Leben noch sehen wollen, bleiben Sie. Ansonsten nutzen Sie die Gelegenheit und gehen Sie."

„Was wird mit uns geschehen?", fragte sie, erschrocken über seine düsteren Andeutungen.

„Sie werden alle deportiert."

„Wohin? Nach Rumänien?"

„Das glaube ich nicht."

„Dann bleibe ich bei Carol", entschied Christina, obwohl die Angst vor der Zukunft ihr den Atem zu rauben drohte. Sie hatte die Möglichkeit, dem Ganzen hier zu entkommen. Doch wollte sie das, wenn es bedeutete, dass sie Carol für immer verlieren würde?

„Eine Frau, die liebt, kann nicht anders handeln. Ihr Mann kann sich glücklich schätzen." Mit diesen Worten wandte der Leutnant sich um und ging mit großen Schritten davon.

Fast augenblicklich wurde sie von hinten an den Schultern ergriffen. „Was hast du getan?", rief Carol mit sich überschlagender Stimme.

„Ich habe mich für dich entschieden, Carol“, erwiderte sie äußerlich ruhig und spürte doch ihr Herz bis zum Hals schlagen.

Carol musterte sie eindringlich. Dann zog er sie in die Menschenmenge zurück, die eine lange Kolonne zu bilden begann.

Eingerahmt von berittenen, bewaffneten Soldaten marschierten sie aus dem Dorf hinaus über die Felder. Der Staub wurde von den unzähligen Füßen aufgewirbelt und brachte vor allem die Kinder zum Husten. Das leise Weinen und Jammern Einzelner erfüllte das Tal. Die Sonne stieg höher und höher und brannte unbarmherzig auf die aufgeschreckte, sich dahinschleppende Schar hinunter.

Carol drückte seiner Frau die beiden Pelze in die Arme und nahm Mihaela, die dreijährige Tochter seiner Schwester, auf seine Schultern.

Christina setzte einen Schritt vor den anderen und betrachtete nachdenklich die schweren, warmen Pelzmäntel, die Carol vor einiger Zeit von einer seiner Reisen mitgebracht hatte. Schließlich wandte sie sich an ihren schweigsamen Ehemann, der seinen Blick eisern geradeaus richtete. „Warum hast du die Mäntel mitgenommen, Carol?“

Seine Antwort war kaum mehr als ein Flüstern, doch sie jagte ihr einen eisigen Schauer über den Rücken: „Sibirien.“

Kapitel 15

Elisa schnitt das Gemüse klein, während ihre Mutter an dem großen, steinernen Herd stand und das bereits gerupfte Huhn für die Suppe vorbereitete. Wie so oft an den warmen, arbeitsamen Spätsommerabenden wurde bei den Steigers die Mahlzeit für ein gemeinsames Essen mit Freunden und Verwandten gekocht. Die beiden Frauen schwiegen und lauschten den aufgeregten Stimmen der drei Männer, die aus dem Hof zu ihnen hereindrangen. Karl Bader, Samuel und ihr Vater unterhielten sich über die neuesten Nachrichten, die im Dorf angekommen waren. Das Deutsche Reich strebte offensichtlich einen Umsiedlungsvertrag mit der Sowjetunion an. Doch ob und wie schnell eine solche Umsiedlung kommen würde, war nicht zu erfahren gewesen.

Elisas Bewegungen wurden immer langsamer, je intensiver sie auf die Stimmen lauschte. Herr Bader wirkte erleichtert, dass endlich Ansätze für eine Lösung der Problematik gesucht wurden. Ihr Vater, der sich lange Zeit geweigert hatte, über eine Umsiedlung in das Deutsche Reich nachzudenken, schien inzwischen ebenfalls erleichtert zu sein, dass sie zumindest nicht vergessen worden waren und sich irgendjemand um ihre missliche Situation zu kümmern begann. Samuel schwieg nun schon seit längerer Zeit, sodass Elisa nicht wusste, wie er zu den Entwicklungen stand.

Sie rutschte mit ihrem Küchenstuhl ein wenig nach hinten und lehnte sich weit zurück, um an den Stützbalken der Sommerküche vorbeisehen zu können. Sie legte den Kopf ein wenig nach hinten und konnte so Samuel erkennen. Er saß zurückgelehnt auf der alten, hölzernen Bank, hatte die Arme vor der Brust verschränkt und schien tief in Gedanken versunken zu sein. Elisa ließ die Hand mit dem Messer in ihren Schoß sinken. Eine wohlige Wärme breitete sich in ihr aus. Sie mochte Samuel Bader. Ihr gefiel seine ruhige und besonnene Art.

In diesem Moment hob er seinen Kopf und sah zu ihr herüber. Hitze schoss durch ihren Körper. Sie konnte ihren Blick jedoch nicht von ihm nehmen. Sein Gesichtsausdruck war ungewöhnlich ernst und besorgt.

Schließlich zwang sie sich doch, sich wieder ihrer Aufgabe zuzuwenden. Sie setzte sich ordentlich hin und nahm den Lauch in die Hände. Doch als sie den Blick ihrer Mutter auf sich ruhen spürte, schaute sie noch einmal auf.

Hanna Steiger stand mit dem Rücken zum Herd und lächelte sie an. Sie hatte ihre Tochter wohl schon länger beobachtet. „Du magst Samuel, nicht wahr, Lisa?“, fragte sie.

Auf Elisas Stirn erschienen kleine Falten, und sie sah auf ihre Hände hinab, mit denen sie nun begann, den Lauch in schmale Ringe zu schneiden. „Schon. Er ist doch auch sehr nett. Du und Papa, ihr mögt ihn doch auch“, erwiderte sie schließlich sehr leise.

„Das ist etwas anderes“, antwortete Hanna Steiger, immer noch lächelnd.

Als Elisa aufsah, hatte ihre Mutter sich wieder ihren Töpfen zugewandt, und so kam sie um eine weitere Entgegnung herum, zumal ihre Aufmerksamkeit ohnehin wieder nach draußen gelenkt wurde, wo es gerade lauter wurde.

Frau Bader und Charlotte kamen mit den Großeltern Steiger in den Hof, und kurz darauf trafen auch die anderen Steigers ein, unter ihnen Vera, die sich sofort den Platz neben Samuel sicherte.

„Wir werden draußen im Hof essen, Lisa“, erklärte Hanna Steiger, die in eine vom Topf aufsteigende Dunstwolke eingehüllt war. „Wenn du die Männer bitten könntest, die Tische und Stühle dort aufzustellen, dann können Friederike, Vera und du das Geschirr eindecken.“

Elisa nickte, brachte das restliche geschnittene Gemüse zum Herd hinüber und trat auf den Hof hinaus, wo inzwischen ein fröhliches Stimmengewirr herrschte.

Vera entdeckte sie als Erste und kam aufgeregt zu ihr herübergelaufen. „Hast du schon gehört? Vielleicht kommen wir schneller hier weg, als ich es zu träumen gewagt hatte. Eine Umsiedlung ins Deutsche Reich – ist das nicht aufregend? Ich habe neulich im Deutschen Volksblatt bei den Alders geblättert. Die Frauen, die darin abgebildet waren, tragen dort ganz andere, moderne Frisuren als wir hier", sprudelte es aus ihr hervor.

Elisa zuckte nur gleichgültig mit den Schultern. Die Vorstellung, dass ihr Leben noch größere Veränderungen erfahren würde, als dies in den vergangenen Monaten ohnehin schon der Fall gewesen war, machte ihr Angst. Und die Tatsache, dass sie um diese nicht mehr herumkam – denn immerhin wollte auch sie nicht unter einem sowjetischen Regime leben –, förderte dieses Gefühl in ihr.

Vera bemerkte, dass ihrer Freundin nicht ganz wohl bei dem Gedanken an eine Umsiedlung war. „Ach komm, Mäuschen", sagte sie. „Das wird alles nicht so schlimm werden. Du wirst dich daran gewöhnen."

„Woran?", fragte Elisa.

Vera schaute einen Moment verwirrt drein, dann zuckte sie mit den Schultern und lachte fröhlich auf. „Das weiß ich nicht, Lisa. An alles eben."

Elisa lächelte hilflos.

Samuel kam zu ihnen herüber. Er sah Elisa aufmerksam an und fragte: „Brauchst du Hilfe?"

„Meine Mutter bittet darum, dass jemand im Hof die Stühle und Tische aufbaut", erwiderte sie leise.

„Anton und ich werden das erledigen", sagte er und winkte den Neunjährigen zu sich, der ohnehin gelangweilt an die Hauswand gelehnt dastand, nun aber willig dem jungen Arzt in Richtung Haupthaus folgte.

„Weißt du was?", flüsterte Vera Elisa zu. „Ich überlasse dir Samuel Bader. Wenn wir erst mal im Deutschen Reich sind ... Jetzt brauche ich ja niemanden mehr, der mich von hier fortbringt." Ein verschwörerisches Lächeln legte sich auf ihr Gesicht.

„Manchmal bist du wirklich unmöglich, Vera Steiger", rügte Elisa.

Nach dem Essen begannen die Diskussionen über ihre beunruhigende Lage und die vagen Andeutungen, die sie hier erreichten, erneut. Vera, Elisa und Charlotte machten sich währenddessen daran, das schmutzige Geschirr in die Sommerküche hinüberzutragen. Als sie fertig waren, gingen Vera und Charlotte zurück zu den anderen, Elisa hingegen setzte sich auf die Bank vor dem Haus, um ein paar Minuten für sich zu haben und nachzudenken.

Ein frischer Abendwind wehte die noch warme, trockene Luft von den Feldern herüber. Inzwischen war es dunkel geworden, und der unruhige Lichtschein einiger Lampen im Freien und sogar von dem einen oder anderen Feuer aus der Nachbarschaft ließ erahnen, dass auch dort Familien beisammensaßen und die neuesten Entwicklungen diskutierten.

Elisa hob leicht den Kopf. Der Planet Venus stand als einzelner Stern am abendlichen Himmel und sein lustiges Blinken brachte sie zum Lächeln. Gleichgültig, wohin sie in den nächsten Wochen oder Monaten reisen würde, der Abendstern würde weiterhin jeden Abend treu am Himmel stehen und sein sanftes Licht leuchten lassen. Wenn die Gerüchte über eine geplante gemeinsame Umsiedlung der Leute aus dem Ort stimmten, würde sie ihre Familie bei sich haben. Vielleicht sogar ihre Freundinnen und die gewohnten Nachbarn, überlegte sie und schloss die Augen. Sie dankte Gott für dieses Geschenk und wurde sich dabei bewusst, dass sie vor allem in ihrem Herrn einen ständigen Begleiter haben würde. Er würde da sein, ganz egal, wohin die Mächte dieser Welt sie umsiedeln würden.

Jemand räusperte sich verhalten und erschrocken zuckte Elisa zusammen. Vor der Stufe, die zur Eingangstür hinaufführte, nur zwei Schritte von ihr entfernt, stand eine männliche Gestalt. Die junge Frau blinzelte und erkannte schließlich Georg Alder.

„An was denkst du, Lisa?", fragte der junge Mann leise und stellte einen Fuß auf die Bank.

Sein plötzliches Auftauchen war ihr unangenehm, und so rutschte Elisa ein Stück näher an die hölzerne Armstütze, weiter weg von Georg. Sie hatte nicht vor, ihre Gedanken mit ihm zu teilen. „Das interessiert dich sicher nicht", wehrte sie deshalb unsicher ab.

„Alles, was dich betrifft, interessiert mich, Lisa. Das weißt du doch."

Elisa schlang die Arme um ihren Oberkörper und blickte verstohlen in Richtung Hausecke, hinter der der Hof lag. Von dort waren die Stimmen der anderen zu hören. Doch sie sah niemanden und sie konnte von dort aus nicht gesehen werden.

„Was machst du hier so alleine?", wollte Georg wissen und setzte sich neben sie.

Elisa wurde es heiß. Warum verstand er nicht, dass sie kein Interesse an ihm hatte? War sie ihm gegenüber nicht deutlich genug gewesen? Um Georg wenigstens einen Grund für ihr Alleinsein zu geben, erklärte sie schließlich: „Ich bete, Georg. Gerade zum Beispiel wollte ich für Christina beten, so wie ich es ihr versprochen habe."

Georg betrachtete sie einen Moment mit zu Schlitzen zusammengezogenen Augen, und Elisa hoffte, dass er sie, zumindest für den Augenblick, in Ruhe lassen würde. „Christina ...", begann er und stockte dann. Er fuhr sich mit der Hand über den Mund.

Elisa glaubte, ein eigentümliches Lächeln über sein Gesicht huschen zu sehen. Misstrauisch runzelte sie die Stirn und betrachtete den Mann mit leicht zur Seite abgewandtem Kopf, als könne sie sich nicht entscheiden, ob sie aufstehen und vor ihm davonlaufen oder hier sitzen bleiben sollte. Wusste er etwas von den Alexandrus?

Georg stützte seine beiden Hände auf seine Oberschenkel und sah sie herausfordernd an. „Das Dorf von Christina und diesem Carol ist geräumt worden."

Elisa schnappte erschrocken nach Luft. Ihre Kehle war wie zugeschnürt und ihre Knie begannen zu zittern. „Was ...?" Mehr brachte sie nicht heraus.

„Sie wurden aus ihren Häusern gejagt und deportiert", erklärte Georg, ohne sie eine Sekunde aus den Augen zu lassen.

„Deportiert? Wohin, Georg? Was soll das bedeuten?", fragte sie aufgewühlt.

Georg zog nur die Schultern in die Höhe.

Seine zur Schau gestellte Gleichgültigkeit ärgerte Elisa. Sie sprang auf ihre Füße. „Man muss doch etwas tun", empörte sie sich.

Georg erhob sich ebenfalls und ergriff sie an den Oberarmen. „Du kannst ihnen nicht helfen, Lisa. Das kann niemand mehr."

„Aber man könnte es versuchen. Christina ist eine von uns. Wir können doch nicht zulassen, dass sie einfach irgendwohin verschleppt wird."

„Sie hat sich für den Rumänen entschieden."

Noch immer hielt er sie an ihren Oberarmen fest, und Elisa begann, sich gegen seinen Griff zu wehren. „Lass mich bitte los", flüsterte sie mit tränenerstickter Stimme.

„Warum wehrst du dich so, Lisa? Wir sind wie geschaffen füreinander. Gemeinsam können wir viel erreichen, wenn wir erst einmal in unser Mutterland zurückgekehrt sind."

„Ich habe dir schon einmal gesagt, dass ich mir das nicht vorstellen kann. Also, lass mich bitte los!" Ihre Stimme war nun wesentlich lauter und energischer.

Samuel beobachtete die Katze, die wie ein grauer Schatten unter den Bänken und Stühlen herumschlich und sich holte, was von der Mahlzeit hinuntergefallen war. Aus dem Stall drang das verhaltene Schnauben eines Pferdes herüber, und der laute Gesang der Grillen erfüllte die laue Luft, die nach Heu und den reifen Früchten der Obstbäume roch.

Die anderen Männer diskutierten noch immer miteinander über die bevorstehenden Veränderungen, während die Frauen zusammengerückt waren und sich über andere Themen unterhielten. Samuel bekam nur wenig von der Konversation mit, war er doch tief in Gedanken versunken.

Er sah auf den verlassenen Stuhl, auf dem vor einer Weile noch Elisa gesessen hatte. Eigentlich musste sie schon längst wieder hier sein.

In diesem Moment glaubte er, ein Geräusch aus dem Vorgarten zu hören. Erwartungsvoll blickte er zur Hausecke in der Hoffnung, dass Elisa dort erscheinen würde, aber sie kam nicht.

Leise seufzte er auf. Sollte er Elisa nicht doch fragen, ob sie mit ihm nach Berlin gehen mochte? Sie würde mit Sicherheit eine wunderbare Krankenschwester abgeben. Eigentlich würde sie sogar Medizin studieren können, doch so viel wusste Samuel inzwischen: Dazu würde sie niemand überreden können.

Samuel Bader warf einen weiteren Blick in Richtung Hausecke. Wo blieb sie nur?

Vielleicht sollte er sie einfach geradeheraus fragen, ob sie ihn heiraten würde. Dann musste sie zwar ihre Familie verlassen, doch immerhin würde er ihr ein sicheres Umfeld und ein neues Zuhause bieten können. Aber ob sie das wollte? Er wusste nicht, ob sie mehr als Freundschaft für ihn empfand. Sie war so schrecklich ruhig und schüchtern. Aber dieser Blick von ihr vorhin ... Samuel seufzte noch einmal leise auf. Er hatte sich in Elisa Steiger verliebt. Aber er wusste nicht, wie er es ihr zeigen oder sogar sagen sollte. Die politischen Veränderungen schienen sie zurzeit viel zu sehr zu verängstigen, als dass sie auch noch über private Veränderungen nachzudenken in der Lage wäre.

Wieder glaubte er, ein Geräusch aus dem Vorgarten vernommen zu haben. War Elisa dort? Langsam erhob er sich. Niemand am Tisch schien ihn zu beachten und so schlenderte er in Richtung Vorgarten davon. Sein Herz schlug heftig. Konnte er es wagen, sie zu bitten, mit ihm nach Berlin zu kommen?

Als er an der Hausecke angelangt war, blieb Samuel stehen. Er sah Elisa und Georg Alder vor dem Haus dicht nebeneinander stehen. Der Mond zauberte ein bläuliches Licht auf Elisas schwarzes Haar, das sie streng gescheitelt trug und in langen, geflochtenen Zöpfen über ihre Schultern fiel. Sie sagte etwas, was er nicht hören konnte, und es sah so aus, als ziehe der Mann Elisa noch ein wenig näher zu sich.

Samuel ballte die Hände zu Fäusten. Auch Georgs Worte konnte er nicht verstehen – vielleicht war das auch besser so. Er wollte sich gerade abwenden, um wieder zu gehen, bevor er entdeckt wurde, als er Elisa mit energischer Stimme sagen hörte: „Ich habe dir schon einmal gesagt, dass ich mir das nicht vorstellen kann. Also, lass mich bitte los!"

Samuel erkannte, dass Elisa sich gegen Georgs festen Griff wehrte. Sofort verschwand der bittere Geschmack zerstörter Hoffnungen aus seinem Herzen. Er zögerte nicht lange, sondern ging festen Schrittes zu den beiden hinüber.

Im Licht des Mondes sah er, dass das Gesicht von Elisa vor Schreck ganz blass war, und er glaubte, Tränen in ihren Augen zu erkennen. Georg Alders Gesicht hingegen verfärbte sich rot. Er blickte Samuel wütend an. Offenbar war er nicht gewillt, Elisa loszulassen, obwohl diese sich nun noch vehementer gegen seinen Griff wehrte.

Samuel erwiderte den Blick des jungen Mannes, sagte aber möglichst ruhig, um die Situation nicht noch mehr aufzuheizen: „Elisa, du wirst hinten vermisst."

Endlich nahm Georg seine Hände von ihren Oberarmen und schob sie provozierend langsam in seine Hosentaschen. „Hoffentlich nicht von dem da“, brummte er der jungen Frau zu, jedoch laut genug, dass Samuel ihn verstehen konnte.

Ihre Hände zitterten. Wortlos ging sie an Georg vorbei und kam zu ihm herüber. Dabei berührte ihre Hand leicht die seine. Obwohl er vermutete, dass dies zufällig geschehen war, nahm er die zierliche Hand in seine. Während er zusah, wie Georg Alder gemächlich durch den Vorgarten ging und schließlich hinter der Gartenmauer in Richtung Straße verschwand, blieb Elisa bei ihm stehen.

Er blickte in ihr gerötetes Gesicht. Tränen liefen ihr über die Wangen.

„Hat er dich –?“, begann er, beendete den Satz jedoch nicht.

Elisa schüttelte heftig den Kopf. „Christina und Carol! Sie sind aus ihrem Haus vertrieben worden. Georg hat gesagt, sie werden irgendwohin deportiert“, schluchzte sie leise. Verzweifelt legte sie beide Handflächen über ihr Gesicht.

Samuel betrachtete die junge Frau vor sich. Obwohl sie nicht unbedingt schlank war, wirkte sie in diesem Moment unglaublich zerbrechlich. Er wollte ihr so gerne seinen Schutz anbieten, sie bitten, mit ihm nach Berlin zu gehen, damit sie zumindest eine Perspektive für die Zukunft hatte. Doch wie konnte er das in dem Moment tun, in dem sie um ihre Freundin bangte? Er legte seine rechte Hand auf ihre Schulter und schlug ein wenig unsicher vor: „Ich könnte versuchen herauszufinden, wohin Carol und Christina gebracht werden.“

Langsam nahm sie die Hände von ihrem Gesicht, sah ihn aus ihren großen Augen an und flüsterte: „Würdest du das tatsächlich tun?“

„Ich will es versuchen. Mehr kann ich dir nicht versprechen, Elisa.“

Ein schwaches Lächeln huschte über ihre Gesichtszüge.

„Gleich morgen werde ich aufbrechen", versprach er.

Kapitel 16

Frauengelächter erfüllte die laue Abendluft. Hier und da hörte man das helle Klirren von Gläsern, die beim Zuprosten aneinandergestoßen wurden. Einige angetrunkene Männer diskutierten laut miteinander und übertönten die Musik des kleinen Orchesters. Weiter entfernt fiepte irgendein kleiner, verwöhnter Schoßhund, der an einem Gartenzaun angebunden worden war und sich schmählich vernachlässigt fühlte.

Moritz Steinfurt stand mit dem Rücken an einen Baumstamm gelehnt da und betrachtete die hohe Stirn Hans Bernd von Haeftens. Der Mann wirkte ruhig, drehte den Sektkelch gelangweilt in seinen großen Händen mit den erstaunlich langen Fingern und betrachtete seinerseits die Hausfront Schloss Hardenbergs.

„Wie geht es Ihrem Bruder?", erkundigte sich Moritz, da von Haeften weiterhin schwieg, obwohl er es war, der vorgeschlagen hatte, gemeinsam ein paar Schritte zu gehen, damit sie sich unterhalten konnten.

Von Haeften erwiderte leise, ohne den Blick von dem imposanten Haus zu nehmen: „Auf dem Weg der Besserung. Dr. Sauerbruch hat sich um ihn gekümmert." Oberleutnant Werner von Haeften, sein jüngerer Bruder, war schwer verletzt von der Front zurückgekehrt.

Moritz nickte. Was sollte er auch sonst tun? Noch immer wusste er nicht, was von Haeften bewogen hatte, ihn hierher auf dieses Fest der ranghohen Offiziere einzuladen, die – während sie beide hier, etwas abseits von den anderen Gästen, standen – immer lauter und immer übermütiger feierten. Die Ausgelassenheit der Feiernden passte weder zu dem erhabenen Schloss noch zu der Gastfamilie und schon gar nicht zu Hans Bernd von Haeften.

„Herr Steinfurt", begann von Haeften nun und gönnte ihm endlich einen kurzen Seitenblick, ehe er erneut zum Haus hinübersah. „Es wird gemunkelt, dass Sie sich überlegen, ihren Posten bei Ribbentrop aufzugeben ..."

„Wer munkelt denn so etwas?", fragte Moritz und schaute nun ebenfalls zu dem Haus und den munteren Gästen hinüber.

Von Haeften machte eine wegwerfende Handbewegung und ein flüchtiges Lächeln legte sich auf sein Gesicht, das deutlich besser zu seinem jugendlichen Aussehen passte als die ernste Miene, die er in letzter Zeit so häufig zeigte. „Wir würden Sie ungern verlieren, Steinfurt. Zumal Sie Kontakt zu Dr. Schmidt haben, der als Dolmetscher und Ministerialdirigent über alle Pläne Hitlers und ..." Von Haeften sprach nicht weiter, sondern leerte sein Glas. Dann öffnete er mit der anderen Hand den steifen, dunklen Kragen seiner Uniform, als sei ihm dieser plötzlich zu eng geworden.

Moritz Steinfurt hatte fast den Eindruck, dass Hans Bernd von Haeften vor irgendetwas Angst hatte. Das bestätigte ihn in seiner Annahme, dass der Mann einer kleinen Zelle von Widerstandskämpfern angehörte. Von Haeften war wohl spätestens seit seinem Besuch bei ihm klar, dass auch er keineswegs ein Sympathisant Hitlers war. Aber in diesen Zeiten war es gefährlich, mit seinen Vermutungen und Ahnungen danebenzuliegen. „Wir hatten schon mal ein ähnliches Gespräch, Herr von Haeften", sagte Moritz.

Sein Gegenüber blickte ihn kurz an.

Moritz wagte sich einen weiteren Schritt in das gefährliche Unbekannte hinein: „Was auch immer Sie und Ihre Freunde planen – wenn ich helfen kann ..." Moritz hustete und sagte dann: „Ich hatte nicht vor, meinen gut bezahlten Posten zu räumen, Herr von Haeften."

Von Haeften, der ihn bis jetzt freundlich gemustert hatte, blickte erneut zum Schloss hinüber. Einige der Fenster im zweiten Stock waren erleuchtet und hinter der zugezogenen Gardine konnte er unruhige Schatten sehen. Es sah nicht so aus, als würde dort oben gefeiert. Wer waren die Schatten, die sich im Licht einer grellen, elektrischen Lampe abzeichneten? Der Graf selbst? Oder Claus Graf Schenk von Stauffenberg, den er zuvor mit dem Hausherrn im Gespräch gesehen hatte?

„Vielleicht in Zukunft einmal, Herr Steinfurt", meinte von Haeften, streckte ihm seine Rechte entgegen und sagte dann: „Können Sie beten, Steinfurt? Wenn ja, dann tun Sie es – für unser Land."

Moritz Steinfurt verließ das herrschaftliche Anwesen und ging an den geparkten Automobilen entlang, bis er seinen Ford Eifel erreicht hatte. Auf der Fahrt durch die Nacht ließ er sich das Gespräch noch einmal durch den Kopf gehen. Sein Misstrauen gegenüber von Haeftens Einstellung war verflogen. Ebenso der Anflug von Enttäuschung über die ablehnende Haltung von Haeftens bezüglich seiner versteckten Bitte, aktiv im Widerstand mithelfen zu dürfen. Spätestens seit er wieder zu den Feiernden zurückgekehrt war und deren markige Sprüche und süffisante Andeutungen, aber auch versteckte Drohungen gegen alles, was sich Hitler in den Weg stellen würde, gehört hatte. Es würde nicht einfach sein, einen Widerstand aufzubauen, wenn ihm zu viele Personen angehörten. Dadurch stieg die Gefahr des Verrates oder die, dass jemand unbedacht Informationen ausplauderte. Zudem war ihm inzwischen klar geworden, dass es bei einem eventuellen Putschversuch Tote geben würde, und er wusste nicht, ob er das mit seinem Gewissen würde vereinbaren können. Allerdings würde es ihn interessieren, wie Hans Bernd von Haeften diese Frage für sich entschieden hatte. Immerhin war er seit 1933 bei der Bekennenden Kirche und als „frommer" Mann bekannt.

Moritz schaltete in den höheren Gang und fuhr rasant durch ein Waldstück. Was würde er tun, wenn von Haeften und seine Freunde nicht nur Informationen von ihm einforderten? Wollte er weiter in diese Kreise mit hineingezogen werden oder war ihm die Gefahr für sein eigenes Leben zu groß? Denn jetzt ging es nicht mehr nur darum, irgendwelche Informationen an einen guten Freund weiterzuleiten und diesen aus seiner Stellung zu beurlauben, damit er seiner Familie zur Hilfe eilen konnte.

Plötzlich schreckte ihn das laute Dröhnen von Tieffliegern aus seinen Überlegungen. Sofort parkte er den Wagen am Straßenrand und stieg aus. Er blickte in den Himmel und beobachtete einen kurzen Moment das orangefarbene und weiße Aufblitzen am Horizont, bis ihm klar wurde, was das war.

Berlin war das Ziel eines Bombenangriffs.

Der Gedanke an seine Eltern ließ ihn zurück in den Wagen springen und mit überhöhter Geschwindigkeit jagte er auf die Hauptstadt zu.

Kapitel 17

Elisa schlenderte langsam und tief in Gedanken versunken über den mit vielen Menschen bevölkerten Marktplatz. Sie fragte sich, wann sie wohl etwas von Samuel hören würde. Es war nun schon drei Wochen her, dass er sich auf den Weg gemacht hatte, um in Erfahrung zu bringen, was mit Christina und Carol geschehen war. Inzwischen nahmen die Veränderungen, die sich damals angekündigt hatten, erste, für Elisa beängstigende Formen an. Die Bewohner des Dorfes waren aufgerufen worden, sich bei einer Umsiedlungskommission registrieren zu lassen. Dabei mussten alle Personen über 14 Jahre den Vertretern der Volksdeutschen Mittelstelle bekunden, dass sie umgesiedelt werden wollten. Nur so würden sie und ihre Familien auf die entsprechenden Listen kommen. Allerdings konnte ihnen hier noch nicht gesagt werden, wie die Kommission ihr Vermögen zwecks einer späteren Entschädigung einschätzen würde. Zudem blieb unklar, wohin genau die bessarabischen Familien dieses Dorfes umgesiedelt werden sollten. Sie und ihre Familie hatten sich gerade registrieren lassen – gemeinsam mit den anderen Steigers und Samuels Eltern. Während ihre Familienangehörigen schon nach Hause gegangen waren, wartete Elisa noch auf Anne.

Die junge Frau wandte sich um und blickte zum Rathaus hinüber, aus dem sie erst wenige Minuten zuvor gekommen war. Ein uniformierter SS-Mann trat gerade aus der Tür und streckte sich in der warmen Septembersonne. Er war noch recht jung und wirkte nicht einmal unsympathisch, dennoch jagte sein Anblick der jungen Frau einen kalten Schauer über den Rücken. Ihr machten die Deutschen mit ihrem militärischen Machtgehabe Angst.

Als sie sich wieder umwandte, sah sie die Alders kommen. „Da bist du ja!“, rief sie Anne entgegen. „Ich hatte gehofft, ihr würdet früher kommen. Ich weiß nicht, ob wir nicht auseinandergerissen werden, wenn unsere Registrierungsnummern so weit auseinanderliegen.“

Als Anne bei ihr angelangt war, zog sie entschuldigend die Schultern in die Höhe und warf Georg, der grußlos an ihr vorüberging, einen vorwurfsvollen Blick zu. „Georg hat getrödelt. Wir haben euch vorbeigehen sehen. Ich hatte fast das Gefühl, dass er unsere Meldung absichtlich herausgezögert hat“, erwiderte Anne. Dabei senkte sie beim letzten Satz die Stimme noch ein wenig.

Elisa sah die Freundin traurig an. Sie hatte ihr nie erzählt, was vor drei Wochen vorgefallen war. Schließlich wollte sie ihre Freundin nicht in Gewissensnöte bringen.

„Ich sollte mich beeilen", sagte Anne. „Nicht, dass meine Familie noch auf mich warten muss." Sie drehte sich um und versuchte, so schnell, wie es ihr mit ihrem Bein möglich war, ihre Familie einzuholen.

Elisa sah ihr einen Augenblick nach. Eine gewisse Erleichterung machte sich in ihr breit. Wenn Georg tatsächlich absichtlich die Registrierung seiner Familie hinausgezögert hatte, dann hatte er sich wohl aus dem Kopf geschlagen, dass aus ihnen beiden jemals etwas werden könnte. Mit dem befreienden Gedanken, wenigstens eine Sorge weniger zu haben, ging sie nach Hause, um ihre Aufgaben zu erledigen.

Viel gab es nicht mehr zu tun. Gewaschen wurden nur noch die Kleidungsstücke, die mitgenommen werden sollten. Gardinen, Tischdecken, Deckchen und alle weiteren Stoffe würden im Haus zurückbleiben. Und warum sollte sie die Vitrine und die Schränke abwischen oder die Bücher und kleinen Gegenstände in den Regalen abstauben? Sie würden sie ohnehin nicht mitnehmen können. Was damit geschehen würde, wenn sie erst einmal weg waren – wer wusste es schon?

Unschlüssig ging Elisa von einem Zimmer ins nächste, um zu sehen, ob es wirklich nichts mehr zu tun gab. In dem Zimmer, das sie sich mit Friederike teilte, blieb sie stehen. Sie ließ ihren Blick über jeden einzelnen Gegenstand streifen. Wehmütig strich sie mit der Hand über den Tisch, an dem sie immer ihre Schularbeiten erledigt hatte. Nachdenklich setzte sie sich auf die Tischplatte. Hätte sie doch auf ihren Lehrer hören und eine weiterführende Schule besuchen sollen? Hätte ein Studium und die damit verbundene Möglichkeit, einen angesehenen Beruf ergreifen zu können, ihr jetzt mehr Türen geöffnet? Hätte sie dadurch ihre Familie nicht sogar finanziell unterstützen können?

Ein Klopfen an der Haustür riss sie aus ihren Überlegungen. Sie stand auf und ging durch die Küche in dic Wohnstube. Als sie die Tür öffnete, stand Samuel Bader vor ihr.

Er zog seinen verstaubten Hut und ein fröhliches Lächeln legte sich auf seine sonnengebräunten, vom Staub der Straßen verschmutzten Gesichtszüge. „Elisa", sagte er nur.

Sie konnte nicht anders, als das Lächeln zu erwidern, trat dann zurück und ließ den Besucher wortlos ein.

Samuel legte seinen Hut auf einen Stuhl und nahm anschließend ihre beiden Hände in die seinen. „Geht es dir gut, Elisa? Ist hier alles ruhig geblieben?"

Sie nickte. Mit klopfendem Herz nahm sie die aufrichtige Sorge in seinem Blick wahr. Obwohl sie seine Nähe genoss, entzog sie ihm ihre Hände. „Was ist mit Christina und Carol? Hast du sie gesehen?", fragte sie.

Sein Blick verdunkelte sich und für einige Zeit sah er an ihr vorbei.

„Samuel ...", flüsterte sie und ergriff nun ihrerseits eine seiner Hände.

„Es tut mir sehr leid, Elisa. Ich konnte die Alexandrus nicht finden. Viele rumänische Dörfer sind wie ausgestorben, in anderen haben sich inzwischen neue, meist russische Bewohner breitgemacht. Es gibt wenige Familien, denen die Flucht zu Bekannten nach Rumänien gelang. Die anderen wurden fortgebracht. Es kursieren viele Gerüchte. Ich habe mit einem ukrainischen Ehepaar gesprochen, das ein Haus und Landzuweisungen in einem früheren rumänischen Dorf bekam. Sie haben gehört, dass viele Familien nach Sibirien deportiert wurden."

Elisa schlug beide Hände vor ihr Gesicht. Hatte sie ihre Freundin für immer verloren? Sie befand sich irgendwo in den unermesslichen Weiten dieses sowjetischen Reiches und vielleicht würde sie niemals mehr etwas von ihr hören.

Samuel legte seine Hand an ihren Hinterkopf. Mit sanftem Druck seiner Hand brachte er sie dazu, sich mit der Stirn gegen seine Brust zu lehnen. „Es tut mir sehr leid, Elisa“, flüsterte er.

Sie schloss die Augen. Seine tröstende Nähe tat ihr gut.

Von draußen waren die Stimmen von Anton und Friederike zu hören. Der junge Mann ließ sie los und griff wieder nach seinem Hut.

Elisa sah ihn mit verweinten Augen aufmerksam an. Bei allen Ängsten und Sorgen, die die vergangenen Monate gebracht hatten, war aus ihnen doch auch etwas sehr Schönes entstanden: die Liebe zu einem wunderbaren Mann – und dafür konnte sie Gott dankbar sein.

Die Tür sprang auf und Anton stürmte herein. Als er den Mann in der Wohnstube entdeckte, schien er sich gar nicht zu wundern, dass Samuel wieder da war. Er stellte sich vor ihn und erklärte aufgeregt: „Wir fahren mit dem Schiff nach Deutschland, Samuel. Da bekommen wir einen neuen Bauernhof.“ Er wirbelte an Samuel und seiner Schwester vorbei und verschwand im hinteren Bereich des Hauses.

Friederike begrüßte den Gast und ging dann schweigend davon. Während in ihrem Bruder die Abenteuerlust geweckt worden war, schien sie den Ernst der Lage zumindest zu erahnen.

Nun kamen auch Roman und Hanna Steiger ins Haus. Elisas Mutter ließ den kleinen Frank, den sie auf dem Arm hatte, auf den Boden hinunter und begrüßte den Rückkehrer herzlich.

Samuel wandte sich schnell dem Hausherrn zu und erkundigte sich nach dem Verfahren der Umsiedlung und danach, ob seine Eltern ebenfalls registriert worden waren. Offenbar hatte es einige Schwierigkeiten und ein sehr langes Gespräch mit einem sehr unbefriedigenden Ausgang für die Baders gegeben. Die Familie hatte ihr Zuhause schon vor Wochen eingebüßt und würde eventuell keinen weitreichenden finanziellen Ersatz für das große Gutshaus und die Ländereien erhalten.

Die beiden Männer verließen schließlich das Haus, da Samuels Pferd noch unversorgt in der Sonne stand, um sich draußen weiterzuunterhalten.

„Ist Samuel schon länger hier?“, fragte Hanna Steiger ihre Tochter.

„Seit ein paar Minuten.“

Hanna strich ihr über ihr heißes, gerötetes Gesicht und wandte sich ab. Mit in die Hüften gestemmten Händen stand sie da, betrachtete das aufgeräumte Zimmer und zog dann die Schultern weit in die Höhe. „Was sollen wir denn jetzt machen, Lisa? Obst und Gemüse einkochen brauchen wir nicht. Wir dürfen nur 30 Kilogramm Gepäck pro Person mitnehmen. Die ganze Arbeit dieses Jahres war umsonst. Was soll ich noch den Riss im Polster stopfen oder die Vorhänge waschen?“ Langsam drehte sich die Frau wieder nach ihrer Tochter um. „Wir werden mit Lastwagen oder Omnibussen, die die Umsiedlungskommission organisiert, über die sowjetisch-rumänische Grenze und dann mit einem Donauschiff ins Deutsche Reich gebracht. Und dann? Uns wird ein Hof zugewiesen, den wir bewirtschaften können. Doch wann wird das sein und wo?“

Elisa sah in den Augen ihrer Mutter Schmerz und Trauer, aber auch dieselbe Hilflosigkeit, die sie selbst verspürte. Sie ging zu ihrer Mutter hinüber und die beiden Frauen umarmten sich. Nach einer Weile flüsterte Elisa: „Samuel hat Christina und Carol nicht gefunden. Viele Dörfer sind leer, und niemand weiß so recht, was mit den Bewohnern geschehen ist. Wahrscheinlich sind sie nach Sibirien gebracht worden.“

Hanna Steiger löste sich von ihrer Tochter und sah sie betroffen an. „Wie schrecklich das alles ist und wie ungewiss unsere Zukunft aussieht, Lisa. Wir dürfen dankbar sein, dass wir einander haben. Unser himmlischer Vater war in all den Jahren, die unsere Familien hier lebten, immer bei uns. Vielleicht sollen wir in diesen Wochen lernen, ihm noch mehr zu vertrauen. Unsere jetzige Lektion heißt wohl: Vertraut auf mich und darauf, dass ich es gut mit euch meine, mein Kind."

„Wenn du das sagst, hört sich das so einfach an."

„Vertrauen ist nicht einfach da, Lisa. Es muss wachsen. Das Vertrauen zu Gott ebenso wie das zu anderen Menschen. Und glaube mir, von Menschen wirst du immer wieder enttäuscht werden, Gott aber steht fest zu seinem Wort."

Elisa schaute zum Fenster hinaus. Sie dachte eine Weile über diese Worte nach und bemerkte nicht einmal, wie ihre Mutter den Raum verließ.

Schließlich senkte sie den Kopf. Vermutlich würde sie ihr ganzes Leben immer das „verängstigte Mäuschen" bleiben, wie Vera, Anne und Christina sie liebevoll nannten. Aber vielleicht würde sie lernen können, mit ihren Ängsten und Sorgen zu Gott zu kommen und ihm zu vertrauen.

Kapitel 18

Eine lange Kolonne von LKWs fuhr durch die Straße und hüllte das Dorf in eine dichte Staubwolke ein. Nachdem sie hintereinander zum Stehen gekommen waren, sprangen Soldaten von den Wagen, SS-Männer riefen Befehle, lachten und machten sich in dem kleinen, früher so ruhigen Ort breit.

Elisa wandte sich ab, als sie sah, wie einer der Fahrer, kaum dass er ausgestiegen war, an die weiße Mauer des gegenüberliegenden Grundstücks urinierte. Sie hörte den alten Herrn Reiger aufgebracht schimpfen.

Anton und Frank saßen im Vorgarten bei ihrem Hofhund, der die plötzliche Zuneigung der beiden Kinder genießerisch über sich ergehen ließ. Auch die kleinen Stadtbewohner spürten die angespannte Atmosphäre und waren entweder furchtbar aufgeregt oder sehr wehmütig.

Elisa war erleichtert, die Gelegenheit, dem Durcheinander hier zu entkommen, nutzen zu können. Wahrscheinlich warteten ihre Freundinnen schon bei ihrem Treffpunkt auf sie. Elisa lief aus dem Dorf hinaus und über die erntebereiten Felder den Hügel hinauf. Vera und Anne saßen nebeneinander auf der alten Holzbank und blickten über die Weiden, Wiesen und Felder auf ihr Heimatstädtchen hinunter, dem sie in den nächsten Stunden den Rücken kehren mussten.

„Ich bin froh, dass es jetzt endlich losgeht", sagte Vera zur Begrüßung und klopfte dabei einladend auf die hölzerne Sitzfläche.

Elisa setzte sich keuchend zwischen sie und Anne. „Ja, ich auch", erwiderte sie. Ihre Cousine sah sie verwundert an, doch das ignorierte sie. Elisa war tatsächlich erleichtert, dass die Umsiedlung nun endlich begann. Die lange Zeit des Wartens, der Ungewissheit, des Hoffens und der Enttäuschungen hatte ein Ende. Morgen würden sie in aller Frühe aufbrechen, und sie empfand neben der Angst vor der Abreise doch auch eine gewisse Erleichterung, dass es endlich so weit war. In den letzten Wochen hatten sich die Umstände zwischen der Sowjetregierung und den hier lebenden Deutschen so weit gewandelt, dass sie die Umsiedlung nicht mehr als aufgezwungene Maßnahme, sondern mehr als Rettung ansah.

Für eine Weile saßen die drei Mädchen schweigend nebeneinander und blickten in das Tal hinunter.

„Von hier oben sollen die ersten Siedler in unser Tal gekommen sein. Vielleicht haben sie lange hier gestanden und ihre neue Heimat betrachtet. Ich könnte mir vorstellen, dass sie dabei auch sehr unsicher waren, was die Zukunft ihnen bringen würde", sinnierte Elisa schließlich.

Von Vera kam ein leises Kichern. „Zumindest bei einer von ihnen kann ich mir das vorstellen. Ich glaube, sie hieß Elisa Steiger."

Elisa lächelte, doch Anne ergriff Partei für sie: „Sie hatte auch allen Grund dazu. Immerhin war sie auf dem Weg von Württemberg hierher Witwe geworden und hatte zwei kleine Söhne, um die sie sich zu kümmern hatte."

„Ist schon gut, Anne. Ich wollte Elisa nicht foppen", lachte Vera wenig beeindruckt und drehte sich Elisa zu. „Du kannst deine rührselige Ansprache nun zu Ende bringen, Mäuschen. Sie passt irgendwie zu der Abschiedsstimmung."

„Ich will keine Rede halten. Ich möchte nur diesen Ort gut im Gedächtnis behalten – und euch etwas vorschlagen."

Anne und Vera drehten sich so, dass sie ihre Freundin ansehen konnten.

„Wir Steigers waren mit den Baders über Jahrzehnte hinweg jeden Tag durch unsere Gebete verbunden. Christina und ich haben vor einiger Zeit die gleiche Abmachung getroffen."

Annes Augen füllten sich mit Tränen. Auch sie vermisste die Freundin sehr und fürchtete um ihr Leben. „Du willst vorschlagen, dass wir dasselbe tun?", fragte sie.

„Ist das nicht ein wenig albern? Immerhin werden wir gemeinsam wegziehen."

„Aber, Vera, wir wissen nicht, ob wir wirklich auf dasselbe Schiff kommen. Ob wir in dieselbe Gegend umgesiedelt werden und was unterwegs alles passiert. Was ist, wenn wir uns aus den Augen verlieren?", erwiderte Elisa.

„Also, ich bin dafür", erklärte Anne. „Ich werde jeden Abend, wenn es dunkel wird oder wenn die Zeit am Abend günstig ist, für euch beten."

„Also gut, abgemacht. Und jetzt lasst uns in Ruhe die letzten Minuten hier oben verbringen."

Elisa warf die letzten Körner in das Hühnergatter und drehte sich um. Wer die Tiere wohl nach ihrer Abreise versorgen würde? Sie blickte auf die Schüssel in ihren Händen. Eigentlich gehörte sie in den Pferdestall. Sie schaute zu dem Holzbau hinüber. Schließlich stellte sie die Schüssel einfach auf den Boden und ging zum Haus. Doch dann überlegte sie es sich anders. Ihr Vater würde noch ein paar Tage hierbleiben. Die Männer sollten alle separat weggebracht werden – aus welchen Gründen auch immer. Ihn würde die achtlos liegen gelassene Schüssel mit Sicherheit stören, und sie wollte nicht, dass er sie für sie aufräumen musste. Also ging sie zurück, nahm die Schüssel auf und betrat den Stall, in dem sich noch immer die Hitze des vergangenen Tages staute.

Schritt für Schritt ging sie die Stallgasse hinab und streichelte jedem einzelnen Pferd, an dem sie vorbeikam, über die Nüstern. Plötzlich schloss jemand hinter ihr die Stalltür.

Erschrocken drehte sie sich um und versuchte, etwas zu erkennen, was in der Dunkelheit des Stalles kaum möglich war. Sie hörte feste Schritte, die auf sie zukamen, und dann erkannte sie die Umrisse eines Mannes. „Samuel?", fragte sie.

Ein unwilliges Brummen war die Antwort. Sofort erkannte sie Georgs Stimme. „Hör mir mal zu, Lisa", begann der Bruder ihrer Freundin, noch ehe er vor ihr stand. „Ich habe ein paar Freunde in Deutschland. Ich bin der Volksdeutschen Mittelstelle als treues Parteimitglied bekannt. Wir werden garantiert einen guten Hof zugewiesen bekommen. Wie sieht es da bei euch aus?“

Elisa drückte ihre Knie fest durch, um sie daran zu hindern, unkontrolliert zu zittern. Was wollte Georg noch von ihr?

„Für dich und auch für deine Familie wäre es vielleicht von Vorteil, wenn du dich endlich entschließen könntest, etwas freundlicher zu mir zu sein. Ich kann dir eine Menge bieten, wenn wir erst einmal in unserem Mutterland sind.“

Elisa wich einen Schritt zurück. Das Stroh unter ihren Füßen raschelte leise und ein Pferd schnaubte auf. Ansonsten war es beängstigend still um sie her. Mit zitternder Stimme erwiderte sie: „Die Höfe werden schon gerecht verteilt werden.“

„Man kann – ich kann Einfluss darauf nehmen, Lisa. Und glaube mir, das werde ich auch. Was denkst du, wo die Familien einquartiert werden, von denen bekannt ist, dass sie etwas gegen unsere Paraden und Treffen hatten, dass sie sich sogar kritisch über unseren Führer geäußert haben?“

Ein Schauer lief Elisa über den Rücken und sie wich noch einen Schritt zurück. Nun konnte sie das Holz der Stallwand in ihrem Rücken spüren. Ihre Gedanken wirbelten durcheinander. Leise flüsterte sie: „Das wirst du nicht tun, Georg. Du kannst doch nicht deine langjährigen Nachbarn bei der SS ankreiden.“

„Meine Kontakte sind mein Vorteil, Lisa. Und sie können auch zu deinem und dem deiner Familie werden. Es liegt allein an dir.“

Die Futterschüssel glitt aus Elisas Händen und sprang mit lautem Klappern über den Boden davon.

Georg lachte hämisch auf.

„Das kannst du nicht von mir erwarten, Georg.“

Elisa schüttelte langsam den Kopf. Sie wollte hier raus, doch Georg versperrte den einzigen Ausweg.

„Denk mal darüber nach, Lisa. Ich spreche dich wieder an, bevor die Höfe zugewiesen werden.“ Zu Elisas Erleichterung drehte Georg sich um und ging gemächlichen Schrittes die Stallgasse entlang auf die Tür zu, durch deren Ritzen das Licht der Sonne hereinschimmerte. Vor der Tür wandte er sich noch einmal um. „Und vergiss nicht, ich habe Freunde in Deutschland. In Berlin. Ich sage das nur für den Fall, dass dieser Samuel Bader vorhat, sich zwischen uns zu stellen.“

Kapitel 19

Seit Stunden rumpelte der Lastwagen über die schlecht befahrbaren Straßen Bessarabiens in Richtung rumänischer Grenze. Das Motorengeräusch war unangenehm laut und die Schläge des schaukelnden Gefährts bei jeder Unebenheit in der Straße schmerzhaft. Elisa Steiger hielt den vor sich hin dösenden Frank in ihren Armen, während ihre Mutter, der es furchtbar schlecht ging, bemüht war, den gelangweilten Anton irgendwie bei Laune zu halten. Friederike schien die Tortur wenig auszumachen. Sie spielte mit einer ihrer Freundinnen, deren Familie gemeinsam mit den Steigers in den Wagen gebracht worden waren.

Elisa tat der Rücken allmählich weh, und sie versuchte, sich ein bisschen bequemer hinzusetzen. Durch die veränderte Sitzposition gelang es ihr, an der Plane vorbeizusehen und einen Blick nach draußen zu werfen, doch das Einzige, was sie sah, war eine lange Kolonne ratternder, stinkender Lastwagen hinter ihnen, die in eine gigantische, dunkle Staubwolke eingehüllt war.

Unterwegs waren sie durch einige Dörfer gefahren, die bereits vor einigen Tagen geräumt worden waren. Seltsame Laute und Schreie waren dort zu hören gewesen. Anfangs wusste Elisa sie nicht zuzuordnen, inzwischen war ihr klar, dass das die zurückgelassenen Tiere gewesen waren. Kühe brüllten, weil sie gemolken werden mussten oder hungerten, genau wie Hühner, Schafe und Hunde. Sie dachte an ihre Tiere zu Hause und hoffte, dass die neuen, russischen Bauernfamilien schnell in die frei gewordenen Häuser einziehen und sich rechtzeitig um die Tiere kümmern würden.

An der Pruth* wurden die Wagen und die Papiere von sowjetischen Grenzsoldaten kontrolliert. Schweigend ließen die beiden Familien in dem Lastwagen die Prozedur über sich ergehen. Sie waren alle erleichtert, als sie schließlich die Brücke über den Fluss überqueren konnten und rumänisches Land befuhren.

Die SS-Männer, die sie auf knatternden Motorrädern und Pferden von ihrem Dorf bis hierher begleitet hatten, blieben zurück. Sie hatten einen weiteren Transport aus einem anderen Dorf zu bewachen. Jetzt war nur noch zu hoffen, dass die Männer und älteren Söhne ebenfalls gut und unbeschadet in den Pferdekarren nachkamen.

Endlich erreichten sie die Donau bei Reni, wo sie eingeschifft werden sollten. Elisa sprang als Erste von der Ladefläche und half anschließend ihren jüngeren Geschwistern und ihrer Großmutter beim Aussteigen. Zuletzt reichte sie ihrer Mutter die Hand. Hanna Steiger ging es so schlecht, dass sie große Mühe hatte, von der Ladefläche herunterzukommen. Kaum war sie unten, drehte sie sich zur Seite und übergab sich.

*Nebenfluss der Donau

„Mama ...“ Elisa legte ihrer Mutter hilflos die Hand auf den Rücken.

„Hier sind so viele Menschen, Lisa. Sieh zu, dass wir uns nicht verlieren. Wir müssen unbedingt zusammenbleiben“, bat sie mit schwacher Stimme und hielt sich krampfhaft an der Seite des LKWs fest.

Elisa blickte sich um. Unzählige Menschen drängten sich zwischen den geparkten Lastwagen und Pferdekarren. Gepäckstücke wurden abgeladen. Einige Mütter riefen bereits nach ihren Kindern. Sie konnte Furcht, Erschöpfung und Unsicherheit in den Gesichtern der Frauen lesen, und so manch eine schloss erst einmal die Augen und faltete die Hände, um Gott um Beistand zu bitten.

Über dem Geruch der Dieselmotoren, der in der Luft lag, nahm Elisa den leicht brackigen Duft der Donau wahr.

Sie schrak zusammen, als der Motor des Lastwagens direkt neben ihr angelassen wurde. Die Menschenmenge machte Platz, um das Fahrzeug durchzulassen. Mit einer schnellen Bewegung nahm sie Frank auf den Arm, der zwischen ihren Füßen auf dem Boden gesessen hatte. Sie schaute sich nach Anton und Friederike um und sah die beiden bei der Großmutter, ein paar Schritte entfernt, stehen.

„Komm, Mama“, sagte Elisa so laut, dass ihre Mutter sie trotz des Lärms um sie herum hören konnte. „Wir müssen den Fahrzeugen Platz machen. Außerdem muss es irgendwo jemanden geben, der uns sagen kann, wohin wir unser Gepäck bringen sollen.“

Während sie Frank an einer Hand hielt, schulterte sie dessen Tasche und nahm ihr Gepäck in die andere Hand. So schleppte sie sich hinter ihrer Mutter her, aus der Nähe der langsam abfahrenden Lastwagen fort.

Selbst nach zwei Tagen war in dem Sammellager in Reni keine Ruhe eingekehrt. Immer mehr Menschen waren hinzugekommen. Als die Frauen und Kinder endlich auf eines der Donauschiffe gekommen waren, um mit diesem in Richtung Deutsches Reich zu fahren, waren ihre Ehemänner, Väter und Söhne noch immer nicht nachgekommen.

Die Frau des Bürgermeisters war in Reni zurückgeblieben und wollte sich dort mithilfe der SS-Männer darum bemühen, ihren Mann freizubekommen, der offenbar noch im Heimatdorf von den Sowjets gefangen gesetzt worden war.

Sowohl Hanna Steiger als auch Veras Mutter hatten auf die Frau eingeredet, doch mit ihnen zu kommen. Und obwohl die beiden Frauen sehr deutlich geworden waren und ihr mitgeteilt hatten, dass sie von den SS-Leuten wenig Unterstützung erwarten konnte, da der Schulze als Mann mit wenig Sympathien für die Hitler-Bewegung bekannt war, hatte sie sich nicht überzeugen lassen.

Elisa hatte sie verstanden. Die Frau hatte im Grunde die gleiche Entscheidung getroffen wie Christina. Sie wollte ihrem Mann beistehen. Allerdings hatte Christina keine kleinen Kinder zurückgelassen. Die Frau des Bürgermeisters hatte Elisa und Vera gebeten, sich um ihre drei Kinder zu kümmern, bis sie und ihr Mann nachkommen würden, und die jungen Frauen hatten es ihr zugesagt.

Die Umsiedler hatten das Schiff in Semlin bei Belgrad verlassen. Nach zwei Tagen, die sie in großen Hauszelten oder leer geräumten Flugzeughallen verbracht hatten, waren sie schließlich in Zugwaggons in ein Sammellager nach Thüringen gebracht worden, wo sich Elisa, ihre Mutter und die Kinder, die Großmutter sowie Vera und ihre Mutter Olga zusammen mit vielen anderen Frauen in einem der zur Verfügung gestellten großen Häuser eingerichtet hatten.

Die Tage im Thüringer Sammellager vergingen schleppend langsam, und die Sorge der Frauen um ihre Männer, Väter und Brüder wuchs. Auch Elisa machte sich Gedanken darüber, wie es den Männern wohl ergehen mochte, doch sie war mit der Aufsicht über ihre Geschwister und die Bürgermeisterkinder Marlies, Manfred und Manuel so beschäftigt, dass sie nur wenig Zeit hatte, sich Sorgen zu machen. Ihre Großmutter kümmerte sich um ihre schwangere Mutter, die durch die Reise sehr geschwächt war. Die Enge in dem Zimmer, der Lärm der vielen Menschen und die Krankheiten, die um sich griffen, führten dazu, dass die angeschlagene Frau sich nur sehr langsam erholte. In ihrem Haus war eine Zahnärztin untergebracht, die einmal nach ihr geschaut hatte, jedoch nichts gegen ihren schlechten Allgemeinzustand hatte tun können.

Das Essen, das sie bekamen, war bei Weitem nicht so nahrhaft und gut, wie sie es aus der Heimat gewohnt waren, und es fehlte ihnen überhaupt an fast allem. Zudem war es nachts bitterkalt. Es ging schon auf November zu und die Räume waren nur sehr schlecht beheizt.

Elisa, die ihre fünf Schützlinge gerade zum Schlafen hingelegt hatte, deckte diese mit allen Decken zu, die ihnen zur Verfügung standen, obwohl die Kinder dicht an dicht auf zwei alten, stockfleckigen Matratzen lagen und sich gegenseitig Wärme spenden konnten.

Elisas Blick ruhte längere Zeit auf dem fünfjährigen Manfred. Der Junge reagierte seine Sorge um die fehlenden Eltern häufig durch Zornesausbrüche ab, die die junge Frau gelegentlich an ihre Grenzen brachte. Nachdem sie sicher war, dass sowohl er als auch Frank und Anton schliefen, verließ sie ihren durch einen aufgehängten Teppich abgeteilten Bereich und schlängelte sich durch die anderen provisorisch aufgeteilten Unterkünfte in den Zimmern hindurch, bis sie schließlich die offen stehende Eingangstür erreichte.

Elisa atmete die kalte Luft tief ein. Ohne ein bestimmtes Ziel zu haben, ging sie ein paar Schritte. Es war eine Wohltat, auch einmal einen Abendvogel oder das Rascheln der inzwischen verfärbten, trockenen Blätter zu hören.

Die Dämmerung wich langsam der Nacht. Elisa lehnte sich mit dem Rücken gegen einen Baumstamm und schloss die Augen.

„Elisa?“, fragte plötzlich eine Stimme.

Die junge Frau drehte sich erschrocken um. Nur wenige Schritte entfernt sah sie im Dämmerlicht Samuel Bader stehen. Ein Lächeln erhellte ihr Gesicht und sie machte einen Schritt auf ihn zu.

Samuel kam ihr entgegen. Als er direkt vor ihr stand, umfasste er ihr Gesicht liebevoll mit seinen beiden Händen. „Bin ich froh“, seufzte er leise und legte seine Stirn gegen die ihre.

Elisa atmete tief ein und genoss die Wärme und das angenehme Gefühl der Erleichterung, das in ihr aufstieg. „Wo sind mein Vater und Großvater und dein Vater?“, fragte sie leise.

„Sie suchen in einem der anderen Häuser nach euch. Sind meine Mutter und Charlotte bei euch?“

„Wir sind in demselben Haus untergebracht. Gleich hier“, erklärte Elisa und zeigte auf das große Gebäude, das einmal eine Behindertenanstalt gewesen war.

„Und deine Freundinnen?“

Elisa lächelte ihn wieder an. Es freute sie, dass er sie sofort nach Anne und Vera fragte. Er kannte sie schon so gut, dass er wusste, wie wichtig ihre Freundinnen ihr waren. „Vera und Tante Olga sind auch hier. Anne und ihre Familie sind, wie ich von Frau Kerler gehört habe, irgendwo in einem Privathaus untergekommen. Ich habe sie aber noch nicht gesehen.“

„Ein privates Haus?“ Samuel musterte die großen, unpersönlich wirkenden und, wie er schon festgestellt hatte, völlig überbelegten Gebäude, in denen die anderen Umsiedler zurzeit lebten. Dies war wohl ein erster Vorzug, den die Alders dank Georgs Einfluss genießen durften. „Ich hole die anderen Männer“, schlug er schließlich vor, griff aber, bevor er ging, noch nach ihrer Hand. Er sah sie ernst an, als er fragte: „Können wir nachher einmal ungestört miteinander sprechen, Elisa?“

Elisa hörte ihr Herz schlagen und trotz der Kälte an diesem Abend wurde ihr sehr warm. Wollte er ihr einen Antrag machen – nun, da sie in Deutschland angekommen waren? Wollte er, dass sie mit ihm nach Berlin ging und nicht auf einen der Höfe, die ihnen wohl bald zugewiesen werden würden?

„Samuel –“, begann sie, doch er unterbrach sie.

„Später, Elisa. Die Männer sind sehr beunruhigt und wollen ihre Familien sehen. Und deinem Großvater ist die Schifffahrt überhaupt nicht bekommen.“ Er ließ sie wieder los.

„Großpapa?“

„Er hat sich ununterbrochen übergeben und ist sehr geschwächt. Ich hoffe, die Versorgung ist hier besser als auf dem Schiff und wir können ihn wieder aufpäppeln.“ Er lächelte sie an und eilte dann mit großen Schritten davon, um die anderen Männer zu suchen und zu ihren Familien zu bringen.

Die Freude war groß, als die Steiger- und Bader-Frauen ihre Männer in die Arme schließen konnten. Als aber Großmutter Hannelore ihren Mann sah, begann sie entsetzt zu weinen. Der Mann, der noch im Frühjahr und Sommer seinen eigenen Hof bewirtschaftet hatte, wirkte grau, eingefallen und sehr alt.

Hanna Steiger, der es mittlerweile wieder besser ging, machte sich auf den Weg, um die Familie Alder zu suchen.

Wenn es stimmte, dass die Alders in einem Privathaus untergebracht worden waren, durfte man annehmen, dass sie auch besser versorgt wurden. Hanna Steiger hoffte deshalb, ein wenig Rotwein und Hühnerbrühe für ihren Schwiegervater von ihnen zu bekommen.

Elisa saß auf ihrer Liege und schaute an einem Blickschutz vorbei zu den Baders hinüber, die ebenfalls in dem ehemaligen Speisesaal der Anstalt untergebracht worden waren.

Samuel erwiderte ihren Blick und bedeutete ihr mit einer Kopfbewegung, dass er sich gerne draußen mit ihr treffen wollte.

Was sollte sie jetzt tun? Ihr Herz sehnte sich danach, ihn näher kennenzulernen, ihm ihre Gefühle mitzuteilen, doch wenn sie an die drohenden Worte Georg Alders an ihrem letzten Abend in Bessarabien dachte, überfiel sie eine schreckliche Angst um Samuel. Georg hatte ihr deutlich angedroht, dass er den jungen Arzt in Gefahr bringen konnte, wenn er es nur wollte.

„Ich gehe noch einmal nach draußen", flüsterte sie ihrem Vater zu.

Dieser nickte geistesabwesend, während er seinem kranken Vater half, sich zu entkleiden.

Vorsichtig schlüpfte Elisa zwischen den Feldbetten und Matratzen hindurch zu Samuel hinüber.

Ein Lächeln legte sich auf Samuels Gesicht, als er Elisa auf sich zukommen sah. Gemeinsam verließen sie das überfüllte Gebäude. Draußen schlug ihnen ein eiskalter, heftiger Wind entgegen. Elisa schlang ihre Arme schützend um ihren Körper.

Schweigend schlenderten die beiden nebeneinander durch die Nacht. Im Licht des Mondes ragten die Hausdächer der ehemaligen Anstalt wie eine dunkle Bergkette in die Höhe. Dazwischen standen ein paar Ulmen und Eichen, deren trockene, verfärbte Blätter im starken Wind rauschten, und unzählige von ihnen trudelten ungesehen dem Boden entgegen.

Elisa trat an den Wegesrand, schob mit dem Schuh etwas Laub zusammen und wirbelte es dann mit der Fußspitze auf.

Samuel schaute ihr amüsiert zu. Schließlich sagte er: „Elisa, ich bin ...“ Er zögerte kurz und griff dann nach ihren beiden Händen. „Ich bin kein großer Redner, Elisa. Und ich habe noch niemals ein Mädchen – eine Frau –, also ...“ Wieder unterbrach er sich selbst.

Elisa spürte die Anspannung, die von ihm ausging. Ein warmes, berauschendes Gefühl erfasste sie und sie senkte lächelnd den Kopf.

„Ich wollte dich fragen, ob du dir vorstellen könntest, anstatt mit deiner Familie auf einen Hof zu ziehen, mit mir nach Berlin zu kommen. Du könntest dort eine Ausbildung zur Krankenschwester machen ...“

Elisa hob den Kopf und betrachtete ihr Gegenüber prüfend und mit leicht gerunzelter Stirn. Er hatte ihrem Vater gegenüber schon einmal angedeutet, dass sie doch Krankenschwester werden sollte. Ihre Mutter hatte es ihr damals erzählt. Schon zu diesem Zeitpunkt hatte sie sich gefragt, ob der Grund für diesen Vorschlag der war, dass er sie gerne in seiner Nähe haben wollte.

Samuel schloss seine Hände fester um die ihren. „Du könntest aber auch meine Frau werden und uns ein Zuhause einrichten“, fuhr er fort. Er ließ ihre Hände los und ergriff sie stattdessen sanft an den Oberarmen. „Ich liebe dich, Elisa. Ich liebe dein Lächeln. Ich liebe deine ruhige, besonnene Art und wie du mit den Menschen umgehst. Ich liebe es, mit welcher Festigkeit du zu deinen Grundsätzen stehst – und wenn du noch so ängstlich bist.“

Elisa hob die Augenbrauen. Sie durfte ihre warnenden und gleichzeitig schmerzhaften Gedanken nicht weiter ignorieren. Unmöglich konnte sie Samuel, den sie doch liebte, der Gefahr aussetzen, dass Georg ihm schaden würde. Was sollte sie nur tun? Was wollte Gott von ihr?

In diesem Moment vernahm sie die Stimme ihrer Mutter. Offensichtlich hatte sie die Alders gefunden, denn sie wurde von Georg begleitet. Wahrscheinlich wollte er sich selbst von dem schlechten Zustand ihres Großvaters überzeugen, bevor er der Familie Steiger kostbare Nahrungsmittel zukommen ließ.

Unwillkürlich wich Elisa zurück und sorgte so dafür, dass Samuel sie loslassen musste.

„Ist dir nicht kalt“, fragte Hanna Steiger ihre Tochter.

Georg blieb stehen, bedachte erst Samuel mit einem unfreundlichen Blick und sah dann sie an. Er hatte eine Augenbraue herausfordernd in die Höhe gezogen und schüttelte dann leicht den Kopf. Allein diese Gestik ließ Elisa erschaudern. Sie dachte wieder an Georgs Warnung und an seinen Freund von der Partei, der sogar einmal in Bessarabien gewesen war. Hatte dieser Mann in Berlin wirklich so einen großen Einfluss, dass er, wenn Georg ihn aufstachelte, etwas gegen Samuel unternehmen konnte? Sie hatte schon davon gehört, dass Leute hier und da auf mysteriöse Weise von der Straße verschwanden, und von sogenannten Umerziehungslagern für politische Gefangene oder solche, die es wagten, das Regime zu kritisieren.

Elisa sah zu, wie Georg mit ihrer Mutter zwischen den Häusern verschwand. Dann wandte sie sich wieder Samuel zu, der sie mit ernstem Gesichtsausdruck ansah. Sie fühlte sich unendlich hilflos. Ihr Herz sehnte sich danach, diesen Mann zu lieben und wiedergeliebt zu werden. Doch die Angst, dass Georg keine Ruhe geben würde, ließ sie stattdessen noch einen Schritt zurücktreten.

„Was ist los, Elisa?“, fragte Samuel besorgt.

Elisas Herz schien sich zusammenzuziehen. Sie wollte Samuel nicht wehtun. Aber ihr blieb nichts anderes übrig, wenn sie ihn schützen wollte. „Samuel, lass uns bitte etwas mehr Zeit", sagte sie leise.

„Zeit?", fragte er verwirrt. „Was willst du mir damit sagen? Hat es etwas mit Georg Alder zu tun?"

Elisa seufzte leise auf. Sie konnte Samuel nicht die Wahrheit sagen. Vielleicht würde er Georg zur Rede stellen und damit erst recht dessen Zorn auf sich ziehen. Oder er würde ihre Ängste um ihn nicht gelten lassen und versuchen, sie von ihrer Vorsicht abzubringen. „Ich brauche noch ein wenig Zeit. Mama ist schwanger, dann ist da der neue Hof, auf dem es vermutlich viel zu tun gibt, und Großvater ...", versuchte sie eine Erklärung zu finden, doch selbst in ihren eigenen Ohren klang diese jämmerlich, zumal der Schmerz in ihrem Herzen ihre Worte Lügen strafte.

Von irgendwoher war das laute Lachen einiger Männer zu hören, während aus einem der Hauseingänge das schrille Schreien eines kleinen Kindes zu ihnen herüberdrang.

Elisa zog schaudernd die Schultern in die Höhe. Jetzt fühlte sie die eisige Kälte und den rauen Wind, der an ihrem Mantel, ihrem Rock und den Haaren zerrte. Ein Blatt wirbelte von einem der Äste herunter und streifte ihren Kopf, was sie erschrocken zusammenzucken ließ.

Sie war kurz davor, Samuel zu sagen, dass sie ihn liebte und gerne seine Frau werden wollte, dass nur der Zeitpunkt nicht der richtige sei. Als sie jedoch in sein Gesicht blickte, schwieg sie. Sein Blick war plötzlich verständnislos und verschlossen.

Samuel straffte die Schultern. „Komm, ich bringe dich zurück", sagte er leise und emotionslos.

Elisa hatte das Gefühl, einen furchtbaren Fehler gemacht zu haben, auch wenn ihr Verstand ihr etwas anderes sagte, und so ging sie schweigend neben ihm her, zurück zum Haus.

Dort angekommen, ergriff er sie kurz am Ellenbogen, ließ sie jedoch sofort wieder los. „Du weißt, wo du mich findest, falls du deine Meinung ändern solltest, Elisa“, sagte er, drehte sich um und verschwand in der Dunkelheit.

Elisa blickte gequält in den nächtlichen Himmel hinauf und fragte flüsternd: „Was habe ich getan? Wie soll ich darauf vertrauen, dass du es gut mit mir meinst, wenn es so wehtut? Oder habe ich einen Fehler gemacht?“

Ein paar Tage später, Elisa beschäftigte gerade die kleineren Kinder mit einfachen Spielen, sah sie Samuel zu ihrem Lager herüberkommen.

Manfred trippelte hinter ihm her, mit einem zugeschwollenen Auge und einem Pflaster am Haaransatz. Offenbar hatte sich der Junge, den die Angst um seine Eltern aufwühlte, wieder einmal geprügelt. Für einen Augenblick schloss Elisa die Augen. In Situationen wie diesen fühlte sie sich mit der Aufsicht der drei Kinder überfordert. Manfreds Geschwister, Marlies und Manuel, weinten viel und suchten immer mehr ihre Nähe. Manfred hingegen sträubte sich gegen sie und zog stundenlang zwischen den Häusern des Sammellagers umher.

Elisa beobachtete, wie Manfred sich schwer auf eine der Pritschen fallen ließ. Elisa beachtete den Jungen nicht weiter, sondern blickte Samuel an. Der junge Mann hatte seine Reisetasche in den Händen, und es war offensichtlich, dass er abreisen wollte.

Während Samuel sich von ihren Eltern verabschiedete, schlich sie sich heimlich aus dem Raum. Sie wusste, dass es unhöflich war, aber sie konnte sich einfach nicht auf unbestimmte Zeit von ihm verabschieden. Vermutlich würde sie in Tränen ausbrechen und ihm doch noch alles erklären. Genau das wollte sie aber verhindern, weil sie sich vor den möglichen Folgen für ihn fürchtete.

Christina zog ihren Pelzmantel fester um ihren Körper, um sich vor dem eisigen Nordwind zu schützen, der wie winzige Nadelstiche in die Haut stach. Sie trat auf der Stelle und dankte Gott dafür, dass Carol die Weitsicht besessen hatte, mitten im Sommer nach den Pelzmänteln zu greifen. In Sibirien lag bereits Schnee, und unter dem tief hängenden, grauen Himmel breitete sich die weiße Ebene scheinbar endlos aus. Die Büsche und Bäume waren von Eiskristallen überzogen, die leise an den vom Wind geschüttelten Zweigen klirrten. Keine der anderen Frauen setzte sich dieser schneidenden Kälte freiwillig länger aus als unbedingt nötig, doch sie trieb es auch an diesem Abend bis an den Zaun, der ihr Lager von dem trennte, in das Carol eingesperrt worden war.

Die Baracken der Männer hoben sich schwarz vor dem wolkenverhangenen Himmel ab und der Gestank der Latrinen wehte zu ihr hinüber. Wo blieb Carol? Sonst war er doch immer pünktlich. Mussten die Männer heute länger arbeiten?

Tief in ihrem Herzen ahnte sie jedoch, dass der Grund dafür, dass Carol noch nicht da war, ein anderer war. Er hatte schon in den vergangenen Tagen fürchterlich gehustet. Gestern hatte er versucht, sein Fieber und die Schwäche vor ihr zu verbergen. Womöglich lag Carol irgendwo in dieser beengten, schmutzigen und zugigen Baracke und kämpfte einen letzten, aussichtslosen Kampf gegen die Krankheit. Oder hatte er ihn bereits verloren?

Ein tiefer Schmerz fuhr durch ihren Körper und unwillkürlich legte sie ihre rechte Hand auf ihren deutlich gewölbten Bauch. „Ich liebe dich, Carol", flüsterte sie. Die junge Frau presste ihre aufgeplatzten, blau angelaufenen Lippen aufeinander, und die Tränen, die ihr über die Wangen rollten, hinterließen eine glänzende Spur. Sie harrte noch einige Minuten frierend aus. Dann wandte sie sich um und torkelte mehr, als dass sie ging, zu den Baracken der Frauen zurück. Wie eine Schlafwandlerin fand Christina ihre Pritsche. Sie legte sich nieder, ließ die Hände auf ihrem Bauch ruhen, in dem das ungeborene Kind heranwuchs, und wünschte sich, am nächsten Morgen nicht wieder aufwachen zu müssen.

Kapitel 20

Für die Umsiedler in den Auffanglagern in Thüringen stand die Einbürgerung bevor. Elisa hörte den Anweisungen des deutschen Uniformierten mit gemischten Gefühlen zu. In Russland hatten sie als Deutsche gegolten und waren deshalb umgesiedelt worden. Weshalb wurden sie hier im Deutschen Reich nun als sowjetische Staatsbürger angesehen, die erst eingebürgert werden mussten? Und wozu benötigte man vor der Ausgabe ihrer deutschen Pässe eine ärztliche Untersuchung?

Sie nahm Manuel auf der einen und Frank auf der anderen Seite an die Hand und forderte Manfred, Marlies und Anton auf, ihr bis zu dem Haus zu folgen, in dem sich die Ärzte eingefunden hatten. Gemeinsam mit Tausenden von anderen Menschen stellten sie sich in der langen Schlange an, die sich vor dem großen Gebäude bereits gebildet hatte.

Dunkle Wolken schoben sich über den Himmel und bereits nach wenigen Minuten begann Elisa zu frieren. Die jüngeren Kinder begannen unruhig zu werden und selbst Friederike quengelte unleidig vor sich hin. Ihre schwangere Mutter, ihr Vater und ihre Großmutter stützten abwechselnd den immer noch geschwächten Großvater.

Nach etwas mehr als einer Stunde zitterte Elisa unkontrolliert vor Kälte. Warum war sie nur so gedankenlos gewesen, zwar die Kinder warm anzuziehen, sich selbst aber nicht? Doch sie war in den vergangenen Tagen immer wieder so abwesend gewesen, dass sie die Welt um sich herum vergaß. Samuel Bader ließ sich weder aus ihren Gedanken noch aus ihren Gefühlen und auch nicht aus ihren unruhigen Träumen vertreiben. Und der Schmerz, den sein Abschied in ihr hervorgerufen hatte, wurde mit jedem Tag stärker, statt dass er – wie sie gehofft hatte – nachließ.

Elisa versuchte, sich abzulenken, indem sie beobachtete, was um sie herum geschah. Ihr fiel auf, dass die Menschen, die nach der Untersuchung aus dem Gebäude kamen, seltsam erschöpft wirkten. Viele trugen die Köpfe gesenkt und in den Gesichtern von anderen glaubte Elisa sogar Wut zu entdecken. Sie sah, wie sich ein Mädchen weinend an seine Mutter klammerte, der wiederum Tränen über die Wangen liefen. Misstrauisch blickte sie auf den Eingang des Gebäudes, in dem die Ärzte ihre Untersuchungen durchführten. Plötzlich wirkte der dunkle Eingangsbereich wie ein nimmersatter Schlund, der alle, die hindurchgingen, für immer verschlucken würde.

Irgendwann sah sie die Alders aus dem Gebäude herauskommen. Als Georg Elisa entdeckte, kam er direkt auf sie zu. „Guten Tag, Lisa“, grüßte er sie. Während seine Eltern zu Hanna und Roman Steiger hinübergingen, um sich nach dem Ergehen von Elisas Großvater zu erkundigen, blieb er bei ihr stehen.

„Ist dir nicht kalt?“, fragte er.

„Doch“, gab sie zu, woraufhin Georg seine gefütterte Pelzjacke auszog und ihr hinüberreichte. Einem ersten Impuls folgend, wollte sie die Jacke ablehnen, aber dann ergriff sie sie doch. Inzwischen klapperten ihre Zähne vor Kälte hörbar aufeinander. „Danke“, sagte sie nur und lief ein paar Schritte hinter Frank her, der sich von der abgelenkten Schwester entfernt hatte. Sie wollte Georg oder seine Eltern gerne noch fragen, warum die Menschen, die aus dem Gebäude kamen, so verschreckt wirkten, doch als sie mit dem Jungen wieder zurück in der Schlange war, waren die Alders bereits weitergegangen. Nachdenklich sah Elisa den dreien nach. Wo war eigentlich Anne?, fragte sie sich. Sie war doch mit Sicherheit gemeinsam mit ihren Eltern und ihrem Bruder zu der Einbürgerung und der damit verbundenen ärztlichen Untersuchung gegangen. Wurde sie wegen ihres Leidens an ihrem Bein gesondert untersucht? Vielleicht hatte Georg es ja sogar geschafft, ihr einen Arzt zu organisieren, der ihr durch eine Operation helfen konnte, dass sich ihr Hinken wieder legte oder zumindest ein wenig milderte.

Elisa streifte sich die Jacke über. Sie hatte einen männlich herben Duft an sich. Unwillkürlich drängte Samuel sich wieder in ihre Gedanken, und sie versuchte, sich daran zu erinnern, wie er gerochen hatte, als er sie in den Armen gehalten hatte. Widerwillig schob sie diesen Gedanken und die Erinnerung an den Mann, den sie liebte, beiseite und versuchte gleichzeitig, die unruhigen, gelangweilten Kinder in der Reihe zu halten.

Als sie und ihre Familie schließlich den Eingangsbereich betraten, wurden sie von einem Soldaten schroff angewiesen, sich vollständig zu entkleiden. Ungläubig blickte Elisa den älteren, uniformierten Mann an, der sich bereits an die Nachkommenden wandte und ihnen dieselbe Anweisung gab.

Vor ihnen standen ein paar Männer, die dem Befehl bereits nachgekommen waren und ihre Kleiderbündel an sich gepresst hielten. Sie warteten darauf, in das Untersuchungszimmer gelassen zu werden.

„Mama ...?!“ Entsetzt schaute sie sich nach ihrer Mutter um. Wie konnten sie sich hier komplett ausziehen?

Ihre Mutter sah ebenso entsetzt aus. Elisa machte sich bewusst, dass sie weder ihre Mutter noch ihren Vater jemals unbekleidet gesehen hatte.

Sie wandte sich an ihren Vater, der wiederum seinem Vater dabei half, sich vorsichtig auf den blanken Boden zu setzen. „Papa?"

„Wartet hier!", wies er sie mit hochrotem Kopf an und ging zu dem Uniformierten hinüber.

Elisa sah die beiden miteinander diskutieren, wandte sich aber um, als einer der Männer hinter ihnen sich zu entkleiden begann.

Sie spürte, wie ihr die Schamesröte ins Gesicht stieg. Das durfte doch nicht wahr sein! Diese Ärzte konnten doch nicht tatsächlich erwarten, dass alle – Männer wie Frauen, Alte wie Junge – splitternackt hier darauf warten würden, zu ihnen durchgelassen zu werden?

„Es tut mir leid", sagte ihr Vater, als er zu ihnen zurückgekehrt war. Dieselbe Wut, die sie draußen in den Augen der Menschen gesehen hatte, die die Untersuchung bereits hinter sich gehabt hatten, blitzte nun auch aus den seinen. „Sie bestehen darauf. Zieht zuerst die Kinder aus. Das verschafft euch etwas Zeit." Mit verbissenen Gesichtszügen begann er, seine Jacke auszuziehen und schließlich sein Hemd aufzuknöpfen.

Elisas Hände zitterten so stark, dass es ungewohnt lange dauerte, bis sie Anton, Frank und Manuel ausgezogen hatte. Ihre Mutter kümmerte sich um die anderen Kinder. Schließlich zog die schwangere Frau ihren Mantel aus, legte ihn vorsichtig zu Boden und begann, ihre Bluse aufzuknöpfen.

Elisa schloss gequält die Augen. Was für eine Demütigung für ihre Mutter! Sie fühlte eine unglaubliche Welle der Wut über sich schwappen. Mit steifen Bewegungen fing auch sie an, sich langsam auszuziehen, und als sie schließlich ganz entkleidet war, presste sie den Kleiderstapel fest gegen ihre Brüste. Da sie nun nur noch eine Hand frei und somit keine direkte Kontrolle über die Kinder mehr hatte, befahl sie den beiden Jüngsten mit ungewohnt harscher Stimme, direkt neben ihr zu bleiben.

Die Kinder, die diesen Ton von Elisa nicht gewohnt waren, gehorchten verschreckt.

Schließlich waren sie an der Reihe weiterzugehen und das Entsetzen in Elisa steigerte sich ins Unermessliche. Vor ihr lag ein lang gezogener Raum, an dessen linker Seite einige Tische aufgestellt worden waren. Auf diesen saßen, lässig mit den Beinen baumelnd und einige unpassende Kommentare austauschend, die Ärzte. Keiner von ihnen konnte älter als 35 sein.

Zitternd und eingeschüchtert stand sie da und presste das Stoffbündel, das ihren Körper nur notdürftig vor den Blicken der jungen Männer schützte, fest an sich. Aber auch dieser Kleiderstapel wurde ihr aus der Hand genommen. Man versicherte ihr, dass sie ihre Sachen später wiederbekommen würde. Elisa versuchte, mit ihren beiden Armen notdürftig ihren Oberkörper zu bedecken, und forderte die Jungen auf, vor ihr herzugehen. Den Kindern machte ihre Nacktheit wenig aus. Sie hatten noch kein Schamgefühl und gingen anstandslos durch den großen Raum hindurch zu den Ärzten hinüber.

Elisa blickte, während sie den Kindern folgte, stur geradeaus und murmelte ein Gebet, bis sie ein lautes, durchdringendes „Halt“ zusammenfahren ließ.

Anton wurde an einen der Tische gerufen. Er musste sich dem Arzt frontal zudrehen, der sich leicht nach vorne beugte, sich den Jungen kurz betrachtete und ihn dann weiterwinkte.

Jetzt verstand Elisa. Dieser Mann suchte nach Jungen und Männern, die an der Beschneidung als Juden zu erkennen waren.

Die junge Frau fieberte dem Ende dieser demütigenden Prozedur entgegen. Ein weiterer Befehl hallte durch den Raum. Dieses Mal galt er ihr.

Ein leiser, gequälter Laut drang aus ihrem Mund. Sie blickte auf und sah in die Augen eines jungen Arztes, der lässig auf dem Tisch saß.

Das Grinsen, das er ununterbrochen auf den Lippen hatte, vertiefte sich. „Bist du Jüdin?“, fragte er.

Elisa schüttelte den Kopf, da sie ihrer Stimme nicht traute. Sie hatte furchtbare Angst. Es war nicht das erste Mal, dass man sie aufgrund ihres Aussehens für eine Jüdin hielt. Dabei waren diese Vorurteile in Bezug auf das Aussehen von Juden so unsinnig. Sie kannte eine Jüdin, die hellhäutig, blauäugig und blond war – also genau dem Idealbild dieser Leute entsprach.

„Kannst du nicht sprechen?“, wollte der Mann wissen und schob sich auf der Tischplatte nach vorne.

Elisa hatte das Bedürfnis zurückzuweichen, doch sie untersagte es sich. Sie wollte keine Angst zeigen, obwohl ihr eiskalte Schauer über den Körper liefen. „Doch, ich kann sprechen“, gab sie zögernd zur Antwort.

„Bist du jüdischer Abstammung?“

„Nein, Herr Doktor.“

„Nimm mal die Arme herunter“, lautete die nächste Anweisung.

Elisa erstarrte. Sie wollte hier einfach nur fort.

„Mensch, Jens. Du kannst nicht jedes halbwegs attraktive Mädchen anquatschen, sonst werden wir hier nicht mehr fertig“, fuhr ein anderer Arzt, der ein paar Tische weiter vorne saß, seinen Kollegen an.

„Dann weiter“, knurrte der andere.

Augenblicklich befolgte Elisa seine Aufforderung und eilte auf die Ausgangstür zu, wo Anton mit den beiden kleineren Jungen bereits wartete und mit einer Kopfbewegung auf den Kleiderstapel deutete, der hier unordentlich abgelegt worden war.

Elisa ging in die Knie. Während sie nach ihrem Unterhemd griff und es sich eilig überstreifte, sprach sie ein stilles Gebet, in dem sie Gott dafür dankte, dass es nun endlich vorüber war. Sie schlüpfte in ihren Rock und wandte sich wieder in den Raum hinein, um zu sehen, wo ihre Eltern und Großeltern waren.

Sie sah, dass ihre Großmutter Hannelore und ihre Eltern mit einem der Ärzte diskutierten, doch dieser schüttelte den Kopf und deutete auf eine Tür, zu der Elisas Großvater nun von zwei Männern gebracht wurde.

„Bringen sie ihn weg, weil er krank ist?", wollte Anton von ihr wissen. In seiner kindlichen Naivität nahm der Junge natürlich an, dass sein Großvater gesund gepflegt werden würde, wie man das von Ärzten erwarten konnte, doch Elisa drängte sich eine ganz andere Vermutung auf. Offensichtlich wurden kranke Menschen hier „aussortiert". In diesem Moment fiel ihr Anne ein. War sie deshalb vorhin nicht bei ihrer Familie gewesen?

Kapitel 21

Moritz Steinfurt verließ sein Büro und hastete den Flur entlang. Vor einer Woche waren der japanische Botschafter Suburu Kurusu und der italienische Außenminister Galeazzo Ciano Graf von Cortallazzo in der Berliner Reichskanzlei gewesen, um den Dreimächtepakt zu unterschreiben. Der Pakt hatte das Ziel, die USA davor abzuschrecken, sich einer Front gegen die drei Staaten anzuschließen. Die UdSSR war aufgrund des im August 1939 geschlossenen Paktes mit dem Deutschen Reich nicht mit einbezogen worden. Zudem – das wusste Moritz inzwischen mit Sicherheit – plante Hitler ohnehin einen Eroberungsfeldzug gegen die Sowjetunion, und es reichte ihm wohl, einen Pakt zu brechen – es mussten nicht gleich zwei sein.

Moritz verzog sein Gesicht zu einem hämischen Grinsen. Als er an der Treppe angelangt war, tastete er noch einmal prüfend mit der Hand nach dem Papier unter seiner Uniformjacke. Er durfte es nicht verlieren. Er eilte die Stufen hinauf und dann den Flur entlang. Schließlich blieb er vor der Tür von Hans Bernd von Haeftens Büro stehen und klopfte.

Von innen war ein missmutiges Brummen zu hören, was er als Aufforderung verstand, die Tür zu öffnen. Erschrocken blieb er im Türrahmen stehen. Von Ribbentrop befand sich im Raum und diskutierte mit von Haeften, der ihn nur eines kurzen Blickes würdigte, als er sagte: „Kommen Sie rein. Es dauert nur noch einen Moment." Dann konzentrierte sich der Leiter des Auswärtigen Amtes wieder auf das Gespräch mit dem Außenminister.

Moritz trat ein, schloss die Tür und lehnte sich mit dem Rücken gegen die Wand. Dort blieb er unbeachtet stehen, während die beiden Männer ihr Gespräch fortsetzten. Schließlich verabschiedete sich von Ribbentrop und drehte sich zum Gehen um.

„Steinfurt", grüßte der Außenminister knapp und verließ das Zimmer.

Als die Tür sich schloss, trat Moritz an den Schreibtisch. „Ärger?", fragte er leise.

Von Haeften schüttelte den Kopf und deutete mit der Hand auf den Stuhl vor seinem Schreibtisch.

Moritz ließ sich darauf nieder und zog das Schreiben hervor. Er legte es auf einen Stapel anderer Blätter.

Von Haeften beugte sich ein wenig nach vorne, las und nickte. „So, die Verluste beim letzten Bombenangriff auf London waren doch größer, als zugegeben wurde. Und jetzt wird das Unternehmen Seelöwe* abgesagt?"

„Es war für den 21. September geplant", flüsterte Moritz, dem die gelassen wirkende Unterhaltung in diesen Räumlichkeiten mehr als nur eine Gänsehaut einjagte.

„Invasion Großbritanniens", gab von Haeften kopfschüttelnd zurück. Er begann, die Nachricht von Moritz in winzig kleine Schnipsel zu zerreißen. Einen Teil der

*Plan für eine Invasion Englands

kleinen Papierfetzen warf er in seinen Papierkorb, einen Teil steckte er in seine Hosentasche und einen schob er Moritz hinüber, der die Papierstückchen ebenfalls in seiner Hosentasche verschwinden ließ.

„Die Euthanasie an geistig und körperlich behinderten Menschen greift immer weiter um sich“, fuhr von Haeften fort. „Die Gettos im Osten füllen sich mit Juden, eine Kasernenanlage im polnischen Auschwitz ist zu einem Sammellager für polnische Gefangene umfunktioniert worden, da die Gefängnisse überfüllt sind, und Himmler will Pläne zur Errichtung weiterer Internierungslager auf dem Tisch haben. Unsere Soldaten sterben, die Zivilbevölkerung stirbt und selbst vor der Kirche wird nicht haltgemacht. Bonhoeffer hat ein Lehr- und Predigtverbot erhalten.“ Hans Bernd von Haeften ballte die Hände zu Fäusten und wandte den Blick von seinem Schreibtisch ab, um zum Fenster hinauszusehen. „Jetzt gab es einen Rückschlag.“ Er rieb sich den Nacken. „Die Luftwaffe hat etliche Flugzeuge mitsamt Besatzung verloren, die Invasionspläne sind aufgegeben – oder zumindest verschoben.“ Mehr sagte er nicht, und Moritz überlegte sich, ob er um die Opfer und ihre Angehörigen trauerte oder sich darüber freute, dass ein weiterer Irrsinn gescheitert war.

Da sein Gesprächspartner weiterhin grübelnd zum Fenster hinaussah und ihn ganz vergessen zu haben schien, ging Moritz, ohne sich zu verabschieden. Ohne noch einmal in sein Büro zurückzukehren, verließ er das Gebäude.

Er war gerade ein paar Meter von dem monumentalen Eingang entfernt, als er schnelle Schritte hinter sich hörte. Sofort wandte er sich um. Er war erleichtert, als er Samuel Bader erblickte, der eilig auf ihn zugelaufen kam. „Hast du mir hier aufgelauert?“, fragte er seinen Freund lächelnd.

„Hast du etwas zu verbergen?“

„Dann würde ich es dir sicher nicht auf die Nase binden." Moritz streckte Samuel seine Rechte entgegen. Neugierig blickte er auf dessen Hand und meinte dann: „Kein Ring? Ich bin davon ausgegangen, dass du eine gewisse junge Dame mit nach Berlin bringen würdest."

Samuel ignorierte diesen Kommentar und fragte: „Hier gab es Luftangriffe von den Briten?"

„Hast du sie deshalb nicht geheiratet?"

Samuel atmete tief ein, antwortete aber nicht.

Moritz stieß einen mitleidigen Laut aus. Irgendetwas musste geschehen sein. „Ist deine Familie hier in Deutschland angekommen?", fragte er vorsichtig nach und erntete als Antwort ein knappes Kopfnicken. „Und deine Freunde?"

„In einem Sammellager in Thüringen", war die kurze Antwort.

Moritz erwiderte nichts weiter darauf und lud seinen Freund stattdessen ein, mit in seine Wohnung zu gehen. Dort angekommen, versuchte Moritz vorsichtig herauszubekommen, was in den letzten Wochen geschehen war, doch Samuel schien nicht darüber reden zu wollen. Er war seinerseits auch nicht gewillt, über seine Verbindung zu von Haeften und dessen Bekannten zu sprechen. Nicht weil er Samuel nicht traute, sondern weil er ihn nicht in eine Geschichte mit hineinziehen wollte, deren Dynamik er selbst noch nicht vollständig kannte. So ging den beiden Freunden sehr schnell der Gesprächsstoff aus und ein ungewohntes Schweigen legte sich über sie.

Schließlich schlug sich Samuel – mehr unruhig als von neuer Energie erfasst – auf seine Oberschenkel und erhob sich. „Ich melde mich im Krankenhaus zurück. Vielen Dank, dass du mich vom Dienst hast freistellen lassen. Es war gut, meine Eltern begleiten zu können."

Moritz lächelte schief. Die Tatsache, dass er in eine Gruppe geraten war, die sich für einen aktiven Widerstand gegen Hitler entschieden hatte, konnte auch für den harmlosen Samuel gefährlich werden, wenn eine Verbindung zu ihm nachgewiesen werden sollte. Ob er ihm damit, dass er sich für ihn eingesetzt hatte, tatsächlich einen Gefallen getan hatte?

Schweigend traten die beiden in den Flur und gaben sich zum Abschied die Hände.

Moritz blickte forschend in Samuels Gesicht, über das ein unsicheres Lächeln huschte. „Wir sehen uns“, sagte er mit rauer Stimme. Schwer und laut fiel die Wohnungstüre hinter dem Freund ins Schloss.

Der Himmel war schwarz und aus keinem Fenster der hohen Häuser links und rechts drang ein Lichtschein nach draußen. In den Straßen Berlins herrschte gespenstische Dunkelheit. Samuel drehte sich einmal im Kreis. Er musste sich erst einmal orientieren. Sogar beim Verdunkeln bewiesen die Deutschen ihre sprichwörtliche Gründlichkeit.

Mit gesenktem Kopf marschierte er die Straße hinunter. Tief in Gedanken versunken nahm er beinahe automatisch den Weg zu seiner Unterkunft auf, nachdem er sich erst einmal sicher war, dass er die richtige Richtung eingeschlagen hatte.

In einiger Entfernung überquerte ein Automobil mit abgedunkelten Scheinwerfern eine Straßenkreuzung. Die schmalen Lichtschlitze verschwanden, das Motorengeräusch verebbte und wenige Augenblicke später wirkte die Stadt wieder wie ausgestorben.

In diesem Moment begannen die Sirenen zu surren. Das Geräusch schwoll schnell zu einem markerschütternden Heulen an. Lichtspuren tanzten über den vorher nachtschwarzen Himmel, und weit entfernt – mehr zu erahnen als tatsächlich zu hören – tönte das Brummen von

Flugzeugmotoren. Die Royal Air Force schickte wieder ihre Bomber über die Reichshauptstadt.

Samuel warf sich herum und lief den Weg zurück. Elektrische Spannung schien in der Luft zu liegen. Das Motorengeräusch wurde lauter und die Flaks verstärkten ihre Tätigkeit. Ein unheimliches Grollen lag in der Luft und der Himmel wurde von einem taghellen Licht erleuchtet.

Samuels Lungen begannen zu schmerzen. Er hastete um eine Hausecke und jagte weiter über die Straße. Die Detonationen kamen näher. Feuersäulen schlugen in den Himmel und fielen wieder in sich zusammen. Samuel glaubte bereits Hitzewellen in der Luft zu spüren.

Endlich erreichte er das Mehrfamilienhaus, in dem Moritz seine Wohnung hatte. Er stolperte die Treppen zum Hauseingang hinauf und stellte erleichtert fest, dass die Eingangstür nicht verschlossen war. Im Flur rannte eine Frau mit zwei weinenden, kleinen Mädchen in Nachthemden an der Hand an ihm vorbei in Richtung Keller. Samuel folgte ihnen.

Eine weitere Detonation erschütterte das Haus und alle Bilder im Flur des Erdgeschosses fielen klirrend und zersplitternd zu Boden. Eines der Mädchen schrie auf, weil es mit seinen nackten Füßen in die Scherben getreten war.

Samuel rief der Mutter zu: „Nehmen Sie das kleine Mädchen, ich nehme Ihre Große!“

Misstrauisch blickte die Frau ihn an.

„Ich bin Arzt. Ein Freund von mir wohnt in diesem Haus. Moritz Steinfurt“, versuchte er schnell zu erklären. Ohne auf eine weitere Reaktion der panischen Mutter zu warten, nahm er das schreiende Mädchen auf den Arm und schob die Frau vor sich her.

So schnell es ihnen möglich war, eilten sie die Stufen hinunter und drängten sich durch die Metalltür in den zum Schutzraum ausgebauten Keller.

Ein älterer Mann stand an der Tür und zählte durch. „Alle da!“, rief er schließlich und blickte dann Samuel an. „Wer sind Sie?“

Eine Stimme aus dem Hintergrund schrie gegen eine weitere, lautstarke Detonation an: „Er ist ein Freund von mir. Lassen Sie ihn rein. Er war bei mir zu Besuch.“

Mit lautem Krachen schlug die Metalltür hinter Samuel zu und wieder erbebte die Erde. Das Mädchen in seinen Armen schrie auf und begann erneut zu wimmern. Samuel setzte das Kind neben seine zitternde Mutter und ging dann vor ihm in die Knie, um im Licht der flackernden Birne an der Decke die Wunde zu betrachten. „Gibt es hier eine Notfallausrüstung?“, fragte er in die Runde.

Niemand sagte etwas. Nur leises Weinen war zu hören und eine Frau flüsterte ein Gebet. Der Bunkerwart griff in eine Kiste und reichte ihm einen schweren, gut gefüllten Tornister.

„Nehmen Sie Ihre Tochter auf den Schoß“, wies Samuel die Mutter an, die fast schon mechanisch Folge leistete. Die Glühbirne spendete nur wenig Licht, sodass er Mühe hatte, die kleineren Splitter aus dem Kinderfuß zu entfernen. Als es ihm schließlich gelungen war, nahm er Verbandsmaterial aus dem Tornister.

In diesem Moment erfolgte ein Schlag, der lauter war als alle vorherigen. Samuel hatte das Gefühl, das Haus mache einen Sprung. Die Birne an der Decke schwankte hin und her, flackerte noch einmal auf und ging dann aus. Frauen schrien auf, Kinder weinten.

Als der Lärm nachließ, hing Steinstaub in der Luft. Mörtel und kleine Steine fielen von der Decke herab.

Ohne etwas sehen zu können, verband Samuel dem Kind die Füße. Als er fertig war, tätschelte er dem Mädchen den Kopf und sagte: „Das müsste erst einmal reichen.“ Er zitterte am ganzen Leib und in seinem Magen rumorte es. Langsam erhob er sich und tastete sich an der Wand entlang, um sich einen freien Sitzplatz zu suchen.

Doch in dem Raum herrschte absolute Dunkelheit. „Moritz?“, fragte er.

„Ich bin gleich rechts von dir“, lautete die erstaunlich ruhige Antwort seines Freundes.

Samuel folgte der Stimme. Dann ergriff ihn eine Hand am Unterarm und zog ihn auf die harte Holzbank. Samuel lehnte sich mit dem Rücken gegen den kalten, feuchten Stein des Kellerraumes.

„Gibt es hier unten keine Kerze?“, fragte eine leise, jammernde Jungenstimme, und ein älterer Mann, vermutlich der Bunkerwart, erwiderte: „Warten wir damit.“

„Gut, dass du zurückgekommen bist, Samuel. Da draußen muss die Hölle los sein“, flüsterte Moritz seinem Freund zu und rutschte ein wenig näher zu ihm hinüber.

„Das waren mindestens 40 Flugzeuge“, bestätigte Samuel und schloss für einen Moment die Augen, dankbar, dass er den Bombern entkommen war.

Lange Zeit waren nur leises Weinen, Husten und gemurmelte Gebete zu hören. Die Detonationen ließen nach und wurden leiser, weil die Flugzeuge sich entfernten. Dann drangen lange Zeit nur noch dumpfe, schwer einzuordnende Geräusche herein, doch weitere Bombenabwürfe blieben aus. Dennoch verharrten die Menschen im Keller reglos auf ihren Plätzen. Würde eine weitere Angriffswelle folgen?

Schließlich wandte Samuel sich wieder an seinen Freund.

„Vielleicht ist es gut, dass Elisa nicht hier ist“, flüsterte er.

„Erzählst du mir jetzt, was geschehen ist?“, fragte Moritz.

Samuel atmete tief ein. „Sie hat mich darum gebeten, ihr mehr Zeit zu geben.“

„Und? Wo ist das Problem?“

„Ihre Begründungen erscheinen mir etwas fadenscheinig. Aber vielleicht bin ich nur zu enttäuscht, um sie akzeptieren zu können." Leise berichtete er von seinem Gespräch mit Elisa.

„Ich glaube, du hast recht", meinte Moritz schließlich.

Samuel runzelte die Stirn. „Womit?"

„Du hast überreagiert. Ihre Begründungen sind nicht von der Hand zu weisen. Ihre Mutter ist schwanger und ihrem Großvater geht es nicht gut. Die Familie wird in eines der eroberten polnischen Gebiete umgesiedelt, und sie wird wissen wollen, wie und wo sie untergekommen ist. Außerdem ist sie – soweit ich das einschätzen kann – sehr schüchtern und scheint fast eine ängstliche Natur zu haben."

Samuel schloss die Augen. Er stellte sich Elisas Gesicht mit dem für sie so typischen ängstlichen Blick vor und flüsterte leise zurück: „Ich hätte einige Vorschläge gehabt, wenn sie nur angedeutet hätte, dass sie nicht rundum abgeneigt ist, Moritz. Ich könnte auch in dem Gebiet als Arzt arbeiten, in das ihre Familie umgesiedelt wird."

Moritz schwieg einige Zeit, bevor er antwortete: „Vielleicht fehlt es ihr auch noch an Vertrauen. Immerhin kennt ihr euch noch nicht wirklich gut."

Samuel stimmte seinem Freund zu, dennoch vermutete er, dass es noch andere Gründe für Elisas Entscheidung gab, und brachte dies Moritz gegenüber auch zum Ausdruck.

Der überlegte kurz und erwiderte dann: „In diesen Zeiten gibt es Dinge, die nicht ausgesprochen werden. Vielleicht um sich oder andere zu schützen. Vielleicht aus Unsicherheit und Misstrauen. Wahrscheinlich gibt es tatsächlich irgendetwas, das sie sich nicht traut, dir zu sagen."

„So wie bei dir auch?", fragte Samuel.

Für einen Moment legte Moritz seine Hand auf den Unterarm seines Freundes. Samuel musste sich anstrengen, um seine leise gemurmelten Worte überhaupt verstehen zu können. „Darüber reden wir ein anderes Mal. Und was Elisa angeht, rate ich dir: Schreib ihr. Vielleicht fällt es ihr leichter, dir schriftlich mitzuteilen, was tatsächlich der Grund für ihre Entscheidung ist."

Sekunden später erbebte das Haus erneut unter einer krachenden Detonation. Schreie erfüllten den Kellerraum.

Kapitel 22

Anne, Vera und Elisa standen im Eingangsbereich des Hauses, wo sie wenigstens etwas frische Luft bekamen. Es würde nicht mehr lange dauern, bis die einzelnen Familien Höfe zugeteilt bekamen und sie dieses Lager verlassen konnten. Gleichzeitig bedeutete dies aber auch, dass sie bald Abschied voneinander nehmen mussten.

„Ich verstehe es nicht", klagte Anne. „Das ist so ungerecht. Ich will das nicht! Bin ich nicht schon genug gestraft? Das alles hat nichts mit mir zu tun. Ich hinke zwar, aber ich habe doch trotzdem bei der Aussaat und bei der Ernte geholfen." Anne begann wieder zu weinen und legte ihr Gesicht an Elisas Schulter, die die Arme fest um ihre verzweifelte Freundin schlang. Auch ihr liefen Tränen des Mitgefühls und der Trauer über die Wangen.

Anne war tatsächlich aussortiert worden. Sie war als alt genug eingestuft worden, um alleine im Altreich zurückbleiben und in irgendeiner Fabrik kriegswichtige Arbeit leisten zu können. Auf einem der Bauernhöfe im Osten wollte das Deutsche Reich die Körperbehinderte nicht sehen. Das bedeutete für Anne die Trennung von ihrer Familie und für Elisa, dass sie eine weitere Freundin verlieren würde.

„Ich bin nur ein Mensch zweiter Klasse, minderwertig“, schluchzte Anne und ballte ihre Hände zu Fäusten.

„Das ist nicht wahr, Anne. Du bist ein lieber, wertvoller Mensch“, widersprach Elisa ungewohnt energisch.

„Aber die sehen mich so“, fauchte Anne und löste sich ruckartig aus den Armen ihrer Freundin.

„Die sind nicht ganz gescheit“, entfuhr es Elisa.

Vera gab einen Zischlaut von sich, der der Freundin bedeuten sollte, dass sie leise sprechen musste. „Was hat denn Georg dazu gesagt?“, schaltete sie sich jetzt auch in das Gespräch der beiden ein und legte die Zeitschrift mit den neuesten Modetrends, die allerdings gut ein Jahr alt sein musste, endlich beiseite.

„Nichts“, antwortete Anne ärgerlich.

Elisa seufzte leise auf. Georg ging so sehr in dieser Bewegung auf, dass er nicht einmal mehr zu seiner Familie stehen wollte. Sie hatte die Bitten von Frau Alder gehört, die sie an ihren Sohn gerichtet hatte. Er sollte etwas dagegen tun, dass Anne in eine Fabrik geschickt wurde, anstatt mit ihnen auf den ihnen hoffentlich bald zugewiesenen Hof gehen zu können. Doch Georg hatte sich nicht gegen die Entscheidung der Ärzte zur Wehr gesetzt. Elisa hatte aus seinen Worten sogar eine Spur von Verachtung seiner jammernden Mutter und der behinderten Schwester gegenüber herausgehört. Zudem war Georg am Morgen dieser Unterhaltung mit der Nachricht gekommen, dass ein SS-Mann die Bessarabiendeutschen dahin gehend gelobt hatte, dass sie in völkischer und teilweise auch rassischer Hinsicht als gut zu bezeichnen wären. Sie hätten die Gebräuche, Sitten und sogar die Sprache mitsamt ihrem Dialekt über einen Zeitraum von mehr als einem Jahrhundert bewahrt. In Elisas Ohren klang dieses Lob eher wie Hohn. Georg musste es zusätzlich darin bestätigt haben, sich nicht für seine Schwester einzusetzen.

„Vielleicht können wir ja tauschen“, sagte Vera in dem Versuch, ihre Freundin ein bisschen aufzuheitern. Ein leichtes Lächeln umspielte ihre Lippen. „Ich würde gerne hierbleiben. In einer Fabrik arbeiten – vielleicht in der Nähe von Berlin."

„Um die Bombenangriffe hautnah mitzuerleben?", fragte Elisa leise.

Vera sah sie entsetzt an, doch Elisa war mit ihren Gedanken bereits woanders. Sie dachte an Samuel, der ebenfalls in Berlin war, und ein schmerzliches Ziehen breitete sich in ihrem Inneren aus. Seit Tagen fragte sie sich, ob sie nicht einen schweren Fehler begangen hatte. Warum hatte sie ihn gehen lassen – ihn im Grunde sogar weggeschickt? Sie liebte Samuel doch. Die Ungewissheit darüber, wie es ihm ging, und die Trennung von ihm taten ihr furchtbar weh. Sie sah ihn förmlich vor sich, wie er sich abgewandt hatte, als sie ihm gesagt hatte, dass sie noch Zeit bräuchte. Er hatte es ihr leicht gemacht. Zu leicht?

Zwar war sie im ersten Moment erleichtert darüber gewesen, dass Samuel ihre Bitte so schnell akzeptiert hatte, doch später, in den darauf folgenden schlaflosen Nächten, hatte sie sich gefragt, ob ein Mann, der sie wirklich liebte, nicht mehr Widerstand gezeigt hätte. Hatte er sie vielleicht gar nicht ernst genommen? War sie von ihm gar nicht wirklich wertgeschätzt worden?

Aber wenn sie es genau überdachte, war sie daran selbst schuld. Bei Anne sah das hingegen ganz anders aus. Sie war von ein paar arroganten jungen Ärzten einfach als minderwertig aussortiert worden.

„Lisa? Vera?"

Die drei Mädchen hoben die Köpfe, als sie Roman Steiger bemerkten. Sein Blick war sehr ernst.

Elisa stand langsam auf.

„Großvater stirbt", sagte ihr Vater nur.

Großmutter Hannelore saß auf der Pritsche ihres Mannes, während dessen Kopf in ihrem Schoß ruhte. Er hatte die Augen geschlossen. Sein wettergegerbtes und sonst so gebräuntes Gesicht wirkte aschfahl, nur um seine Nase und den Mund verfärbte sich die Haut in einem spitzen Dreieck dunkel, und seine Hände waren bläulich marmoriert. Er atmete schwer, mal leiser, dann wieder lauter.

Friederike, die zu den Füßen ihrer Großmutter gesessen hatte, machte ihrer Schwester Platz, sodass sie sich dorthin hocken konnte.

Vorsichtig strich Elisa dem Mann über die kalte Hand.

Er öffnete die Augen. „Elisa Steiger. Die Erste aus der Familie, die …“ Er stockte und holte tief Luft. Leise fuhr er fort: „… die die schwarze Erde und das hohe Steppengras gesehen hat.“

Elisa lächelte unter Tränen.

„Viel Verantwortung, mein Mädchen.“ Dann sprach er nicht mehr, blickte nur noch einmal seine Frau an und schloss dann für immer die Augen.

Protest machte sich in Elisas Innerem breit. Sie wollte zurück in ihre Heimat. In die Sicherheit ihres Hauses und in den gewohnten, ruhigen, wenn auch arbeitsamen Lebenswandel. Sie wollte Christina zurück und auch Anne wieder fröhlich sehen. Sie wollte Samuel in ihrer Nähe haben und ihren Großvater, dem die Reise und die schlechten Verhältnisse hier zum Verhängnis geworden waren. Und was hatte ihr Großvater da gesagt? Verantwortung? Was meinte er? Sollte sie Verantwortung übernehmen? Aber für was oder für wen? Um Verantwortung zu übernehmen, war sie viel zu ängstlich und selbst zu sehr auf die Fürsorge und Hilfe anderer Menschen angewiesen.

Eine kindliche Stimme riss sie aus ihren Gedanken: „Lisa, ist dein Großvater gestorben?“, fragte die kleine Marlies, von der sie gedacht hatte, dass sie fest schlief. Das Kind hatte offenbar mitbekommen, dass etwas nicht stimmte. Neugierig stand es nun in seinem langen, nicht mehr blütenweißen Nachthemd vor Elisa und zitterte vor Kälte und wahrscheinlich auch vor Angst.

Elisa blickte in das entspannt wirkende Gesicht des toten Mannes. Hatte er die Verantwortung für Marlies und ihre Brüder gemeint, deren Eltern noch immer nicht nachgekommen waren und wohl auch nicht mehr kommen würden?

Etwas mühsam erhob sie sich und nahm Marlies an der Hand. „Geh schnell zurück ins Bett zu deinen Brüdern, damit du nicht noch krank wirst", forderte sie das Kind mit leiser Stimme auf.

Marlies gehorchte widerstandslos und ließ sich von Elisa hinlegen. Elisa deckte das Mädchen gut zu und setzte sich dann auf ihre eigene Pritsche, die nahe bei dem Lager der drei Bürgermeisterkinder und bei dem von Frank und Anton stand. Leise sang sie ein Lied, und als sie sich sicher war, dass Marlies wieder schlief, erhob sie sich.

Sollte sie wieder zu ihren Eltern und ihrer Großmutter zurückgehen? Sie blickte zum Lager ihres Großvaters hinüber und sah, dass ihr Vater bereits weggegangen war, wahrscheinlich, um zu regeln, was nun mit dem Leichnam geschehen würde. Ihre Mutter und Friederike kümmerten sich um Großmutter Hannelore. Sie selbst wurde also nicht gebraucht.

Langsam ging sie zwischen den Menschen hindurch in Richtung Ausgang. Anne und Vera waren nicht mehr da und so ging sie allein hinaus.

Sie hatte sich kaum ein paar Schritte von den beiden großen Flügeltüren entfernt, als sie plötzlich eine männliche Stimme hinter sich sagen hörte: „Ich habe erfahren, dass der alte Mann gestorben ist. Tut mir leid, Lisa."

Elisa fuhr herum.

Georg stand dort, die Hände in die Seiten gestützt und ein Bein auf einen der Baumstümpfe gestellt, die aus der Erde ragten.

„Danke“, murmelte sie und wollte sich wieder umdrehen, doch Georg hielt sie am Unterarm fest.

„Jetzt hast du eine Aufgabe weniger, die dich davon abhalten könnte zu heiraten“, sagte er ruhig.

Elisas Kopf fuhr in die Höhe. Aus großen Augen sah sie ihn entsetzt an. Hatte er etwa das Gespräch zwischen ihr und Samuel vor einigen Tagen mitgehört, als sie gedacht hatte, er sei mit ihrer Mutter ins Haus zu ihrem Großvater gegangen?

„Bader hat ja schon den Rückzug angetreten. Das sollte dir zeigen, dass du ihm nicht viel bedeutest“, fuhr der junge Mann fort.

Sie spürte, wie ihr die Hitze ins Gesicht stieg, und war froh, dass Georg es in der Dunkelheit nicht sehen konnte. Beschämt senkte sie den Kopf, doch sie konnte nichts gegen die Wut in ihrem Inneren tun. Georg hatte kein Recht gehabt, das Gespräch zwischen ihr und Samuel zu belauschen.

„Ich kann dich nicht nur auf einem guten Hof unterbringen“, erklärte Georg weiter, „ich kann auch dafür sorgen, dass wir in der unmittelbaren Nachbarschaft deiner Familie und meinetwegen auch der anderen Steigers bleiben – vorausgesetzt natürlich, du wirst meine Frau. Du hättest deine Familie und die vielen Kinder um dich und zudem deine Freundinnen. Anne wäre dann sogar deine Schwägerin.“

Elisa schwieg. Sie wollte in ihrer Wut nichts Falsches sagen.

„Ich bin froh, dass du vernünftig genug warst, Bader fortzuschicken“, fuhr Georg fort.

Elisa erwachte so weit aus ihrem Entsetzen, dass sie ihm ihren Arm entzog.

„Das hast du gemacht?“

Elisa fuhr herum und sah Vera vor sich stehen.

„Dummes Mäuschen!“, schalt ihre Cousine sie. „Hast du sie irgendwie dazu gezwungen?“, herrschte Vera nun

Georg an, wartete jedoch, wie so oft, keine Antwort ab. „Das ist unverschämt! Und selbst wenn Lisa Samuel weggeschickt hat, bedeutet das noch lange nicht, dass sie deshalb bereit ist, dich zu heiraten, Georg Alder. Sie hat nun mal nichts für dich übrig, was ich durchaus verstehen kann. Vielleicht hätte sie dich noch ein klein wenig achten können, wenn du deine arme Schwester nicht einfach so für dein eigenes Wohlergehen geopfert hättest. Aber leider hast du das ja getan. Also scher dich weg und such dir eine andere Dumme. Lisa ist viel zu gut für dich!"

Elisas Augen hatten während Veras Tirade ängstlich zwischen ihrer Cousine und Georg hin- und hergeblickt. Selbst wenn Vera recht hatte, so wäre es doch besser gewesen, sie hätte all das nicht gesagt. Was, wenn Georg seinen Einfluss nutzte, um Vera und ihrer Familie von nun an das Leben schwer zu machen?

„Was mischst du dich ein, du dumme Gans?", fauchte Georg Vera an, doch dann drehte er sich überraschenderweise um und marschierte tatsächlich – mit durchgestrecktem Rücken und erhobenen Hauptes – davon.

„Drohungen, Verleumdungen und Gewalt sind die Waffen der Schwachen!", rief Vera hinter ihm her und wandte sich dann Elisa zu, die sie verwirrt ansah.

„Woher hast du denn das?", fragte sie erstaunt.

„Das habe ich irgendwo gelesen. Vielleicht war es da auch ein bisschen anders formuliert, aber es stimmt."

„Das schon, aber ob es klug ist, das einem Mann wie Georg zu sagen?"

„Er bildet sich ziemlich viel auf seine Beziehungen zu den Anhängern Hitlers hier in Deutschland ein. Allerdings habe ich mitbekommen, dass er von den SS-Leuten ziemlich übergangen wird und auch alle seine Freunde nicht ganz so wichtig genommen werden, wie sie sich das noch vor ein paar Wochen vorgestellt haben", wehrte Vera gleichgültig ab und hängte sich bei

Elisa ein. Ernst sagte sie: „Ich weiß, dass dir Großvaters Tod sehr zusetzt. Und das mit Samuel musst du mir noch erklären."

„Ein anderes Mal, Vera. Ich brauche jetzt erst einmal Ruhe."

„Die sollst du haben. Georg Alder wird dich jetzt bestimmt auch nicht mehr stören", erklärte Vera, drückte ihre Cousine noch einmal kurz und verschwand dann wieder in der Dunkelheit.

Elisa blieb allein zurück. Ein kalter Nordwind fuhr ihr durch die Haare und ließ sie erschaudern. War Georgs Einfluss in Berlin tatsächlich so groß, dass er gegen Samuel intrigieren konnte, wie er sie glauben machen wollte? Immerhin meinte Vera ja erfahren zu haben, dass er und seine Freunde nicht gerade mit offenen Armen bei ihresgleichen hier in Deutschland aufgenommen worden waren. Doch all diese Überlegungen brachten nichts. Sie konnte schließlich ihr Gespräch mit Samuel nicht mehr rückgängig machen.

Als Elisa vollkommen durchgefroren war, ging sie zu ihrer Unterkunft zurück. Sie betrat leise den großen Wohnkomplex, in dem es nur wenig wärmer war als draußen. Sie würden vermutlich den Winter hier verbringen müssen, überlegte sie. Aber das Jahr 1941 würde ihr bestimmt eine neue Heimat bescheren. Und sie hoffte, dass sie und ihre Familie dann endlich zur Ruhe kommen durften.

Sie tastete sich zu ihrem Lager durch. Ihr Vater und die Großmutter waren noch nicht zurück. Ihre Mutter lag zwar mit offenen Augen auf der Pritsche, nahm ihr Kommen jedoch nicht wahr. Sie hatte die Eltern ihres Mannes immer schon sehr gerngehabt, hatten sie ihr doch sehr früh ihre eigenen Eltern ersetzt.

Elisa entkleidete sich und schlüpfte zu Friederike unter die Decke, um sich dort ein wenig aufwärmen zu können.

Noch einmal dachte sie daran, dass sie hoffentlich bald ihre neuen Höfe zugewiesen bekommen würden, damit sie zumindest wieder ein Zuhause hatten und sie durch die Landwirtschaft, die Tierhaltung und den Haushalt mehr beschäftigt und somit abgelenkt war als zurzeit.

Teil 4

Herbst 1941–Frühjahr 1942

Es ist ein unsagbarer Trost zu wissen,
dass mitten in der Unheilsgeschichte,
die der Mensch macht,
dass mitten in seinem Gestalten und Verunstalten
Gott seine Saaten wachsen lässt.

Helmut Thielicke

Kapitel 23

Die Farben der Laubbäume malten unter den wärmenden Strahlen der Herbstsonne ein fröhliches, buntes Bild, und auch der blassblaue Himmel mit seinen wenigen Wolken, die wie zerrissene Watte wirkten, begrüßte die Neuankömmlinge mit freundlichem Gesicht. Ein paar muntere Spatzen flatterten auf. Und doch konnten weder die bunte Farbenpracht der Bäume noch der freundliche Himmel oder die fröhlichen Vögel das Bild, das ihr neues Heim bot, überstrahlen. Die Gebäude waren heruntergekommen, ebenso wie die Stallungen, und auch die Felder und Äcker wirkten vernachlässigt.

Elisa und Friederike gingen ein paar Schritte über die festgetretene, harte Erde und blieben dann erneut stehen. Elisa hatte den zweijährigen Frank auf ihrem Arm, während Friederike eine Tasche mit ihren wenigen Habseligkeiten trug. „Sieht so aus, als sei der Hof schon eine ganze Weile verwaist“, meinte die jüngere der Schwestern und deutete mit der Hand auf die schräg in den Angeln hängende Holztür vom Schuppen.

Elisa schüttelte den Kopf und erwiderte leise und traurig: „Das waren arme Leute hier. Aber sie sind offensichtlich erst vor Kurzem vertrieben worden. Sie haben immerhin noch einen Teil der Ernte eingebracht.“

„Vertrieben?“, fragte Friederike. Sie hatte sich noch nicht bewusst gemacht, dass die früheren Besitzer hatten weichen müssen, um ihnen Platz zu machen.

„Die Polen, die hier früher gelebt haben, wurden vertrieben, damit wir einen Ersatzhof für unseren in Bessarabien zugeteilt bekommen“, erklärte Elisa und es schnürte ihr dabei die Kehle zusammen.

Auf einer Koppel standen drei vernachlässigte Pferde, zwischen ihnen tummelten sich ein halbes Dutzend Schafe und aus einem der Nebengebäude war das Zetern einiger Hühner zu hören.

Was wohl mit der Familie geschehen war, die früher hier gelebt und gearbeitet hatte?

„Eigentlich will ich hier gar nicht sein“, stellte Friederike enttäuscht fest und drehte sich um.

„Wir müssen froh sein, nach einem Jahr in verschiedenen Lagern endlich ein neues Zuhause bekommen zu haben“, versuchte Elisa, ihre Schwester aufzumuntern, doch der Gedanke an die Vertriebenen, die mit Sicherheit keinen anderen Hof als Ersatz bekommen hatten, jagte auch durch ihr empfindsames Herz einen Stich. „Und wir müssen dankbar sein, dass außer Großvater niemand gestorben ist. Es hat so viele Krankheiten und Todesfälle gegeben“, fügte sie hinzu und sah mit einem Lächeln zu ihrer Mutter hinüber, die die sechs Monate alte Amalie in ihren Armen trug, die noch in einem der Sammellager geboren worden war.

Hintereinander betraten sie das Bauernhaus und neugierig tasteten sich ihre Blicke an den Wänden, Bildern und Möbeln entlang.

Elisa trat zuerst in die Wohnstube und atmete erleichtert auf. Zwar waren die Einrichtungsgegenstände alt und abgenutzt, aber das Gesamtbild machte doch einen ordentlichen, sauberen Eindruck. Dann ging sie in die Küche. Ungespültes Geschirr stand auf dem Tisch und über den Essensresten schwirrten unzählige Fliegen. Ein stechender Geruch hatte sich ausgebreitet. In einer metallenen Kanne stand abgestandenes Wasser, daneben lag ein sauberes und ordentlich zusammengefaltetes Handtuch. Die gesamte Szenerie machte deutlich, wie überraschend und plötzlich die Ausweisung aus dem

Haus und vom Hof über die Familie gekommen sein musste.

„Schrecklich“, flüsterte Elisa in Franks weiches, dunkles Haar und schloss für einen Moment die Augen. Im Stillen betete sie für diese ihr unbekannte Familie und befahl sie Gottes Schutz und Hilfe an. Dabei liefen ihr ein paar Tränen über die Wangen, die Frank mit seinen kleinen Fingerchen zu verreiben versuchte.

Seine unbekümmerte Art zauberte ihr wieder ein zaghaftes Lächeln aufs Gesicht. Sie setzte ihn auf den Holzfußboden, der ebenfalls überraschend sauber war, und machte sich daran, die verdorbenen Lebensmittel auf einen Teller zu schieben, damit sie diese draußen auf dem Misthaufen entsorgen konnte. „Mama, Frank ist in der Küche. Ich suche den Misthaufen und räume dann die Küche auf!“, rief sie in den Hausflur hinein und öffnete mit einer Hand die kleine Küchentür, die direkt nach draußen führte.

Als sie hinaustrat, sprang plötzlich irgendetwas Großes, Schwarzes an ihr hoch, und vor Schreck ließ sie den Teller fallen, der mit lautem Klirren in viele kleine Scherben zersprang. Eine feuchte Zunge leckte ihr über den Hals. Mit beiden Händen wehrte Elisa das Tier von sich ab.

Dunkle, glänzende Augen blickten sie an.

„Ein Hund“, stellte Elisa erleichtert fest und musterte das an der Hintertür angebundene Tier. Das lange Fell war verfilzt und mit Staub bedeckt, und obwohl der Hund furchtbar hungrig sein musste, war er doch freundlich und begrüßte Elisa mit einer Begeisterung, die sie fröhlich auflachen ließ.

„Hier ist ein Hund!“, rief sie über ihre Schulter.

Sofort kamen Friederike und Anton angerannt. Auch Frank hatte sich mit seinen noch etwas unsicheren Schritten bis zu ihr gewagt und der Hund leckte dem kleinen Jungen zur Begrüßung freundlich die Hände.

„Das ist ja ein lieber Kerl“, lachte Friederike und fuhr dem Tier durch das struppige Fell.

„Er braucht einen Namen“, meinte Anton.

„Noch dringender braucht er etwas zu fressen“, erklärte Elisa, während sie die Scherben und Essensreste vom Boden aufklaubte, damit das Tier sich nicht darüber hermachte.

„Wie konnten die Leute so einen tollen Hund einfach zurücklassen?“, empörte sich Anton.

„Sie werden froh gewesen sein, sich selbst und ihre Kinder retten zu können“, erklärte Elisa. Wieder spürte sie ein Ziehen im Herzen beim Gedanken an die arme Familie. Langsam ging sie über den Platz und sah sich um. Der Hof wirkte zwar ärmlich und vieles musste dringend renoviert und neu gemacht werden, dennoch bestätigte sich ihr erster Eindruck, dass die Leute, die hier gelebt hatten, sehr ordentlich gewesen sein mussten. Neugierig blieb sie an einem Ziehbrunnen stehen. Er war sauber eingefasst, und einige hellere, neue Steine deuteten darauf hin, dass sorgsam darauf geachtet worden war, das Trinkwasser sauber zu halten. Der Eimer und die Schnur waren penibel sauber und die Rolle, über die die Zugschnur lief, musste erst kürzlich eingefettet worden sein.

Elisa blickte am Haus und den Stallungen vorbei auf den etwas entfernter wachsenden Mischwald, der ein wunderbar buntes Herbstkleid trug. Nach dem Jahr in den Massenunterkünften und Lagern war sie froh, endlich irgendwo angekommen zu sein. Sie hatten mit diesem Hof im Warthegau* ein neues Zuhause.

Vera und ihre Familie waren auf einem Bauernhof in der Nähe untergebracht – wobei „Nähe“ hier relativ war. Die Höfe lagen sehr viel weiter auseinander als in Bessarabien.

Annes Familie wohnte noch ein Stückchen weiter weg auf einem gut erhaltenen Gutshof, wobei Anne tatsächlich im Deutschen Reich hatte zurückbleiben müssen.

*Richtig heißt es Warthe*land*. Da die Gebiete aber alle in „Gaue“ eingeteilt wurden, wurde diese Gegend von der Bevölkerung einfach auch Warthe*gau* genannt.

Das stimmte Elisa ebenso traurig wie die Tatsache, dass sie Samuel nicht wiedergesehen hatte. Dabei hatte Vera ihr erzählt, dass er hier gewesen war. Er hatte offenbar seinen Eltern und seiner Schwester bei der Reise in das Warthegau beigestanden. Die Familie Bader wohnte nicht einmal weit von ihnen entfernt.

Kapitel 24

Knatternd brauste ein Automobil an den beiden jungen Männern vorbei. Samuel sprang erschrocken zur Seite, als das schmutzige Wasser aus einer Pfütze in seine Richtung gespritzt wurde.

Sein Begleiter, Moritz Steinfurt, grinste ihn kurz an, ehe auch seine Gesichtszüge wieder ernst wurden. Schweigend setzten die beiden Freunde ihren Weg fort.

Samuel schob seine Hände in die Hosentaschen. Ein kühler Wind pfiff durch die Häuserschluchten Berlins und jetzt setzte auch noch ein leichter Nieselregen ein. Auf der gegenüberliegenden Seite näherten sich ein paar Frauen in langen Mänteln mit ihren Kindern der Straßenkreuzung. Der gelbe Davidsstern mit dem Wort Jude leuchtete vom dunklen Mantel der Mutter zu Samuel herüber. Sogar die Kinder waren damit gekennzeichnet.

Samuel wandte den Blick Moritz zu und beobachtete, wie dieser beschämt an seiner Hakenkreuzbinde zupfte. Zum ersten Mal kam ihm der Gedanke, dass sich sein Freund vielleicht ebenso gebrandmarkt und vorgeführt vorkam wie die Juden in Deutschland, die seit einigen Wochen den Judenstern sichtbar auf ihrer Kleidung tragen mussten.

„Warum sind sie noch immer hier?“, hörte er Moritz murmeln.

„Sie leben hier", gab er knapp zurück. Ein kalter Schauer lief ihm den Rücken hinunter, als er den Schmerz in den Augen seines Begleiters sah. Er schien wieder einmal über Wissen zu verfügen, das sich ihm entzog. „Was ist los?", fragte Samuel.

„Sei still", zischte Moritz und sah sich vorsichtig nach allen Seiten um.

Der Regen wurde stärker. Große Tropfen prasselten auf sie hernieder. Samuel, der auf dem Weg zur Arbeit war, verzog das Gesicht. Nun würde er bei der Arbeit eine nasse, verschmutzte Hose tragen müssen.

Er schrak zusammen, als Moritz ihn plötzlich an der Jacke packte und grob gegen eine Hauswand drückte.

„Hör zu, Samuel", zischte er ihn an. „Göring hat schon im Sommer Reinhard Heydrich beauftragt, eine Gesamtlösung der Judenfrage zu finden. Die ersten Probeläufe zu groß angelegten Vergasungen haben bereits stattgefunden. Berlin wird vermutlich Ende des Jahres ‚judenfrei' sein." Das Wort „judenfrei" hatte er förmlich ausgespien. Moritz ließ seinen Freund wieder los und wandte sich ab.

Samuel packte nun seinerseits den Freund am Arm und riss ihn zu sich herum.

„Was sagst du da?"

„Zyklon B."

„Das ist eine blausäurehaltige Chemikalie."

„Sehr gut, Samuel", lachte Moritz bitter auf und sah sich wieder um.

„Das ist Irrsinn!", fauchte Samuel und schüttelte ungläubig den Kopf. Was Moritz da versuchte, ihm zu erklären, überstieg sein Vorstellungsvermögen.

„Deportationen, Massenlager, Tod", lautete die knappe, grauenhafte Antwort. Wieder zog Moritz an seiner Armbinde herum.

Samuel wurde das Gefühl nicht los, dass sein Freund sie am liebsten heruntergerissen und in die nächste Pfütze geworfen hätte.

„Sie wollen ..." Samuel stockte und blickte zum bewölkten Himmel hinauf. „Sie tasten das Volk Gottes ... den Augapfel Gottes an", flüsterte er schließlich.

„Die Rechenbeispiele für die vorgeschlagenen Lösungen liefen über meinen Schreibtisch, Samuel. Eine nüchterne Nutzen-Kosten-Abwägung."

„Mein Gott", hauchte Samuel. Er ließ sich mit dem Rücken gegen die Wand fallen. „Kann denn niemand diesen Irrsinn aufhalten?"

„Wir sind dran", flüsterte Moritz, drehte sich unvermittelt um und ging weiter die Straße entlang.

Samuel blickte ihm nach. Moritz hatte ihm vor Monaten, damals nach der Bombennacht im Keller des Hauses, in dem er wohnte, angedeutet, dass er einem Kreis angehörte, der Hitlers schrecklichem Treiben ein Ende bereiten wollte. Mehr hatte er nicht erfahren, obwohl er versucht hatte, seinem Freund Einzelheiten zu entlocken. Doch der hatte eisern geschwiegen und ihm schließlich gesagt, er solle sich nicht auch noch in Gefahr bringen.

Nachdem er Moritz wieder eingeholt hatte, wechselte dieser das Thema, als habe es die knappe Unterhaltung zwischen ihnen vor wenigen Augenblicken niemals gegeben. „Wie war es bei deiner Familie?", fragte er.

„Meine Eltern und meine Schwester sind auf einem anständigen Hof untergekommen."

„Hast du Elisa Steiger gesehen?"

„Nein." Samuel blickte stur geradeaus, wusste aber, dass sein Freund ihn musterte.

„Ob das nicht ein Fehler war, Samuel? Warum versuchst du nicht noch einmal, mit ihr zu sprechen?"

„Welchen Sinn sollte das haben?", gab Samuel zurück und spürte erneut diesen dumpfen, brodelnden Schmerz in sich. Er liebte Elisa und vermisste sie – ihre angenehme Stimme und auch ihre bezaubernde Schüchternheit.

„Vielleicht um die Situation zwischen euch zu klären?"

„Da gibt es nichts zu klären."

„Starrkopf."

„Was weißt du schon", gab Samuel zurück.

Sie waren vor dem Krankenhaus angelangt. Samuel hob zum Abschied wortlos die Hand und ging auf den Eingang zu.

„Ich habe mit Anne Alder gesprochen", rief Moritz ihm hinterher.

Samuel fuhr herum.

„Sie arbeitet in einer Fabrik außerhalb von Berlin und ist dort bei einer Familie, bei entfernten Verwandten meiner Mutter, untergekommen."

„Weshalb ist sie nicht mit ihren Eltern ins Warthegau gegangen? Warum ist sie hier?" Sofort kam ihm Elisa in den Sinn. Mit Sicherheit litt sie darunter, dass sie nach Christina nun auch noch Anne aus ihrer unmittelbaren Umgebung verloren hatte.

„Sie wurde aussortiert – wegen ihrem Bein."

„Und ihr Bruder konnte dagegen nichts tun?", fragte Samuel. Seine Wut Georg Alder gegenüber wallte wieder auf. Er sah ihn in Gedanken vor sich, wie er Elisa damals vor dem Haus der Steigers bedrängt hatte.

„Er wollte wohl nicht. Du hast ihn kennengelernt. Ein unangenehmer Zeitgenosse."

„Und?"

„Anne meinte, Georg habe Lisa irgendwie unter Druck gesetzt. Vera muss ihr gegenüber so etwas angedeutet haben. Aber sie wusste nichts Genaues. Sie war auch nicht so lange in diesem Zwischenlager wie die anderen. Außerdem ist er ihr Bruder. Sie wollte verständlicherweise nicht so recht über ihn und Lisa sprechen." Moritz sah prüfend zu ihm hinüber. „Vielleicht schreibst du ihr mal", schlug er mit einem schiefen Grinsen vor. „Oder du siehst mal bei den Steigers vorbei. Vielleicht an Weihnachten, wenn du wieder zu deiner Familie reist."

„Ich habe daran gedacht, mich als Armeearzt zu melden."

„Willst du so deinem Kummer entkommen? Indem du dir an der Front eine Kugel einfängst?"

Samuel wandte sich zum Gehen um. „Ich muss zur Arbeit."

„Du bist ein gescheiter Kerl, Samuel. Aber was Elisa Steiger angeht –"

„Ich weiß, Moritz. Pass auf dich auf!" Samuel wandte sich um und lief mit schnellen Schritten an den Trümmern vor dem Eingangsbereich des Krankenhauses vorbei und betrat über die hölzerne Nottreppe das Gebäude.

Samuel folgte Schwester Anita in den kleinen, abgedunkelten Raum und nahm auf einem hölzernen Hocker Platz. „Der Junge hat eine Schnittverletzung. Die Sehnen sind durch", erklärte die Schwester ihm. Samuel forderte den etwa fünfjährigen Jungen auf, ihm seinen verletzten Arm zu zeigen. „Ich brauche mehr Licht", murmelte er und blinzelte, als die Diakonisse ihm aus Versehen mit der Lampe in die Augen leuchtete.

„Entschuldigen Sie bitte, Dr. Bader", sagte die Frau schnell und hielt die Lampe dann so, dass er die heftig blutende Wunde am linken Unterarm des Kindes begutachten konnte.

Samuel nahm das vorbereitete Nähbesteck zur Hand und versorgte die Wunde. Als er fertig war, erhob er sich und betrachtete das verweinte Gesicht des Jungen. Er hatte die ganze Zeit über kein Wort mit dem Jungen gewechselt, da er in Gedanken noch bei dem Gespräch mit Moritz gewesen war. „Du warst sehr tapfer", sagte er nun und verstrubbelte dem Jungen die sorgfältig gekämmten Haare.

Der Kleine schenkte ihm ein schüchternes Lächeln.

Die Mutter des jungen Patienten erhob sich, bedankte sich und nahm den Jungen an der Hand. Sie hatte es plötzlich sehr eilig, das Untersuchungszimmer zu verlassen. Hastig griff sie nach ihrem sorgsam beiseitegelegten Mantel, der dabei ein wenig auseinanderrutschte. Für den Bruchteil einer Sekunde konnte Samuel den gelben Stern entdecken, ehe der Stoff hektisch zusammengerafft wurde.

Schwester Anita schob den Jungen und die Frau schnell aus der Hintertür und verschloss diese fest hinter ihnen.

„Was soll das, Schwester Anita? Sie bringen uns in –"

„Sie haben schon Dutzende Juden behandelt, ohne es zu wissen. Der Stern macht es nur schwieriger", winkte die Frau ab und wollte den kleinen Raum verlassen.

Samuel machte einen großen Schritt und stellte sich zwischen die resolute Frau und die Tür. „Sie bringen sowohl sich selbst als auch mich in Gefahr."

„Ich? Ich würde eher sagen: Sie bringen uns in Gefahr. Außerdem: Bisher hat noch niemand etwas gemerkt."

Samuel wandte sich dem Waschbecken zu. Die Worte von Moritz kamen ihm in Erinnerung. Am liebsten wäre er der Frau und dem Jungen nachgelaufen, um ihnen zu sagen, dass sie Berlin so schnell wie möglich verlassen mussten. Doch mit Sicherheit waren die beiden inzwischen irgendwo in den regnerischen, dunklen Straßen Berlins verschwunden. Er drehte sich wieder um und sah die rundliche Frau an. „Was meinen Sie mit ‚Ich bringe uns in Gefahr'?"

Die Diakonisse stutzte und trat dann dicht an ihn heran. „Sagen Sie bloß, Sie haben Ihren Schatten noch gar nicht bemerkt? Er folgt Ihnen bereits seit vier oder fünf Tagen und steht stundenlang draußen. Muss viel Zeit haben, der junge Mann."

Samuel konnte nicht glauben, was er da hörte. Er wurde verfolgt? Fassungslos blickte er sie an.

„Kommen Sie", forderte die Oberschwester ihn auf. Ohne eine ablehnende Antwort zuzulassen, öffnete sie die Tür und ging voran in den überfüllten Flur. Mit schnellen Schritten schlängelten sie sich zwischen den wartenden Patienten und deren Angehörigen hindurch, bis sie die Treppe erreichten, die in den ersten Stock hinaufführte.

Im Treppenhaus war es dunkel und Samuel stolperte über die erste Stufe. „Machen Sie kein Licht", flüsterte die Frau und eilte nach oben, bis zum ersten Absatz. Dort befand sich ein hohes, schmales Fenster, vor das zur Verdunklung ein schwarzer Stoff gespannt war. Schwester Anita zog den Stoff beiseite und winkte ihn dann herbei.

Zögernd trat Samuel an das Fenster und blickte in die Nacht hinaus. Draußen war es gespenstisch dunkel und nur vom zerstörten Eingangsbereich des durch einen Bombenangriff in Mitleidenschaft gezogenen Krankenhauses fiel ein wenig Licht auf den gepflasterten Platz – gerade genug, um eine breite, große Gestalt in einem nass glänzenden, langen Mantel sehen zu können, die sich an den Stamm einer Linde drückte, um sich halbwegs vor dem Regen zu schützen.

„Sehen Sie ihn? Gestapo, würde ich sagen."

Ein kalter Schauer fuhr Samuel über den Rücken. Sein erster Gedanke galt Moritz. Er musste ihn warnen. Bestimmt hatte das Interesse dieses Mannes da draußen seine Ursache darin, dass er mit Moritz befreundet war und dessen Kreis von Widerständlern entdeckt worden war. In dem Fall war Moritz in Gefahr.

„Also, was haben Sie angestellt?", brachte Schwester Anita sich in Erinnerung.

„Ich habe unwissend Juden behandelt, die mir eine Krankenschwester als Patienten untergeschoben hat", gab er zurück. Er konnte trotz der schlechten Beleuchtung das belustigte Lächeln der Frau neben sich erkennen.

„Seltsam nur, dass sie dann hinter Ihnen herschleichen anstatt hinter mir."

„Vielleicht haben sie vor einer Diakonisse zu viel Respekt."

„Die haben vor nichts und niemandem Respekt, Dr. Bader. Nicht einmal vor den Tränen ihrer eigenen Mütter."

Samuel befestigte den Verdunklungsstoff wieder, wandte sich wortlos um und eilte die Stufen hinunter.

Die Nachtschicht verging schleppend langsam, obwohl Samuel kaum einmal ein paar Minuten fand, in denen er sich hinsetzen und eine Mahlzeit zu sich nehmen konnte.

Als er endlich von einem Kollegen abgelöst wurde, verließ er müde das Krankenhaus. Die Planken der Nottreppe waren nass, und so tastete er sich sorgfältig, Schritt für Schritt, über diese hinab. Noch immer regnete es, und von den verfärbten, trockenen Blättern der Bäume fielen große Tropfen auf die Erde herab. Samuel hob den Kopf, als ihm einer von ihnen in den Nacken fiel. Dabei entdeckte er die dunkel gekleidete Gestalt in einem Fahrzeug am Straßenrand. Er hatte den Gestapo-Mann, der ihn laut Schwester Anita beobachtete, völlig vergessen.

Mit einer Mischung aus Zorn und Furcht ging er direkt auf den Wagen zu, um dann kurz davor einen Bogen zu bestreiten, als wolle er hier die Straße überqueren. Dabei konnte er das Gesicht des Mannes sehen.

Nachdenklich kniff er die Augen zusammen. Er kannte den Mann. Zwar wusste er seinen Namen nicht, doch Samuel war sich sicher, dass er ihn bereits ein- oder zweimal gesehen hatte.

Er beschleunigte seine Schritte und hoffte, Moritz noch zu Hause anzutreffen, bevor dieser in die Reichskanzlei aufbrach.

Kapitel 25

Obwohl es erst Oktober war, waren die Scheiben von außen mit einer dicken Eis- und Schneeschicht bedeckt. Die Sonne, die nur für wenige Stunden am Tag an dem stahlblauen Himmel stand, war längst wieder hinter den niederen, schneebedeckten Hügeln verschwunden und gab der langen, klirrend kalten Nacht Raum, sich auszubreiten.

Aus dem Nebenzimmer klangen die sanften, leisen Töne der Violine zu Christina herüber. Sie schloss die Augen, um auf die schöne, zugleich aber auch traurige Melodie zu lauschen. Tränen liefen ihr über die Wangen und ein leises Seufzen kam über ihre aufgesprungenen Lippen. Obwohl Carol nun schon seit beinahe einem Jahr tot war, vermisste sie ihn noch immer so schmerzlich wie am ersten Tag.

Carol hatte dem harten, kargen Leben in der zugigen, nicht geheizten Baracke und der ungewohnten schweren, körperlichen Arbeit in dem sibirischen Arbeitslager nicht viel entgegenzusetzen gehabt. Innerhalb weniger Wochen war er abgemagert und ausgezehrt gewesen und aus einem normalen Husten war schnell eine Bronchitis und schließlich eine Lungenentzündung geworden, die ihn innerhalb weniger Tage dahingerafft hatte.

Christina hatte überlebt – irgendwie. Vielleicht lag es daran, dass sie die kleine Carola unter ihrem Herzen getragen hatte. Das Kind hatte ihr neuen Lebens- und Kampfeswillen beschert und vielleicht auch zusätzliche Wärme gespendet. Christina öffnete langsam ihre schweren Augenlider und blickte auf das warm eingepackte Bündel in ihren Armen. Carola schlief und wärmte sie auch heute.

Das Violinspiel endete abrupt. Die junge Witwe hob den Kopf. Sie hörte schwere Stiefeltritte im Wohnraum nebenan. Dann war die Stimme von Frau Fedotow, die ihren Mann begrüßte, zu hören. Iwan Fedotow war einer der Aufseher des Lagers und seine Frau hatte ihr eine Anstellung als Haushälterin in der Offiziersbaracke gegeben. Ein Lächeln huschte über ihre traurigen, ausgezehrten, einstmals so schönen Gesichtszüge. Sie war unendlich dankbar dafür, dass die Frau des Offiziers ihr diese Möglichkeit gegeben hatte. Jetzt hatte sie eine eigene Kammer, die durch das Ofenrohr des Wohnzimmers sogar mitbeheizt wurde, und die Arbeit war angenehm.

„Christina?“, hörte sie die Offiziersfrau rufen. Sie legte ihr Kind vorsichtig in sein Bettchen und ging in den Wohnraum hinüber. Sie nickte dem russischen Soldaten grüßend zu, der sie jedoch – wie meist – ignorierte. Sosehr sie seine Frau mochte, vor dem großen, stämmigen Russen hatte Christina ein wenig Angst.

„Du kannst im Samowar Tee zubereiten und von dem Gebäck bringen“, erklärte die Frau und wandte sich wieder ihrem Mann zu.

Christina huschte in die Küche hinüber. Diesen Raum liebte sie, denn hier war es immer angenehm warm. Während sie wartete, bis der Tee fertig war, lehnte sie sich mit dem Rücken gegen den Holztisch und blickte auf die Eisblumen am Fenster, die sie an die Vorgärten in Bessarabien erinnerten. Es war Abend – Zeit, um für Anne, Vera und Elisa zu beten. Ob sie auch noch an sie dachten, sie in ihre Gebete einschlossen? Würden die Freundinnen jemals erfahren, wohin es sie verschlagen hatte, dass Carol nicht mehr lebte und sie eine wunderschöne, brave Tochter hatte?

Wehmütig schüttelte die junge Frau den Kopf. Frau Fedotow begann wieder, auf ihrer Violine zu spielen, und die Melodie trug ihre Gedanken davon, zurück in eine andere, fröhlichere und leichtere Zeit, als sie mit ihren Freundinnen unter dem Baum auf der Anhöhe gesessen hatte und sie gemeinsam ihre Pläne für die Zukunft besprochen hatten.

Elisa beendete ihr Gebet und erhob sich. Hoch über ihr am klaren Himmel funkelten die Sterne und ein kühler Wind strich an den Anbauten und dem Bauernhaus vorbei. Er brachte eine offen stehende Stalltür zum Quietschen, woraufhin ein Pferd im Inneren des Stalles kurz aufwieherte. Die junge Frau ging auf die Tür zu und nahm den Riegel in die Hand, als sie von drinnen ein leises Husten hörte.

Überrascht hielt sie inne. Ihre Geschwister waren bereits im Bett, ihre Mutter kümmerte sich um das Baby und den abendlichen Abwasch und ihr Vater war zu seinem Bruder auf den Hof gegangen. Ob Großmutter Hannelore noch einmal nach draußen gegangen war?

Elisa betrat den dunklen Stall. Es dauerte ein bisschen, bis sich ihre Augen an die Dunkelheit gewöhnt hatten. Außer den drei Pferden, die ihre Köpfe neugierig in die Stallgasse hineinschoben, war nichts zu erkennen. Sie ging über die harte festgetretene Erde an den Boxen entlang bis nach hinten, wo einige Strohballen aufgeschichtet lagen. Nachdem sie jedoch niemanden entdeckte, nahm sie an, dass sie sich verhört hatte.

Gerade als sie sich abwandte, um wieder in Richtung Tür zu gehen, vernahm sie erneut ein unterdrücktes Husten. Sie wirbelte herum. Das Geräusch war aus Richtung der Strohballen gekommen. „Hallo?“, fragte sie leise und blieb dann mit angehaltenem Atem regungslos stehen. Sie erhielt keine Antwort. „Wer ist denn da?“, fragte sie und ging langsam, Schritt für Schritt rückwärts. Angst machte sich in ihr breit.

„Entschuldigung“, murmelte eine leise Stimme mit polnischem Akzent.

Elisa wollte die Flucht ergreifen, doch ihre Beine gehorchten ihr nicht. Ihr Herz pochte heftig.

„Entschuldigung“, wiederholte die Stimme und es begann im Stroh zu rascheln. Kurz darauf schob sich eine zierliche Gestalt zwischen den Ballen hindurch. Sie stieg über einen Heuhaufen und kam zögernd auf Elisa zu.

Diese war erleichtert, als sie sah, dass der Eindringling eine junge Frau war, die etwa in ihrem Alter sein mochte. Ihr Kleid wirkte ärmlich und abgetragen, und sie zitterte am ganzen Körper vor Kälte.

„Ich habe nur einen warmen Platz zum Übernachten gesucht", versuchte die junge Frau sich zu rechtfertigen.

Obwohl der Akzent der Frau sehr stark war, konnte Elisa sie gut verstehen. „Bist du von hier? Stammst du aus dieser Gegend?", fragte sie die junge Frau.

„Von einem Hof, ein paar Kilometer von hier", lautete die Antwort.

Elisa konnte die dunklen Augen aufblitzen sehen. Vermutlich gehörte sie zu denjenigen, die von den Deutschen aus ihren Häusern vertrieben worden waren. Einmal mehr wallten Mitleid und Schuldgefühle in Elisa auf. Sie machte einen Schritt auf die junge Frau zu. „Komm doch mit ins Haus. Dort ist es wärmer als hier", lud sie die Frau ein.

Die Fremde hob den Kopf und sah sie verwundert an.

„Komm", wiederholte Elisa mit sanfter Stimme und streckte ihr einladend eine Hand entgegen.

Die Frau blickte sie weiter misstrauisch an, kam dann jedoch langsam auf sie zu.

Elisa runzelte die Stirn, als sie sah, dass die junge Frau keine Schuhe trug. Der Boden war zu dieser Jahreszeit kalt und gegen Morgen oft schon mit einer weißen Schicht Raureif überzogen. Sie musste furchtbar frieren.

Gemeinsam verließen sie die Stallungen und gingen über den Hof zum Haus hinüber. Als sie eintraten, schlug ihnen angenehme Wärme entgegen, die sich vom Küchenofen aus im ganzen Haus ausbreitete.

Elisas Mutter war gerade dabei, den Küchentisch nass abzuwischen, als die beiden jungen Frauen hereinkamen.

„Mama, wir haben Besuch", sagte Elisa.

Hanna Steiger wandte sich um und betrachtete mit hochgezogenen Augenbrauen die schlanke Erscheinung in der Küchentür.

Elisa sah, wie der Blick ihrer Mutter über die mageren Schultern, das dünne Kleid und schließlich bis zu den nackten Füßen wanderte. „Es ist noch Mamalika im Topf, Lisa“, erklärte sie und bedeutete der Besucherin mit einer knappen Handbewegung, dass sie sich auf die Bank am Tisch setzen sollte.

Die polnische Frau folgte der Aufforderung.

Amalie fing im angrenzenden Schlafzimmer an zu weinen. Die fremde Frau wandte sich sofort nach der Tür um und ein liebevolles Lächeln erhellte ihr Gesicht. Dabei legte sie ihre Hand auf ihren Bauch, sodass Elisa sich fragte, ob sie vielleicht schwanger war.

Während Hanna Steiger nach nebenan ging, um nach dem Baby zu schauen, machte sich Elisa am Herd zu schaffen. Weder sie noch die fremde Frau sprachen ein Wort. Das Knacken des Holzes im Ofen und das Heulen des Windes, der durch das Kaminrohr fegte, waren für lange Zeit die einzigen Geräusche im Raum. Schließlich zog Elisa den heißen Topf von der Kochplatte und drehte sich mit ihm in den Händen dem Tisch zu.

Der Kopf der jungen, fremden Frau ruhte auf ihren Armen, die sie auf die Tischplatte gelegt hatte, und die Augen waren geschlossen. Wie erschöpft musste sie gewesen sein, wenn sie so schnell eingeschlafen war, obwohl ihr doch furchtbar kalt gewesen sein musste und sie doch sicherlich Hunger hatte!

Mitleidig betrachtete Elisa die schlanke Gestalt, stellte den Topf zurück auf den Herd und ging in ihr Zimmer hinüber. Sie griff nach der Decke auf ihrem Bett und nahm ein Paar warme, gestrickte Strümpfe aus der Kommode. Zurück in der Küche, zog sie den Oberkörper der Frau vorsichtig zurück und legte ihn auf der Bank ab, um anschließend auch ihre Beine hochzuheben. Dann streifte

Elisa ihr die Strümpfe über die eiskalten, verschrammten und schmutzigen Füße, deckte sie zu und löschte die Lampe über dem Tisch.

Mit einem letzten Blick auf das schmale Gesicht, das im Schein des Mondes, der durch das Fenster hereinfiel, sehr sanft und friedlich wirkte, ging sie zurück in ihr Zimmer.

Elisa stand am nächsten Morgen früh auf. Sie ging in die Küche hinüber und war erleichtert zu sehen, dass die Fremde immer noch da war. Die junge Frau wachte auf, als Elisa sich wusch und ankleidete.

Verwirrt blinzelte sie sie an, dann huschte ein Lächeln über das zarte Gesicht. „Ich habe geschlafen", stellte die Frau fest.

„Ich gehe die Kühe melken und hole Eier. Dann kann ich dir ein Frühstück machen."

„Ich helfe!", beeilte die Frau sich zu sagen, schob die Decke beiseite und erhob sich. Überrascht blickte sie auf die Strümpfe an ihren Füßen. Das Lächeln, das sie Elisa nun schenkte, war voller Wärme und Zuneigung. „Du bist eine gute Deutsche", murmelte sie. Sie folgte Elisa zur Haustür. Dort zog sie die Strümpfe aus, da die Erde draußen nass war und sie die Wollsocken nicht ruinieren wollte.

„Nicht", sagte Elisa. „Das ist zu kalt. Ich hole dir ein Paar Schuhe." Sie lief zurück ins Haus, holte die Gartenschuhe ihrer Mutter und hielt sie dem strahlenden Mädchen entgegen.

Begeistert zog dieses die Strümpfe wieder an und schlüpfte in die Schuhe und gemeinsam liefen die beiden in den Kuhstall hinüber.

Elisa beobachtete, wie geschickt ihre Helferin eine Kuh nach der anderen molk und dabei leise vor sich hin summte. Als sie schließlich zum Hühnergehege hinübergingen, um die Eier einzusammeln, wagte Elisa zu fragen: „Du stammst von einem der Höfe hier, nicht wahr?"

„Ja. Ich heiße Sylwia Nowak. Meinem Mann und mir gehörte eine Landwirtschaft." Sie deutete zum Wald hinüber, um die Richtung anzugeben, in der ihr Hof gelegen hatte, und bückte sich dann, um ein Ei aufzuheben.

„Sie haben dich und deinen Mann auch vertrieben?"

Sylwia nickte, ohne sie anzusehen, und ging weiter in das Hühnergehege hinein.

„Und wo ist dein Mann jetzt?"

Das schlichte Schulterzucken, das sie als Antwort erhielt, ließ Elisa die Stirn in Falten legen. War Sylwias Mann verschleppt worden? Sie dachte mit schmerzendem Herzen an Christina und Carol. „Das tut mir sehr leid", murmelte sie, und als sie die Augen hob, sah sie, wie die andere Frau sie nachdenklich anschaute. „Du vermisst auch jemanden?", fragte Sylwia.

„Ja, eine Freundin. Christina. Sie und ihr Mann wurden deportiert. Und eine zweite Freundin. Anne."

„Und?"

Elisa musterte ihr Gegenüber und ein wehmütiges Lächeln legte sich auf ihr Gesicht.

Sylwia zog ein weiteres Mal die Schultern in die Höhe und zeigte dann auf sie. „Du heißt Lisa?"

Elisa lächelte. So müde, wie die junge Polin gestern Abend gewesen war, so aufmerksam war sie doch gewesen. „Die meisten nennen mich so, ja. Eigentlich heiße ich Elisa."

Sylwia bückte sich nach einem weiteren braunen Ei. „Braucht ihr Hilfe hier auf dem Hof?", fragte sie dann geradeheraus.

Elisa schaute sie überrascht an, doch der Gedanke erschien ihr gar nicht schlecht. „Ich werde mit meinem Vater sprechen", sagte sie.

„Er wird lieber einen Mann haben wollen."

„Wir werden sehen", antwortete Elisa mit einem Lächeln und musterte Sylwia Nowak genau. Ihr Eindruck von gestern verstärkte sich, als sie sah, dass sich unter dem einfachen Kleid ein kleiner Bauch hervorwölbte. „Du erwartest ein Kind?", fragte sie.

„Ist das ein Problem? Ich kann auch mit Kind arbeiten."

„Meine Mutter ist auch wieder schwanger. Vielleicht ist es ganz gut, wenn wir noch eine Frau im Haus haben, die mithelfen kann", überlegte Elisa laut und nahm sich vor, alles zu tun, um ihren Vater davon zu überzeugen, dass sie Sylwia hier auf dem Hof gebrauchen konnten. Sie konnte unmöglich zulassen, dass die junge Frau sich weiterhin allein draußen durchschlug. Immerhin stand der Winter vor der Tür.

Kapitel 26

„Also, was ist passiert?", fragte Moritz und musterte Samuel mit zusammengezogenen Augenbrauen.

„Nichts, was die Gestapo interessieren könnte", antwortete Samuel. Ihm war noch immer nicht eingefallen, woher er das Gesicht des Mannes kannte, der in dem Wagen gesessen und ihn beobachtet hatte.

„Samuel Bader, du bist ein netter Kerl, aber in manchen Dingen vielleicht einfach ein bisschen zu naiv. Irgendetwas muss vorgefallen sein, dass du die Aufmerksamkeit der Gestapo auf dich gezogen hast."

„Vielleicht bist du es ja, Moritz Steinfurt! Du bist der Einzige, von dem ich weiß, dass er die Gestapo interessieren könnte."

„Warum verfolgt der Typ dann dich und nicht mich?"

„Woher willst du wissen, dass dir nicht auch einer wie ein unsichtbarer Schatten folgt?“

„Weil ich das bemerkt hätte.“

„Ich habe es auch nicht bemerkt.“

„Und weshalb weißt du es dann jetzt?“

„Weil Schwester Anita ihn gesehen und mich auf ihn aufmerksam gemacht hat“, klärte Samuel seinen Freund auf, der mit großen Schritten in seiner Wohnung auf und ab ging.

„Eure Oberschwester, die einem Feldmarschall alle Ehre machen würde?“ Moritz grinste ihn breit an und wandte sich dann wieder der geschlossenen Wohnungstür zu.

Durch den Schlitz, der zwischen dem Vorhang und dem Fenster geblieben war, drang das erste Tageslicht ins Zimmer. Samuel ging hinüber, um den Vorhang ein kleines Stück zur Seite zu ziehen und hinauszuschauen, allerdings konnte er niemanden entdecken. War der Mann ihm nicht vom Krankenhaus bis hierher gefolgt? Vielleicht hatte Schwester Anita sich ja auch geirrt und er hatte gar kein Interesse an ihm. Wer wusste schon, warum er vor dem Krankenhaus herumlungerte und wen er tatsächlich beobachtete.

Schwester Anita!

Samuel fuhr sich mit der Hand über das unrasierte Gesicht. Immerhin war sie es, die furchtlos das Regime kritisierte und heimlich Juden in die Klinik brachte, damit sie behandelt werden konnten. Vielleicht war sie diejenige, die auf der Liste der Gestapo stand! Sofort weihte er Moritz in seine Überlegungen ein.

„Du könntest recht haben“, erwiderte Moritz. „Vielleicht hat sie Verdacht erregt. Aber auch dann könnte es sein, dass du unter Beobachtung stehst. Immerhin scheint sie die jüdischen Patienten nur zu dir zu bringen.“

„Dann hätte ich die Gestapo jetzt dir auf den Hals gehetzt, indem ich zu dir gekommen bin?“

Moritz blies die Backen auf und ließ die Luft laut durch den Mund entweichen. „Wer weiß das schon? Aber du hast gesagt, der Mann käme dir bekannt vor."

„Vielleicht sieht er auch nur jemandem ähnlich", winkte Samuel ab. „Außerdem habe ich ihn nur im Dunkeln gesehen. Ich kann mich täuschen."

Draußen fuhr ein Lastwagen vor und hielt mit quietschenden Bremsen vor dem Haus. Samuel blickte wieder vorsichtig hinaus. Mehrere bewaffnete Männer sprangen von der Ladefläche und stürmten auf den Hauseingang zu.

Dann sah er ihn. Sein Beobachter trat aus dem Schutz des Torbogens eines Hauses auf der anderen Straßenseite, lief zu dem Fahrzeug und sprach dort mit jemandem, um wenige Augenblicke später wieder zu verschwinden.

„Moritz ..."

Sein Freund kam zu ihm herüber, zog auf der anderen Seite des Fensters den Vorhangstoff beiseite und schaute ebenfalls auf die Straße hinunter.

In diesem Moment waren die schweren Stiefeltritte der Männer im Treppenhaus zu hören.

Elisa löste den Führstrick der Stute und ließ sie zu den beiden anderen Tieren auf die Koppel laufen. Unter einiger Anstrengung schob sie die beiden Querbalken wieder in die Halterungen, damit der Koppelzaun geschlossen war, und wandte sich dann um. Ihrer Mutter ging es heute nicht besonders gut, und Elisa war froh, Sylwia an ihrer Seite zu haben. So konnte sie sich um ihre eigenen Aufgaben und um die ihrer Mutter kümmern, während die Polin nach den Kindern sah und das Mittagessen vorbereitete. Die Kinder hatten Sylwia schnell ins Herz geschlossen, selbst Manfred, der noch immer sehr unter der Trennung von seinen Eltern litt, war ihr gegenüber erstaunlich folgsam.

Hufschläge näherten sich von der Landstraße und Elisa drehte sich um. Wie immer, wenn sich ein Reiter näherte, begann ihr Herz heftig in ihrer Brust zu schlagen. Jedes Mal hoffte sie, dass es Samuel war, der kam.

Doch sie wurde erneut enttäuscht. Georg Alder bog in den Hof ein, und als er Elisa vor dem Holzzaun entdeckte, lenkte er sein Reittier sofort zu ihr herüber.

„Grüß dich, Lisa!“, rief er und nahm seinen Hut ab. „Wie geht es auf dem Hof?“ Aufmerksam schaute er sich um. Er konnte ein hämisches Grinsen nicht unterdrücken, als er den heruntergekommenen Schuppen, die festgetretene Erde vor dem Haus und die schief in den Angeln hängende Tür des Stalls sah.

„Gut, Georg. Wir werden bis zum Frühjahr zur Aussaat alles repariert und schön hergerichtet haben. Das Haus ist groß und sehr sauber, und auf dem Hof haben viele Nutztiere überlebt. Dazu drei Pferde und sogar der Wachhund“, erklärte Elisa mit mehr Enthusiasmus in der Stimme, als sie tatsächlich empfand.

Wie auf Kommando kam der schwarze Hund angelaufen und begrüßte den Besucher mit lautem Bellen, ehe er sich neben Elisa auf die Erde legte.

„Anne hat einen Brief geschickt. Das war für dich dabei.“ Er reichte ihr ein zusammengefaltetes Papier herunter.

Ein Lächeln legte sich auf Elisas Gesicht, als sie nach dem Zettel griff.

Während sie voller Vorfreude auf den Briefbogen blickte, auf den Anne in ihrer schönsten Handschrift ihren Namen geschrieben hatte, stieg Georg ab und trat dicht neben sie.

Sein Pferd verdeckte – ob nun unabsichtlich oder gewollt – ihre Sicht zum Haus. „Willst du uns nicht mal besuchen kommen, Lisa?“, fragte er. „Ich könnte dir unseren Gutshof und unsere Ländereien zeigen." Auffordernd sah er sie an.

Elisa wich einen Schritt zurück, kam aber nicht weit, da sie den Zaun im Rücken hatte. „Anne ist nicht da. Ich habe also keinen Grund, zu euch zu kommen", gab sie zur Antwort.

„Ich bin da, Lisa. Ist das nicht Grund genug? Was willst du? Wie lange willst du mich noch warten lassen?", stieß er hervor.

„Bitte, Georg. Ich habe dir schon einmal gesagt, dass –"

„Ich bin eine gute Partie, Lisa. Was willst du hier auf diesem kleinen, heruntergewirtschafteten Hof?"

„Meine Familie ist hier. Sie braucht mich."

„Das kannst du vielleicht diesem Bader erzählen, aber nicht mir. Hier braucht dich niemand. Friederike ist alt genug, um deine Aufgaben zu übernehmen."

„Ich möchte es aber so."

„Du und Bader? Habt ihr eine Vereinbarung?" Georgs Stimme wurde laut und drohend, während er sich vorlehnte und mit seinem Gesicht beinahe das ihre berührte. Seine Stimme wurde ganz leise, beinahe sanft, als er ihr nun zuraunte: „Mein Freund von damals ... Erinnerst du dich? ... Er ist jetzt bei der Gestapo. Er hat den Doktor genau im Visier. Eine Dummheit von Bader und er wird handeln. Ach, was erzähle ich da? Ein Wort von mir, und er kann sich etwas Schönes für Bader ausdenken, was für ihn dann aber gar nicht schön enden wird."

„Ich habe keinen Kontakt zu Samuel Bader, Georg", gab Elisa mit zitternder Stimme zurück. Ihre Angst um Samuel wuchs ins Unermessliche. Offenbar hatte es nichts gebracht, dass sie den Mann, den sie liebte, abgewiesen hatte. Oder wollte Georg sie nur unter Druck setzen, und sein Freund hatte gar nicht so viel Einfluss, wie er sie glauben machen wollte?

„Überlege dir gut, was du tust, Lisa. Überlege es dir gut, aber nicht mehr allzu lang." Georg strich ihr mit dem

Zeigefinger über die Wange und wandte sich dann ruckartig ab. Er schwang sich auf sein Pferd und ritt davon.

Elisa blieb zitternd stehen. Ihre Wange brannte förmlich an der Stelle, wo er sie berührt hatte. Sie war wie benommen. Halt suchend griff sie hinter sich nach dem Koppelzaun. In diesem Moment entdeckte sie Sylwia. Die Polin stand hinter einem der Apfelbäume neben der Koppel und hatte die kleine Amalie auf dem Arm. Sie sah dem Reiter nach und ihr Blick war voller Wut.

Elisa stieß sich vom Zaun ab und ging in ihre Richtung.

Als Sylwia sie kommen hörte, wandte sie sich ihr zu. Ein Lächeln legte sich auf ihr Gesicht. „Kann ich helfen?“, fragte sie.

Elisa wusste im Moment nicht, ob sie ihr Hilfe bei den Tieren oder in Bezug auf Georg Alder anbieten wollte. „Ob du wohl noch die Schafe füttern könntest? Dann kann ich den Brief meiner Freundin lesen.“

„Er hat einen Brief von deiner Freundin gebracht?“, fragte sie leise.

Elisa nickte. „Anne ist seine Schwester. Sie lebt bei Berlin.“

„Du hast Angst vor ihm, nicht wahr?“, vermutete Sylwia. Die Polin wartete nicht auf eine Antwort, sondern drehte sich mit Amalie auf dem Arm um und ging zu den Ställen hinüber.

Elisa sah ihr nachdenklich hinterher. Ja, sie hatte Angst vor Georg Alder. Angst vor seinem Einfluss, mit dem er Samuel oder auch ihr schaden konnte.

Mit dem Brief in der Hand setzte sie sich auf eine Stufe, die zur Eingangstür hinaufführte, und betrachtete das zusammengefaltete Papier in ihren Händen. Anne hatte es mit ein paar einfachen Wachstropfen von einer Kerze verschlossen, doch das Siegel war bereits zerbrochen. Vielleicht war das Wachs auf dem Postweg zersprungen, wahrscheinlicher aber erschien es Lisa, dass Georg es gebrochen hatte, um den Brief zu lesen.

Sie faltete das Blatt auseinander. Anne schrieb von ihrer Arbeit in der Fabrik und von der Familie, bei der sie wohnte. Offenbar fühlte sie sich dort wohl, worüber Elisa sehr erleichtert war. Sie verdiente ihr eigenes Geld – wenn es auch nicht viel war – und hatte sich kürzlich sogar ein neues, modernes Kleid geleistet. Immerhin hatte sie einen netten, jungen Mann kennengelernt, der sie vielleicht einmal ausführen würde.

Elisa ließ die Hände mit dem Brief in ihren Schoß sinken und blickte wehmütig in die Ferne. Anne hatte einen Verehrer, und sie war nicht bei ihr, um sich mit ihr gemeinsam zu freuen. Vielleicht würde Anne bei diesem Mann ihr Glück finden, so wie Christina es bei Carol gefunden hatte. Ihre Gedanken wanderten zu Samuel. Sie hatte immer gehofft, dass er sie einmal besuchen würde, um noch einmal mit ihr zu sprechen. Aber vermutlich war es besser so, wie es war. Sie würde ohnehin nicht wissen, wie sie sich ihm gegenüber verhalten sollte. Was sollte sie auch sagen? An ihrer Situation hatte sich nichts geändert. Georg war vorhin erneut ziemlich deutlich gewesen.

Sie nahm den Brief wieder hoch. Als sie weiterlas, hob sie die Augenbrauen. Anne fragte sie, was damals in dem Sammellager zwischen Samuel und ihr vorgefallen war. Vera hatte ihr gegenüber wohl angedeutet, dass Georg etwas damit zu tun hatte, dass sie nicht – wie sie und Vera und wohl auch einige andere immer angenommen hatten – ein Paar geworden waren. Sie wollte gerne wissen, ob Georg wirklich etwas damit zu tun hatte, selbst wenn es ihr Bild von ihrem Bruder noch mehr zerstören würde.

Elisa faltete den Brief zusammen. Selbstverständlich würde sie Anne zurückschreiben, aber ob sie ihr wirklich erzählen sollte, wie das damals gewesen war ...?

Die Schritte verharrten vor Moritz Steinfurts Tür. Am Ächzen des Holzes konnten sie hören, dass sich jemand gegen diese lehnte. Samuel hielt den Atem an. Was würde nun geschehen? War Moritz als Mitglied einer illegalen Organisation enttarnt worden und wurde er durch seine Freundschaft zu ihm ebenfalls verdächtigt? Oder hatte jemand herumerzählt, dass Dr. Samuel Bader und Schwester Anita Juden im Krankenhaus behandelten? Und nun hatte sein Beobachter ihn bis hierhin verfolgt und die SS alarmiert? Welche Strafe stand auf dieses Verbrechen?

Dann polterten die Schritte in den nächsten Stock hinauf. Ein lautes Krachen hallte durch das Treppenhaus, als eine Tür aufgebrochen wurde. Wenige Sekunden später drang das Weinen eines Kindes bis zu ihnen herunter. Anschließend wurden im Treppenhaus Stimmen laut.

Samuel löste sich aus seiner Starre. Er ging durch den Flur zur Tür und öffnete sie einen kleinen Spalt. Die Uniformierten liefen vorbei. Zwei von ihnen zogen eine weinende Frau mit sich, an deren Hände sich zwei kleine Mädchen klammerten. Samuel erkannte sie sofort. Es war die Frau, die damals mit ihren Töchtern vor ihm in den Luftschutzkeller gelaufen war. Dem größeren Mädchen hatte er die Splitter aus dem Fuß entfernt.

Der Bunkerwart erschien oben auf der Treppe und beugte sich weit über das Geländer. „Ich wusste nicht, dass das Juden sind. Sie trägt auch keinen Stern!“, rief er hinter dem Pulk her und verschwand dann wieder nach oben. Eine Tür wurde laut zugeschlagen.

Samuel schloss ebenfalls die Wohnungstür und ging wieder zum Fenster hinüber. Moritz stand noch immer hinter dem Vorhang und sah zu, wie die Frau mit ihren Kindern in den Lastwagen geladen wurde und dieser dann unter dem Ausstoßen einer schmutzigen Abgaswolke davonfuhr.

„Wie lange glauben die Leute noch, dass sie zu einem Arbeitseinsatz in ein Lager gebracht werden? Frauen und kleine Mädchen ...", murmelte Moritz und zog den Vorhang energisch zu. Dann stand er eine ganze Zeit lang einfach nur da und blickte starr auf den Boden. Schließlich richtete er sich auf und ging zur Kommode hinüber. Er öffnete eine Schublade, holte seine Hakenkreuzbinde heraus, streifte sie sich über den Arm und wandte sich seinem Besucher zu. „Willst du hier schlafen oder gehst du in deine Bude?", fragte er.

„Ich gehe", entschied Samuel und warf einen letzten Blick hinaus auf die leere Straße. Mit Sicherheit wartete der Mann von der Gestapo noch hinter irgendeiner Hausecke auf ihn und würde ihm bis zu seiner Unterkunft folgen.

„Sag deiner Frau Feldmarschall im Krankenhaus, ihre besonderen Patienten sollen ihre Jacken mit den Sternen draußen lassen. Dann könnt ihr versuchen, euch mit Unwissenheit herauszureden", schlug Moritz vor, ehe er den Wohnungsschlüssel von der Kommode nahm und zur Tür ging. Er ließ Samuel hinaus und gemeinsam gingen sie die Treppe hinunter. Eine kleine Porzellanpuppe lag auf einer der letzten Stufen vor der Eingangstür. Samuel sah zu, wie Moritz sie aufhob, einen Moment betrachtete und dann in seiner Manteltasche verschwinden ließ.

Kapitel 27

Die Sirenen heulten ununterbrochen und der Himmel wurde von der Flak in unregelmäßigen Abständen erhellt. Dann wurden die ersten Detonationen hörbar und die Stadt erbebte unter den Einschlägen.

Samuel lief über die Holzstufen in das Innere des Krankenhauses und riss sich einen der weißen Kittel von den Haken.

„Bader. Danke, dass Sie kommen!“, rief ihm der Chefarzt entgegen. Gehetzt lief er über die Treppe davon.

„Was soll ich auch zu Hause? Schlafen kann ich bei dem Lärm nicht. Und ob mir hier eine Decke auf den Kopf fällt oder dort drüben“, murmelte Samuel. Er erntete ein Lächeln von Schwester Anita, die wohl denselben Gedanken hatte. Denn auch sie war schon wieder hier, obwohl sie mit ihm die Tagesschicht gehabt hatte.

„Wie heißt es: Man sieht sich immer zweimal am Tag“, witzelte die Frau.

„So oder so ähnlich“, stimmte Samuel zu. Er half dabei, ein paar der verletzten Soldaten in andere Zimmer zu schieben. Zwar wurde es dort sehr eng, doch sie würden den Platz vorne in dieser Nacht noch dringend brauchen.

Die ersten Verletzten aus der näheren Umgebung wurden gebracht, während die Bomber noch eine weitere Angriffswelle über Berlin flogen. Samuel riss dem alten Mann das Hemd entzwei und begutachtete kurz die tiefe Wunde in seinem Brustkorb. „Nach links“, schrie er und hoffte dabei, dass der Mann und seine verzweifelt weinende Frau nicht begriffen, dass er somit dessen Todesurteil ausgesprochen hatte.

Die junge Schwester, die ihm an die Seite gestellt worden war, schob das Bett, so schnell es ihr möglich war, zur Seite. Die Situation überforderte sie und sie war dementsprechend aufgeregt und fahrig.

Eine Frau wurde zu ihm gebracht. Er schnitt ihre Bluse auf und verlangte nach einigen OP-Instrumenten. Die junge Krankenschwester reichte sie ihm, doch ihre Hände zitterten dabei so sehr, dass ihr eine Klemme fast in die Wunde gefallen wäre.

„Es tut so weh“, jammerte die Frau und krümmte sich leicht unter seinen Händen.

„Halten Sie doch still“, fuhr die Schwester sie an und ergriff sie derb an der Schulter.

Samuel unterbrach für einen kleinen Moment seine Bemühungen und taxierte seine Helferin. Angst und Ungeduld lagen in ihrem Blick. Er seufzte innerlich auf. Wieder einmal dachte er an Elisa und daran, was für eine hervorragende Krankenschwester sie abgegeben hätte. Energisch vertrieb er die Gedanken an das Mädchen, das sein Herz gebrochen hatte, aus seinem Gedächtnis. Er musste sich auf die Arbeit konzentrieren.

Die Eingangshalle des Krankenhauses war inzwischen mit unzähligen Verletzten überfüllt. Sie lagen auf und unter den Betten, auf den Stufen, die hinauf in den ersten Stock führten, und sogar auf der provisorischen Holztreppe draußen vor dem Eingang.

Irgendwann in dieser Nacht wurde ihm ein etwa zwölfjähriger Junge gebracht. Auf seiner braunen Jacke klebte Blut. Dennoch konnte Samuel deutlich die kleinen, verräterischen Löcher in Anordnung eines Sternes sehen, der wohl eilig entfernt worden war.

Suchend sah er sich um, dabei begegnete sein Blick dem von Schwester Anita. Sie sah ihn nur bittend an und wandte sich dann ab, um sich um einen anderen Patienten zu kümmern.

Samuel behandelte den Jungen. Glücklicherweise war seine Verletzung nicht allzu schwer und so konnte er sich schon bald dem nächsten Patienten widmen.

Er sah gerade nach einem jungen Mann, der direkt an der Tür lag, als Moritz Steinfurt auftauchte.

Samuel erklärte der Schwester, wie sie den Patienten weiterzuversorgen hatte. Er bedeutete Moritz mit einer Kopfbewegung, ins Arztzimmer zu gehen, und folgte ihm dorthin. Während der junge Arzt zunächst einmal seine Hände und Arme vom Blut der Verletzten befreite, setzte Moritz sich auf einen Stuhl.

Die Bomber der Royal Air Force waren mit Sicherheit längst wieder in England gelandet und die ersten hellen Strahlen der Sonne über den rauchenden Dächern der Stadt kündeten einen neuen Tag an.

„Alles in Ordnung bei dir und deiner Familie?“, fragte Samuel und warf dem Freund einen prüfenden Seitenblick zu.

„Es geht ihnen gut, Samuel. Ich bin wegen dir gekommen.“

Samuel griff nach einem Handtuch und wandte sich dann zu seinem Besucher um. „Und was ist mit mir?“ Mit kräftigen Bewegungen trocknete er seine Hände an dem Tuch.

„Anne hat einen Brief von Lisa erhalten, Samuel“, begann Moritz.

Samuel hielt in seiner Bewegung inne und blickte sein Gegenüber durchdringend an. Dann trocknete er sorgfältig weiter seine Arme und Hände ab. „Du hast Anne Alder wiedergesehen?“

„Ich treffe sie seit einigen Wochen regelmäßig“, gab Moritz zu und sein linker Mundwinkel zog sich weit nach oben.

Samuel hatte seinen Freund noch nie so verlegen gesehen. „Das musst du mir erklären.“

„Ich mag Anne sehr. Ist das Erklärung genug?“

„Das ist es“, bestätigte Samuel lächelnd. Er freute sich für Moritz.

„Lisas Brief war eine Antwort auf einen Brief, den Anne ihr geschrieben hat. Darin hat Anne Lisa gefragt, was damals zwischen euch passiert ist, Samuel.“

„Du hast Annes Freundschaft zu Elisa ausgenutzt, um Elisa mitzuteilen, wie sehr ich ...?“

„Moment mal, Junge. Vera hatte Anne gegenüber so eine Andeutung gemacht, dass Georg Alder Lisa unter Druck gesetzt haben könnte, was die Entscheidung in Bezug auf dich angeht. Anne wollte einfach wissen, ob da was dran ist. Elisa ist in ihrem Brief nicht sehr detailliert auf Annes Frage eingegangen. Sie hat nur ein paar Andeutungen gemacht. Aber diese Andeutungen haben mich auf einen Gedanken gebracht."

„Na, wunderbar", spottete Samuel und spürte doch, wie sich alle seine Muskeln verspannten. Georg Alder. Er war damals an ihnen vorbeigegangen, als Elisa versucht hatte, ihm irgendetwas zu erklären. Hatte er die junge Frau irgendwie einschüchtern können? Aber womit hätte er Elisa so unter Druck setzen können, um sie dazu zu bringen, ihn fortzuschicken?

„Denk mal nach, Samuel. Dieser Gestapo-Mann. Hast du ihn vielleicht schon einmal in Bessarabien gesehen? Könnte er einer von Alders Spießgesellen sein?"

Samuel hob ruckartig den Kopf. Jetzt wusste er, woher er den Mann kannte. „Natürlich. Er war dieser wichtige Besucher aus Berlin, den Alder aufgetrieben hatte."

Moritz nickte und erhob sich. „So etwas in der Art dachten wir uns schon. Wahrscheinlich hat Georg Alder ihn dir auf den Hals gehetzt. Vermutlich hat er Elisa damals schon damit gedroht, dass sein Freund dir das Leben hier ziemlich zur Hölle machen kann. Samuel, diese Frau liebt dich. Sie liebt dich so sehr, dass sie dich aus lauter Angst, dir könnte irgendetwas zustoßen, abgewiesen hat. Und deshalb hat sie in ihrem Brief an Anne auch nur Andeutungen gemacht."

„Verständlich, wenn Anne ihr schreibt, dass sie und Moritz Steinfurt –"

„Meinen Namen hat Anne nicht erwähnt, Samuel. Schließlich wollten wir nicht, dass Lisa denkt, dass irgendetwas bis zu dir durchdringt."

„Du bist nicht glücklich, wenn du nicht irgendwelche geheimnisvollen Aktionen am Laufen hast, wie?"

Moritz grinste wieder.

Samuel drehte sich langsam um und betrachtete in dem fast blinden Spiegel über dem Waschbecken sein

Gesicht. Er schloss für einige Sekunden gequält die Augen.

Der junge Arzt hörte gar nicht mehr richtig zu. Sein Magen rumorte. Immerhin hatte er seit Stunden nichts mehr gegessen. Außerdem kochte er förmlich vor Wut auf Georg, während seine Sehnsucht nach Elisa übermächtig wurde. Schließlich wandte er sich ruckartig um. „Ich muss zu ihr, Moritz. Elisa ist sehr leicht einzuschüchtern. Vielleicht bringt Alder es sogar fertig, sie zu einer Heirat zu bewegen."

„Das glaube ich nicht, Samuel. Dennoch finde ich auch, dass du so schnell wie möglich zu ihr solltest."

Die Tür wurde aufgerissen und Schwester Anita fegte herein. Sie musterte Moritz von oben bis unten. „Sie? Wenn Sie hier weiterhin meinen besten Arzt aufhalten, werde ich Ihnen Hausverbot erteilen."

„Ich bin schon weg, Schwester Feldmarschall", lachte Moritz, boxte Samuel freundschaftlich vor die Brust und drückte sich an der aufgebrachten Krankenschwester vorbei in den überfüllten Flur.

Kapitel 28

Samuel Bader schritt durch den unter seinen Stiefeln knirschenden Schnee. Es war Januar und der Frost hatte das Land unbarmherzig im Griff. Er zog seinen Mantel fester um seinen Körper und marschierte durch den tiefen Schnee in Richtung des Hofes, in dem er laut der Beschreibung seines Vaters Elisa Steiger finden würde.

Seine Hoffnung, dass die Vermutung seines Freundes Moritz stimmte und Elisa für ihn doch nicht verloren war, und sein damit verbundener Wunsch, schnell zu ihr zu reisen, waren enttäuschter Ernüchterung gewichen, als ihm klar geworden war, dass er so schnell keinen Urlaub bekommen würde. Die Russlandfront hatte Tausende von Verletzten in die Krankenhäuser geschwemmt, selbst wenn in den Wochenschauen ein Sieg und ein Erfolg nach dem anderen propagiert wurden, und er war als Arzt unentbehrlich gewesen. Samuel hatte mehrere Briefe an Elisa verfasst, von denen er zwei tatsächlich abgeschickt hatte. Eine Antwort hatte er allerdings nie erhalten. Irgendwann hatte er gemeinsam mit Moritz Anne Alder besucht, und sie hatte ihm mit Tränen in den Augen berichtet, dass Elisa ihr ebenfalls nicht mehr schrieb. Nur über Vera, die aber eine sehr nachlässige Briefschreiberin war, bekam sie immer wieder mit, dass Elisa viel auf dem Hof ihrer Eltern zu tun hatte, zumal es Frau Steiger in ihrer erneuten Schwangerschaft wohl ausgesprochen schlecht ging.

Samuel hob den Kopf und betrachtete den klaren, blauen Himmel über sich. Der weiße, glitzernde Baumschmuck in Form von Eiszapfen, die von den kahlen Zweigen hingen, zeugte von der Eiseskälte, die an diesem Tag herrschte. In seinem Herzen war es dafür umso wärmer. Er freute sich auf die Begegnung mit Elisa, fürchtete sie andererseits aber auch. Warum hatte sie ihm nicht auf seinen Brief geantwortet? Er hatte ihr geschrieben, dass er wusste, wie sehr Georg Alder sie unter Druck gesetzt hatte, und dass er, sobald es ihm möglich war, zu ihr kommen wollte, um mit ihr über alles zu sprechen. War ihre Furcht vor diesem Alder immer noch zu groß, um sich bei ihm zu melden? Oder liebte sie ihn tatsächlich nicht?

Samuel beschleunigte seine Schritte. Er konnte einfach nur hoffen, dass seine Gebete erhört wurden und zwischen ihm und Elisa alles in Ordnung kam.

Das Telefon klingelte schrill und der kleine Holztisch, auf dem es stand, vibrierte leicht. Genervt blickte Georg Alder auf. Er saß über den Planungen für die Anpflanzung dieses Jahres und ärgerte sich darüber, wie wenig Unterstützung, Hilfsmittel und Saatgut ihnen von der Regierungsstelle zugestanden wurden. Verärgert kniff er die Augen zusammen und betrachtete die Zahlen vor sich. Er hatte hier bei Weitem nicht den Einfluss und die Freiheiten, wie er es sich vor der Umsiedlung aus Bessarabien ausgemalt hatte. Vielleicht wäre es besser gewesen, er wäre nach Berlin gegangen. Vermutlich hätte Hettinger ihn irgendwo in einem Amt unterbringen können. Das wäre in jedem Fall besser gewesen, als diesen kargen Boden in einer feindlichen Umgebung bewirtschaften zu müssen. Er und seine Familie bekamen den Unmut und den Hass der polnischen Bevölkerung deutlich zu spüren. Seine Mutter wagte sich kaum noch vom Grundstück, und sein Vater hatte sich sogar aus Angst vor Banden, die sich an ihren Besatzern rächen wollten, eine Schusswaffe zugelegt. Allerdings lebte Elisa Steiger hier. Und solange sie nicht seine Frau war –

Das Telefon klingelte noch immer und offenbar war seine Mutter nicht in der Nähe. Brummend erhob er sich, wobei er den Stuhl laut über den unebenen Fliesenboden schob.

„Alder“, meldete er sich unfreundlich und horchte dann auf. „Hettinger, was gibt es?“ Das Gespräch dauerte nur kurz, und als es beendet war, knallte Georg den Hörer wütend auf die Gabel. Er fuhr herum und fegte die Papiere und die Schreibutensilien mit einer einzigen Armbewegung vom Tisch. Dann stand er einige Minuten bewegungslos da und starrte auf die Unordnung auf dem Boden. Schließlich wandte er sich um und lief in die Wohnstube hinüber. Dort riss er erst die oberste Schublade der Kommode heraus und kramte darin, dann die zweite und schließlich die dritte.

Hier wurde er fündig. Hastig packte er die Luger* und eine Schachtel mit Munition aus. Er ließ die Schubladen offen stehen, lief zur Garderobe, griff nach einer Wollmütze, seinem Mantel und Handschuhen und rannte aus dem Haus und über den Hof zu den Stallungen hinüber.

Innerhalb kürzester Zeit hatte er sein Pferd gesattelt. Er schwang sich mit so viel Schwung in den Sattel, dass der Wallach erschrocken ein paar Schritte zur Seite tänzelte, doch Georg trieb ihn sofort unerbittlich an.

Eisiger Gegenwind schlug ihm entgegen, vermochte jedoch nicht, seine überkochende Wut abzukühlen. Wie konnte es sein, dass es Hettinger entgangen war, dass Bader Berlin verlassen hatte? Jetzt erst hatte er herausbekommen, dass er auf dem Weg zu Elisa war. Vielleicht war der Arzt bereits dort, und er hatte keine Möglichkeit mehr, ein Zusammentreffen der beiden zu verhindern. Weshalb hatte er denn monatelang einen gewaltigen Aufwand betrieben, um alle Briefe von und an Elisa abzufangen?

Georg trieb den dunklen Wallach in einen schnellen Galopp und jagte quer über den gefrorenen, schneebedeckten Boden der Felder in Richtung Steiger-Hof. Er musste Bader unbedingt abfangen, bevor dieser mit Elisa sprechen konnte. Irgendetwas würde ihm schon einfallen – und notfalls hatte er noch immer die Waffe seines Vaters bei sich ...

Samuel betrachtete den Hof der Steigers aus einiger Entfernung. Er ließ seinen Blick über die Felder gleiten, die sich an eine niedere, bewaldete Hügelkette schmiegten. Im Sommer sah dieser Landstrich vermutlich wunderschön aus. Elisa gefiel es hier sicher.

*eine Pistole

Das Haus sah zwar etwas heruntergekommen, aber doch gemütlich aus. Eine weiße, schmale Rauchsäule, die aus dem Kamin aufstieg, ließ vermuten, dass die Familie zu Hause war.

Der junge Mann ging langsamer weiter. Aufregung machte sich in ihm breit. Gerade als er in die lange Zufahrt treten wollte, entdeckte er eine weibliche Gestalt, die, eingewickelt in einen langen Mantel und mit einem Kopftuch gegen die Kälte geschützt, das Haus verließ und über den Hofplatz auf die Stallung zuging. Die Frau war offensichtlich schwanger, und so vermutete Samuel, dass es sich um Hanna Steiger handelte, von der er ja wusste, dass sie ein Kind erwartete.

In dem Moment hörte er eilige Hufschläge, die sich von hinten näherten. Samuel drehte sich um. Er blinzelte gegen die Sonne an und konnte den Reiter erst erkennen, als er sein Pferd direkt neben ihm zügelte.

Georg Alder.

Er war nun wirklich der Letzte, dem er im Moment begegnen wollte. Warum musste dieser Mann ausgerechnet jetzt hier auftauchen? Er wollte endlich Elisa wiedersehen und mit ihr ein klärendes Gespräch führen. Sein Gruß fiel entsprechend knapp aus.

Alder hob seine rechte Hand zum deutschen Gruß und warf dann einen prüfenden Blick zum Haus hinüber. „Bader. Mal wieder in der Gegend?“

Samuel schaute ebenfalls zu den Gebäuden hinüber. Eine zweite Frau verließ das Haus. Samuel kniff verwirrt die Augen zusammen. Auch sie war schwanger, da bestand kein Zweifel.

„Wollten Sie zu Lisa?“, lachte Georg Alder und deutete auf die Frau. Er schien sich über Samuels Verwirrung zu amüsieren und in seinem Blick lag eine triumphierende Siegesgewissheit. „Wir werden bald heiraten, Bader. Ihr ist es etwas peinlich. Aber das passiert schon mal, wenn naive Schüchternheit und Leidenschaft aufeinandertreffen. Ich würde sagen, das ist ein Sieg auf ganzer Linie für mich. Und deshalb will ich auch nicht, dass Sie Lisa besuchen. Lassen Sie meine Braut in Ruhe."

Die Schwangere betrat ebenfalls die Stallungen und verschwand so aus Samuels Blickfeld. Eisige Kälte ergriff Besitz von ihm und er begann zu zittern. Ohne ein weiteres Wort an den Reiter zu verlieren, wandte er sich ab und ging, vorbei an den Wiesen und Feldern der Steigers und zurück in Richtung des Bauernhofes, den seine Eltern fünf Monate zuvor zugewiesen bekommen hatten. Er hörte Georgs Lachen und dann das Knirschen der Pferdehufe, als Alder sein Pferd in den Hof hineintrieb.

Was auch immer geschehen sein mochte – Anne und Moritz hatten sich getäuscht. Und er war, wie Georg es so passend ausgedrückt hatte, der Verlierer.

Er hatte Elisa verloren.

Kapitel 29

Nach einem langen Winter war endlich der Schnee von den Feldern und Hügeln gewichen. Nun, Anfang April, blühten die Bäume und Sträucher in einer farbenfrohen Pracht, wie Elisa Steiger sie noch nie zuvor gesehen hatte. Das frische Grün an den Bäumen leuchtete ebenso hell wie das Rosé, Gelb und Rot der Blüten.

Obwohl sich im Westen eine bedrohlich dunkle Wolkenwand aufbaute, saß die alte Hannelore Steiger auf der hölzernen Gartenbank neben der Eingangstür und war dabei, mit ihren alten, nicht mehr allzu flinken Fingern ein paar Kinderstrümpfe zu stopfen.

Elisa betrachtete ihre Großmutter liebevoll, strich dem Hund im Vorbeigehen über das Fell und stellte schließlich die volle Milchkanne auf die unterste Stufe der ausgetretenen, grauen Steintreppe. „Da zieht ein Frühlingsgewitter auf, Großmutter“, warnte sie die alte Dame. Diese blickte kurz in den Himmel hinauf und lächelte ihr dann zu. „Babywetter, Lisa“, meinte sie nur und deutete mit einer Kopfbewegung in Richtung Eingangstür.

Elisa seufzte leise auf. Sowohl ihre Mutter als auch Sylwia standen kurz vor der Niederkunft. Während Sylwia nach wie vor tatkräftig ihren Aufgaben nachging, war ihre Mutter seit Tagen nicht mehr auf den Beinen. Sie wirkte schwach, doch es kam kein Wort der Klage über ihre Lippen. Dennoch machte sich Elisa Sorgen um sie. „Vielleicht sollte Vater einen Arzt rufen, Großmutter“, meinte sie, aber die Frau schüttelte bedächtig den Kopf. „Der nächste Arzt, der Deutsch spricht, ist weit entfernt, und er wird kaum kommen, nur weil eine alte Frau meint, dass heute Nacht möglicherweise zwei Kinder geboren werden.“ Die alte Frau lächelte Elisa aufmunternd zu, doch die nagende Sorge um ihre Mutter blieb.

Langsam wandte sich die junge Frau wieder der schweren Milchkanne zu und trug sie in den dunklen, kühlen Hausflur hinein. Dort lehnte sie sich mit der Schulter gegen die Wand und senkte den Kopf. Tränen liefen ihr über die Wange. Wenn Samuel doch nur bei seinen Eltern wäre. Er würde sicher sofort kommen und den beiden Frauen beistehen.

Ein schmerzhafter Stich jagte durch ihr Herz. Würde er wirklich kommen? Sie hatte nichts mehr von ihm gehört, seit sie sich das letzte Mal im Thüringer Sammellager gesehen hatten. Er war nicht einmal bei ihnen vorbeigekommen, als er bei seinen Eltern gewesen war. Und er war erst im Januar dort gewesen, das hatte Georg ihr erzählt. Zerbrach die Verbindung zwischen den Steigers und den Baders, die über ein Jahrhundert hinweg gehalten hatte, nur weil sie nicht den Mut gehabt hatte, ehrlich zu sein? Weil sie in ihrer Angst den Mann vertrieben hatte, den sie liebte? Gerade jetzt bräuchte sie ihn so dringend in ihrer Nähe. Alles drohte ihr über den Kopf zu wachsen. Sie verging bald vor Sorge über Christina und ihren Mann. Die Bürgermeisterkinder lebten noch immer bei ihnen, da man von deren Eltern nach wie vor nichts gehört hatte, und auch von Anne hatte sie keine Neuigkeiten. Wahrscheinlich war sie mit ihrer Arbeit in der Fabrik und ihrem neuen Bekannten beschäftigt, sodass sie keine Zeit mehr fand, ihre Briefe zu beantworten. Vera sah sie nur selten, obwohl der Hof ihrer Eltern nicht allzu weit von ihrem entfernt lag. Doch wahrscheinlich nahm die alltägliche Arbeit sie zu sehr in Anspruch, als dass sie Zeit hätte, den einstündigen Fußmarsch auf sich zu nehmen, um sie zu besuchen. Ihr selbst ging es ja ähnlich. Die Erde hier war weniger fruchtbar als die in Bessarabien und brauchte wesentlich mehr Pflege und Aufmerksamkeit.

„Ist dir nicht gut?", hörte sie Sylwia fragen.

Elisa schrak zusammen. Sie schaute zur Küchentür hinüber, in deren Rahmen die junge Polin stand.

„Entschuldige, bitte. Du wartest auf die Milch."

„Du siehst erschöpft aus – und traurig."

„Erschöpfung steht dir und meiner Mutter zu, nicht mir", erwiderte Elisa mit einem sanften Lächeln und nahm die Kanne wieder auf.

Sylwia machte ihr Platz und ließ sie in die Küche treten, wo Elisa das schwere Gefäß mit viel Schwung auf den Küchentisch hievte.

„Und die Traurigkeit?"

„Sie vergeht schon wieder. Du hast viel mehr Grund zur Traurigkeit als ich. Du weißt nicht, was mit deinem Mann ist, und jetzt wird bald euer Kind auf die Welt kommen."

„Und bei welchem Mann weißt du nicht, wo er ist?", fragte Sylwia und musterte sie aufmerksam.

Elisa lächelte. Sylwia, die noch immer in einem ausgeprägten polnischen Dialekt sprach, war ausgesprochen sensibel. Sie hatte sofort erfasst, was in Elisa vorging. In diesem Moment sah sie, wie die junge Polin sich leicht nach vorne beugte und Halt am Küchentisch suchte. Elisa kannte diese Schonhaltung von den vergangenen Schwangerschaften ihrer Mutter. „In Ordnung, Sylwia. Du wirst hier jetzt alles liegen lassen und dich auf die Geburt deines Kindes vorbereiten."

„Du bist so ein ruhiges, schüchternes Mädchen, Lisa, aber wenn es darauf ankommt, dann weißt du, was zu tun ist", lachte Sylwia und verließ folgsam die Küche.

„Dann hätte ich vor eineinhalb Jahren anders gehandelt", murmelte Elisa leise, ehe sie sich daranmachte, das Abendessen vorzubereiten.

Grelle Blitze zuckten über den nächtlichen Himmel und laute Donnerschläge erfüllten die für einen Apriltag ungewöhnlich warme Luft.

Hanna Steiger stöhnte auf und wand sich in ihrem Bett. Elisa und Friederike standen ihrer Mutter bei, so gut sie konnten. Die Geburt ihres kleinen Geschwisterchens stand kurz bevor. Auch aus der Kammer von Sylwia drang ein lautes Stöhnen, dennoch blieben die beiden Mädchen bei ihrer Mutter. Für sie war klar, dass die Frau, die bereits mehrfach entbunden hatte, ihr Kind zuerst bekommen würde.

Tatsächlich dauerte es nur noch wenige Minuten, bis Elisa den kleinen Jungen in ihren Händen hielt und Friederike erklärte, wie sie die Nabelschnur abbinden sollte. Schon drang Sylwias Rufen zu ihnen herüber: „Lisa! Bitte! Das Kind. Es kommt!"

Elisa legte ihrer Schwester das Baby in den Arm. „Nimm den Kleinen und weck Großmutter. Sie muss sich um ihn kümmern. Du bleibst bei Mama. Die Nachgeburt muss noch heraus."

Friederike sah sie ängstlich an. „Was soll ich denn tun?"

„Ich bin gleich wieder da, Rike. Sylwia kann unmöglich schon so weit sein. Massiere Mamas Bauch. Das kannst du doch." Damit eilte sie auf den Flur hinaus und stieß dort mit ihrem Vater zusammen.

Nervös lachte er auf und schob seine älteste Tochter ein Stück von sich weg. „Wie geht es deiner Mutter? Ist das Kind schon da?"

Elisa nickte. „Es ist ein Junge. Mutter hält sich tapfer. Aber ich muss schnell zu Sylwia hinüber."

„Was würde ich nur ohne dich tun, Lisa?", erwiderte Roman und gestattete sich endlich, in sein Schlafzimmer zu treten.

Elisa eilte zu der kleinen Kammer hinüber, die für Sylwia hergerichtet worden war. Die junge Frau saß fast aufrecht im Bett. Elisa erkannte sofort, dass sie bereits in den Presswehen lag. Sofort kniete sie sich auf die Matratze, um der Frau zu helfen.

„Lisa!", hörte sie Friederike aus dem Schlafzimmer rufen.

„Ich kann jetzt nicht!", antwortete sie. Sie war dankbar, dass sie schon bei der Geburt von Frank dabei gewesen war und von Samuel gelernt hatte, was eine Geburtshelferin zu tun hatte. Auch bei Amalies Geburt hatte sie geholfen und zeigte inzwischen sogar schon einige Routine in der Rolle der Hebamme. Vielleicht hatte Samuel doch recht gehabt und sie hätte eine gute Krankenschwester abgegeben – vielleicht sogar eine gute Ärztin. Elisa verdrängte einmal mehr die schmerzhaften Erinnerungen an den Mann, den sie liebte.

Wieder rief Friederike nach ihr und auch die Stimme ihres Vaters drang laut und fordernd zu ihr herüber.

„Geh, Lisa", flüsterte Sylwia ihr zu, während sie schwer mit dem Oberkörper zurück auf ihr Kissen fiel.

„Aber dein Baby."

„Das kommt von alleine. Geh!"

Elisa schob sich von dem Bett herunter und lief zurück in das Schlafzimmer ihrer Eltern. Ihre Mutter lag in einer gewaltigen Blutlache, die sich rasend schnell weiter und weiter auf dem weißen Bettzeug ausbreitete.

Elisa wusste sofort: Hier konnte sie nichts tun. Am liebsten wollte sie sich umdrehen und flüchten. Hinaus aus dem Haus in das tobende Gewitter hinein, das in diesem Moment einen gewaltigen Regenschauer auf das Haus und die Erde prasseln ließ.

„Wir brauchen einen Arzt!", schrie Friederike ihren Vater an.

Roman Steiger schüttelte jedoch, den Blick starr auf seine Frau gerichtet, still den Kopf, nahm sich einen Stuhl, den er an das Kopfende des Bettes stellte, und ließ sich schwer darauf fallen. Dann nahm er beide Hände seiner bleichen, wie leblos daliegenden Frau in die seinen.

Elisa schob ihre Schwester beiseite und versuchte verzweifelt, die Nachgeburt zu holen. Ohne Erfolg. Sie hörte das leise Gebet, das ihr Vater seiner Frau zuflüsterte, und sank kraftlos vor dem Bett auf dem Boden zusammen.

Friederike sah sie verständnislos an. Dann begriff auch sie, was hier geschah. Sie presste die Lippen aufeinander, während ihr die Tränen in die Augen schossen. Sie ließ sich auf die Knie fallen und klammerte sich an Elisa, von heftigem, leisem Weinen geschüttelt.

Aus dem Nebenzimmer drang das kräftige Schreien eines Neugeborenen zu ihnen herüber.

Sylwias Kind war geboren.

Elisa hörte ein leises Schluchzen von ihrem Vater. Sie sah auf und beobachtete, wie er seiner Frau sanft über die eingefallene, fahle Wange strich.

Ihre Mutter war tot.

Roman Steiger erhob sich irgendwann und ging in Richtung Tür. Vor den beiden zusammengekauerten, weinenden Mädchen blieb er stehen und Elisa spürte seine große Hand schwer auf ihrem Kopf. „Wie gut, dass du da bist, Elisa Steiger. Du bist ein Geschenk Gottes."

Irgendetwas in Elisa begehrte auf. Sie wollte nicht hier sein. Sie wollte nicht die Verantwortung für ihren trauernden Vater, die alte Großmutter, fünf Geschwister, drei fremde Kinder und Sylwia mit ihrem Baby übernehmen. Das war zu viel für sie. Mit furchtsam aufgerissenen Augen blickte sie ihrem Vater nach, der mit gebeugten Schultern das Schlafzimmer verließ.

Kapitel 30

Samuel warf wütend das Operationsbesteck in eine Schüssel und drehte sich um. Er wartete, bis der tote Soldat vom Tisch gehoben worden war. Zwei inzwischen fast genesene Infanteristen brachten einen weiteren Verletzten und hievten ihn auf den schmalen Tisch.

„Dr. Bader?" Schwester Anitas Stimme klang ungewöhnlich sanft.

Samuel schloss für einen kurzen Augenblick seine übermüdeten Augen und wandte sich dann um, um seiner Arbeit nachzukommen. Wieder einmal lag dort ein erschreckend junger Bursche, der in eine Uniform gesteckt worden war. Ihm fehlten beide Beine, und die Wunden sahen so aus, als seien sie von einem Lazarettarzt an der Front nur notdürftig versorgt worden. Mehr waren seine Kollegen dort häufig nicht in der Lage zu tun. Sie arbeiteten unter Zeitdruck sowie unter mangelnden hygienischen Verhältnissen und nicht selten mit detonierenden Geschossen im Nacken.

„Dr. Bader. Machen Sie eine Stunde Pause. Sie arbeiten schon seit Wochen fast pausenlos. Selbst Sie brauchen einmal etwas Schlaf."

Samuel ignorierte die Worte von Schwester Anita und griff nach dem frischen Skalpell. Als er die Wunde betrachtete, verschwamm für einen kurzen Moment alles vor seinen Augen. Angestrengt kniff er sie zusammen.

„Dr. Bader. Wenn Sie sich nicht augenblicklich eine Stunde hinlegen, werde ich Ihnen dermaßen gegen das Schienbein treten, dass Sie meiner Aufforderung gerne Folge leisten“, herrschte die Diakonisse ihn an.

Samuel blickte in ihre Augen, die eine sehr viel sanftere Sprache sprachen als ihre Worte. Er spürte wieder diesen drückenden Kopfschmerz, den er in den vergangenen Wochen immer wieder gehabt hatte, und gab schließlich nach. Vielleicht war er jetzt tatsächlich erschöpft genug, um endlich einmal schlafen zu können, ohne Elisa vor sich zu sehen, wie sie Georg Alder anlächelte.

Mit einer langsamen Bewegung legte er das Skalpell zurück. Dann verließ er den Operationssaal. Bleierne Müdigkeit legte sich auf ihn, und er taumelte mehr ins Arztzimmer, als dass er ging. Dort angekommen, wusch er sich die Hände und wandte sich gerade der unbequemen schmalen Pritsche zu, als Schwester Anita hereinkam.

„Dr. Bader? Es tut mir leid, dass ich Sie doch noch mal störe, aber nebenan ist ein Patient ...“

Samuel wusste sofort, dass Schwester Anita damit einen ganz besonderen Patienten meinte, einen, den sie keinem anderen Arzt zuweisen würde. „So viel zu Ihrer Fürsorge“, knurrte er und folgte der drahtigen Frau, die mit einer erstaunlichen Gewandtheit durch die nur wenig geöffnete Tür schlüpfte und in dem Raum mit der Hintertür verschwand. Samuel betrachtete den Mann, der sich krümmend auf dem länglichen Holztisch wand.

Der Patient blickte ihn mit dunklen Augen misstrauisch an.

„Was ist passiert?“, fragte Samuel.

Der Mann streckte ihm seine beiden Hände entgegen. Sie wiesen ausgeprägte Verbrennungen auf.

Schwester Anita drückte ihn mit ihrem Ellenbogen etwas beiseite und breitete verschiedene, medizinische Instrumente vor ihm aus. „Sie suchen überall nach ihnen. Notfalls brennen sie mögliche Verstecke nieder oder schießen einfach überall hinein“, flüsterte sie ihm zu.

„Ich dachte, es gibt keine Juden mehr in Berlin“, gab er ebenso leise zurück und machte sich daran, die Wunden zu säubern.

„Es gibt noch viele von uns“, presste der junge Mann zwischen zusammengebissenen Zähnen hervor. Seine Worte klangen beinahe aggressiv. „Dank solcher Leute wie Ihnen oder Schwester Anni.“

„So, wie Schwester Anni“, brummte Samuel und warf der Frau einen prüfenden Blick zu.

Offenbar tat die Schwester weitaus mehr, als nur hin und wieder einen Verletzten ins Krankenhaus einzuschleusen.

Jemand riss die Tür auf. Samuel arbeitete weiter, doch eine Hitzewelle jagte ihm den Rücken hinauf.

„Entschuldigung. Ich dachte, hier ist das WC“, murmelte eine männliche Stimme und die Tür schloss sich wieder.

Samuel blinzelte ein paar Mal. Seine Hände zitterten. Mit einer unwilligen Handbewegung strich er sich mit dem Ärmel seines Kittels den Schweiß von der Stirn.

„Können Sie mir irgendetwas über die neuesten politischen Entwicklungen sagen?“, fragte der Verletzte, der in seinen Verstecken keine Möglichkeit hatte, etwas zu erfahren.

„Was wissen Sie denn?“

„Die letzten Informationen sind von Ende November. Hat Roosevelt endlich in den Krieg eingegriffen?“

„Hat er. Hitler hat den Amerikanern den Krieg erklärt, nachdem die Japaner Pearl Harbor niedergemacht haben. Fragen Sie mich nicht, wer mit der Kriegserklärung schneller war, Hitler oder Roosevelt."

„Ich sollte den Japanern dankbar sein", keuchte der Mann, der unter Samuels Behandlung nun doch zunehmend Schmerzen bekam. „Erzählen Sie mir mehr", forderte er ihn dennoch auf.

„An der russischen Front sieht es für die Deutschen nicht gut aus, selbst wenn die Propagandamaschinerie etwas anderes behauptet, und am Wannsee haben deutsche Ministerien unter Reichssicherheitschef Heydrich die Endlösung der Judenfrage beschlossen."

„Sie sind gut unterrichtet", stöhnte der Mann und musterte ihn einen Moment intensiv.

„Beziehungen in die Reichskanzlei", raunte Schwester Anita dem Verletzten zu.

„Was noch?"

Samuel forderte die Krankenschwester mit einer knappen Handbewegung auf, die Wunde zu spülen. Nachdenklich betrachtete er den schlanken Mann. Ob er ihm erzählen sollte, was Moritz ihm gegenüber in Bezug auf die Massentransporte von Juden in ein Lager nach Auschwitz angedeutet hatte? Sicherlich fragte auch er sich, warum dieses Lager offenbar niemals voll wurde. Er entschied sich dagegen, sagte aber: „Die englischen Bomber haben Lübeck so gut wie zerstört."

Den Rest der Behandlung verbrachten die drei schweigend, und schließlich machte sich Schwester Anita daran, die Arme zu verbinden und dem Mann Verbandsmaterial in eine Tasche zu packen.

Der Patient bedachte die Diakonisse mit einem liebevollen Blick und Samuel mit einem leise gehauchten „Danke" und verschwand.

„Ich gebe Ihnen eine Stunde, Doktor", erklärte Schwester Anita lächelnd und verließ ebenfalls den Raum.

Samuel machte sich daran, die Spuren der kleinen Operation zu beseitigen, breitete ein weißes Tuch über den

Tisch und legte sich darauf nieder. Einen kleinen Moment lang schob sich Elisa Steigers liebevolles Lächeln in seine Gedanken, bevor er schnell eingeschlafen war.

Als er aufwachte, war es früher Abend und sein Magen knurrte. Langsam schob er sich von dem Tisch und streckte seine steif gewordenen Gliedmaßen. Schwester Anita hatte ihn wieder einmal hereingelegt, als sie ihm angedroht hatte, ihn nach einer Stunde zu wecken. Er hatte sich darauf verlassen – und sie sich wohl darauf, dass er sich auf sie verließ. So hatte sie ihn zu mehreren Stunden Schlaf verdonnert.

Samuel fühlte sich etwas erholter, und da seine reguläre Schicht ohnehin zu Ende war, nahm er sich vor, nach Hause zu gehen, um dort etwas zu sich zu nehmen.

Die Straßenbahn fuhr nicht, und so brauchte er sehr lange, bis er in der kleinen Pension ankam, in der er ein Zimmer hatte. Ein Brief war unter seinem Türspalt hindurchgeschoben worden. Samuel hob ihn auf, öffnete den Umschlag und zog die Seiten heraus. Sofort erkannte er die Handschrift seiner Schwester. Er ließ sich auf sein Bett fallen, um ihn zu lesen.

Charlotte schrieb von den Steigers. Bislang hatte sie ebenso wie seine Mutter dieses Thema in ihren Briefen vermieden. Wahrscheinlich ahnten sie, wie sehr es ihn schmerzte. Der junge Mann atmete tief durch. Charlotte berichtete davon, dass Elisas Mutter bei der Geburt ihres Sohnes gestorben war. Betreten schüttelte er den Kopf. Hanna hatte zu Beginn ihrer Ehe bereits einige Kinder verloren und war in den letzten Jahren viel zu knapp hintereinander schwanger geworden. Dieses Mal war es nicht gut gegangen.

Er legte den Brief auf die Bettdecke, stützte die Ellenbogen auf die Oberschenkel und barg sein Gesicht in seinen Handflächen. „Elisa“, murmelte er. All sein Schmerz lag in diesem einen leise ausgesprochenen Wort.

Es dauerte lange, ehe er den Brief seiner Schwester wieder zur Hand nahm. Charlotte verlieh in ihrem Brief ihrer Sorge um Elisa Ausdruck. Sie fragte sich, wie die junge Frau wohl mit der Situation zurechtkam, nun, da sie noch mehr Verantwortung zu tragen hatte als bisher schon. Ihr Vater war tagsüber auf dem Feld und die alte Großmutter sehr gebrechlich. Nun musste sie ihren Geschwistern und den Pflegekindern auch noch die Mutter ersetzen. Sie hatte zwar eine polnische Magd an ihrer Seite, diese hatte jedoch in derselben Nacht entbunden wie Hanna Steiger.

Samuel blickte über die Briefseiten hinweg auf die geschlossene Zimmertür. Charlotte schrieb nichts von Georg oder von Elisas Schwangerschaft.

Noch einmal las er die Zeilen, dann sprang er auf die Füße.

Er hatte bei seinem Besuch im Warthegau im Januar nicht Hanna und Elisa Steiger über den Hof gehen gesehen, sondern Hanna und diese Magd. Elisa war gar nicht schwanger gewesen. Georg Alder hatte lediglich die sich ihm bietende Situation geschickt genutzt und ihn übel getäuscht.

Samuel warf den Brief auf sein Bett und zog seine Reisetasche darunter hervor. In Windeseile packte er ein paar Sachen ein und schrieb einen Brief an das Krankenhaus. Darin meldete er sich für unbestimmte Zeit ab, da er aus dringenden familiären Gründen verreisen musste. Was das Krankenhaus mit dieser Mitteilung machen würde, war ihm im Moment gleichgültig. Vielleicht konnte Schwester Anita ja sein plötzliches Verschwinden erklären. Irgendwie war sie ihm das auch schuldig.

Wenig später verließ er sein Zimmer, schloss ab und lief durch den Flur bis zur Haustür. Er zog sie fest hinter sich zu und eilte die Stufen hinunter auf die Straße und lief in Richtung Bahnhof.

Ein dunkler Schatten trat hinter einer Hecke hervor und folgte ihm.

Kapitel 31

Moritz kontrollierte die Verdunklung an den Fenstern und machte dann das Licht an. Als Nächstes ging er zur Eingangstür im Flur hinüber und verschloss sie sorgfältig. Er ließ den Schlüssel stecken und kam zurück zum Wohnzimmertisch. Vorsichtig hob er das schwere Eichenmöbel beiseite, rollte den Teppich auf und löste die Parkettdiele.

Er holte eine Pappröhre hervor, setzte sich auf seine Couch und begann, die Papiere herauszuziehen. Nebeneinander legte er sie vor sich auf den Boden und begann interessiert zu lesen.

Er war noch nicht weit gekommen, als er eilige Schritte aus dem Treppenhaus vernahm. Vermeintlich ruhig raffte er mit den Händen die Papiere wieder zusammen, rollte sie ein und schob sie zurück in die Röhre. Kaum hatte er diese in ihr Versteck zurückgelegt, klopfte es an die Tür.

Moritz verschloss das Loch im Boden und rollte den Teppich über die Diele.

Das Klopfen wurde fordernder.

So leise wie möglich hob er den Tisch an und setzte ihn mit so viel Präzision ab, dass die vier Tischbeine genau in den niedergedrückten Stellen des Teppichs versanken. Er warf einen letzten, prüfenden Blick auf die Anordnung und ging dann entschlossenen Schrittes auf die Eingangstür zu.

„Moritz? Ich weiß, dass du da bist!"

Moritz atmete hörbar aus. Es war nur Samuel. „Woher willst du das denn wissen?", fragte er und griff nach dem Schlüssel.

„Weil ich den Schlüssel im Schloss sehe", antwortete Samuel und schob noch leise „... du Idiot" hinterher.

„Du bist ja bester Laune", begrüßte Moritz seinen Freund, als er die Tür öffnete.

Samuel drückte sich eilig an ihm vorbei und stürmte in die Wohnung.

Moritz blickte ins Treppenhaus und schloss die Tür wieder. „Was willst du hier? Du siehst übrigens grauenhaft aus. Hast du in der letzten Zeit überhaupt mal geschlafen?"

„Kaum", antwortete Samuel und ließ sich auf die Couch fallen, auf der Moritz Minuten zuvor noch äußerst brisante Papiere gesichtet hatte.

„Armer Kerl", beteuerte Moritz und setzte sich ihm gegenüber in einen Sessel.

„Hör mir zu", forderte Samuel den Freund kurz angebunden auf.

„Gerne", antwortete Moritz unbeeindruckt von dem forschen Tonfall seines Freundes.

Endlich berichtete Samuel ausführlich über seinen Aufenthalt in Polen am Anfang des Jahres und Moritz hörte ihm schweigend zu. Samuel erzählte ihm von seinem Zusammentreffen mit Georg Alder und von den beiden schwangeren Frauen, die er auf dem Hof der Steigers aus der Ferne gesehen hatte. Schließlich teilte er ihm mit, was seine Schwester ihm geschrieben hatte.

Es wunderte Moritz kein bisschen, was er über die neuerliche Intrige Georg Alders hörte. Er liebte Anne, Georgs Schwester, und verstand auch, weshalb sie ihren Bruder in Schutz nahm, doch dass dieser Mann Samuel Bader aus dem Weg haben wollte, stand für ihn außer Frage. Ihm fiel ein, dass Anne ihm erzählt hatte, dass ihrem Vater eine Luger aus dem Haus gestohlen worden war. Konnte es sein, dass nicht ein Fremder, sondern Georg sie an sich genommen hatte? Wenn er sich recht erinnerte, hatte der Einbruch im Januar stattgefunden, etwa zu der Zeit, als

Samuel im Warthegau gewesen war. In dem Fall konnte sein Freund froh sein, dass es gar nicht zu einem Treffen zwischen ihm und Elisa gekommen war. Wer weiß, zu was Georg fähig gewesen wäre ...

Samuel schloss mit den Worten: „Alder hat mich getäuscht."

„Die Frage ist nur, woher er wusste, dass du auf dem Weg zu Elisa warst."

„Schau mal zum Fenster raus." Samuel deutete mit dem Daumen über seine Schulter hinweg zum Fenster.

Moritz schaute auf die Verdunklung, ging jedoch nicht zum Fenster hinüber. Er wusste auch so, worauf Samuel anspielte. „Hettinger", sagte er nur.

„Und genau deshalb bin ich hier. Du musst mir helfen, zu Elisa zu gelangen, ohne dass Hettinger oder Alder etwas mitbekommen."

Moritz nickte und blickte auf den Teppich hinunter, der sein eigenes Geheimnis verbarg. Es würde nicht allzu schwer sein, Samuel ungesehen bis an den Bahnhof zu schaffen.

Samuel stand am Fenster, den Stoff, der zur Verdunklung an den Rahmen geheftet war, ein Stück zur Seite gezogen, und schaute auf die Straße hinunter. Moritz verließ in seinen, Samuels, Mantel gehüllt das Haus und verschwand in der Richtung, aus der er selbst nur eine halbe Stunde zuvor gekommen war. Tatsächlich löste sich aus dem Schatten des angrenzenden Hauses eine dunkle Gestalt und folgte ihm vorsichtig.

Samuel trat vom Fenster zurück. Er ging zum Eichentisch hinüber, griff nach der Jacke seines Freundes und nach dessen Reisetasche, in die er seine Sachen umgepackt hatte, und sah sich noch einmal prüfend um. Er hatte nichts vergessen.

Langsam ging er in den Flur, öffnete die Tür und zog sie leise hinter sich ins Schloss. Ein Lächeln legte sich auf seine Lippen, als er die Stufen hinunterging und das Haus verließ. Er blickte noch einmal in die Richtung, in die Moritz und sein Verfolger verschwunden waren, dann wandte er sich um und lief die Straße hinunter in Richtung Bahnhof.

Samuel musste bis in die frühen Morgenstunden auf einen Zug in Richtung Polen warten, doch das machte ihm nichts aus. Als Arzt hatte er sich inzwischen daran gewöhnt, auch einmal im Sitzen zu schlafen.

Als der Zug mit lautem Getöse und quietschenden Bremsen in die Bahnhofshalle einfuhr, dachte er daran, dass Moritz inzwischen sicherlich wieder in seinem eigenen Bett liegen würde, nachdem er aus dem Fenster in seiner Pension geklettert und über einen Hinterhof in die angrenzende Straße verschwunden war. Wieder schlich sich dieses Lächeln auf sein Gesicht. So würde Peter Hettinger, wenn es gut lief, vorerst nicht auf den Gedanken kommen, dass er nicht mehr in der Stadt war.

Dampf entwich der schwarzen Lok und zog durch das Gebäude, um sich schließlich aufzulösen. Menschen drängten aus den Abteilen, während andere, so wie er, ungeduldig darauf warteten, einsteigen zu können.

Als er seinen Platz eingenommen hatte und der Zug endlich wieder losfuhr, verschränkte Samuel seine Arme vor der Brust und senkte den Kopf. Er dankte Gott für eine weitere Möglichkeit, mit Elisa sprechen zu können, und mit einem zufriedenen Lächeln auf dem Gesicht schlief er ein.

Kapitel 32

Elisa warf einen kurzen Blick in das Bett, in dem ihr kleiner Bruder Hannes und Sylwias Baby Alicja lagen. Die beiden Kinder schliefen friedlich. Ihr Anblick entlockte der jungen Frau ein Lächeln.

Marlies und Manuel saßen am Küchentisch und malten, während ihr älterer Bruder Manfred mal wieder, ohne Bescheid zu geben, verschwunden war. Allerdings machte sich Elisa nicht mehr so große Sorgen um ihn. Allmählich wurde der Junge ruhiger und seine Streifzüge durch die Gegend brachten ihn niemals sehr weit von seinem neuen Zuhause fort. Inzwischen akzeptierte er es wie Manuel und Marlies, von Elisa oder Sylwia bemuttert zu werden. Hin und wieder lächelte er sie sogar an oder bedankte sich, wenn sie ihm ihre Aufmerksamkeit geschenkt hatten.

Elisa warf einen kurzen Blick auf Amalie und Frank, die gemeinsam im Flur spielten, und bat sie, leise zu sein, damit die Babys nicht geweckt würden. Dann griff sie nach dem Korb und verließ die Küche durch die Hintertür. Sie würde in die Stadt gehen, um dort ein paar Kleinigkeiten einzukaufen, und auf dem Rückweg Friederike und Anton von der Schule abholen.

Wenn sie sich beeilten, konnten sie vielleicht noch einen kurzen Besuch bei Vera machen, überlegte Elisa. In dem Moment entdeckte sie Sylwia, die hinter einem der Stallgebäude hervortrat. Die junge Mutter hatte sich von der Geburt schnell erholt und arbeitete schon wieder tatkräftig im Haushalt und in der Landwirtschaft mit. Allerdings wirkte die Polin in den letzten Tagen sehr unruhig. Elisa bemerkte diese Veränderung auch heute. Vielleicht sehnte sie sich ihren Mann herbei, von dem sie nicht wusste, was mit ihm geschehen war. Immerhin hatte sie gerade erst seine Tochter zur Welt gebracht.

Traurig betrachtete Elisa Sylwias rundlicher gewordenes Gesicht und winkte dann zu ihr hinüber. Das Winken der jungen Frau fiel nur halbherzig aus, und sie verschwand schnell durch die offen stehende Stalltüre.

Der Zufahrtsweg war von wild wachsendem Gras und einigen hübsch anzusehenden Margeriten überwuchert, die ihre weißen Köpfe im leichten Wind wippen ließen. Elisa ging zwischen ihnen hindurch und gab darauf acht, keine der Blumen zu zertreten. Sie würden einen hübschen Strauß für die Vase auf dem Grab abgeben. Die junge Frau blinzelte ein paar Tränen weg, als sie auf die unbefestigte Landstraße trat. Seit beinahe zwei Wochen war ihre Mutter nun schon tot, und noch immer fiel es ihr schwer, das zu begreifen. Immer wieder hatte sie das Gefühl, sie müsste jeden Moment durch die Küchentür treten, um ihr bei der Vorbereitung des Essens zu helfen. Und wenn der kleine Hannes schrie, war ihr erster Impuls oft der, schnell ihre Mutter zu rufen, damit sie ihn stillte, bis dann Sylwia erschien, die als Amme für den Jungen einsprang.

Elisa ging an den Feldern vorbei, die sie noch vor einigen Wochen mühsam von den größeren Steinen befreit hatten, damit ihr Vater halbwegs vernünftig pflanzen konnte, und warf einen Blick auf das Wäldchen in einiger Entfernung. Sie sog die verschiedenen Grünfacetten der Landschaft um sich herum in sich auf und genoss die warme Luft. Die Lebensfreude, die die neu erwachte Natur verströmte, tat ihr unendlich gut.

Von hinten näherten sich ihr Hufschläge und das Rollen von Kutschrädern. Elisa beachtete es jedoch nicht, sondern erfreute sich weiter an dem farbenfrohen Frühling. Als das Schnauben der Pferde unmittelbar hinter ihr zu hören war, wich sie auf das Grün neben dem Weg aus und wandte sich um.

Der Wagen hielt neben ihr an. Auf dem Kutschbock erblickte sie Georg Alder. Neben ihm saß seine Mutter und winkte ihr freundlich zu. „Guten Tag, Lisa, schön, dich zu sehen!“, rief die Frau herunter. In ihrer Stimme lag aufrichtiges Mitleid. „Wie geht es euch denn? Kommt ihr zurecht, du und dein Vater?“

„Guten Tag, Frau Alder. Danke der Nachfrage. Es geht schon irgendwie, auch wenn es nicht immer einfach ist“, gab sie zögerlich zurück. Sie wünschte, sie würden weiterfahren. Georgs Anwesenheit machte sie nervös, zumal dieser sie unverhohlen musterte.

„Vielleicht findest du einmal die Zeit für einen Besuch, Lisa. Wir würden uns sehr freuen, nicht wahr, Georg?“, sprach die Frau weiter und legte ihrem Sohn eine Hand auf den Arm.

Georgs Blick wurde noch intensiver, aber seine einzige Antwort war ein Nicken.

Frau Alder fuhr fort: „Anne fragt in ihren Briefen gelegentlich nach dir. Sie würde sich sicher freuen, wenn du ihr mal wieder schreiben würdest. Sie meinte, sie habe schon lange nichts mehr von dir gehört.“

Elisa runzelte die Stirn. Sie hatte doch geschrieben. So viele Male, wann immer ihr arbeitsamer Alltag es zuließ. Aber Anne hatte ihr nie geantwortet. Noch ehe sie antworten konnte, meldete sich Georg zu Wort.

„Ich habe es eilig, Mutter, und Lisa hat mit Sicherheit noch etwas zu erledigen. Sie muss jetzt immerhin die Aufgaben von zwei Frauen erledigen.“ Er ließ die Zügel auf die Rücken der beiden schweren Stuten klatschen, und diese zogen augenblicklich an. Dabei blickte er sie noch immer eindringlich an.

Ein kalter Schauder lief über Elisas Rücken. Ob er noch immer an seinem Plan festhielt, sie zu heiraten?

„Auf Wiedersehen, Lisa. Und bitte grüße deine Familie!“, rief Frau Alder ihr noch über die Schulter nach, ehe sie sich wieder nach vorne drehte.

Die Kutsche ratterte davon. Die junge Frau blieb im hohen Gras der Böschung stehen und sah dem Gefährt nach, bis es hinter einer Baumgruppe verschwunden war.

Sie war vollkommen verwirrt. War es nicht seltsam, dass Anne ihr nicht mehr schrieb, sich jedoch bei ihren Eltern nach ihr erkundigte?

Gedankenversunken setzte Elisa ihren Weg fort. Georg hatte ihr Samuel genommen, aber mit Sicherheit nicht nur, um ihn von ihr fernzuhalten. Er wollte eine Heirat mit ihr erzwingen und vermutlich ging ihm so langsam die Geduld aus. Sie fragte sich, ob sie wohl mit ihrem Vater einmal über die Angelegenheit sprechen sollte. Vielleicht konnte er Georgs Eltern darum bitten, Georg zur Vernunft zu bringen.

Langsam ging sie auf eine Wegkreuzung zu und sah auf einem der einbiegenden Wege eine männliche Gestalt, die sich ihr mit eiligen Schritten näherte.

Elisa wurde langsamer, bis sie schließlich stehen blieb. Sie hatte keine Lust, schon wieder jemandem zu begegnen. Zudem trug der Mann eine Reisetasche mit sich. Mit Sicherheit kannte sie ihn nicht.

Prüfend sah die junge Frau sich um. Ob sie umkehren und ihre Einkäufe auf den nächsten Tag verschieben sollte? Aber vielleicht bog der Fußgänger ja an der Kreuzung ab, sodass sie sich nicht einmal grüßen mussten.

Elisa ging langsam weiter und stellte fest, dass der Mann tatsächlich ihren Weg einschlug. Nun konnte sie nicht mehr einfach umdrehen. Sie senkte ihren Kopf; vielleicht hielt ihn das davon ab, sie anzusprechen.

Die festen, schnellen Schritte des Mannes kamen näher. Als diese ganz plötzlich verharrten, hob sie verwundert den Kopf. Der Mann stand nur wenige Meter von ihr entfernt da. Als sie den Blick auf ihn richtete, sah sie in die blauen Augen von Samuel Bader.

„Samuel!“, entfuhr es ihr und ihr Herz begann heftig zu schlagen.

Samuel war unrasiert, was sein Gesicht sehr dunkel wirken ließ. Doch das Lächeln, das sich darauf ausbreitete, erhellte es sofort.

Elisa schüttelte irritiert den Kopf. Was machte er hier? Der Hof seiner Eltern lag in der entgegengesetzten Richtung.

„Elisa“, sagte er und kam ein paar Schritte näher.

Die junge Frau fühlte sich völlig überfordert. Sie wusste nicht, was sie tun oder sagen sollte. Mit ihren großen Augen schaute sie ihn fragend an.

„Ich war auf dem Weg zu dir, Elisa“, erklärte er ihr.

Elisa schwieg noch immer. Ihre Gedanken jagten wild durcheinander.

„Wir müssen miteinander reden.“ Samuel stellte seine Tasche an den Wegesrand. „Ich war im Januar schon einmal hier, Elisa.“

„Ich habe davon gehört“, erwiderte sie leise. Aufmerksam sah sie ihn an und spielte aufgeregt mit ihren Fingern.

„Ich war schon an der Zufahrt zu eurem Haus, als Georg Alder auftauchte. Während wir sprachen, kamen nacheinander zwei Frauen aus dem Haus. Beide waren schwanger, und Alder ließ mich in dem Glauben, du seist eine der beiden. Er erklärte mir, dass er dich demnächst heiraten würde. Elisa, er ...“ Samuel brach abrupt ab. Er senkte leicht den Kopf, dennoch konnte Elisa eine unvorstellbare Qual in seinem Gesicht erkennen. Er hatte die ganze Zeit über mindestens genauso gelitten wie sie.

Elisa stellte ihren Korb auf den Boden, ging zu ihm und berührte sanft seine Oberarme.

„Elisa!“, seufzte Samuel, ergriff ihre zitternden Hände und drückte sie gegen seine Brust.

Sie spürte sein Herz schlagen und blickte zu ihm auf. Ihre Unsicherheit und Furcht waren verschwunden. Samuel war da. Jetzt würde alles gut werden. Tränen begannen in ihren Augen zu schimmern.

Samuel nahm ihr Gesicht zwischen seine beiden Hände. „Was hätte ich tun sollen, Elisa?“

„Dich fragen, ob das überhaupt hätte möglich sein können. Kennst du mich denn kein bisschen?"

„Ich war nicht in der Lage, einen klaren Gedanken zu fassen. Ich bin beinahe verrückt geworden bei der Vorstellung ..." Samuel schloss die Augen und schüttelte den Kopf.

Elisa lehnte ihre Stirn gegen seine Schulter und spürte sein Zittern. Er löste eine Hand von ihrer Wange und legte sie um ihre Hüfte, mit der anderen strich er über ihren Hals und legte sie schließlich in ihren Nacken. „Sieh mich bitte an, Elisa", bat er sie leise.

Elisa schloss für einen kurzen Moment die Augen. Ein wohliger Schauer lief durch ihren Körper. Dann nahm sie den Kopf von seiner Schulter und blickte ihn an.

„Was auch immer geschehen ist, Elisa, oder was in den nächsten Wochen, Monaten oder Jahren mit uns geschehen wird, ich möchte, dass du weißt, wie sehr ich dich liebe."

Ein strahlendes Lächeln legte sich auf Elisas Gesicht. Sie fühlte sich federleicht.

Offenbar schien ihm dieses Lächeln als Antwort zu genügen. Mit einer heftigen Bewegung zog er sie an sich und vergrub sein Gesicht in ihrem Haar.

Sie genoss seine Umarmung und das beruhigende Gefühl seiner Gegenwart. Wie hatte sie sich danach gesehnt, in seinen Armen liegen zu können!

Samuel küsste ihre Stirn, ihre Wange und schließlich ihre Lippen.

Als er sie noch dichter zu sich heranzog, begann sie sich sanft zu wehren, woraufhin Samuel die Umarmung löste und sie mit einem verlegenen Lächeln bedachte. „Ich weiß, ich sollte dich kennen. Wie konnte ich Georg nur glauben ..."

„Du hättest im Januar schon wissen können, dass ich mehr vor einer Eheschließung niemals zulassen würde."

Samuel zog mit einem entschuldigenden Blick die Schultern in die Höhe. Schließlich murmelte er: „Ich muss so bald wie möglich mit deinem Vater sprechen, Elisa."

Sie trat einen Schritt zurück und der junge Arzt musste sie endgültig aus seinen Armen entlassen. Allerdings griff er sofort nach ihren Händen.

„Damals im Sammellager habe ich dich hingehalten, weil Georg damit drohte, dir in Berlin einen seiner Parteifreunde auf den Hals zu hetzen. Heute ist es keine Ausrede aus Angst um dich, Samuel: Ich kann hier nicht fort."

„Charlotte hat mir vom Tod deiner Mutter geschrieben." Er blickte ihr tief in die Augen. „Es tut mir so leid. Ich wünschte, ich wäre hier gewesen."

„Es ging alles sehr schnell. Selbst wenn du in dieser Zeit bei deinen Eltern gewesen wärst – du hättest nicht rechtzeitig vom Hof deiner Eltern bis hierher kommen können", versuchte sie ihn zu beruhigen und doch traten Tränen in ihre Augen. Immer und immer wieder hatte sie sich gewünscht, dass Samuel Bader damals in der Nähe gewesen wäre. Jetzt erst wurde ihr klar, dass auch er ihrer Mutter nicht mehr hätte helfen können. Aber ihr – ihr hätte er in ihrer Trauer und Angst beistehen können.

Samuel wischte ihr sanft die Tränen von den Wangen. „Du hast nie meine oder Annes Briefe bekommen, nicht wahr?", fragte er.

Elisa atmete mit offenem Mund ein, hielt den Atem einen Moment lang an und blickte dann den Weg entlang, wo vor wenigen Minuten noch Georg hinter dem Waldstück verschwunden war. „Du hast mir geschrieben? Und Anne auch? Ich habe an sie so viele Briefe geschickt und keine Antwort mehr erhalten. Wie hat Georg das geschafft ...?" Ihre Frage war mehr an sich selbst als an Samuel gerichtet. „Hat er tatsächlich so viel Einfluss?"

„Du solltest ihn nicht überschätzen, Elisa", wehrte Samuel ab.

Sie sah zu ihm hinauf. Die Tatsache, dass Georg in der Lage war, die Briefe von Anne und Samuel an sie wie auch die ihren an die beiden abzufangen, machte ihr zusätzlich Angst vor ihrem Nachbarn. „Und du hast mit Anne gesprochen?", fragte sie.

„Einmal. Du erinnerst dich doch sicherlich an Moritz Steinfurt, meinen Freund aus Berlin? Er hat – nun, sagen wir intensiveren Kontakt zu Anne."

Verwirrt nickte Elisa. „Du musst mir das alles genau erzählen. Aber wir sollten das auf später verschieben. Ich muss in die Stadt und habe heute noch viel zu erledigen."

„Ich auch. Ich muss mit Roman über seine bezaubernde Tochter sprechen."

Elisa löste ihre Hände aus seinen. Sie wollte sich gerade nach ihrem Korb bücken, als Samuel nach ihrem Arm griff und sie daran hinderte, sich von ihm wegzudrehen. „Warte, Elisa", sagte er und zog sie noch einmal in seine Arme.

Mit wild klopfendem Herzen sah sie zu ihm auf.

„Willst du meine Frau werden, Elisa Steiger?"

„Samuel, ich habe dir doch schon ge–"

„Wie wir alle anstehenden Schwierigkeiten lösen, können wir später besprechen. Ich möchte einfach nur wissen, ob du mich liebst und mich heiraten möchtest – wann auch immer das sein wird."

„Ja, das möchte ich gerne", wagte sie ehrlich zu sagen. Dabei ignorierte sie das warnende Gefühl, das sich in ihr ausbreitete.

Teil 5

Sommer 1944–Winter 1945

Er ging mit ihnen um wie ein Adler,
der seine Jungen fliegen lehrt:
Der wirft sie aus dem Nest, begleitet ihren Flug,
und wenn sie fallen, ist er da,
er breitet seine Schwingen unter ihnen aus
und fängt sie auf.
5. Mose 32,11; Hfa

Kapitel 33

Die letzten Sonnenstrahlen strichen über den Hügelkamm und berührten sanft die hellen Stämme der Birken. Schwalben zogen ihre Kreise zwischen dem Haupthaus und den kleinen Nebengebäuden, die mit viel Energie und Fleiß wieder in Schuss gebracht worden waren. Die Felder gaben bei Weitem nicht das her, was die Steigers von der Schwarzerde Bessarabiens gewohnt waren, doch sie hatten ihr Auskommen und fühlten sich im Warthegau inzwischen wohl, wenn auch nicht heimisch.

Allerdings schwand dieses Wohlbehagen in den vergangenen Wochen mit dem Aufziehen der Dämmerung. Immer öfter kam es auch in ihrer Gegend zu Übergriffen von Partisanengruppen auf die Deutschen. An diesem Abend dachte Elisa jedoch nicht an die Gefahr durch die Männer, die nicht zimperlich damit waren, wenn es darum ging, von ihren Schusswaffen Gebrauch zu machen oder Feuer zu legen, und die aus dem Nichts aufzutauchen schienen und ebenso schnell wieder verschwanden. Sie saß auf der Holzbank vor dem Haus und öffnete mit fliegenden Fingern den Brief, den sie heute bekommen hatte. Erst jetzt fand sie die Ruhe und Zeit, ihn zu lesen. Er war an Friederike Steiger adressiert und als Absender war Anita Kleber, eine Diakonisse aus Berlin, angegeben. Schon seit über zwei Jahren nutzten Samuel und sie diesen Weg, um zu verhindern, dass Georg ihre Briefe abfing. Neben dem Brief von Samuel fand Elisa auch noch ein Papier mit eng beschriebenen Zeilen von ihrer Freundin Anne.

Elisa las zuerst die Zeilen ihres Verlobten. Samuel fragte, ob Georg inzwischen doch herausgefunden hatte, dass sie verlobt war. Roman Steiger hatte vor einiger Zeit ein ernstes Gespräch mit Georgs Vater und Georg selbst geführt. Dabei hatte er sehr deutlich gemacht, dass er wünsche, dass der junge Mann seine Tochter endlich in Ruhe ließ. Er habe von ihr nichts zu erwarten. Georg hatte sich daraufhin tatsächlich zurückgezogen und war seiner Arbeit, aber auch seinem politischen Engagement immer intensiver nachgegangen. Doch jetzt schien sich in Berlin das Interesse von Peter Hettinger, der inzwischen innerhalb der Gestapo einen festen Platz gefunden hatte, wieder vermehrt auf Samuel zu konzentrieren.

Samuel bat sie, Georg gegenüber weiterhin sehr vorsichtig zu sein. Außerdem sollte sie ihren Vater über die Veränderung informieren. Immerhin war er – und dessen Freundschaft zu Georg Alders Vater – noch immer ihr bester Schutz.

Nachdenklich hob Elisa den Kopf. Das Briefpapier ruhte in ihren Händen und der leichte Abendwind, der über die Felder strich, brachte es zum Rascheln. In einiger Entfernung entdeckte sie die dunklen Umrisse zweier Personen, die im Schatten des Haines miteinander sprachen. Dann umarmten sie sich und schließlich verschwand die größere Gestalt zwischen den Bäumen, während die andere noch eine ganze Weile stehen blieb.

Als auch die zweite Person hinter dem Schuppen aus ihrem Blickfeld verschwand, runzelte Elisa die Stirn. Ob das Friederike war, die sich heimlich mit einem Mann getroffen hatte? Aber mit ihren 15 Jahren war sie dafür doch noch zu jung. Elisa seufzte leise auf. Sie musste vielleicht dringend mit ihrer jüngeren Schwester sprechen. Immerhin war sie nun schon seit fast zwei Jahren Mutterersatz für das Mädchen.

Elisa war nicht gerade erfreut über eine weitere herausfordernde Aufgabe. Ihr Alltag stellte schon genug Anforderungen an sie, doch sie sah die Notwendigkeit und überlegte einen Augenblick, ob sie nicht Sylwia bitten sollte, das Gespräch mit Friederike zu übernehmen.

Leise seufzend zog sie Annes Brief hervor und begann ihn zu lesen, wurde jedoch unterbrochen, als sie Schritte näher kommen hörte. Sie blickte wieder auf und sah Sylwia Nowak aus Richtung Schuppen zum Haus herüberkommen. Sie war sichtlich überrascht, Lisa um diese Zeit hier draußen anzutreffen. Ob sie es gewesen war, die sie gerade eben dort draußen gesehen hatte?

Die junge Polin setzte sich zu ihr auf die Bank. „Wieder Post aus Berlin?“, fragte sie lächelnd.

„Ja. Von Anne und Samuel.“

„Das ist schön. Gut für dich“, erwiderte Sylwia, erhob sich wieder und betrat eilig das Haus.

Nachdenklich wandte Elisa sich um und blickte auf die langsam zuschwingende Eingangstür. Eigentlich sollte sie Mitleid mit Sylwia haben. Immerhin hatte sie noch immer nichts von ihrem Mann und dem Vater ihrer inzwischen zweijährigen Tochter gehört. Aber der Gedanke, dass es Sylwia gewesen sein musste, die sie vorhin mit einem Mann gesehen hatte, ließ sie nicht los. Hatte Sylwia inzwischen ihren Ehemann aufgegeben und ihr Herz einem anderen geschenkt? Aber wem? Sie verließ den Hof doch praktisch nie. Oder wusste sie sehr wohl, wo ihr Mann war? War er die zweite Person gewesen?

Mit weit aufgerissenen Augen und einem aufgeregt schlagenden Herzen wandte Elisa sich wieder nach vorne um. Hatte ihre Magd nicht seit geraumer Zeit immer wieder sehr unruhig und zerstreut gewirkt? Bisher hatte sie angenommen, es läge daran, dass sie sich zwar für Elisa über ihr wiedergefundenes Glück freute, selbst jedoch immer mehr unter der Trennung von ihrem Ehemann litt. Konnte diese ständige Unruhe, ihre damit verbundene Fahrigkeit und ihr oftmals in die Ferne schweifender Blick doch andere Ursachen haben?

Das Nahen einer Kutsche riss die junge Frau aus ihren Gedanken. Ihr Onkel und Vera kamen in den Hof gefahren. Mit einem strahlenden Lächeln sprang sie auf die Beine.

Vera stieg vom Kutschbock und umarmte Elisa, wobei sie die Briefseiten leicht zerknitterte. Verwundert über das Geräusch blickte Vera auf das Papier und ein verschwörerisches Grinsen legte sich auf ihr Gesicht. „Ah, Post von einem gewissen jungen Mann?“, fragte sie nicht gerade leise.

Elisa stieß sie gegen den Arm, aber Vera winkte unbekümmert ab und hängte sich bei ihr ein. „Papa ist viel zu arglos, als dass er auf die Idee kommen könnte, dass du irgendwelche Geheimnisse hast. Wenn Samuel hier in der Gegend ist, gehen alle davon aus, dass er nur seine Eltern besucht. Eure heimlichen Treffen sind offensichtlich noch niemandem aufgefallen. Und Georg geht zum Glück so sehr in seinen politischen Ambitionen auf, dass er sich um nichts anderes mehr kümmert“, plapperte Vera und ließ sich mit Elisa am Arm auf die Bank fallen, während ihr Vater das Haus betrat.

„Hast du gehört, dass er schon wieder an einer Einberufung vorbeigekommen ist, da er hier im Gau kriegs- und völkerschaftswichtige Arbeit leistet? Was auch immer das sein soll – er hat sich mal wieder gedrückt.“

Elisa konnte nur nicken. Für sie wäre die Vorstellung, dass Georg die Gegend verließ, nicht unangenehm gewesen. Denn obwohl er den Anweisungen ihres und seines Vaters, sie in Ruhe zu lassen, Folge geleistet hatte, beunruhigte seine Anwesenheit in ihrer unmittelbaren Nähe sie.

„Aber hast du schon das Neueste von Anne gehört?“, fuhr Vera munter fort und zog an dem Briefpapier in Elisas Händen, wohl um zu sehen, ob dem Brief von Samuel mal wieder einer von Anne beilag. Als sie ihn sah, legte sich ein enttäuschter Ausdruck auf ihr Gesicht.

Elisa lächelte belustigt vor sich hin. Vera hatte sich in all den Jahren überhaupt nicht verändert. Aber ihre Unbekümmertheit tat Elisa in diesen Zeiten gut. „Ich bin noch nicht dazu gekommen, Annes Brief zu lesen, Vera“, sagte sie und forderte damit die Cousine auf, ihr Wissen preiszugeben.

„Sie wird heiraten, Lisa! Unsere Kleine wird tatsächlich ihren Moritz heiraten. Ist das nicht großartig?“, jubelte Vera laut.

Der Hund, der dösend neben der Treppe gelegen hatte, fing an zu bellen.

Elisa lachte erfreut auf, doch sehr schnell wich die Freude einem ernsten Ausdruck.

Vera stieß sie an und meinte: „Meine Güte, Mäuschen. Sie wird dich schon auch eingeladen haben. Keine Angst.“

„Hast du das mit Anne herumerzählt?“, wollte Elisa wissen.

„Das brauchte ich nun wirklich nicht. Immerhin hat Anne ihre Familie informiert und mit großer Wahrscheinlichkeit auch eingeladen.“

Ein eiskalter Schauer erfasste die junge Frau und sie warf einen Blick auf Samuels Zeilen. „Verstehst du denn nicht, Vera? Georg wird davon ausgehen, dass Anne auch mich, ihre frühere Freundin, einladen wird, selbst wenn er annimmt, dass wir schon lange keinen Kontakt mehr haben. Er wird das verhindern wollen. Schließlich ist es nicht in seinem Interesse, dass wir erfahren, dass die Briefe, die wir uns geschrieben haben, abgefangen wurden. Er hat ja keine Ahnung, dass wir das schon längst wissen.“

„Er wird sich vornehmen, diesen Brief, wie alle anderen früher auch, abfangen zu lassen.“

„Einladungen werden nicht selten von den Brauteltern verteilt, zumal sich das bei der räumlichen Nähe ohnehin anbietet“, widersprach Elisa sofort.

„Meine Zeit, dann trefft ihr, du und Anne, euch eben wieder. Ihr werdet feststellen, dass ein paar Briefe verloren gegangen sein müssen, und euch wieder versöhnen. Mehr wird Georg nicht passieren. Schwierig wird es für ihn dann natürlich, wenn eure Briefe nach der Hochzeit wieder verschwinden sollen, das gebe ich zu."

„Schwierig wird es vor allem, weil Moritz Steinfurt seinen besten Freund, Samuel Bader, zu seiner Hochzeit einladen wird, Vera. Und er wird mit Sicherheit verhindern wollen, dass Samuel und ich aufeinandertreffen."

Vera drehte sich ruckartig nach ihr um und schaute ihre Freundin erschrocken an. „Wie konnte ich das vergessen!", entfuhr es ihr und sie schüttelte über sich selbst den Kopf.

Sylwia trat vor das Haus und brachte den beiden jungen Frauen je ein Glas Wasser. Elisa bedankte sich für die Aufmerksamkeit. Dabei bemerkte sie den besorgten Gesichtsausdruck der Polin. Hatte sie ihre Unterhaltung mit angehört? Elisa wandte sich wieder Vera zu. „Samuel schreibt, dass er diesen Peter Hettinger in letzter Zeit wieder häufiger gesehen hat. Das heißt, er wird wieder überwacht. Es ist anzunehmen, dass Georg schon länger von der anstehenden Hochzeit weiß. Immerhin ist er Annes Bruder. Und jetzt versucht er, die ganze Angelegenheit unter Kontrolle zu halten und möglicherweise zu verhindern, dass Samuel auf der Hochzeit auftaucht", überlegte Elisa.

Vera rutschte dichter an sie heran und flüsterte: „Hat er es denn noch immer nicht aufgegeben? Geht er nicht davon aus, dass sich die Sache zwischen Samuel und dir erledigt hat? Immerhin versucht Samuel offiziell nicht mehr, dir Briefe zu schreiben, und Georg kann unmöglich wissen, dass der Doktor bei seinen wenigen Besuchen hier mit dir zusammen war. Niemand weiß das."

Die beiden Freundinnen schwiegen lange Zeit, und Elisa blickte in das volle Wasserglas, das sie in den Händen hielt. Sie wusste nicht, was in Georg vorging. Was, wenn er befürchten musste, dass sie Samuel wiedersah? Würde sein männlicher Stolz dadurch gekränkt werden? Konnte es sein, dass er weiterhin versuchen würde zu verhindern, dass sie und Samuel doch noch ein Paar wurden?

Sylwias Tochter Alicja und Hannes stürmten in ihren Nachthemden aus dem Haus, gefolgt von Sylwia.

Nach wenigen Metern hatte Sylwia die beiden Kleinen wieder eingefangen. Mit den beiden Kindern an der Hand kam sie zu den beiden jungen Frauen herüber. „Möchtest du deine Cousine nicht zum Übernachten einladen, Lisa?“, schlug sie vor. „Ihr könntet euch in Ruhe unterhalten, solange ihr mögt. Ihr seht euch doch sonst so wenig.“

Erneut wunderte Elisa sich über Sylwias seltsames Verhalten. Wieso drängte die sonst so zurückhaltende Frau darauf, dass Vera hierblieb? Das tat sie doch sonst auch nicht. Allerdings fand sie den Gedanken, einmal wieder länger mit der Cousine sprechen zu können, ausgezeichnet, also wandte sie sich mit fragendem Blick zu Vera um. Doch bevor Vera antworten konnte, kamen auch die drei Bürgermeisterkinder Marlies, Manfred und Manuel in ihren Nachthemden aus dem Haus gelaufen, um Elisa eine gute Nacht zu wünschen.

„Kommst du uns nachher noch zudecken?“, fragte Manuel, der Jüngste, und schmiegte sich an sie.

Elisa fuhr dem inzwischen Sechsjährigen durch die hellen Locken. „Ich schaue vor dem Schlafengehen doch immer nach euch.“

Der Junge strahlte über das ganze Gesicht und folgte seinen Geschwistern zurück ins Haus.

„Es wundert mich, dass die Bande nicht längst ‚Mama‘ zu dir sagt“, lachte Vera und winkte Hannes, der von Sylwia die Stufen hinaufgeschoben wurde, zum Abschied zu.

Sylwia blieb noch einmal stehen und wandte sich an Vera. „Bleiben Sie doch, Fräulein Steiger. Lisa würde es guttun." Sie drehte sich wieder um und verschwand im Haus.

Vera hob kurz ihre schön geschwungenen Augenbrauen und wandte sich dann Elisa zu. „Es scheint ihr ja sehr wichtig zu sein, dass du Gesellschaft hast."

„Ich finde die Idee nett. Was sagst du?"

„Tut mir leid, Lisa, aber ich habe Mama gebeten, heute noch mit dem Nähen eines Festkleides für die Hochzeit anzufangen. Alleine wage ich mich nicht an so einen modernen, aufwendigen Schnitt. Sie hat heute Abend extra Zeit dafür eingeplant, und sie braucht mich dafür, um Maß zu nehmen." Vera sprang auf und drehte sich einmal um sich selbst. „Ich habe mir extra einen Modekatalog aus Berlin schicken lassen. Schließlich will ich neben den anderen Damen auf der Hochzeit nicht wie ein Mauerblümchen wirken." Vera kam wieder näher und beugte sich zu Elisa hinunter. Leise fügte sie hinzu: „Und vor den Männern schon gar nicht." Fröhlich auflachend richtete sie sich wieder auf und rief nach ihrem Vater, der bereits im Flur stand und sich von Roman Steiger und Anton verabschiedete.

Als wenige Minuten später das Fuhrwerk davonrumpelte, trat Sylwia neben Elisa, die auf dem Hof stand und ihrer Cousine und ihrem Onkel nachwinkte. „Sie wollte nicht bleiben?", fragte die polnische Frau enttäuscht.

„Vera ist gerade wieder einmal mit sehr wichtigen Dingen beschäftigt", erklärte Elisa lachend.

Sylwia nickte und ging zurück ins Haus.

Elisa blickte ihr verwundert nach. Was war nur mit ihr los? Die junge Frau setzte sich wieder auf die Bank und nahm den Brief in die Hand, der die ganze Zeit über dort gelegen hatte. Gedankenverloren blickte sie auf die Handschrift ihres Verlobten. Brachte er das erneute

Auftauchen Hettingers nicht in Zusammenhang mit den Hochzeitsplänen von Anne und Moritz? Vielleicht sollte sie einen Brief an ihn schreiben und ihn in ihre Überlegungen einweihen ...

Kapitel 34

Samuel Bader ging die letzten Meter bis zum Krankenhaus und drehte sich dabei einmal um seine eigene Achse. Berlin war eine dunkle Stadt geworden, und das lag nicht nur an der Verdunklung, an den Ruinen und den rauchgeschwärzten Mauern. Es war vielmehr die Atmosphäre. Die Dunkelheit, die in den Herzen der Menschen herrschte und diese beherrschte.

Berlin war offiziell „judenfrei", auch Behinderte bekam man nicht mehr zu Gesicht – abgesehen von denjenigen, die es geschafft hatten, verletzt von den verschiedenen Fronten bis in die Heimat gebracht zu werden. Die Lieder, das Lachen und die Liebe schienen mit diesen Menschen aus der Stadt verschwunden zu sein.

Samuel betrat die große Eingangshalle des Krankenhauses. Auch hier herrschte graue Hoffnungslosigkeit. Viele der Patienten, die er in den letzten Wochen behandelt hatte, waren nicht nur körperlich verletzt, sondern trugen schwere seelische Schmerzen mit sich herum, die der Krieg ihnen zugefügt hatte. Es war Wochen her, seit er zuletzt im Warthegau bei seiner Familie und bei Elisa gewesen war. Dort hatte er noch Freude und Liebe gefunden, allerdings wusste er nicht mit Sicherheit zu sagen, wie lange es beides dort noch geben würde.

Vor zwei Tagen, am 17. Juli, waren die ersten sowjetischen Truppenverbände bis an die Curzon-Linie in Polen vorgestoßen. Wie lange würden sie brauchen, bis sie auch den Teil Polens überrollten, in dem seine Familie und Elisa lebten?

Als er durch den Flur ging, schaute er, wie es ihm zur Gewohnheit geworden war, aus den Fenstern auf die Straßen hinunter. Heute schien ihm niemand gefolgt zu sein. Entschlossen wandte er sich um und schob sich zwischen den Menschen hindurch in das Arztzimmer, um sich dort umzuziehen. Keine zehn Minuten später folgte er Schwester Anita durch die Gänge, von einem Zimmer ins nächste, und konzentrierte sich auf seine Arbeit.

Gerade als sie die erste Runde hinter sich hatten und sich den neu eingetroffenen verletzten Soldaten widmen wollten, stellte sich ihnen ein schlanker Hüne in den Weg.

Samuel blickte ihn verwundert an. Die schwarze Uniform und der harte Gesichtsausdruck sowie das gefährliche Glitzern in den Augen ließen ihn unruhig werden.

Schwester Anita, gewohnt geschäftig, wollte sich an ihm vorbeidrücken, doch der Mann packte sie grob am Arm und hielt sie fest. Sein markantes, eckiges Gesicht verzog sich dabei zu einem geringschätzigen Lächeln.

Schwester Anita blickte ihn empört an. „Einer nach dem anderen. Melden Sie sich vorne bei der Schwester an der Aufnahme an", erklärte sie in strengem Ton und wollte sich losreißen, doch ein zweiter, kleinerer Mann in Zivil erschien und packte sie am anderen Arm.

„Frau Anita Kleber?"

Samuel schnappte erschrocken nach Luft und schob sich zwischen die Diakonisse und den gut 2,10 Meter großen Mann. „Entschuldigen Sie. Würden Sie bitte die Schwester loslassen? Sie muss mir zur Hand gehen."

„Sie kommt in Schutzhaft", lautete die knappe Antwort des Kleineren.

Samuel lachte künstlich auf. „Schutzhaft? Meine Güte, sehen Sie sie an. Sie ist eine Diakonisse. Eine evangelische Schwester."

„Wir haben ein paar Juden ausgegraben, Doktor. Sie hatten ihre Adresse bei sich“, lautete die knappe Antwort des Mannes, ehe er die Frau hinter sich herzog.

Samuel sah ihr betroffen nach. Was sollte er tun? Wie konnte er ihr helfen?

Die Menschenmenge in dem engen Flur teilte sich vor den beiden. Schwester Anita stolperte hinter dem Gestapo-Mann in Zivil her, ohne sich zur Wehr zu setzen. Als sie jedoch den Übergang in die Halle erreichten, wandte sie den Kopf noch einmal um. Für den Bruchteil einer Sekunde tippte sie mit ihrem Zeigefinger gegen ihre Brust und legte ihn dann auf ihre Lippen. Sie würde ihn nicht verraten, dessen war sich Samuel sicher, und dennoch drohte es Samuel den Magen umzudrehen.

Das Letzte, was er von Schwester Anita sah, war ihr aufmunterndes Lächeln, dann verschwand sie in der Menschenmenge.

Die Gedanken wirbelten in seinem Kopf durcheinander. Was konnte er tun? Er durfte diese mutige Frau nicht der Gestapo überlassen. Sie hatte Methoden, ihre Opfer zum Reden zu bringen, die mehr als unmenschlich waren.

Er sah vor seinem inneren Auge noch einmal die Diakonisse, wie sie mit ihrem Finger erst an ihre Brust und dann an ihre Lippen tippte, und wieder sagte er sich, dass sie das aushalten und schweigen würde. Wenn nicht unbedingt um ihres eigenen Lebens willen, so doch um seines und das ihrer jüdischen Schützlinge willen, die sie versteckt und heimlich mit Nahrungsmitteln, Medikamenten und medizinischer Betreuung versorgt hatte.

„So, jetzt der Nächste“, brummte der uniformierte Hüne vor ihm halblaut und zog aus seiner Uniformtasche einen zerknitterten Zettel. Ein wenig umständlich faltete er ihn mit seinen riesigen Händen auseinander.

Samuel zwinkerte nervös. Er ahnte, welcher Name auf dem Zettel stand.

„Ach, richtig“, sagte der Mann.

Samuel war sich sicher, dass der Mann die Notiz eigentlich nicht nötig gehabt hätte. Sie gehörte lediglich zu dem perfiden Spielchen, das der Mann spielte.

„Dr. Samuel Bader“, las der Soldat vor, betrachtete intensiv Samuels Namensschild und zog dann mit einer langsamen, gelassenen Bewegung seine Waffe hervor, die er ihm fest in die Seite drückte. „Gehen wir, Doktor“, lachte er, ließ den Zettel fallen und schob ihn den Flur entlang, seinem Kollegen und der Diakonisse hinterher.

Elisa schreckte auf und fuhr in die Höhe. Ihre Zudecke rutschte vom Bett. Hannes, der nachts wieder so unruhig gewesen war, dass sie ihn zu sich mit ins Bett genommen hatte, drehte sich auf den Bauch. Doch der Zweijährige schlief weiter und erleichtert atmete die junge Frau auf.

Draußen auf dem Flur waren die schweren Schritte ihres Vaters auf den Holzdielen zu hören. Elisa sah zum offen stehenden Fenster hinüber. Es war noch dunkel und demnach viel zu früh für die erste Stallrunde. Elisa griff nach ihrer Bluse und zog sie über ihr Nachthemd, ehe sie ihr Zimmer verließ.

Im Flur kam ihr Sylwia entgegen. Sie war seltsamerweise vollständig angekleidet. Sie huschte vor ihr in die Küche, wo ihr Vater dabei war, sich seine Stiefel überzuziehen.

„Das Pferd ist fertig, Herr Steiger“, sagte sie. „Aber Sie sollten nicht dorthin gehen. Es könnte gefährlich werden und Ihre Kinder haben nur noch Sie.“

„Es geht hier um meinen Bruder und seine Familie“, erwiderte Roman Steiger knapp, strich im Vorbeigehen Elisa über den Kopf und verließ die Küche durch die Nebentür. „Schließ zu, Elisa“, rief er über die Schulter zurück.

Elisa lief an die Tür und schaute ihrem Vater nach. Er schwang sich in den Sattel des Pferdes, das draußen auf ihn wartete, und trieb das Tier quer über den Hof in Richtung Straße. Nach wenigen Sekunden verschwand er in der Dunkelheit und sie konnte nur noch die sich entfernenden Huftritte hören. Täuschte sie sich, oder schloss sich dem Reiter ein zweites Pferd an? War ihr Vater von irgendjemand geholt worden? Doch weshalb? Und was war mit Onkel Ernst, Tante Olga und Vera?

Elisas Blick fiel auf den Hund, der zu ihr kam und sich vor der Tür auf den Boden legte. Dort lag er im Sommer Nacht für Nacht und hielt vor dem Hintereingang Wache.

Ein Windstoß trug die laue, vom Blütenduft erfüllte Luft der Sommernacht herbei. In einiger Entfernung hörte Elisa undefinierbare Geräusche. Sie waren ihr unheimlich, deshalb zog sie – wenn auch zögernd – die Tür zu und schob den Riegel vor. Langsam wandte sie sich um und blickte Sylwia an, die zitternd an den Türrahmen gelehnt dastand.

„Was ist denn passiert?", fragte Elisa.

Sylwia schien durch sie hindurchzusehen. „Der Knecht deines Onkels war da. Der Hof der Steigers ist angegriffen worden", lautete die sehr leise Auskunft.

„Von Partisanen?"

Sylwia sah sie an, drehte sich wortlos um und verschwand im Flur.

Elisa blieb verwirrt zurück. Was war mit Sylwia? Weshalb verhielt sie sich so seltsam? Und was war bei den Steigers los? Zitternd ging Elisa vor der Küchenbank auf die Knie, legte ihre gefalteten Hände auf die Sitzfläche und berührte diese mit ihrer Stirn. Lange Zeit kauerte sie so, betend und hoffend. Die Küchenuhr an der Wand tickte im Rhythmus der Sekunden, die nur sehr langsam zu verrinnen schienen.

Nach einiger Zeit kam Sylwia in die Küche zurück.

Elisa hob den Kopf und entdeckte, dass Sylwia geweint hatte. Fragend blickte sie die junge Frau an.

Sylwia kniete sich neben sie auf den kühlen, harten Steinboden und blickte lange Zeit schweigend auf ihre gefalteten Hände. Dann flüsterte sie, kaum verständlich: „Mein Mann ist dort auf dem Hof ... bei deiner Familie, Lisa. Er ist bei den Partisanen. Schon seit die Deutschen hier eingefallen sind und die polnische Armee vernichtet wurde."

Elisa öffnete den Mund, doch Sylwia ließ sie gar nicht erst zu Wort kommen.

„Er kämpft für unsere Freiheit. Für Gerechtigkeit. Uns wurde alles genommen. Unser Land, unsere Familien, unsere Rechte. Die Nazis sind Mörder, Lisa. Sie töten Menschen, die ihnen nicht gefallen. Oder Menschen, die ihnen im Weg stehen. Und sie haben Lager. Da waren zuerst die polnischen Juden. Dann die deutschen Juden. Dann kamen andere. Aus anderen Ländern. Sie bringen sie alle um. Sie werden auch Krystian umbringen, wenn sie ihn erwischen. Aber er sagt, dann hat er sich wenigstens gegen sie gewehrt. Für mich und für unsere kleine Alicja." Sylwia krümmte sich zusammen, als erleide sie körperliche Schmerzen, und ihren Lippen entwich ein klägliches Wimmern, das aus den Tiefen ihrer Seele zu kommen schien.

Elisa war unfähig, sich zu regen oder etwas zu sagen. Samuel hatte ihr schon davon erzählt, dass Berlin „judenfrei" gemacht worden war. Wurden sie tatsächlich alle umgebracht? Sie wusste nicht, was sie denken sollte, und auch nicht, was sie Sylwia sagen sollte. „Mir tut das Ganze so leid, Sylwia. Ich wollte niemandem das Zuhause wegnehmen. Keiner von uns wollte das", flüsterte Elisa. Sie griff nach Sylwias Händen.

„Ich weiß, Lisa. Ich habe dich schon oft für die Leute beten hören, die früher hier gelebt haben."

„Du kennst sie, nicht wahr?"

Sylwia nickte. „Meine Cousine und ihre Familie."

„Was sollen wir denn jetzt tun, Sylwia? Was sollen wir nur tun? Ich möchte nicht, dass Papa oder den Steigers etwas passiert. Aber ich will auch nicht, dass deinem Mann etwas zustößt."

„Du kannst beten, Lisa."

Kapitel 35

Moritz war auf dem Weg zu seinem Büro und seine Schritte hallten laut durch den Flur. Vom anderen Ende kam ihm jemand entgegen. Moritz versuchte, die Person zu erkennen, die sich ihm eiligen Schrittes und mit gesenktem Kopf, den Blick auf einige Papiere gerichtet, näherte. Es war Martin Bormann, der seit dem Vorjahr den Titel „Sekretär des Führers" innehatte. Martin Bormann war – wenn auch nicht offiziell – nach Hitler der mächtigste Mann im Land, und man munkelte, dass Bormanns Ehrgeiz ihn inzwischen so weit gebracht hatte, dass er bestimmte, wer zu Hitler vorgelassen wurde und wer nicht.

Als der Mann auf seiner Höhe war, streckte Moritz den rechten Arm in die Höhe. „Heil Hitler, Herr Bormann", sagte er laut und deutlich, wenn sich ihm dabei auch der Magen unangenehm zusammenkrampfte. Er hasste diesen Gruß.

Der Mann nickte nur und eilte vorbei, was Moritz Steinfurt nicht weiter bekümmerte. Er war nicht darauf aus, dass Bormann auch seinen Namen kannte. Immerhin hatte er nicht vor, in der Hierarchie dieses Landes weiter nach oben zu klettern.

„Steinfurt, nicht?", hörte er schließlich doch noch ein fragendes Brummen und er drehte sich um.

Martin Bormann stand da und sah ihn an.

„Richtig, Herr Bormann. Ich wusste nicht, dass Sie mich kennen."

Der Ausdruck auf dem fleischigen Gesicht des Mannes war grimmig. „Merken Sie sich eins: Wenn Sie erfolgreich sein wollen, müssen Sie die Namen der Leute in Ihrem Umfeld kennen", fuhr er im lehrmeisterlichen Tonfall fort. „Vor allem auch die derjenigen, die den Eindruck erwecken, dass sie gegen einen arbeiten." Mit diesen Worten drehte sich der Mann um und eilte weiter den Flur hinunter.

Moritz zwang sich, ebenfalls weiterzugehen, obwohl seine Beine schwer wie Blei waren.

Am 15. Juli war ein Attentat auf Hitler verübt worden, das allerdings gescheitert war. Es waren bereits die ersten Phasen der Operation Walküre* durchlaufen worden, und er lebte permanent in der Angst, dass doch noch mehr über diesen missglückten Versuch und die Personen, die involviert waren, herauskommen würde. Moritz hatte, nachdem er einen Teil dieser Dokumente in den Händen gehabt hatte, den Leuten um von Stauffenberg und von Haeften geraten, die Unterlagen über die Details ihrer Pläne und die darin enthaltenen Namen der Widerständler zu vernichten, auch wenn sie damit Gefahr liefen, nach Ende des Krieges von den Alliierten nicht als Hitlergegner anerkannt zu werden, doch offenbar wollte man das nicht.

Moritz wechselte in den angrenzenden Gebäudekomplex, in dem sich auch sein Büro befand, und zwang sich zur Ruhe. Prüfend betrachtete er die Menschen, die hier arbeiteten, und wurde das Gefühl nicht los, eine unterschwellige, seltsame Anspannung bei ihnen zu spüren.

*Operation Walküre war ein Plan der Wehrmacht zur Unterdrückung eines potenziellen Widerstandes. Die Widerständler nutzten diesen Plan in leicht abgeänderter Form für ihre Zwecke. Hier wird auf ein Attentat angespielt, das schon sehr weit war, dann abgebrochen wer-

Etwas schien in der Luft zu liegen. Dieser Eindruck besserte sich nicht gerade, als er ein paar Meter weiter auf Hans Bernd von Haeften traf, der so tief in Gedanken versunken war, dass er ihn übersah. „Guten Tag, Herr von Haeften", grüßte Moritz.

Von Haeften blickte erschrocken auf. „Steinfurt", grüßte er zurück. Er wandte sich um, als habe er Sorge, beobachtet zu werden.

„Was ist heute eigentlich los?", erkundigte sich Moritz besorgt.

„Kommen Sie mit", zischte von Haeften ihm zu und setzte seinen Weg fort.

Moritz zögerte einen Moment, schließlich musste er an seine Arbeit zurück, doch dann folgte er der Aufforderung.

Im Büro von Hans Bernd von Haeften angekommen, verschloss dieser die Tür hinter sich, um anschließend alle Fenster zu öffnen, sodass die Geräusche von der Straße hereindrangen und ihr Gespräch übertönen würden. Dann winkte er Moritz an eines der Fenster herüber.

Von Haeften blickte starr auf die gegenüberliegende Gebäudefassade, als er anfing zu reden: „Mein Bruder ist heute mit von Stauffenberg nach Ostpreußen geflogen." Die Finger des Mannes krallten sich um das Fensterbrett. Jede Faser seines Körpers stand unter Anspannung. Der jüngere Bruder von Haeftens, Werner von Haeften, war nach seiner Genesung zum Adjutanten Oberst von Stauffenbergs ernannt worden. Dass die beiden zum Führerhauptquartier in der Nähe von Rastenburg flogen, war nicht weiter ungewöhnlich, zumal dort eine wichtige Lagebesprechung anberaumt worden war.

Moritz ahnte jedoch, worauf sein Gesprächspartner hinauswollte. Ein weiteres Attentat war geplant. „Wie?", fragte er nur.

„Eine Aktentasche von Oberst Wessel Freiherr von Freytag-Loringhoven“, flüsterte von Haeften und fügte noch leiser hinzu: „Zwei Sprengstoffladungen aus England.“

„Wo sind die Dokumente mit den Namen?“

„Versteckt.“

„Noch immer nicht vernichtet?“

„Wir dürfen uns so oder so keinen weiteren Fehlschlag erlauben.“

„Was ist mit Ihnen? Sie haben sich immer gegen ein Attentat ausgesprochen, Herr von Haeften.“ Moritz blickte besorgt in das ungewöhnlich hart wirkende Gesicht des Mannes.

„Daran hat sich nichts geändert. Ich möchte mich nicht zum Herrn über Leben und Tod machen. Das steht allein Gott zu. Für einen militärischen Putsch hingegen bin ich zu haben.“

„Was werden Sie jetzt tun?“, fragte Moritz und stieß sich von der Fensterbank ab. Er konnte einfach nicht mehr stillstehen. Viel zu sehr wühlte ihn der Gedanke daran, dass sich in diesen Stunden vielleicht das Schicksal seines Volkes, das der Verfolgten und auch das der Soldaten und der besetzten Länder ändern konnte, auf. Ganz egal, welche weitreichenden Folgen ein Umsturz der bisherigen Regierung nach sich ziehen würde, sie würden das Leben Einzelner betreffen.

„Ich werde hier sitzen und so tun, als würde ich arbeiten“, murmelte der Mann und setzte sich hinter seinen Schreibtisch. Er legte seine gefalteten Hände auf die Tischplatte und blickte erst nach einigen Minuten des Schweigens wieder auf.

Irritiert sah er Moritz an, als habe er dessen Anwesenheit bereits vergessen. „Und ich werde beten, Steinfurt. Ihnen empfehle ich, an Ihre Arbeit zu gehen, pünktlich Feierabend zu machen und sich vom Bendlerblock* fern-

*Zentrum der Widerstandsgruppe

zuhalten. Dort herrscht Hochspannung und möglicherweise sehr bald schon explosive Geschäftigkeit."

Zutiefst aufgewühlt verließ Moritz von Haeftens Büro. Auch er würde wohl den Tag über normale Geschäftigkeit vortäuschen, ohne tatsächlich irgendetwas Produktives tun zu können. Das Warten auf Nachrichten vonseiten der Attentäter würde auch für ihn nervenaufreibend sein, und er konnte sich gut vorstellen, dass er, ebenso wie Hans Bernd von Haeften, immer wieder in tiefe Nachdenklichkeit verfallen würde, ohne dabei sein Umfeld richtig wahrzunehmen. Die Gefahr, dass auch bei diesem Attentatsversuch etwas schiefgehen konnte, war einfach zu groß.

Anton saß neben dem Bett, kerzengerade und reglos, und betrachtete seinen aufgebahrten Vater. Der 13-jährige Junge weinte nicht und zeigte auch ansonsten keine Gefühlsregung.

Elisa war sein Verhalten nicht geheuer. Seit zwei Stunden saß er nun schon so da, und als sie ins Schlafzimmer trat, schien er sie überhaupt nicht wahrzunehmen. Von Schmerz und Kummer übermannt, schloss sie die verweinten Augen und sank auf dem Boden zusammen. Was sollte nun aus ihnen werden? Erst hatten sie die Mutter verloren und nun war auch noch ihr Vater erschossen worden. Die Großmutter war alt und gebrechlich und ihre Geschwister waren alle noch zu jung, um für sich selbst zu sorgen. Um sie herum tobte der Krieg. Hilfe aus Deutschland konnte sie also auch nicht erwarten. Es gab schon genug Obdachlose und Waisen, um die sich niemand kümmerte. Hinzu kam, dass die Ostfront langsam, aber unaufhörlich näher rückte.

Jemand kauerte sich neben sie und legte beide Arme um sie. Elisa hob den Kopf und sah in Sylwia Nowaks

Augen. Reflexartig stieß sie die Frau von sich, sprang auf und rannte mit fliegendem Rock aus dem Haus. Sie stolperte die Stufen hinunter und lief über den Hof. Sie hörte das aufgeregte Bellen des Hundes und das Rufen ihrer Großmutter, die vor dem Haus auf der Bank gesessen hatte, doch sie lief weiter, bis sie von dem Koppelzaun, der sich am Ende des Zufahrtsweges auf der anderen Seite der Landstraße befand, gebremst wurde. Sie duckte sich, tauchte zwischen zwei Querbalken hindurch und lief über die Koppel weiter, bis sie deren Ende erreichte. Völlig außer Atem schob sie sich auch dort durch den Zaun und erreichte schließlich den kleinen Birken- und Weidenhain. Zwischen den schlanken, hellen Stämmen ließ sie sich in das hochgewachsene Gras fallen und krallte ihre beiden Hände in die Erde.

Ihr Vater war tot – erschossen von den Partisanen, zu denen auch Sylwias Mann gehörte. Sylwia hatte gestern Abend versucht, Vera zu überzeugen, eine Nacht bei ihnen zu verbringen. Nun war ihr klar, was das seltsame Verhalten der Polin zu bedeuten hatte. Sie musste gewusst haben, was die Männer vorhatten. Sie hatte auch in der Nacht versucht, ihren Vater aufzuhalten. Und sie hatte mit ihr gemeinsam gebetet. Was sollte sie über Sylwia denken? Elisa krümmte sich zusammen und schloss gequält die Augen. Konnte man in diesen Zeiten niemandem mehr vertrauen?

Sie dachte an die Verantwortung, die nun auf ihren Schultern lastete – die für ihre Geschwister, für ihre Großmutter und den Hof. Dabei kamen ihr die Worte ihrer Mutter in den Sinn, die sie vor einigen Jahren zu ihr gesagt hatte: „*Vielleicht sollen wir in diesen Wochen lernen, ihm noch mehr zu vertrauen. Unsere jetzige Lektion heißt wohl: Vertraut auf mich und darauf, dass ich es gut mit euch meine.*"

Lisa atmete tief durch. War sie in der Lage und bereit dazu, eine weitere Lektion zu lernen – und nun womöglich auch noch eine über Vergebung? Sie mochte Sylwia und ihre kleine Alicja doch. Aber wie sollte sie in dem Wissen weiterleben, dass Sylwia es in der Hand gehabt hätte, den Überfall zu verhindern oder zumindest ihren Onkel zu warnen und somit ihrem Vater das Leben zu retten?

Elisa drehte sich auf den Rücken und blickte in den blauen Himmel hinauf, über den vereinzelte weiße Wolken zogen. Hätte Sylwia den Überfall tatsächlich verhindern können? Ihr Mann gehörte zu der Partisanengruppe. Sie hätte das Vorhaben wahrscheinlich nicht verraten können, ohne ihren Mann in die Gefahr zu bringen, dass er von den deutschen Truppen verhaftet und hingerichtet wurde. Hatte sie nicht getan, was sie hatte tun können, ohne ihren Mann zu gefährden? Vielleicht hatte sie ihn gestern Abend dort draußen auf dem Feld – und nun war Elisa sicher, dass es die beiden gewesen waren, die sie gesehen hatte – gebeten, diesen Hof zu verschonen. Doch wer weiß, ob Krystian überhaupt Einfluss darauf gehabt hätte, wenn er es gewollt hätte. Und wenn man es genau bedachte: Waren nicht Sylwia und ihr Mann genauso Opfer dieses Krieges wie sie? Musste sie tatsächlich abwägen, wessen Schuld mehr wog? Das war doch irrsinnig! Jesus hatte gesagt, man solle den Menschen vergeben, die einem Böses taten. Wer hatte hier wem zu vergeben? Sie Sylwia oder Sylwia ihr?

Langsam erhob sich die junge Frau und blickte zurück zum Haus. Sie flehte Gott an, ihr zu helfen. Sie wollte der polnischen Frau verzeihen.

Als sie auf die kleine Wiese trat, die zwischen dem Wäldchen und der Koppel lag, konnte sie auf der Straße eine einsame Gestalt in Richtung Stadt gehen sehen. Sie trug etwas in den Armen.

Sylwia! Und sie hatte ihre Tochter auf dem Arm. Wollte sie den Hof verlassen?

Elisa begann erneut zu laufen. Sie kürzte den Weg durch das Kartoffelfeld ab und kam knapp hinter der jungen Mutter auf die unebene Straße. „Sylwia! Sylwia! Warte doch!“, rief sie laut und sah mit Erleichterung, dass die junge Polin sich umdrehte. Keuchend kam sie vor ihr zum Stehen. „Wo willst du denn hin?“

„Ich weiß nicht.“

„Du kannst doch nicht einfach fortgehen, Sylwia. Du hast kein Zuhause mehr. Was soll aus dir und der Kleinen werden?“

„Ich kann nicht mehr bei euch bleiben.“

Elisa sah die Tränen in den Augen der Frau schimmern, ehe sie schnell den Kopf senkte.

„Bitte, komm mit zurück.“

„Ich habe ... du hast ...“ Die Frau senkte den Kopf.

„Wir müssen darüber reden, Sylwia“, flüsterte Elisa. Wie konnte sie die Frau daran hindern, sich alleine durchzuschlagen? Sie wusste einfach nicht, was sie sagen sollte. Wie konnte sie den Graben, der zwischen ihnen entstanden war, wieder überbrücken?

„Dein Vater, Lisa. Ich wollte nicht ...“ Sylwia fing an zu weinen. Die Polin ließ es zu, dass Elisa ihr ihre Tochter abnahm. Das Mädchen sah sie an, kuschelte sich sofort an sie und schlang seine kleinen Arme um ihren Hals. „Komm mit nach Hause, Sylwia“, sagte Elisa leise und drehte sich einfach um.

An den Schritten hinter sich hörte sie, dass Sylwia ihr tatsächlich folgte, und erleichtert atmete sie auf. Zumindest diese Hürde hatten sie genommen. Alles Weitere würde mit der Zeit wachsen und heilen müssen.

Kapitel 36

Die Wände des Raumes waren mit unzähligen Kritzeleien und Kerben versehen. Samuel konnte im Licht der ständig brennenden Glühbirne an der Decke erkennen, dass es sich um Namen und Nachrichten handelte. Es roch nach Exkrementen und feuchtem Gemäuer, und hin und wieder drangen von irgendwoher seltsame, nicht einzuordnende Geräusche in seine Zelle. Wieder einmal dröhnten schwere Schritte draußen an seiner Zellentür vorbei, dann hörte er das Klirren von Schlüsseln. Eine Zellentür wurde aufgeschlossen und geöffnet. Es folgte ein leises Wimmern.

Samuel presste die Augen zusammen, sank vor der kahlen Holzpritsche auf die Knie und begann zu beten. Mehr konnte er nicht tun, und doch wusste er, dass es das Beste war, was er für die Menschen, die sich hier im Gestapo-Hauptquartier in der Prinz-Eugen-Straße befanden, tun konnte.

Seit Stunden saß er nun schon in dieser Zelle – ohne Nahrung, ohne etwas zu trinken und ohne zu wissen, wo Schwester Anita sich befand und was mit ihr geschehen war. Er hatte keine Ahnung, was die Gestapo von ihm wollte. Hatte er es diesem Peter Hettinger, dem Freund von Georg Alder, zu verdanken, dass er hier saß, oder hatte es mit Schwester Anita und ihren gefährlichen Hilfsaktionen zu tun? War bei den aufgegriffenen Juden auch sein Name gefallen? Oder gab es Spitzel unter seinen Kollegen im Krankenhaus, von denen einer dahintergekommen war, dass er Juden behandelt hatte?

Es half nichts, darüber nachzugrübeln. Aber noch weniger wollte er darüber nachdenken, was nun mit ihm passieren würde. Moritz hatte ihm zu viel erzählt.

Wieder näherten sich Schritte. Wieder wurde eine Zellentür geöffnet. Samuel horchte auf. Wenn er sich nicht täuschte, war es dieselbe wie nur wenige Minuten zuvor. Ein schwerer Körper fiel auf den Boden. Dann folgte ein kräftiger Schlag, als die Tür ins Schloss geworfen wurde, und das Klirren der Schlüssel.

„Hol den Arzt“, befahl eine Stimme, die erschreckend nah klang.

Weitere Schritte und laute Stimmen hallten durch den Gang. Aufregung schien den gesamten Keller zu durchdringen.

Samuel stand langsam auf. War er der Arzt, der geholt werden sollte?

Die klirrend aneinanderschlagenden Schlüssel wurden in sein Schloss gesteckt und kurz darauf stieß jemand die Tür auf.

Samuel blinzelte, als das grelle Kunstlicht aus dem Flur in seine Zelle hereindrang. Er konnte nur schwarze Silhouetten erkennen. Hinter dem Gestapouniformierten, der die Tür geöffnet hatte, drängten sich einige weitere Personen. Andere Gefangene wurden den Gang entlanggeschubst, einer sogar hinter einem der schwarzen Schatten hergeschleift. Was war hier los? Und was hatte man mit ihm vor?

„Raus hier, wir brauchen den Platz!“, schrie ihn der stämmige Mann in der Tür an.

Samuel ging langsam auf ihn zu. Was sollte das heißen, sie brauchten Platz? Er wurde am Hemd gepackt, aus der Zelle herausgezerrt und gegen einen anderen Mann geschleudert.

Dieser sah ihn einen Moment abwesend an, ehe er grob in den Raum gestoßen wurde, den Samuel gerade verlassen hatte.

„Mitkommen!“, lautete der nächste harsche Befehl.

Samuel folgte dem Stämmigen den Gang entlang und die Treppe hinauf. Seine Verwirrung wuchs, als der Mann ihn zum Ausgang führte und er schließlich mit einem groben Stoß hinausbefördert wurde.

Sekunden später stand er, völlig allein und umgeben von der Dunkelheit der Nacht, auf der Prinz-Albrecht-Straße. Verstört blickte er an der Fassade des Hauses mit den hell erleuchteten Fenstern hinauf. Eigentlich hatte er allen Grund, erleichtert zu sein, doch dieses Gefühl wollte sich nicht bei ihm einstellen. In den vergangenen Stunden hatte er zu viel gehört und gesehen, und die Sorge um Schwester Anita blieb, auch wenn er selbst wieder frei war – weshalb auch immer. Außerdem fragte er sich, was wohl vorgefallen war, dass der gesamte Polizeiapparat in so großem Aufruhr war.

Samuels Blick wanderte in Richtung Regierungsviertel. Moritz würde mit Sicherheit mehr wissen. Ob er noch in der Reichskanzlei war? Seine Uhr war ihm bei seiner Verhaftung abgenommen worden und er hatte sie nicht zurückerhalten, also wusste er nicht, wie spät es war. Aber der Dunkelheit nach zu urteilen, konnte er seinen Freund wohl vielmehr in seiner Wohnung als in seinem Büro auffinden. Der junge Arzt wandte sich um und ging die Straße entlang. Hinter ihm bremste ein Automobil mit quietschenden Rädern ab und die Türen wurden aufgestoßen. Samuel drehte sich nicht um. Stur geradeaus schauend marschierte er weiter und lauschte auf das laute Knallen der Stiefel auf dem Asphalt.

Die Tür zu Moritz' Wohnung war zu, aber nicht abgeschlossen, was in Zeiten wie diesen äußerst riskant war. Langsam und möglichst leise öffnete er die Tür und betrat die nahezu quadratische Diele. Aus einem Radio dröhnte ihm Hitlers bellende Stimme entgegen: „Eine ganz kleine Clique ehrgeiziger, gewissenloser und zugleich verbrecherischer, dummer Offiziere hat ein Komplott geschmiedet, um mich zu beseitigen und mit mir den Stab praktisch der deutschen Wehrmachtsführung auszurotten."

Samuel betrat das Wohnzimmer und sah seinen Freund, der auf seiner Couch saß, die Arme vor der Brust verschränkt.

„Diesmal wird so abgerechnet, wie wir das als Nationalsozialisten gewohnt sind." Obwohl das Radio aufgrund von atmosphärischen Störungen fürchterlich rauschte, waren Hitlers Worte deutlich zu verstehen.

Samuel setzte sich wortlos Moritz gegenüber auf einen Sessel und fuhr sich mit beiden Händen müde über das Gesicht.

„Du stinkst ganz schön", brummte Moritz ihn an.

Samuel lachte bitter auf. „Ich habe den Tag im Keller eines Hauses in der Prinz-Albrecht-Straße verbracht." Jetzt hatte er die Aufmerksamkeit seines Freundes, der sich ruckartig aufsetzte.

„Was?"

„Ich wurde rausgeschmissen, damit sie wieder Platz hatten. Jetzt weiß ich auch, weshalb." Er deutete auf das Radio. „Was ist schiefgegangen?"

„Alles", lautete die knappe Antwort. Moritz vergrub sein Gesicht in seinen Handflächen. Dadurch klang seine Stimme gedämpft, als er weitersprach: „Hitler hat überlebt. Im Bendlerblock war der Teufel los. Beck hat versucht, sich selbst zu erschießen, und zweimal nicht richtig getroffen. Ein Feldwebel hat dann den Rest erledigt. Vorhin sind von Stauffenberg, Werner von Haeften, Olbricht und Mertz im Hof des Bendlerblocks standrechtlich erschossen worden."

„Und sie werden nicht die Letzten sein, hab ich recht? Alle, die auch nur entfernt Kontakt mit den Männern hatten, werden durchleuchtet werden, und jeder, der irgendwann einmal im Verdacht stand, dem Widerstand anzugehören, kann damit rechnen, mit hineingezogen zu werden, nicht wahr?"

Samuel sah Moritz langsam nicken, ehe sein Freund endlich wieder die Hände sinken ließ und sich unruhig über die Falten seiner Uniformhose strich. „Warum bist du in Schutzhaft genommen worden?"

„Ich weiß es nicht genau. Aber sie haben auch Schwester Anita geholt ..."

„Meine Güte, sie machen nicht einmal vor einer Schwester, einer Diakonisse, halt", begehrte Moritz auf. Mehr sagte er dazu nicht. „Hätten sie dich mit ihr in Verbindung gebracht, Samuel, hätten sie dich nicht wieder laufen gelassen. Ich nehme eher an, dass Hettinger die Verhaftung der Schwester auszunutzen gewusst hat, und dann kam ihm das Attentat dazwischen."

„Platzmangel ...!" Samuel lachte bitter auf und musterte dann Moritz. „Inwieweit warst du in die Geschichte mit dem Attentat involviert? Was wusstest du?"

„Nicht viel. Ich habe gelegentlich Informationen weitergegeben und einmal hier zu Hause ein paar Akten für die Leute gesichtet."

„Du hast mir gesagt, dass du mit von Haeftens älterem Bruder zu tun hattest. Sicherlich hat man euch mal zusammen gesehen. Wenn er mit in die Sache hineingezogen wird, bist auch du dran. Du musst hier verschwinden, Moritz."

Moritz sah ihn mit düsterem Blick an und verschränkte wieder die Arme vor der Brust. Er sah fast aus wie ein kleiner trotziger Junge, der gar nicht daran dachte, sich auch nur einen Millimeter von seinem Platz zu bewegen.

„Moritz!", fuhr Samuel ihn an.

„Ich will in wenigen Wochen heiraten, Samuel. Was wird aus Anne?"

Daran hatte Samuel noch gar nicht gedacht. Er schwieg. Diese Pläne mussten vorerst wohl verschoben werden. „Sie wird nicht wollen, dass dir etwas geschieht", versuchte er, seinen Freund zu überzeugen.

„Weißt du, was ‚Sippenhaft' bedeutet? Wenn ich tatsächlich ins Visier der Gestapo rücken sollte und sie mich dann nicht zu packen kriegt, wird sie auf die Nächstbesten zugreifen. Und das wären in meinem Fall meine Eltern."

„Deinen Eltern wird nichts geschehen, Moritz. Nicht einmal die Gestapo wird ein so freundliches älteres Ehepaar als gefährlich einstufen."

Moritz sah ihn mit hochgezogenen Augenbrauen an und blickte dann an ihm vorbei. „Das ältere, freundliche Ehepaar von nebenan wurde auch als Gefahr für das deutsche Volk eingestuft, mit einem gelben Stern dekoriert und in irgendein Lager deportiert."

Samuel atmete hörbar aus und erhob sich. Er schaltete das Radio ab, das die ganze Zeit über weiter Hasstiraden und propagandistische Sprüche verkündet hatte.

„Auch deine Eltern werden wollen, dass du in Sicherheit bist, Moritz. Pack ein paar Sachen zusammen und verschwinde."

„Vielleicht mache ich mich nur verdächtig, wenn ich jetzt untertauche. Und wohin sollte ich schon gehen?"

„Du könntest zu den Steigers", überlegte Samuel laut.

„Um deine Elisa und ihre Familie auch noch in Gefahr zu bringen? Denk nur an diesen Alder", fuhr Moritz ihn an und erhob sich. Unruhig ging er in dem Zimmer auf und ab. „Melde du dich erst einmal im Krankenhaus zurück. Wenn du Pech hast, wollen sie dich nach deiner Verhaftung da gar nicht mehr haben."

„Es ist nichts geschehen. Ich kann mich noch immer damit herausreden, dass ich mich für Schwester Anita eingesetzt habe und dass dies dem Mann von der Gestapo einfach nicht gefallen hat."

„Tu das", murmelt Moritz und wandte sich ab, drehte sich jedoch sehr schnell wieder zu ihm herum. „Die Steigers! Elisa ... Friederike ..."

Samuel musterte seinen Freund verwirrt, bis auch ihm klar wurde, auf was sein Freund hinauswollte. Sein Briefkontakt zu Elisa war in den vergangenen zwei Jahren immer über Schwester Anita und über Friederike gelaufen.

Wenn irgendjemand dahintergekommen war, dann konnten auch bei den Steigers Nachforschungen der Gestapo losgetreten werden.

Kapitel 37

Schlaflos wälzte sich Elisa in ihrem Bett hin und her. Draußen tobte ein heftiger Wind, der das Gebälk des Bauernhauses zum Ächzen brachte und heulend durch den Kamin zog. Die Zweige eines hohen Busches schlugen in unregelmäßigen Abständen gegen die Hauswand.

Wieder drehte sie sich auf die andere Seite und starrte in die Dunkelheit. Noch am Nachmittag war ihr Vater neben seiner geliebten Frau beerdigt worden, und Georg Alder hatte die Gelegenheit genutzt, ihr anzubieten, zu ihrem Schutz ein paar Nächte auf ihrem Hof zu verbringen.

Elisa hatte ihn nur entsetzt angesehen und deutlich verneint. Sie wollte nicht, dass Georg auch nur für einen kurzen Besuch einen Fuß über die Schwelle ihrer Tür setzte. Sie wusste, was das für Gerede in der Nachbarschaft hervorrufen würde und was Annes Bruder sich dadurch erhoffte.

Seit Einbruch der Nacht plagte sie haltlose Angst. Sie war, ohne sich auszukleiden, schlafen gegangen. Ihre Schuhe hatte sie direkt vor ihr Bett gestellt, sodass sie im Notfall schnell hineinschlüpfen konnte. Irgendwann in der Nacht hatte der Hund kurz angeschlagen und Elisa hatte Sylwia geweckt. Gemeinsam hatten sie lange Zeit in den Hof und den Hinterhof geschaut, doch nichts war geschehen. Alles war ruhig geblieben. Ob die Partisanen erst einmal genug in dieser Gegend gewütet hatten?

Würden sie wieder für einige Zeit untertauchen, um an einem anderen Ort ihre blitzartigen Überfälle durchzuführen?

Sie hörte nebenan eines der Kinder im Schlaf sprechen. Gequält schloss sie die Augen. Was sollte aus den Kindern werden? Würde es ihr, Sylwia, Anton und Friederike gelingen, den Hof weiter so zu bewirtschaften, dass sie davon leben konnten? Zumindest hatte Sylwia nach dem Gespräch, das die beiden Frauen miteinander geführt hatten, entschieden, bei ihr, den Kindern und Großmutter Steiger zu bleiben.

Tante Olga hatte ihr angeboten, dass sie die kleineren Kinder zu ihr bringen konnte, doch Onkel Ernst, der den Überfall abgesehen von einer kleineren Verletzung gut überstanden hatte, hatte sie, Elisa, beiseitegenommen und ihr mitgeteilt, was er seiner Frau und seiner Tochter offenbar bis jetzt noch verheimlicht hatte: Er war, nachdem er zweimal darum herumgekommen war, doch noch eingezogen worden. Er würde in den nächsten Tagen das Warthegau verlassen.

Draußen begann der Hund wild zu bellen. Elisa richtete sich ruckartig auf. Sie sprang aus dem Bett und schlüpfte eilig in die Schuhe. Mit fliegenden Fingern schnürte sie sie zu und lief dann in den Flur, wo ihr Sylwia bereits entgegenkam. Auch sie hatte sich in ihren Kleidern ins Bett gelegt.

Gemeinsam liefen sie in die Küche, um dort aus dem Fenster zu schauen. Vorsichtig schoben sie den Vorhang beiseite. Dunkle Schatten huschten über den Hof. Der Hund bellte und lief den Eindringlingen entgegen. Ein Schuss ertönte, etwas blitzte hell auf und der Hund sank mit einem lauten Jaulen in sich zusammen.

Ein Stöhnen kam über Elisas Lippen. Ihre Knie zitterten unkontrolliert und sie fühlte eiskalte Furcht in sich aufziehen. Eine Gruppe von Partisanenkämpfern griff ihren Hof an.

„Bleib bei den Kindern, Lisa", sagte Sylwia und eilte zur Hintertür.

Elisa fuhr herum, rührte sich aber keinen Schritt von der Stelle. „Nicht, Sylwia. Das ist zu gefährlich."

„Kümmere dich um die Kinder", antwortete Sylwia lediglich und blickte sie eindringlich an.

Elisa riss ihre Augen weit auf. Die Polin wusste sehr wohl um die Gefahr, in die sie sich begeben wollte. Sie wollte ihnen helfen und bat sie, sich weiter um ihre Tochter zu kümmern, falls ihr jetzt etwas zustoßen sollte.

„Bete, Lisa" waren ihre letzten Worte, ehe sie die Türe aufriss und hinaus in den Hof lief.

Als die schmale Holztür hinter Sylwia ins Schloss fiel, wandte sich Elisa wieder dem Fenster zu.

Ihre Lippen bewegten sich in einem lautlosen Gebet, während sie beobachtete, wie Sylwia langsam auf die Nebengebäude zuging, in denen die Schatten verschwunden waren. Elisa hörte sie trotz des Windes irgendetwas rufen, konnte sie aber nicht verstehen. Vermutlich sprach sie Polnisch. Wieder ertönte ein Schuss und etwas blitzte auf. Elisa schrie laut, als Sylwia wie von einer unsichtbaren Hand zu Boden gerissen zu werden schien. Doch sie stand wieder auf, wenn sie auch leicht gebeugt dastand und sich mit der rechten Hand ihren linken Arm hielt.

Elisa wollte ihr zurufen, sie solle in Deckung gehen, doch sie brachte keinen Ton heraus. Wieder fielen Schüsse, doch Elisa konnte nicht feststellen, woher sie kamen.

Endlich löste sie sich aus ihrer Erstarrung. Sie hastete zur Tür, öffnete sie und eilte zu Sylwia hinüber. Die Polin sah sie entsetzt an und rief: „Geh rein, Lisa. Die Kinder!"

„Komm mit!", antwortete Elisa. „Das hat doch keinen Sinn."

Ein schriller, scharfer Pfiff hallte durch den Hof. Elisa fuhr erschrocken zusammen und verharrte in geduckter

Haltung, doch Sylwia packte sie fest an der Hand und rief: „Komm mit!“

Elisa sah sich hektisch um, ließ sich aber von Sylwia an der Hand hinter ihr herziehen. Sie eilten um die Hausecke und trafen dort auf einen wartenden Mann, der soeben einen weiteren, schrillen Pfiff ausstieß. Ob er damit Sylwia zu verstehen gegeben hatte, dass er da war? Der Mann musterte Elisa kurz und nahm dann Sylwia an der Hand.

„Das ist mein Mann Krystian“, sagte die Polin, ohne den Blick von ihm zu nehmen.

Elisa nickte. Die beiden sprachen kurz miteinander und schließlich wandte sich Sylwia wieder an sie. „Er sagt, sie müssen zu unserer Sicherheit hier einfallen und etwas tun. Die Männer wissen, dass du und deine Familie gut seid. Sie wollen euch nichts tun. Aber ich brauche Schutz. Und ihr auch.“

Elisa verstand. Ein bereits überfallener und zu Schaden gekommener Hof würde mit großer Wahrscheinlichkeit nicht noch von anderen Partisanengruppen angegriffen werden. Außerdem kam dieser Überfall irgendwelchen Gerüchten zuvor, dass die polnische Magd, die hier lebte, Beziehungen zu den Partisanen unterhielt.

Sylwia wechselte noch ein paar Worte mit ihrem Mann. Schließlich küsste Krystian Sylwia und verschwand dann in der Dunkelheit. Die junge Polin nahm Elisa wieder an der Hand und zog sie hinter sich her zur Küchentür, wobei sie sich bemühten, dicht an der Hauswand zu bleiben.

Kaum waren sie durch die Tür gehuscht, stürzten die beiden jungen Frauen wieder zum Fenster, um das Geschehen weiterzuverfolgen.

Ein Nebengebäude stand in Flammen. Elisa blickte erschrocken auf ihre Freundin. Sie musste Sylwias Mann und seinen Kumpanen eigentlich dankbar sein. Dennoch machte ihr das Ganze Angst. Die Tatsache, dass der Steiger-Hof durch einen falschen Partisanenangriff geschützt werden sollte, bedeutete doch, dass sich die Überfälle auf die Deutschen in diesem Gebiet in nächster Zeit häufen würden. Elisa schloss die Augen. Konnte sie zulassen, dass die anderen Deutschen hier in der Gegend, darunter einige befreundete Familien, Opfer dieser Gruppen wurden? Aber wie konnte sie sie warnen?

Immerhin wollte sie Sylwia nicht verraten, die in dieser Nacht sogar ihr Leben für sie riskiert hatte – denn ihre Angst und ihr Schreck waren ohne Frage echt gewesen. Auch für Sylwia war der Angriff überraschend gekommen.

Warum nur wurde ihr Leben von Tag zu Tag schwieriger und komplizierter? Wie sollte sie das alles überstehen? In diesem Moment wurde sie von der Schwere ihrer Verantwortung und der Angst, dieser nicht gerecht zu werden, übermannt. Sie drückte ihre Hände vors Gesicht und ließ sich auf den Boden sinken.

„Es ist gleich vorbei, Lisa“, hörte sie Sylwia sagen. Elisa öffnete die Augen und blickte die junge Polin an. Dann entdeckte sie den Blutfleck am linken Ärmel von Sylwias Bluse. „Du bist verletzt worden“, sagte sie.

Sylwia schob den Ärmel ihrer Bluse ein Stück nach oben und betrachtete die Verletzung an ihrem Arm, die zwar blutete, jedoch nicht sehr tief war. „Ich frage mich, wer das war. Krystian sagte, es sei noch jemand anders da gewesen. Der hat auf sie geschossen.“

„Jemand hat zurückgeschossen?“ Vollkommen verwirrt blickte Elisa an Sylwia vorbei auf das Feuer.

„Vielleicht Anton?“, überlegte Sylwia.

„Wir haben nicht einmal eine Waffe im Haus“, antwortete Elisa. Dabei fielen ihr die Kinder ein. Sie verließ eilig die Küche, um nach ihnen zu schauen. Anton lag tatsächlich noch immer fest schlafend in seinem Bett, während die anderen Kinder alle aufgewacht waren und sich auf einem Bett zusammengekauert hatten. Friederike saß in ihrer Mitte und legte schützend ihre Arme um sie.

„Sie gehen schon wieder“, beruhigte Elisa sie. Elisa würde Friederike und vielleicht auch Anton später mehr erzählen. Für die Kleineren sollte es genügen, ihnen zu erklären, dass sie nun sicher waren. Die Gefahr, dass sie sich Fremden gegenüber verplapperten, war zu groß.

Als Elisa zurück in der Küche war, stand Sylwia in der geöffneten Nebentür und blickte in die Dunkelheit hinaus. Die ersten Vogelstimmen hatten sich zaghaft erhoben und kündigten den baldigen Sonnenaufgang an. Ansonsten war nur das Prasseln des Feuers und das Knacken und Bersten des brennenden Holzes zu hören.

Elisa stellte sich direkt hinter die junge Polin.

Diese drehte sich plötzlich um. „Der Hund ...“ Sie zeigte auf das tote Tier, das mitten auf dem Hof lag. „Krystian sagte, von ihnen habe niemand auf mich geschossen. Auch nicht auf den Hund.“

„Dann muss tatsächlich noch jemand anderes hier gewesen sein. Jemand, der uns helfen wollte“, flüsterte Elisa zurück.

„Und dann schießt er auf den Hund und auf mich?“

„Komm wieder rein, Sylwia. Vielleicht ist er noch da.“ Elisa packte die Frau am linken Oberarm, um sie mit ins Haus zu ziehen.

Sylwia riss sich jedoch wieder los. „Wir müssen löschen. Sonst greift das Feuer auf das Haus über“, begehrte sie auf und lief über den Hof zum Brunnen, wo sie in Windeseile einen Eimer mit Wasser füllte.

Widerwillig folgte Elisa ihr, wobei sie sich nach allen Seiten umsah. Wer auch immer auf Sylwia geschossen hatte – er konnte noch in der Nähe sein. Auch sie füllte einen Eimer mit Wasser und lief damit zu dem Feuer hinüber.

Elisa schüttete das Wasser über die Flammen, woraufhin eine gewaltige, weiße Rauchwolke zischend in die Höhe stieg.

Eilig drehte sie sich wieder um, um neues Wasser zu holen. Da stand plötzlich Georg Alder vor ihr. Er nahm ihr wortlos den Eimer aus der Hand und hinkte zum Brunnen hinüber.

Elisa blickte ihm nach. Er war es also gewesen, der geschossen hatte, und er war bei dem Überfall verletzt worden. Sie konnte nicht sagen, dass sie über seine Anwesenheit erleichtert war. Vielmehr fiel es ihr schwer, einen Anflug von Wut zu unterdrücken. Vielleicht hatte er sie tatsächlich beschützen wollen, aber er hatte dabei keine Rücksicht auf die junge Mutter genommen – die einzige Hilfe, die sie noch hatte. Und er hatte ihren Wachhund erschossen. Vielleicht war beides kein Versehen gewesen ...

Die beiden Frauen ließen sich verschwitzt, nass und völlig außer Atem nebeneinander auf die Holzbank in der Küche fallen.

Anton, der mittlerweile von Friederike geweckt worden war, damit er beim Löschen des Brandes helfen konnte, setzte sich auf einen der Stühle, während Georg die Küchentür hinter sich zuzog und sich mit dem Rücken gegen sie lehnte.

Das Feuer war gelöscht, Anton und Georg hatten den Hund begraben und Elisa und Sylwia hatten die völlig übermüdeten Kinder wieder in die Betten gebracht. Auch Friederike hatte sich noch einmal hingelegt.

Keiner sagte etwas. Nur das Summen einer Biene und das regelmäßige, laute Ticken der Wanduhr unterbrach die lang anhaltende Stille. Schließlich räusperte sich Georg und sagte dann: „Wir müssen miteinander reden, Lisa. Dringend.“

Die junge Frau hob den Kopf und blickte den breitschultrigen Mann an. Sie wollte nicht mit ihm reden. Zu lange hatte er sie bedrängt. Und er hatte dem Mann, den sie liebte, die Gestapo auf den Hals gehetzt, nur um ihn unter Kontrolle zu haben und gegebenenfalls unauffällig aus dem Weg schaffen zu können. „Was ist denn?“, fragte sie in fast schon unfreundlichem Ton.

„Ich weiß, du hast ein paar furchtbare Tage hinter dir. Vielleicht brauchst du nur ein bisschen Ruhe“, meinte Georg und warf Anton und Sylwia einen Blick zu, der sie wohl auffordern sollte, das Zimmer zu verlassen. Aber die beiden blieben. Immerhin wussten sie von Elisas Beziehung zu Samuel und davon, wie lange Georg sie schon bedrängte – immer und immer wieder.

„Es geht nicht, dass du mit den Kindern und der Polackin alleine hier lebst.“ Georg schaute Sylwia feindselig an. „Das ist zu gefährlich. Ich werde hierherziehen. Immerhin steht das Schlafzimmer deiner Eltern leer.“

„Das wird wohl nicht gehen“, wehrte Elisa schnell ab.

Wieder warf Georg Anton und Sylwia einen vielsagenden Blick zu. Anton erhob sich zwar, trat aber an das Waschbecken, um sich die Hände und das Gesicht zu waschen, während Sylwia den Kopf senkte, als sei sie dadurch unsichtbar.

Gereizt stieß Georg sich von der Tür ab und setzte sich Elisa gegenüber an den Tisch. „Die Überfälle werden so schnell kein Ende nehmen. Ich kann nicht zulassen, dass ein Hof ohne männlichen Schutz bleibt.“

„Dagegen wirst du nichts tun können, Georg. In den nächsten Tagen wird Onkel Ernst in den Krieg ziehen. Und es gibt noch andere Nachbarn, deren Väter inzwischen im Krieg sind und wo nur noch junge Burschen oder alte Großväter leben. Willst du da überall hinziehen?“, forderte sie ihn ungewohnt forsch heraus und spürte den verwunderten Seitenblick Antons auf sich ruhen.

„Du bist erschöpft und aufgewühlt, Lisa. Es ist wohl besser, wenn ich morgen noch mal komme."

„Das wird nicht nötig sein, Georg. Vielen Dank für dein Angebot, doch ich lehne ab."

„Lisa! Wir sollten endlich heiraten. Dann ist nichts dagegen einzuwenden, dass ich hier einziehe."

Elisa riss ihre Augen weit auf und krallte ihre Hände fest in den nassen, rußverschmierten Rock. Sie fühlte sich völlig erschöpft und begann vor Kälte, aber auch vor Furcht zu zittern.

Georg wandte sich an Anton, der noch immer seine Hände mit der Kernseife und einer Bürste schrubbte, und sagte: „Anton, sei so gut und lass uns mal alleine. Und nimm die Frau mit raus."

Anton grinste ihn an. „Tut mir leid, Georg. Das wird nicht gehen. Ich kann Lisa doch unmöglich mit einem Mann alleine lassen."

„Das bin doch nur ich, Anton", lachte Georg gezwungen auf.

„Na, gerade deshalb", erwiderte Anton und drehte sich wieder um, um sich seinen gar nicht mehr so schmutzigen Armen zu widmen.

Über Sylwias Gesicht huschte ein anerkennendes Lächeln, und als Elisa es sah, verflog ihre Angst. Sie hatte einen Bruder und eine Freundin an ihrer Seite. Und auch Gott würde ihr beistehen. Irgendwie würde sie aus dieser Situation schon wieder herauskommen. Sie holte tief Luft und sagte dann, noch ehe Georg weiterreden konnte: „Georg, ich werde dich nicht heiraten. Ich möchte, dass du das endgültig zur Kenntnis nimmst und mich in Zukunft damit in Ruhe lässt. Es gibt bestimmt andere Frauen, die sich gerne von dir beschützen lassen wollen. Aber ich werde das nicht sein."

„Lisa!", begehrte Georg auf und sein aufbrausender Tonfall ließ sowohl Elisa als auch Sylwia zusammenfahren.

Anton wandte sich langsam nach dem Nachbarn um und taxierte ihn mit einem Blick, den Elisa noch niemals an dem Jungen gesehen hatte. Sie stellte mit Erschrecken fest, dass der Junge von einem Tag auf den anderen erwachsen geworden war. Mit großen Schritten ging er zu der Nebentür, stieß sie auf und deutete mit der Hand in den Hinterhof. „Geh bitte, Georg. Wir sind dir dankbar dafür, dass du uns gegen diese Bande geholfen hast. Allerdings hast du deshalb noch immer nicht das Recht, mit meiner Schwester umzuspringen, wie es dir passt."

„Du Wicht, du", brüllte Georg und wollte sich auf den Jungen stürzen.

In dem Moment kam von draußen ein Ruf. Ernst Steiger und Georgs Vater erschienen vor der Tür. „Ist hier alles in Ordnung? Einer der Nachbarn hat aus der Ferne das Feuer hier gesehen und die anderen Höfe informiert."

Ernst Steiger drückte sich an Anton vorbei und blickte fragend zu Elisa hinüber, die ihm beruhigend zunickte. „Uns ist nichts passiert, Onkel Ernst. Danke, dass ihr gekommen seid."

Kapitel 38

Der Himmel war ebenso trübe wie Samuels Stimmung, als er das Wohnhaus von Moritz Steinfurt betrat. Im Treppenhaus kam ihm der Bunkerwart entgegen, der jedoch an ihm vorbeihastete, ohne ihn weiter zu beachten. Samuel war zu Hause gewesen, um sich zu waschen und umzuziehen, und hatte erleichtert festgestellt, dass die Gestapo seine Wohnung nicht betreten und auf den Kopf gestellt hatte. Das sprach tatsächlich dafür, dass seine Verhaftung nicht im Zusammenhang mit der von Schwester

Anita stand, sondern dass Hettinger und damit wohl auch Georg Alder dahinter steckten. Anschließend hatte er im Krankenhaus vorbeigesehen, um sich zurückzumelden. Sein Chefarzt war erleichtert gewesen, ihn wohlauf zu sehen. Er hatte bereits über das Diakonissenmutterhaus versucht, etwas über den Verbleib seiner Oberschwester herauszufinden, hatte aber nichts erfahren.

Samuel wollte Moritz nochmals bitten, sich irgendwo zu verstecken. Deshalb eilte er ein weiteres Mal die Holzstufen hinauf, die unter seinem Gewicht laut knarrten. Kurz vor dem Treppenabsatz blieb er erschrocken stehen. Die Eingangstür zu Moritz' Wohnung war aufgebrochen und stand offen. Langsam und vorsichtig näherte er sich dem Türstock und schaute vorsichtig durch den Spalt in den Flur. Schuhe und eine Jacke lagen unordentlich auf dem Boden und ein Gemälde lag zwischen dem Flur und dem Übergang zum Wohnzimmer. Ein eiskalter Schauer jagte ihm über den Rücken. Was war hier geschehen, seit er vor weniger als einer Stunde seinen Freund verlassen hatte? War das eingetroffen, was er befürchtet hatte, wovor er Moritz versucht hatte zu warnen?

„Hallo?", rief er laut in den Raum hinein. Ein seltsames Echo drang zu ihm zurück. Es hatte den Anschein, als riefe er in ein leeres Zimmer hinein. „Ist jemand da?", fragte er.

Alles blieb ruhig. Vom Treppenhaus her kam ein Knacken, das vermutlich von dem arbeitenden Holz der Treppe oder des Treppengeländers stammte, dennoch zuckte Samuel erschrocken zusammen. Schließlich wagte er es, die Tür ein wenig weiter zu öffnen, und er trat leise ein.

In der Wohnung herrschte ein heilloses Durcheinander. In der Küche war nichts mehr an seinem Platz. Schüsseln, Teller, Besteck, Tücher und Lebensmittel lagen wild verstreut auf dem Boden, alle Schranktüren standen offen, Schubladen waren herausgerissen worden und sogar die Vorhänge am Fenster waren heruntergerissen.

Dasselbe Bild bot sich ihm im Wohnraum. Alle Bilder lagen auf dem Boden, die Kommode war umgekippt, ihr Inhalt wild verstreut, zertrampelt und zerstört. Die Sofas waren aufgeschlitzt und umgeworfen worden, der schwere Eichentisch lag umgekippt an der Wand, und der Teppich, der sich immer darunter befunden hatte, lag wie eine schützende Decke darüber drapiert. „Was um alles in der Welt ist hier nur passiert?“, flüsterte Samuel, obwohl er eine sehr genaue Ahnung davon hatte. Moritz war, wie es aussah, tatsächlich mit dem missglückten Anschlag auf Hitler und seine Generäle in Zusammenhang gebracht und verhaftet worden. Vermutlich würde er demselben Schicksal entgegensehen wie die anderen Verschwörer.

Wut kochte in ihm hoch, doch gleichzeitig spürte er eine fast lähmende Hilflosigkeit. Doch diesem Gefühl wollte er keinen Raum geben. Er erinnerte sich an sein Gespräch mit Moritz. Sippenhaft! Er musste zu Moritz' Eltern und sie warnen. Das ältere Ehepaar würde die Befragungsmethoden der Gestapo mit Sicherheit nicht überleben. Außerdem musste er Anne irgendwie erreichen. Immerhin waren sie und Moritz verlobt, und er wusste nicht, ob die Behörden darüber Bescheid wussten.

Hastig drehte er sich um, stürmte aus der Wohnung und donnerte mit großen Schritten die Treppe hinunter.

Die Tage vergingen schleppend langsam. Samuel arbeitete weiter im Krankenhaus. Nebenbei versuchte er vergeblich, etwas über den Verbleib von Moritz und Schwester Anita herauszufinden. Zu seinem Leidwesen kam er nicht mehr an die Post der Diakonisse, da diese sofort eingezogen wurde. Samuel konnte nur hoffen, dass gerade kein Brief von Elisa an die Adresse der Oberschwester unterwegs war, der die Gestapo auf die Familie Steiger und auf ihn aufmerksam machen konnte. Er schrieb eine Warnung an Elisa, immerhin sollten sie oder Friederike, die für ihren heimlichen Briefverkehr ihren Namen hergegeben hatte, nicht auch noch in diese Angelegenheiten verstrickt werden. Er benutzte als Absender einen Fantasienamen und hoffte, dass seine Nachricht bis zu den Steigers durchdringen würde.

Nur wenige Tage später erhielt er Post von seiner Schwester, der auch eine kurze Nachricht von Elisa beigelegt war. Sie hatte den Fußmarsch von mehr als drei Stunden auf sich genommen, um über seine Schwester auf seinen Brief antworten zu können. Voll Schrecken las er von den Überfällen der Partisanengruppen sowie vom Tod Roman Steigers. Nachdenklich faltete er den Brief zusammen und sah sich in seinem Zimmer um. Er würde packen und ins Warthegau fahren. Elisa brauchte seine Hilfe.

Samuel warf ein paar Kleider, seine Bibel, die Briefe, die er in den vergangenen zwei Jahren von Elisa erhalten hatte, und ein paar weitere Kleinigkeiten in seine Reisetasche und trat aus seinem Zimmer in den Flur. Dort hielt ihn ein Soldat auf. Der junge Mann drückte ihm ein Dokument in die Hand, grüßte und verließ das Haus.

Samuel starrte lange Zeit auf den Umschlag. Er ahnte, was er da in den Händen hielt. Langsam öffnete er den Brief, faltete das Papier auseinander und las, dass er als Militärarzt an die Westfront berufen wurde.

Der junge Mann blickte auf die Reisetasche, die er zu seinen Füßen abgestellt hatte. Er würde Elisa nicht zu Hilfe kommen können. Dieser Befehl der Wehrmacht würde ihn stattdessen sehr weit von Elisa fortführen.

Betroffen nahm er seine Tasche und das Schreiben mit. Sein erster Weg führte ihn zurück ins Krankenhaus. Dort war man bereits über seinen Weggang informiert worden, und als der Chefarzt ihm versicherte, er habe sich schon vergeblich darum bemüht, dass er bleiben durfte, wandte sich Samuel besorgt ab. Ob seine Einberufung zu diesem Zeitpunkt tatsächlich zufällig kam? Immerhin hatten Anne und Moritz im besetzten Polen ihre bevorstehende Vermählung bekannt gegeben. Er erinnerte sich an die warnenden Worte Elisas in ihrem Brief an ihn. Auch sie fühlte sich bei dem Gedanken daran, dass Georg Alder damit rechnen musste, dass sie sich bei der Hochzeit wiedersehen würden, nicht wohl.

Kapitel 39

Der Sommer ging in den Herbst und dieser schließlich in den Winter über. Das neue Jahr begann mit viel Schnee und tiefen Temperaturen. Kalt und eisig pfiff der Sturmwind über den Hof und türmte den Schnee entlang der Hausfront zu hohen Verwehungen auf. Elisa senkte den Kopf, so weit es ging, um ihr Gesicht vor den kalten Stichen der Graupel zu schützen. Links und rechts in ihren Händen hielt sie je eine prall gefüllte Milchkanne. So schnell es ihr damit möglich war, eilte sie in Richtung Nebeneingang. Bei jedem Schritt schwappte ein bisschen Milch über den Rand hinweg.

Mit der Schulter stieß sie die schmale Holztür auf und stolperte in die wohlig warme Küche. Friederike kam schnell zu ihr herüber und schloss die Tür. Auch Manuel, Manfred und die beiden Jüngsten, Alicja und Hannes, kamen angestürmt, um mit dem Schnee zu spielen, den der Wind mit Elisa in die Küche geweht hatte.

„Sie können nicht genug bekommen“, lachte Sylwia und nahm Elisa eine Kanne ab. Die Frauen wuchteten die

Metallbehälter auf die Arbeitsfläche. Als sich ihre Blicke trafen, lächelten sie sich gegenseitig an.

„Gute Tiere“, meinte Sylwia.

„Uns geht es wirklich gut hier, während die Menschen in den Städten hungern“, bestätigte Elisa und betrachtete die gelbliche Rahmschicht auf der Milch.

Sylwia wurde augenblicklich ernst. „Aber wie lange noch? Die Sowjets sind schon so nahe. Manchmal hört man sogar schon den Kriegslärm.“

Elisa schloss gequält die Augen. Sylwia hatte recht. Sehr lange würden sie nicht mehr hierbleiben können. Aber wohin sollten sie schon gehen? Sie kannte in Deutschland nur Anne, die jedoch als Untermieterin in einem kleinen Zimmer bei einer Familie wohnte. Annes Verlobter, der früher vielleicht einmal die Möglichkeit gehabt hätte, sie mit ihrer großen Familie irgendwo unterzubringen, war verhaftet worden, und Samuel war an der Westfront. Zudem bot das Zimmer in seiner Pension weder genügend Platz für sie alle noch wollte sie mit den Kindern ausgerechnet in das fortlaufend von alliierten Bombern heimgesuchte Berlin ziehen.

„Du und die Kinder – ihr müsst hier weg“, drängte Sylwia und umfasste mit ihren beiden kräftigen Händen ihren Arm.

„Und was soll aus dir und Alicja werden?“

„Ich bin hier nicht in Gefahr. Aber ich könnte euch ein Stück begleiten, um euch den Weg zu zeigen.“

„Wo sollen wir denn hin, Sylwia?“

„Ihr könnt nicht hierbleiben. Wer weiß, was die Sowjets mit euch Deutschen tun“, begehrte Sylwia erneut auf. Sie deutete auf die spielenden Kinder. „Sieh sie dir an, Lisa“, flüsterte Sylwia und begann, von ihrer Kanne den Rahm abzuschöpfen.

Elisa musterte die Kinder. Sie mochte gar nicht daran denken, was mit ihnen geschehen würde, wenn die Sowjets, die wohl zu Recht eine gewaltige Wut auf alles hatten, was sich deutsch nannte, sie in die Hände bekommen würden. Immerhin hatte die deutsche Wehrmacht den Hitler-Stalin-Pakt gebrochen und die Sowjetunion angegriffen. Der Krieg hatte die deutschen Soldaten weit in das russische Landesinnere geführt. Die Einstufung sowjetischer Bürger als Angehörige einer minderwertigen Rasse führte an der Front, aber auch gegenüber den Zivilisten zu heftiger Brutalität, systematischem Terror, Raub, Zerstörung und Hinrichtungen, selbst wenn diese Gerüchte, die Elisa erreicht hatten, niemals offiziell bestätigt wurden.

Aber war es sicherer, mit sechs Kindern, zwei Halbwüchsigen und einer alten, kranken Frau ins Ungewisse zu fliehen? Und das bei dieser Kälte? Hilflos sah sie Sylwia an. „Tante Olga war doch erst vor ein paar Tagen beim Ortsgruppenleiter. Er hat gesagt, dass die Soldaten tapfer standhalten und dieses Gebiet auf jeden Fall verteidigen werden. Sie werden uns rechtzeitig warnen, wenn es so weit ist, dass wir aufbrechen sollen."

Elisa senkte den Blick. Sie wusste selbst, dass dies ein Widerspruch in sich war.

„Lisa", seufzte Sylwia nur und wandte sich auch der zweiten Milchkanne zu.

Elisa machte ihr Platz und setzte sich neben Marlies, die genug vom Spiel mit dem inzwischen schnell schmelzenden Schnee auf dem Küchenboden hatte, auf die Küchenbank. Sie legte die Hände in ihren Schoß und lauschte auf das Wüten des Schneesturmes draußen. Das Mädchen kuschelte sich an sie. Die Bürgermeisterkinder hatten aufgehört, nach ihren Eltern zu fragen, und auch bei den Steiger-Kindern waren nach sechs Monaten die Tränen über den Tod des Vaters so langsam versiegt. Sie hatten Elisa und Sylwia, die sie mit allem versorgten, was ihre kleinen Seelen benötigten. Elisa seufzte auf. Die Kinder verließen sich auf sie. Sie aber quälte die Angst, ihrer Verantwortung nicht gerecht zu werden. Wo sollten sie hin? Selbst wenn sie es bis nach Deutschland schaffen sollten – wer würde sie und die vielen Kinder schon bei sich aufnehmen? Hier hatten sie ein Dach über dem Kopf und genug zu essen. Warum sollte sie diese Sicherheit aufgeben? Sie war kein Mensch, der vor Selbstbewusstsein oder gar Abenteuerlust strotzte. Würde die unwirtliche Kälte ihnen im Moment nicht zur größeren Gefahr werden als die sowjetischen Truppenverbände, auch wenn diese bereits sehr nah waren?

Elisa legte die gefalteten Hände auf die Tischplatte und berührte diese mit der Stirn. Allen Überlegungen zum Trotz blieb eine schreckliche Angst vor der Roten Armee. Sie wusste, dass sie eine Entscheidung nicht mehr sehr lange herauszögern konnte. Aber was war richtig? Wie sollte sie sich zwischen den Gefahren des unbekannten Weges in dieser Eiseskälte und denen einer näher kommenden, sowjetisch-deutschen Front entscheiden können?

Lange Zeit verharrte sie so. Um sie herum spielten und lärmten die Kinder, während Sylwia den Rahm verarbeitete. Der Wind heulte im Kamin, der die Küche angenehm wärmte. Elisa betete und brachte ihre Angst und Unsicherheit vor Gott. Sie flehte ihn an, ihr zu zeigen, was sie tun sollte.

Elisa hob den Kopf, als ihre Großmutter in die Küche trat. Die Haut der Greisin hatte in den letzten Tagen einen ungesunden, gelblichen Farbton angenommen und sie wirkte erschreckend schwach. Ihre Hände zitterten, als sie nach einer Tasse griff und sich von Sylwia etwas Milch geben ließ. Dann setzte sie sich Elisa gegenüber an den Tisch. Sie musterte ihre Enkelin lange und sagte schließlich: „Erinnerst du dich, Lisa, was dein Opa zu dir sagte, bevor er starb?"

Elisa atmete tief ein und wieder aus und nickte der Großmutter zu. „Er sagte etwas von Verantwortung, die ich übernehmen solle."

„Das ist richtig, Lisa. Und du hast sie übernommen."

Elisa lächelte ihre Großmutter an. Sie hatte recht, und es tat ihr gut, sich daran zu erinnern, was sie alles geschafft hatte, seit ihre Eltern gestorben waren. Offenbar war sie tatsächlich in der Lage, Verantwortung für diese Familie zu übernehmen. Ein wenig Stolz erfüllte sie, und sie setzte sich aufrechter hin, um diesen kleinen Anflug eines wunderschönen, sicheren Gefühls zu genießen.

Ihre Großmutter sprach weiter: „Du wirst nun noch viel mehr Verantwortung übertragen bekommen, Lisa. Und ich weiß, dass du sie tragen kannst. Du bist stark – so wie deine Vorfahrin und Namenspatronin, die Erste aus der Familie, die den Boden Bessarabiens betrat, ohne Mann an ihrer Seite, nur mit ihren Kindern, und sich dort eine Existenz aufbaute." Die Hand der alten Frau zitterte stark, als sie den Becher an ihre Lippen führte und einen kleinen Schluck nahm.

Elisa war, während Hannelore Steiger gesprochen hatte, wieder in sich zusammengesunken. Das mutige, sichere Gefühl war verflogen. Sie blickte ihre Großmutter zweifelnd an. Was wollte sie ihr nur sagen?

„Ich war oben, Lisa, auf dem Dachboden."

„Meine Güte, Großmutter, was machst du bei dieser Kälte auf dem Dachboden?"

„Ich habe die Geschosse aufblitzen sehen. Sie sind schon sehr nahe. Würde es nicht stürmen, könnten wir sie hören."

„Wir können sie doch schon länger hören", gab Elisa zaghaft zurück.

„Aber sehen konnten wir sie bis jetzt noch nicht, Lisa. Es ist an der Zeit zu gehen. Du solltest alle nötigen Vorbereitungen treffen." Die Stimme der älteren Dame klang bestimmt, beinahe befehlend. Aber ihre Augen waren voller Zuneigung auf ihre Enkelin gerichtet.

Elisa erwiderte nichts mehr. Sie hatte Gott um eine Antwort gebeten und sie hatte sie durch ihre Großmutter erhalten. Zudem – Vorbereitungen zu treffen konnten tatsächlich nicht schaden, dachte sie und drückte die kühle Hand ihrer Großmutter.

Wenn sie ganz still stand und den Atem anhielt, konnte Elisa die Einschläge der Geschosse hören. Wie ein kleines Kind hielt sie sich die Ohren zu. Die Geräusche schürten ihre Angst. Dann besann sie sich. Wenn sie zügig weiterarbeitete und auf die Geräusche der Tiere im Stall achtete, musste sie die todbringenden Geschosse nicht hören. Sie drehte sich um und nahm den Melkschemel, um zu der nächsten Kuh zu gehen. Kleine Dampfwölkchen stiegen in die Höhe, als die körperwarme Milch in den Eimer spritzte. Dann erfolgte eine laute Detonation. Elisa zuckte so sehr zusammen, dass sie mit den Füßen den Melkeimer umwarf. Hastig bückte sie sich, um den Rest Milch, der noch im Eimer geblieben war, zu retten.

Ein weiterer lauter Knall folgte. Elisa sprang auf, ließ den Eimer stehen und rannte aus dem Stall in die eiskalte Luft hinaus. Die Kälte brannte in ihrer Lunge. Dennoch lief sie schnell weiter über den Hof und ins Haus hinein.

Sylwia stand in der Küche und schaute aus dem Fenster, ihre kleine Tochter fest in den Armen. Die junge Mutter hatte ihr Kind aus Angst in den letzten Tagen nie aus den Augen gelassen.

Die anderen Kinder drängten sich alle um den Tisch. Elisa hatte Mühe, zu Atem zu kommen. Sie sah in die weit aufgerissenen Augen der kleinen Amalie, die ihren eigenen so ähnlich waren, und konnte in ihnen dieselbe Angst sehen, die auch sie empfand. Marlies, Manuel und Manfred saßen nebeneinander und hatten sich dicht aneinandergeschmiegt. Auch sie blickten sie mit großen Augen ängstlich an. Ihre Augen glänzten im Licht der Kerze, die auf dem Tisch stand. Alle im Haus schienen darauf zu warten, dass sie eine Entscheidung traf. „Warten wir auf Anton“, sagte sie mit zitternder Stimme und verließ die Küche wieder, um hinauf ins Zimmer ihrer Großmutter zu gehen.

Diese hatte sich, wie so oft in den letzten Tagen, hingelegt. Sie war noch schwächer als in den vergangenen Tagen und das Zittern ihrer Gliedmaßen war stärker geworden.

„Brauchst du etwas?“, erkundigte sich Johanna und ließ sich auf einen Stuhl fallen.

„Eine Enkelin, die endlich ihre Verantwortung wahrnimmt“, konterte die Frau sofort und ihre Stimme klang erstaunlicherweise kein bisschen schwach.

Elisa atmete tief ein. „Ich warte auf Anton. Er ist bei den Nachbarn, um zu fragen, wann sie gehen wollen und was die Behörden sagen.“

„Und wenn er da ist, wartest du auf etwas anderes, Lisa. Irgendwann ist es Zeit, das Warten aufzugeben und zu handeln.“

„Ich möchte wissen, was Gott von mir will.“

„Gott kann auch durch Umstände zu dir sprechen, und die sagen deutlich, dass es an der Zeit ist zu gehen.“

„Aber ich möchte ...“

„Du hast deine Lektion noch immer nicht gelernt, Lisa. Das ist nicht gut. Denn darunter könnten wir alle leiden.“

Verunsichert und auch ein wenig ärgerlich verschränkte Elisa die Arme vor ihrer Brust. Was wusste ihre Großmutter schon davon, was in ihrem Inneren vor sich ging?

Eine faltige Hand legte sich auf die ihre. „Vertraue Gott, Lisa“, flüsterte Hannelore Steiger. „Lege deine Fragen und Ängste in Jesu Hände, und vertraue darauf, dass er der Herr darüber ist.“

„Ich versuche es ja“, begehrte Elisa auf, doch ihre Stimme klang leise und hilflos.

„Tu es“, lautete die Antwort, die plötzlich sehr erschöpft klang. Die alte Frau schloss die Augen.

Elisa blieb ein paar Minuten sitzen, und als ihre Großmutter wieder regelmäßig und tief atmete, erhob sie sich leise und verließ das Zimmer. Für einen Moment blieb sie nachdenklich im Flur stehen. Dann nahm sie die steile Stiege auf den Dachboden hinauf. Vorsichtig tastete sie sich im Dunkeln bis zu dem einzigen, kleinen Giebelfenster voran und schaute durch den Teil der Scheibe, der erst vor Kurzem von ihrer Großmutter vom Eis befreit worden war.

Lange Zeit blickte sie über die verschneite Landschaft hinweg. Es war ein trüber Tag. Die kahlen Trauerweiden und Birken ließen ihre biegsamen, schmalen Äste kraftlos hängen und die wenigen Tannen in dem Mischwald an den Hügeln bogen sich unter der schweren Last des Schnees.

Dann sah sie es. Ein unregelmäßiges, helles Aufblitzen hinter einer dunklen Hügelkette. Am Fuße des Hügels lag der Hof, den die Familie Kessler damals bei ihrer Umsiedlung zugeteilt bekommen hatte. Einmal hatten sie die Familie besucht. Es war eine lange Fahrt mit dem Pferdegespann gewesen, doch wenn man bedachte, dass die feindlichen Soldaten dieselbe Zeit – vielleicht auch ein bisschen länger – brauchten, dann hatte sie nicht das Gefühl, dass ihnen noch viel Zeit blieb, um sich in Sicherheit zu bringen.

„Vertrauen“, flüsterte sie und die Scheibe vor ihr beschlug durch ihren Atem. Mit geschlossenen Augen drückte sie ihre Stirn gegen das eiskalte Glas.

Elisa betrat die Küche. Inzwischen war auch Anton wieder zurück. Der Junge wärmte seine Hände an einer dampfenden Tasse Tee und sein Gesicht war krebsrot. Eiskristalle hingen in seinen schwarzen Haaren und an seinen Wimpern. „Sie sagen, man sollte sich auf die Flucht vorbereiten, nur das Nötigste auf einen Pferdekarren laden und abwarten, bis die Anweisung vom Ortsgruppenleiter kommt. Wir werden dann alle miteinander hier fortgehen“, erklärte Anton.

„Wann?“, fragte Sylwia und drückte Alicja noch ein wenig fester an sich.

„Das konnte man mir nicht sagen. Schließlich weiß niemand, wie sich die Situation an der Front entwickelt.“

Sylwia schüttelte den Kopf. „Das ist ...“ Sie beendete den Satz mit heftig ausgestoßenen, polnischen Worten. „Eine Front ist kein gerader Strich“, wandte sie sich dann mit flehendem Unterton in der Stimme an Elisa. „Manche Teile liegen weiter vorne, andere weiter hinten. Man kann dazwischen eingeschlossen werden.“

Elisa ließ ihren Blick über die Gesichter der Kinder schweifen. Sie alle sahen sie abwartend an. Eine ungeahnte Entschlossenheit legte sich auf sie. An Friederike gewandt fragte sie: „Traust du dir zu, allein zu Tante Olga und Vera zu laufen? Und Anton“ – sie schaute ihren Bruder an –, „kann ich dich auch noch mal rausschicken? Reitest du auf einem der Pferde zu den Baders?“

Die beiden nickten.

„Wir werden morgen früh bei Sonnenaufgang losfahren. Fragt sie, ob sie sich uns anschließen wollen. Dann sollen sie noch heute Nacht mit ihren Karren und den Zugpferden hierherkommen.“ Elisa hielt den Atem an. Sie wollte gar nicht daran denken, was vor ihnen lag.

Anton trank wortlos seine Tasse leer und schnürte seine Schuhe wieder zu, während Friederike in den Flur hinauseilte, um ihrerseits ihre Schuhe und ihren Mantel zu holen.

Niemand protestierte. Alle warteten auf weitere Anweisungen von Elisa.

„Sylwia, nimm dir bitte die von uns vorbereitete Liste. Darauf steht, was wir alles mitnehmen müssen. Bereite alle nötigen Nahrungsmittel für uns und das Futter für die Pferde vor. Frank, du hilfst mir, Matratzen, Decken und alle warmen Mäntel im Flur zu stapeln. Marlies, du bist für die nächsten Stunden für die kleineren Kinder zuständig. Wenn es Probleme gibt, dann ruf mich. Ich werde die meiste Zeit im Haus sein. Ansonsten findest du mich draußen, wenn ich den Wagen belade."

Sylwia ließ Anton und Friederike hinaus und trat dann vor Elisa. Ein Lächeln lag auf ihrem Gesicht. „Du machst das gut, Lisa. Ich kenne mich ein Stück weit aus. So weit begleite ich dich."

„Das brauchst du nicht, Sylwia. Hier bist du mit deiner Tochter sicherer. Warum solltest du den Weg mit uns gehen, um dann wieder umzukehren?"

„Weil ich es möchte, Lisa. Ich will sicher sein, dass ihr den richtigen Weg nehmt." Elisa umarmte Sylwia. Was sollte sie sonst auch tun? Nie würde sie gutmachen können, was diese Frau für sie und ihre Familie schon getan hatte.

Es war bereits dunkel, als Friederike zurückkehrte. Anton brauchte noch fast zwei Stunden länger, bis auch er, vollkommen durchgefroren, wieder in das Haus trat. Weder Tante Olga und Vera noch die Baders wollten sich ihnen anschließen. Beide Familien verließen sich auf die Anweisungen des Ortsgruppenleiters. Außerdem wollte sich Tante Olga nicht ohne männliche Begleitung auf den Weg machen. Das erschien ihr zu gefährlich, und sie bat inständig darum, dass Elisa ebenfalls blieb, bis sie alle zusammen aufbrechen würden. Doch Elisa ließ sich nicht mehr beirren. Sie hatte gebetet und einen Entschluss getroffen, mit dem auch ihre Großmutter, Sylwia und Anton und Friederike übereinstimmten. Sie würden Sylwia als Führerin und Dolmetscherin dabeihaben und hatten damit die besten Voraussetzungen, einigermaßen sicher den Weg in Richtung Berlin zu finden.

Der Wagen mit der Planenbespannung stand voll beladen vor der Küchentür. Die beiden Pferde, die sie als Zugtiere bestimmt hatte, hatten eine Extraration Kraftfutter erhalten. Nun durften sie noch ein Weilchen ausruhen, bevor sie im Morgengrauen vor den Wagen gespannt wurden.

Sylwia hatte die Kleinen bereits zu Bett gebracht, und auch sie würde noch ein paar Stunden Schlaf brauchen, obwohl sie bezweifelte, dass sie Ruhe finden würde.

Wie erwartet wälzte Elisa sich lange schlaflos hin und her. Während sie im Dunkeln lag, den Kanonendonner im Ohr, schlichen sich leise Zweifel über ihre Entscheidung ein. War es nicht doch zu gewagt, alleine zu fahren? Was, wenn sie sowjetischen Truppen begegneten? Und war sie überhaupt in der Lage, den Wagen richtig zu lenken, wenn die Straßen glatt und verschneit waren?

Andererseits sprach auch einiges dafür, dass sie vor dem Wagentross fuhren. Dann waren die Wege noch nicht aufgeworfen und somit besser befahrbar. Außerdem konnte ein einzelner Wagen eher den wachsamen Augen der Soldaten entgehen als ein langer Zug von Handkarren, Pferdekarren und Fußgängern. Außerdem hoffte sie, sie würden schneller vorankommen, da sie sich nicht dem Tempo der Vorangehenden anpassen mussten.

Hatte sie also die richtige Entscheidung getroffen? Sie kuschelte sich ein wenig fester in ihre Decken und flüsterte: „Halte uns irgendwie auf, Herr, wenn wir nicht schon morgen früh fahren sollen."

Kapitel 40

Noch war es dunkel draußen und die Luft schneidend kalt. Ein leichter Wind strich durch die Zweige der Büsche und brachte die Eiszapfen an ihnen zum Klirren. Der Schnee knirschte unter Sylwias und Elisas Schritten; dieses Geräusch konnte jedoch nicht das andauernde Donnern der Geschütze übertönen. Elisa zuckte bei jeder Detonation zusammen. Entweder trug die klare, eiskalte Luft die Geräusche wesentlich deutlicher herüber oder die Front hatte sich in der Nacht dramatisch näher geschoben.

„Ich verstehe eure deutsche Behörde nicht. Warum lassen sie die Leute nicht gehen?", sagte Sylwia. Ihr Atem kringelte sich weiß in die Höhe.

„Samuel hat mir geschrieben, dass es so in Deutschland seit Monaten läuft. Die Bevölkerung wird beruhigt. Mit Halbwahrheiten oder gar Lügen wird den Leuten ein Erfolg der Armeen vorgegaukelt."

„Damit sie weiter alles für den Krieg und diesen Adolf Hitler geben?"

Elisa nickte nur. Das Sprechen tat ihr im Hals weh, so kalt war die Luft, wenn sie sie ohne den schützenden Schal vor dem Gesicht einatmen musste.

„Du tust das Richtige, Lisa." Sylwia stemmte sich gegen die Stalltür und schob sie auf.

Elisa war heute Morgen mit der Gewissheit aufgewacht, dass es richtig war, aufzubrechen und nicht zu warten, bis die anderen losfuhren. Sie nahm diese Gewissheit als Gottes Antwort auf ihr Gebet. Während Elisa die beiden Zugpferde richtete, brachte Sylwia auch das dritte Pferd in die eiskalte Nacht hinaus. Sie hatte beschlossen, es mitzunehmen, um es für ihren und Alicjas Rückweg zu benutzen.

Als sie alle bei ihrem letzten Frühstück in diesem Haus um den Tisch saßen, blickte sich Elisa nachdenklich in der Küche um. Der Abschied von diesem Hof würde ihr bei Weitem nicht so schwerfallen wie der von Bessarabien vor vier Jahren. Zu viel Unrecht war der Bevölkerung Polens angetan worden. Und sie hatten hier sowohl die Mutter als auch den Vater verloren, überlegte sie und nahm den letzten Schluck aus ihrer Teetasse. Schweigend betrachtete sie die große Runde am Tisch und lächelte ihrer Großmutter zu, die die Stille nutzte, um flüsternd, aber für die anderen doch verständlich für ihre Flucht zu beten und jeden Einzelnen von ihnen unter Gottes Schutz zu stellen.

Dann ging alles sehr schnell. Sylwia rieb die Gesichter der Kinder dick mit Schweineschmalz ein, um sie vor der Kälte zu schützen. Dann wurden sie in Strickjacken und warme Mäntel gesteckt, bekamen ein zweites Paar Strümpfe und die wärmsten Schuhe an die Füße. Zuletzt bekamen sie Handschuhe an und über die Mützen wurde zusätzlich ein Schal um den Kopf gebunden. Schweigend stapften sie hintereinander hinaus zum Pferdewagen.

Als die Kinder auf die Matratzen geklettert waren, mit denen der Boden des Karrens dick ausgepolstert war, sich zwischen die Kisten und Säcke gesetzt hatten, in denen sich ihre Habseligkeiten sowie der Proviant befanden, und sich fest in Decken eingewickelt hatten, lief Elisa zurück ins Haus, um ihre Großmutter zu holen. Die alte Frau saß alleine in der Küche. Sie hatte noch keine Schuhe an den Füßen und auch den Mantel hatte sie nicht angezogen.

Irritiert blickte Elisa sie an. Dann ging sie vor ihrer Großmutter in die Hocke, um deren Hände in die ihren zu nehmen. „Wir müssen los, Großmutter."

Hannelore Steiger sah ihre Enkeltochter ernst an. „Lisa, ich vertraue dir diese wunderbare Familie an. Möge Gott dir Kraft und Weisheit, Mut und Vertrauen schenken ..."

„Großmutter ...!“ Elisa riss ihre Augen erschrocken auf.

Die alte Frau legte ihren krummen Zeigefinger auf Elisas Lippen und schüttelte sanft den Kopf. „Geht schnell, bevor zu viele andere Wagen auf den Straßen sind.“

„Ich kann dich doch nicht zurücklassen, Großmutter. Die Russen –“

Die Küchentür wurde aufgerissen und Sylwia kam herein. „Wo bleibst du, Lisa?“

„Großmutter will nicht mit.“

„Ich weiß. Sie hat es mir schon gesagt. Sie wusste, dass du nicht einverstanden sein würdest. Deshalb hat sie nichts gesagt.“

Elisa sah Sylwia an und beobachtete, wie sie der alten Frau liebevoll zulächelte. Dann ging die Polin neben ihr in die Knie und legte den Arm um sie. „Sie wird ein paar Tage allein zurechtkommen, Lisa. Und dann bin ich ja auch wieder hier.“

„Aber die Sowjets ...“, begehrte Elisa entsetzt auf. Was würden die Soldaten mit der Deutschen tun?

Sylwia schüttelte den Kopf. „Sie wird in ihrem Bett liegen und sich krank stellen, Lisa. Dann braucht sie nicht zu sprechen. Auf ihrem Nachttisch liegen eine polnische Bibel und ein polnischer Gedichtband.“

„Darauf fallen die doch nicht herein.“

„Geh, Lisa“, befahl ihre Großmutter sanft, aber dennoch nachdrücklich. „Ich bin zu alt und gebrechlich für die Fahrt mit dem Wagen. Ich würde euch nur aufhalten und euch Platz und Lebensmittel nehmen. Sylwia und ich haben alles besprochen.“

„Ich kann dich nicht hierlassen, Großmutter“, jammerte Elisa.

Sylwia stand auf und zog sie mit sich hoch. „Denk an die Kinder, Lisa“, flüsterte sie ihr zu.

„Denk an die Kinder, Lisa“, wiederholte auch die alte Frau und lächelte sie dann liebevoll an. „Ich habe mein

Leben gelebt, Lisa. Du und die Kinder, ihr habt es noch vor euch. Werft es nicht meinetwegen weg."

Die laute Detonation eines Geschosses ließ alle drei Frauen zusammenfahren.

Elisa schloss für einen Augenblick gequält die Augen. Dann umarmte sie die Großmutter, hielt sie lange fest und stand schließlich auf. Als sie das Haus verließ, waren ihre Schritte fest und energisch.

Kapitel 41

Unweit des großen Herrenhauses, das von der Wehrmacht geräumt worden war und als Lazarett diente, gab es weitere Truppenverschiebungen und die Gewehrsalven nahmen wieder zu. Der Schlachtlärm kam beständig näher und ließ die Soldaten, die sich auf den provisorischen Lagern oder den dünnen Decken auf dem Boden wälzten, noch unruhiger werden.

Ein Sanitäter reichte Samuel Bader die Desinfektionstinktur und zischte: „Warum haben die uns nicht längst evakuiert? Wollen die uns hier verrecken lassen? Ich hab keine Lust, in die Hände der Amerikaner zu geraten. Meine Frau hat vor einem halben Jahr einen Sohn bekommen und ich hab ihn noch nicht einmal gesehen." Mit aller Kraft hielt er den Patienten, der sich gegen die Behandlung des Arztes zur Wehr setzte, auf dem Tisch.

Ein lautes Krachen war zu hören und das Haus geriet ins Wanken. Teile des Putzes, die Deckenlampe und Holzbalken donnerten herunter.

Samuel warf sich auf den Boden und rollte sich unter einen Türrahmen. Er hielt den Atem an und schützte mit den Armen seinen Kopf. Das Getöse um ihn herum nahm zu. Eine Wand stürzte ein und begrub Dutzende von Patienten und Sanitätern unter sich.

Als der Lärm des einstürzenden Gebäudes nachließ, war das laute Schreien der Verletzten zu hören, die von herabfallenden Mauerteilen getroffen worden waren. Grauer Staub lag wie dichter Nebel in der Luft und reizte Samuels Augen und seine Atemwege. Hinter den Resten einer Zimmerwand konnte er das zuckende, helle Flackern eines sich schnell ausbreitenden Feuers erkennen. Samuel schob sich auf die Knie und erhob sich, wobei er sich am zersplitterten Holz des Türrahmens abstützte.

„Raus hier!“, brüllte der Sanitäter, dem das Blut aus einer Kopfwunde über das Gesicht lief, und stürmte an ihm vorbei.

Samuel versuchte nicht, ihn aufzuhalten. In seinem panischen Zustand würde er ihm ohnehin keine Hilfe sein. Eine Sanitätsschwester mit aufgerissener, heftig blutender Wange taumelte auf ihn zu. „Helfen Sie mir, wenigstens ein paar Verletzte nach draußen zu schaffen“, bat er sie.

Die Frau nickte nur.

Gemeinsam packten sie einen Soldaten, der sich auf den Knien und unter Schmerzens- und Angstschreien über den Boden in Richtung Ausgang schob. Sie schleppten den Mann hinter sich her aus dem Gebäude und legten ihn dort auf den hart gefrorenen Boden.

Kritisch betrachtete Samuel das zerstörte Gebäude. Gelbe Flammen züngelten in den morgendlichen Himmel hinauf. Das Haus sah aus wie ein abgebrochener Zahn und würde vermutlich nicht mehr lange stehen bleiben.

Schnell folgte er der Schwester zurück in das Gebäude und mithilfe einiger weiterer Ärzte und Sanitäter gelang es ihnen, ein paar Soldaten ins Freie zu schaffen, ehe das Gebäude mit gewaltigem Donnern und Funken speiend in sich zusammenfiel.

„Schade um die Arbeit der vergangenen Stunden", brummte die Sanitätsschwester, wandte sich ab und stapfte zu den frierenden und schreienden Männern hinüber, die das Glück gehabt hatten, noch rechtzeitig ins Freie gezerrt zu werden.

Samuel schüttelte entsetzt den Kopf. Diese beinahe menschenverachtende Kaltschnäuzigkeit wühlte ihn zutiefst auf. Was machte dieser Krieg aus den Menschen?

Zu weiteren Überlegungen kam er nicht mehr. Krachend schlugen weitere Geschosse in die Bäume und die Wiese vor dem Gebäude ein. Eine Druckwelle warf ihn auf die Knie und ein stechender Schmerz zog durch seinen Oberkörper, ehe er blutend zusammensackte.

Kapitel 42

Der Himmel über ihnen war bis auf vereinzelte kleine Wolken strahlend blau. Über dem Land lag eine glitzernde Schneedecke, die unter den Pferdehufen und den Rädern des schwer beladenen Wagens laut brach.

Immer wieder passierten sie andere Höfe, aus deren Schornsteinen der Rauch senkrecht in die Höhe stieg. Bei manchen von ihnen stand ein fahrbereiter Wagen zur Flucht bereit. Die allermeisten allerdings schienen noch keine Vorbereitungen für eine Flucht getroffen zu haben.

Wann immer sie an solchen Höfen vorbeifuhren, sah Elisa Sylwia den Kopf schütteln. Die Polin verstand die Sorglosigkeit der Deutschen und ihre Hörigkeit gegenüber den Behörden nicht. Aber war es nicht gerade diese Gefolgschaftstreue, die die Deutschen in diesen Krieg geführt hatte?

Kritisch betrachtete Elisa einen steil ansteigenden Weg, den es zu bezwingen galt. Auch auf diesem lag Schnee, und die tief eingefahrenen Spurrillen deuteten darauf hin, dass es dort gefährlich glatt werden konnte. Ob die beiden Pferde es schaffen würden, den schwer beladenen Wagen die steile Anhöhe hinaufzuziehen?

Fragend blickte sie zu Sylwia hinüber, die ebenfalls mit gerunzelter Stirn den Anstieg betrachtete und sich dann nach ihr umwandte. „Es ist besser, wir holen die Kinder raus. Falls der Wagen ins Rutschen kommt oder kippt."

„Wir könnten ein oder zwei von den Kindern auf das dritte Pferd setzen. Die anderen sollen gehen", stimmte Elisa zu.

Sylwia sprang sofort nach vorne, um Anton zum Anhalten zu bewegen, bevor er den Hügel in Angriff nahm.

Währenddessen band Elisa das mitgeführte Pferd los und forderte die Kinder auf, hinten an den Wagen zu kommen. Einem nach dem anderen half sie heraus. Anschließend wurden Marlies und Manuel gemeinsam mit Hannes und Alicja auf das Pferd gesetzt, während die anderen schon vorauseilten.

Elisa nahm zwei Handvoll Hafer aus einem der Säcke auf der Ladefläche und stellte sich damit dicht vor die Pferde. Die Tiere drehten sofort interessiert die Ohren nach vorne, und ohne dass Anton sie groß antreiben musste, folgten sie Elisa, die langsam rückwärtsging.

Zweimal rutschten die Stuten aus und der Wagen begann bedenklich zu schlingern. Aber die knallende Peitsche und der etwas näher gestreckte Hafer brachten beide Tiere dazu, sich, ohne stehen zu bleiben, den Hügel hinaufzukämpfen.

Oben angekommen, lachten Sylwia, die das Pferd mit den Kindern geführt hatte, Friederike und Elisa erleichtert auf, während Anton schief grinste. Die Pferde bekamen ihren Hafer und kauten genüsslich, während die Kinder wieder in den Wagen stiegen.

Elisa warf einen Blick in die Richtung, aus der sie gekommen waren. In weiter Entfernung sah sie ein riesiges, heftig rauchendes Feuer. Waren die Soldaten tatsächlich schon so nahe? Ob Vera und Tante Olga noch rechtzeitig hatten fliehen können? Und die Baders?

„Sylwia!“, rief sie.

Die junge Frau kam zu ihr herüber und blickte ebenfalls in die Ferne. „Schau“, flüsterte die Polin und deutete in eine etwas nördlichere Richtung.

Elisas Blick folgte ihrer ausgestreckten Hand. Dort war eine Wagenkolonne zu sehen, die sich langsam vorwärtsschlängelte.

„Die sind endlich auch aufgebrochen“, erklärte Sylwia und zeigte noch etwas weiter nördlich. Auch dort war die Straße mit nur als schwarze Punkte erkennbaren Fuhrwerken vollkommen verstopft. Auf den Wegen, die in die Straße mündeten, standen unzählige Wagen, die versuchten, sich einzufädeln. Doch wer bereits auf dem Hauptweg war, war nicht bereit, seinen Platz in der Schlange aufzugeben, um andere hineinzulassen. Denn jedem von ihnen war bewusst: Wer weiter vorne in der Schlange war, war auch weiter von der Roten Armee entfernt.

Stundenlang zogen Elisa, Sylwia und die Kinder weiter. Nach und nach schlossen sich ihnen andere Flüchtlingswagen an. Obwohl die Sonne schien, war es eisig kalt, und in regelmäßigen Abständen ließen die Frauen die Kinder ein Stück gehen, damit sie sich bewegten und dadurch wieder ein wenig warm wurden.

Elisa löste Anton auf dem Kutschbock ab. Sie wickelte die warme Decke fest um ihre Beine und Füße und ergriff mit den durch Fäustlinge geschützten Händen die Zügel.

Ein Wagen hinter ihnen, der dadurch zum Halten gezwungen gewesen war, versuchte, sich zwischen ihnen und dem tiefen Straßengraben vorbeizudrücken. Elisa musste sich festhalten, als die Räder gegeneinanderkrachten und ihr Gefährt heftig zu schaukeln begann. Das Holz und Metall knirschten protestierend und die Kinder im Inneren des Wagens schrien ängstlich auf.

„Nicht!“, rief Elisa. Sie konnten sich keinen Schaden an den Rädern erlauben. Niemand würde sie reparieren können. Wieder knirschte es und dann gab es einen dumpfen Schlag, begleitet vom Klappern übereinanderfallender Utensilien. Das wilde Aufwiehern der Pferde ertönte laut über die schneebedeckten Felder hinweg. Doch zumindest hörten das Schaukeln und das Schleifen der aneinanderreibenden Wagen auf. Elisa schob sich ganz nach außen und versuchte, an der Plane vorbei nach hinten zu sehen. Sie sah zwei helle Pferde, die wild mit den Beinen um sich schlugen, da sie im Graben beinahe aufeinanderlagen.

Noch ehe sie absteigen konnte, erschien Sylwia neben dem Kutschbock und zischte in ihrem fehlerhaften Deutsch: „Weiterfahren, Lisa. Kümmere dich nicht darum.“

„Aber wir müssen den Leuten doch helfen, Sylwia. Ihr Wagen liegt im Graben.“

„Und was willst du tun? Kannst du ihn herausziehen? Fahr weiter. Hinten kommen noch viele Wagen, die vorbeiwollen.“

Elisa sah die Freundin einen Moment nachdenklich an, dann schob sie sich wortlos zurück auf den Kutschsitz. Die Zügel knallten auf die Rücken der Tiere und diese zogen wieder an. Alles wackelte und ein heftiges Knarren begleitete das Anfahren des Wagens. Weiße Atemwolken der Pferde stiegen in die Höhe und blieben als Eis in den Stirnhaaren der Tiere hängen.

Sie waren kaum ein paar Meter weit gekommen, als das entfernte Brummen eines Motors hörbar wurde. Das Geräusch wurde lauter. Elisa blickte in den wolkenlosen Himmel hinauf. Drei Flugzeuge näherten sich in geringem Abstand hintereinander.

Elisa presste die Lippen aufeinander und ihre Stirn legte sich in Falten. Waren das deutsche Flugzeuge? Warum hielten sie genau auf die Wagenkolonne zu, die sich hinter ihnen gebildet hatte und kein Ende zu nehmen schien?

Das erste Flugzeug kam noch tiefer und donnerte über sie hinweg. Die Pferde warfen die Köpfe in die Höhe, wieherten und drängten sich gegeneinander. Der Wagen kam so sehr ins Schlingern, dass die Kinder hinten im Wagen aufschrien.

Dann begannen die schnell aufeinanderfolgenden Schüsse aus der Maschine. Die Schreie von hinten wurden lauter. Fortlaufende Aufschläge erfüllten die eiskalte Luft. Schon tauchte die zweite Maschine tiefer ab und hielt genau auf sie zu.

„Runter vom Wagen!“, schrie Elisa. Ihr Herz raste und ihre Gedanken jagten wild durcheinander.

Die Maschinen dröhnten laut. Jeder Handgriff war Anne längst zur Routine geworden. Hastig strich die junge Frau sich eine lose Haarsträhne zurück unter das Kopftuch, das sie im Nacken zusammengebunden hatte. Dann griff sie wieder nach einem der kleinen Metallstifte, den sie in eine Schiene steckte, um diese dann einer anderen Arbeiterin weiterzureichen, die wiederum ein Teil an der Schiene anbrachte.

Das plötzliche Aufheulen der Sirene erschreckte die junge Frau schon lange nicht mehr so sehr wie zu Beginn ihrer Tätigkeit hier. Sie legte den Metallstift, den sie in der Hand hielt, beiseite und wartete, bis ihre Kolleginnen an ihr vorbeigelaufen waren. Anfangs hatte sie immer noch versucht, so schnell wie möglich aus den Räumen herauszukommen und in den Bunker zu gelangen, war dabei aber jedes Mal umgerannt worden. Mit ihrem

Bein konnte sie die Stufen nicht so schnell heruntereilen wie die anderen, und die Behinderung nahm ihr darüber hinaus die Standhaftigkeit, die sie gebraucht hätte, um sich gegen das heftige Schieben von hinten zur Wehr zu setzen.

Erst als die Letzte an ihr vorbeigeeilt war, folgte sie den anderen Frauen die Stufen hinunter. Frau Kreisler, die Schichtleitung, lächelte ihr entgegen, als sie durch die Tür ging. Die ältere Dame wusste: Wenn Anne Alder da war, waren alle im Raum, und die Schutztür konnte verschlossen werden.

Anne ließ sich auf einer der hölzernen Bänke nieder und faltete die Hände. Was sollte sie hier unten auch anderes tun, als zu beten. Für ihr eigenes Leben, für ihre Freundinnen, für Samuel Bader an der Front – und natürlich für Moritz, von dem sie seit Monaten nichts mehr gehört hatte.

Seit Samuel ihr kurz vor seiner Abreise an die Front davon erzählt hatte, wie er die Wohnung von Moritz vorgefunden hatte, lebte sie in permanenter Sorge um ihren Verlobten. Die Gestapo hatte sie nie zu seinen Verbindungen zur Widerstandsbewegung befragt. Vielleicht war dort tatsächlich nichts über ihre Beziehung zu Moritz bekannt. Immerhin existierten keine Briefe und dank des Krieges auch keine Fotos oder sonstigen Hinweise, die auf eine weibliche Bekanntschaft im Leben von Moritz Steinfurt schließen lassen konnten. Samuel hatte ihr davon abgeraten, Kontakt zu Moritz' Eltern aufzunehmen, da diese mit Sicherheit befragt und beobachtet werden würden. Sie würde sich nur selbst unnötig in Gefahr bringen. Allerdings wusste sie so auch nicht, ob das Ehepaar Steinfurt irgendwelche Nachrichten über den Verbleib ihres Sohnes erhalten hatte.

Ein gewaltiges Krachen ließ Anne auffahren. Ängstlich blickte sie auf die wankenden Wände und die Kerze, die heftig flackerte und zu verlöschen drohte. Eine weitere

Detonation folgte. Einige Frauen begannen zu weinen. Frau Kreisler fiel auf die Knie und bekreuzigte sich mehrmals. Auch ihr liefen Tränen über das Gesicht.

Anne saß still da. Was hatte sie schon zu verlieren? Moritz war wahrscheinlich von der Gestapo festgenommen worden, und es fiel ihr schwer, weiter zu hoffen, dass er noch lebte. Hans Bernd von Haeften, der Kontakt mit Moritz gehabt hatte, war am 23. Juli ebenfalls verhaftet worden. Am 15. August hatte seine Verhandlung vor dem Volksgerichtshof stattgefunden, in der er Adolf Hitler als den „Vollstrecker des Bösen in der Geschichte" bezeichnet hatte. Wie nicht anders zu erwarten, war er zum Tode verurteilt und noch am selben Tage gehängt worden. Wie sollte sie da hoffen können, dass Moritz noch am Leben war?

Zu ihrer Familie hatte sie kaum noch Kontakt – zumal Georg ihr immer suspekter wurde.

Anne beobachtete den feinen Staub, der im Schein der Kerze durch den Raum tanzte. Sie fühlte sich so unendlich einsam. Wo sollte sie nur hin, wenn dieser elende Krieg endlich vorbei war? Und wie lange würde er noch dauern? Warum kamen die Mächtigen dieses Landes nicht endlich zur Vernunft und beendeten das Sterben und die Zerstörung?

Wieder wackelte das Gebäude und es folgte ohrenbetäubender Lärm. Bisher war ihre Fabrik von den Luftangriffen der Alliierten verschont geblieben, doch heute hatte es offensichtlich sie erwischt. Ob es oben brannte? Würden sie überhaupt noch hier herauskommen?

Anne blieb erstaunlich ruhig, während das Jammern um sie herum zunahm. Vielleicht würde es sogar eine Erlösung sein, endlich aus diesem Kreislauf von Sorgen, Ängsten und der Produktion von todbringenden Waffen befreit zu werden …

Meterhoch schlugen die Flammen aus dem Dach des Fabrikgebäudes, in dem Anne arbeitete, in den Himmel hinauf. Noch einmal kehrten die Bomber zurück und warfen über den Industrieanlagen ihre tödliche Fracht ab, ehe sie in Richtung Norden verschwanden.

Moritz sprang aus seinem Versteck, in das er sich vor den Flugzeugen geflüchtet hatte, und rannte über den freien Platz, an brennenden Wrackteilen vorbei, die einmal Lastwagen und Transporter gewesen waren. Hastig öffnete er die schwere, metallene Eingangstür zu dem Werk und trat in den beißenden, dichten Rauch. Eine Frau torkelte ihm entgegen und Moritz machte ihr Platz. Weitere Frauen folgten, hustend und weinend. Er suchte Anne unter ihnen, konnte sie jedoch nicht entdecken. Hatte sie es womöglich nicht geschafft, sich rechtzeitig in einen der Luftschutzkeller zu flüchten?

Moritz kämpfte sich entgegen dem Strom der nach draußen drängenden Frauen weiter in das Gebäude hinein. Die Stahlträger knarrten und quietschten bedenklich. Lange würden sie das Gebäude nicht mehr halten. Dennoch bahnte Moritz sich einen Weg zwischen den heißen Maschinen hindurch. Er wusste genau, wo Annes Arbeitsplatz war. Schließlich hatte er sie in den vergangenen Monaten, seit er damals aus seiner Wohnung vor der Gestapo geflohen war, nie aus den Augen gelassen. Er war wie ein unsichtbarer Schatten immer in der Nähe gewesen.

Doch ihr Platz war leer. Wo war Anne? Er hatte sie doch an diesem Morgen in die Fabrik gehen sehen. Durch ihr Hinken konnte er sie schon von Weitem von den anderen Frauen unterscheiden, selbst wenn sie in ihren grauen Kleidern und den einfachen Kopftüchern irgendwie alle gleich aussahen.

Hinter ihm entstand ein lautes Bersten. Erschrocken fuhr Moritz herum. Er sollte besser schnell hinaus, bevor das Dach und die Seitenwände über ihm zusammenbrachen. Anne war ohnehin nicht hier.

Er hustete und hielt sich den Ärmel seines Mantels vor Mund und Nase. Gerade als er den Rückweg antreten wollte, sah er sie. Sie hinkte auf den hellen Flecken zu, der den Ausgang in das sichere Freie markierte. Ein grässlicher Schmerz breitete sich in ihm aus. So nahe war er ihr noch nie gewesen, seit er sich im Untergrund aufhielt. Einen Augenblick lang umspielte das Tageslicht ihre schmale Silhouette, dann verschwand sie aus seinem Blickfeld. Er würde sie gehen lassen müssen, ohne mit ihr zu sprechen, ohne ihr sagen zu können, dass er noch lebte. Sie würde die Ungewissheit darüber, was mit ihm geschehen war, noch länger aushalten müssen. Und er konnte weiterhin nur hoffen, sie irgendwann einmal wieder in seine Arme schließen zu dürfen.

Wieder knarrte und quietschte es um ihn herum und hinter ihm brachen die ersten Deckenteile hernieder. Der Rauch und der Steinstaub wurden in einer heißen Welle auf ihn zugeschleudert. Moritz flüchtete mit einem Sprung durch ein zerborstenes Fenster. Er landete unsanft auf dem harten Boden, rappelte sich schnell wieder auf und hastete in leicht gebeugter Haltung über den Platz und warf sich in das Gebüsch, in dem er sich in den letzten Monaten so oft versteckt hatte. Von hier aus hatte er den besten Blick auf Annes Arbeitsplatz gehabt, und er hatte sie beobachten können, wenn sie mittags draußen Pause oder sich abends auf ihren Heimweg machte.

Auch jetzt konnte er sie sehen. Sie stand mit ein paar anderen Frauen vor dem brennenden, einstürzenden Gebäude und ließ sich von einer Rotkreuzschwester etwas zu trinken reichen. Sie hatte ihren Mantel und ihre Mütze eingebüßt, und er konnte sie, trotz der Entfernung, vor Kälte zittern sehen. Vermutlich würde es für sie sehr schwer sein, in diesen Zeiten einen Ersatz für ihren warmen Mantel zu bekommen. Wie gerne hätte er ihr seinen überlassen, doch wie sollte er ihn ihr zukommen lassen? Zudem brauchte er ihn dringender. Er war der einzige

Schutz vor der Kälte, den er hatte. Immerhin hauste er zurzeit in einer heruntergekommenen Gartenlaube.

Moritz wandte sich um und verschwand in dem kleinen Wald, der sich hinter der Fabrik ausbreitete. Zumindest war Anne in Sicherheit, dachte er, und ein schwaches Lächeln umspielte die rissigen Lippen in seinem ausgezehrten Gesicht.

Kapitel 43

Elisa, Sylwia und die Kinder hatten nicht die Zeit, den Wagen zu verlassen, ehe das Flugzeug direkt vor ihnen war. Doch wieder setzte das Stakkato der Bordwaffen erst hinter ihrem Karren ein. Jetzt sprangen die kleineren Kinder heraus, während Sylwia ihre Tochter und Hannes an sich riss und sich mit den beiden Jüngsten in den Graben stürzte. Anton trieb die drei Bürgermeisterkinder und seine Geschwister unter ein paar Tannen am Wegesrand, und schließlich folgte auch Elisa, wenngleich zögernd, da sie Angst hatte, dass die Pferde davonliefen.

Schon kam das dritte Flugzeug beinahe im Sturzflug auf sie zu. Diesmal spritzten neben den Steiger-Pferden der Schnee und die Erde auf, als dort die Geschosse in schneller, enger Abfolge einschlugen. Dann platzte an einer Stelle die Plane auf und Holzsplitter jagten durch die Gegend. Nur einen Wimpernschlag später brach das Pferd des nachfolgenden Wagens zusammen und die Plane über dem Fuhrwerk wurde durchlöchert. Plötzlich gab es eine laute Detonation und das Flugzeug drehte ruckartig ab. Noch ein Geschoss explodierte neben dem Angreifer und der Pilot suchte sein Heil in der Flucht. Von irgendwoher war eine deutsche Flak aufgetaucht, die die Flüchtlinge zu schützen versuchte.

Elisa kauerte noch immer am Waldrand. Sie zitterte so sehr, dass ihre Zähne kräftig aufeinanderschlugen, doch sie wusste nicht, ob der Grund dafür die Angst oder die Kälte war.

In einiger Entfernung war noch immer das Brummen der Flugzeuge zu hören und offenbar nahmen sie nun dort die Flüchtlinge als Zielscheibe.

Die junge Frau rappelte sich auf und stapfte durch den tieferen Schnee am Rande des Wäldchens wieder auf den Weg hinaus. Prüfend betrachtete sie die drei Pferde. Sie waren unverletzt. Die Plane des Wagens wies an der Seite ein paar kleine, kreisrunde Löcher auf und am Holz des Karrens waren die deutlichen Spuren der Einschüsse zu erkennen. Größere Schäden waren aber nicht zu sehen. Elisa schloss für einen Augenblick die Augen und dankte Gott für die Bewahrung.

Dann waren schon Sylwia mit den beiden Kleinen und Anton mit den größeren Kindern bei ihr. „Weiter, Lisa, weiter", drängte Sylwia und warf die beiden Kinder förmlich in das weich gepolsterte Innere des Wagens, während Anton den anderen Kindern hektisch in das Fuhrwerk half.

Noch immer schrien Menschen laut vor Angst und auch vor Schmerzen. Inzwischen war Elisa klar, dass sie keinem dieser Menschen in ihrer Not helfen konnte. Sie musste nach sich und den Kindern sehen – das war die Verantwortung, die sie zu tragen hatte. Sie würde sie alle verlieren, wenn sie sich auch noch um die Menschen in den voranfahrenden oder nachfolgenden Wagen kümmern wollte. Mit eiserner Miene, konzentriert, aber darauf bedacht, das Leid um sie herum nicht zu nah an sich heranzulassen, kletterte sie zurück auf den Kutschbock und trieb erneut die Pferde an, einen weiteren Abhang hinauf.

Von hinten waren Motorengeräusche und ein seltsames Rasseln zu hören. Elisa lenkte den Wagen an den Straßenrand. Armeewagen mit Soldaten und größeren Waffen, darunter wohl auch die Flak, die ihnen geholfen hatte, rollten an ihr vorbei. Auch die Soldaten waren auf der Flucht. Ein Planwagen mischte sich zwischen die Militärlaster. Der Mann auf dem Kutschbock wollte wohl die Chance nutzen und die etwas langsameren Pferdewagen vor sich überholen. Elisa ließ ihn gewähren, ehe sie die Zugtiere wieder in die sichere Mitte der Straße lenkte.

Der Tross zog weiter. Immer mehr Wagen schlossen sich an, verlängerten ihn nach hinten oder reihten sich noch vor den Steigers ein.

Sylwia löste Elisa, der alle Knochen schmerzten und die eiskalte Füße und Hände hatte, irgendwann auf dem Kutschbock ab. Nun ging Elisa neben dem Wagen her. Immer wieder blickte sie ängstlich in den Himmel. Ob weitere Flugzeuge kommen würden? Wie weit waren die russischen Truppen vorgerückt, wenn sich ihrer Flucht bereits Militärfahrzeuge anschlossen? Hatten sie mit ihren einfachen Pferdekarren überhaupt eine Chance, der Roten Armee zu entkommen?

Langsam ging der Tag in den Abend über und das Thermometer fiel auf unter 20 Grad minus. Friederike jammerte hinten im Wagen halblaut vor sich hin. Auf der Flucht vor den Flugzeugen hatte sie sich ebenfalls in den tiefen Schnee geworfen. Ihre Schuhe waren seitdem nass und ihre Zehen hatten inzwischen jegliche Farbe verloren.

„Weißt du, ob es hier ein Haus gibt, in dem wir übernachten können?“, rief sie zu Sylwia hinauf, die durch ein Kopfnicken ihre Zustimmung gab. Offenbar war es ihr sogar zum Sprechen zu kalt.

Nur wenige Minuten später bogen sie in einen kleinen Waldweg ein und kurz darauf kamen sie in den Hof eines größeren Bauernhauses. Allerdings standen dort bereits zehn bis fünfzehn andere Wagen, und die fest verrammelten Fensterläden ließen darauf schließen, dass die Bewohner keine Lust hatten, sich weiter mit den Flüchtlingen auseinanderzusetzen oder ihnen zu erlauben, ebenfalls für eine Nacht in dem Haus Zuflucht zu suchen.

Sylwia hielt in der Auffahrt und blickte fragend zu Elisa hinunter. Was sollten sie nun tun?

„Lass uns weiterfahren, Lisa. Die Truppen sind so nah!", rief Anton von hinten und sprang aus dem Wagen heraus, der wackelnd nachgab.

„Wir brauchen dringend Schlaf. Sonst sind wir bald mit unseren Kräften am Ende", widersprach Elisa zögernd. Auch sie spürte die Angst wie einen nagenden, dumpfen Schmerz in ihrem Nacken. Konnten sie es sich erlauben, eine Rast einzulegen? Aber auch die Pferde brauchten Futter und ein wenig Ruhe. „Lass uns hierbleiben. Der Hof liegt vom Wind geschützt. Nur ein paar Stunden", entschied Elisa.

Anton blickte sie einen Augenblick prüfend an, dann begann er die Pferde auszuschirren. Wieder einmal fügte sich der Dreizehnjährige ihrer Anordnung.

Elisa wandte sich an Sylwia und sagte: „Leg du dich schon mal hin. Ich kümmere mich um die Kinder. Nachher können wir tauschen."

Die junge Mutter leistete den Worten sofort Folge. Erschöpfung und Müdigkeit standen ihr deutlich ins Gesicht geschrieben.

Während Elisa die warm eingepackten Kinder dazu brachte, sich im vom Schnee frei geräumten Hof zu bewegen und währenddessen etwas Brot und Käse zu essen, hörte sie das stete Geräusch der vorbeiziehenden Wagen, und sie fragte sich, ob es nicht doch ein Fehler gewesen war, ihren Vorsprung für diese Rast aufzugeben.

Ein leichter Wind brachte die Zeltplane zum Knattern. Elisa öffnete die Augen und betrachtete die kleine weiße Wolke, die aus Antons geöffnetem Mund in die eiskalte

Luft hinaufstieg. Langsam setzte sie sich auf und blickte sich um. Die Kinder lagen neben- und teilweise übereinander in einem wilden Durcheinander um sie herum und schliefen fest.

Sie hatte nicht lang geschlafen und war völlig unterkühlt. Vorsichtig kletterte sie über die Kinder hinweg nach hinten und aus dem Wagen hinaus. Draußen war es noch viel kälter. Die Zweige der Bäume und Büsche waren mit einer Eisschicht überzogen und an dem Dach des Bauernhauses hingen lange Eiszapfen. Die Sterne blinkten am Himmel und hellten die Nacht ein wenig auf. Elisa betrachtete die Himmelslichter eine Zeit lang und schloss schließlich die Augen. Ihre Gedanken wanderten zu ihrer Großmutter, die sie alleine hatte zurücklassen müssen. Würden die Soldaten sie tatsächlich für eine Polin halten und in Ruhe lassen?

Wieder waren, wenn auch weit entfernt, die Geschütze der Armeen zu hören.

Plötzlich öffnete sie erschrocken die Augen und blickte sich suchend um. Wo war Sylwia? Hätte die Polin sie nicht schon längst wecken sollen? Schließlich entdeckte sie die junge Frau. Zusammengekauert und in den Mantel von Roman Steiger gehüllt, hockte sie an der Hauswand, wo tagsüber der Schnee vom Boden entfernt worden war.

Eilig lief Elisa hinüber und ging vor der Freundin in die Hocke. Sylwia zitterte am ganzen Körper. Ihre Augen wirkten glanzlos und ihre Lippen waren blau verfärbt.

„Sylwia!“ Elisa ergriff die Frau an den Schultern und schüttelte sie heftig. „Sylwia, steh auf. Du bist ja ganz durchgefroren!“, herrschte sie sie an und schüttelte sie noch etwas heftiger.

„Lass mich“, murmelte Sylwia und schloss die Augen.

„Nein, du musst aufstehen und dich bewegen“, beharrte Elisa und zog die schlanke Frau ohne Mühe auf die Beine.

Diese hängte sich schwer an sie und atmete so flach, als bereite ihr das Atemholen Schmerzen.

„Warum hast du mich nicht geweckt, Sylwia? Wir müssen weiter. Und du darfst dich nicht einfach irgendwohin setzen. Dafür ist es zu kalt."

„Ich war so müde", entschuldigte sich Sylwia und richtete sich auf. Sie blickte zum Wagen hinüber, in dem auch ihre Tochter schlief. Noch immer zitternd, bleich und mit blau angelaufenen Lippen und Fingern begann sie, erst langsam, dann ein wenig schneller auf dem Hof auf und ab zu gehen. Schließlich lächelte sie Elisa an und drückte ihr mit ihren eiskalten Fingern kurz die Hand. „Gut, dass du aufgewacht bist, Lisa."

„Du kannst Gott dafür danken, dass ich aufgewacht bin", erwiderte sie einfach und trat zu den unter den Bäumen angebundenen Pferden hinüber.

Die Tiere hatten sich dicht aneinandergedrückt. Als Elisa kam, drehten sie ihr die Köpfe zu, und eines der braunen Pferde schnaubte zur Begrüßung leise auf. Sie nahm die beiden Zugpferde am Halfter und führte sie vor den Wagen, um sie einzuspannen. Hinter ihr fuhr ein anderer Wagen aus dem Hof und setzte seinen Weg fort, während zwei weitere hereinkamen. Auf einem Kutschbock entdeckte sie Herrn Kerler, dessen Zuchtbulle damals Anne verletzt hatte.

„Lisa!", rief der Mann. „Wo sind die anderen aus unserem Bezirk?"

„Ich weiß es nicht. Wir sind früher los als die anderen. Ich habe keinen von ihnen gesehen."

„Die Russen sind schon weit vorgerückt. Ganze Wagenzüge sind nicht mehr durchgekommen und ihnen in die Hände gefallen."

Elisa schaute entsetzt in die Richtung, aus der sie gekommen waren. Noch immer waren die Geräusche einer anhaltenden Schlacht zu hören. Waren Tante Olga und Vera, aber auch die Baders und die Alders noch dort?

Hatten sie den Befehl zum Aufbruch zu spät erhalten? Ein verzweifeltes Aufseufzen kam über ihre Lippen. Was würde Samuel empfinden, wenn seine Eltern und seine Schwester von den Sowjets gefangen genommen wurden? Wo er wohl im Moment war? Ob er überhaupt noch lebte? Angst breitete sich in ihr aus und lähmte sie förmlich. Bewegungslos stand sie da und blickte auf die schweren, kräftigen Beine der Pferde. Wie sollte das alles enden? Wen würde sie noch alles verlieren?

„Lisa?"

Elisa fuhr herum. Sie hatte nicht gehört, wie Anton sich ihr genähert hatte. „War das der Kerler, der da gerade im Wagen vorbeigefahren ist? Haben die uns schon eingeholt?"

„Ich weiß auch nicht. Er hat mich gefragt, wo die anderen sind. Eigentlich sollten doch alle gemeinsam fahren. Ich nehme an, das hat nicht funktioniert. Alle Gemeinden sind wohl auseinandergerissen worden."

„Wen wundert es", brummte Anton und drehte sich um. Im Davongehen hörte sie noch, wie er sagte: „Hier ist sich jeder selbst der Nächste. Alle haben versucht, schnell zwischen die schon fahrenden Wagen auf den Hauptstraßen zu kommen. Keiner wartet auf den anderen."

Wie recht Anton hatte, erlebte Elisa nur eine Stunde später. Sie waren, eingekeilt zwischen anderen Wagen, die sich in Richtung Westen bewegten, auf einer der rutschigen, vereisten Straßen unterwegs. Vor sich konnte sie wenig mehr als die anderen schaukelnden Wagen erkennen, während hinter ihnen weitere folgten und das Dröhnen und Hämmern der Geschosse wieder zunahm. Sie mussten vorsichtig eine Reihe von ausgebrannten Planwagen und die Überreste eines Automobils passieren, die einem Fliegerangriff zum Opfer gefallen waren.

Dazwischen waren, wenn im Dämmerlicht des heraufziehenden Tages auch nur undeutlich zu erkennen, die teils erfrorenen, teils verkohlten Leichen einiger Menschen zu entdecken.

Plötzlich tauchten aus dem Graben zwei Jungen auf. Sie waren in viel zu große Mäntel gehüllt und unter den rumänischen Wollmützen, die wohl ihrem Vater gehört hatten, schauten ein paar nasse, blonde Strähnen hervor. Das Gesicht des etwas Größeren, der etwa zehn Jahre alt sein mochte, war rußverschmiert und wirkte sehr müde, während der Jüngere, der sich fest an die Hand des großen Bruders klammerte, verquollene Augen und eine tiefe, verkrustete Schrunde an der Stirn hatte. „Nehmen Sie uns mit, bitte, Fräulein, nehmen Sie uns mit", bettelte der Ältere und lief gefährlich nahe neben den schweren Zugtieren her.

Elisa wollte instinktiv die Zügel anziehen, um die Tiere zum Halten zu bewegen, doch Anton, der neben ihr saß, fiel ihr in den Arm. „Weiter, Lisa!", zischte er. „Wir sind sowieso schon zu viele. Wir können nicht ..." Er stockte, blickte in die Gesichter der Jungen und wandte sich dann mit erschreckend hartem Gesichtsausdruck ab.

Elisa fühlte einen aufwühlenden, heißen Schmerz in ihrem Inneren, folgte aber der Bitte ihres Bruders. Hatte er nicht recht? Es waren schon so viele Kinder, um die sie sich zu kümmern hatte. Sie schloss gequält die Augen. Wie viele Wagen waren wohl schon an den beiden vorbeigefahren? Würden sie überhaupt von jemandem mitgenommen werden?

Elisa sah zu Sylwia hinunter, die neben dem Wagen herlief. Doch auch Sylwia blickte stur geradeaus, als habe sie die Kinder und ihre bittenden, großen Augen überhaupt nicht wahrgenommen.

Elisa beugte sich weit hinaus und sah zurück. Die Jungen waren stehen geblieben. Der Ältere hielt die Schultern resigniert nach vorne gebeugt, während der

Jüngere zitternd und frierend von einem Bein auf das andere trat und nicht einmal mehr den Kopf hob. Ein Wagen nach dem anderen rollte an ihnen vorbei. Niemand erbarmte sich der beiden Jungen, die vermutlich bei dem Angriff ihre ganze Familie verloren hatten und nun um ihr Überleben kämpften. „Was ihr einem dieser Geringsten getan habt, das habt ihr mir getan", flüsterte sie halblaut vor sich hin. Dann zog sie energisch an den Zügeln.

Anton sah sie überrascht an und schüttelte dann resigniert den Kopf. „Mir tun sie auch leid, Lisa. Aber wir haben kaum noch Platz, die Lebensmittel sind knapp und die Pferde müde. Wir werden unseren Platz in der Reihe verlieren – und Zeit."

„Wir werden noch viel mehr verlieren, wenn wir sie da ihrem Schicksal überlassen, Anton", entgegnete Elisa ruhig und gefasst und deutete mit ihrer behandschuhten Hand auf die Stelle an Antons Mantel, hinter der sein Herz schlagen musste. Elisa warf einen letzten Blick auf den vor ihr davonziehenden Wagen. Die roten Stofffetzen, mit denen die Plane notdürftig geflickt worden war, leuchteten wie Warnschilder zu ihr nach hinten, als wollten sie sie auffordern, sie ja nicht aus den Augen zu verlieren. Doch Elisa trat die Bremse fest und kletterte vom Kutschbock herunter.

Auf Sylwias Gesicht entdeckte sie ein verstehendes Lächeln, obwohl sie beinahe bis zur Unkenntlichkeit vermummt war. „Es hätte mich auch gewundert, Lisa", flüsterte sie ihr zu, als Elisa an ihr vorbeiging.

Ein Wagen nach dem anderen zog an ihr vorüber, während Elisa durch den hohen Schnee am Wegrand stapfte und sich den beiden Jungen näherte. Die Kinder nahmen sie nicht wahr, bis sie direkt vor ihnen stand. Lisa ging in die Hocke, damit sie den beiden direkt in die Augen sehen konnte. „Wie heißt ihr denn?", fragte sie mit einem freundlichen Lächeln im Gesicht.

Klare, blaue Augen blickten sie aus verfrorenen Gesichtern verwirrt an. „Ich bin Josef, Fräulein. Und das ist mein Bruder Samuel."

Als sie diesen Namen hörte, zog sich Elisas Herz für einen kurzen Moment zusammen. Dann lächelte sie und nahm den Jüngeren fest an seiner eiskalten kleinen Hand. „Kommt mit", sagte sie einfach, und sie stapften durch die aufgehäuften Schneeberge die Straße entlang, während sie weiterhin von Pferdewagen und Fußgängern, die Fahrräder schoben oder Leiterwagen hinter sich herzogen, überholt wurden.

Sylwia stand hinten am Wagen bereit und half den beiden Jungen hinein. Dort wickelte Friederike sie in eine Decke und lächelte Elisa zu. Zwar war es jetzt noch ein wenig enger geworden, doch die Nähe würde auch noch mehr Wärme bedeuten.

Die beiden Frauen schlossen die hintere Plane sorgfältig.

„Du bist ein guter Mensch, Lisa", flüsterte Sylwia.

„Hoffen wir, dass dieser Stopp uns nicht in Schwierigkeiten bringt", antwortete Elisa leise und ging wieder nach vorne zum Kutschbock.

Der letzte Wagen ihrer Kolonne war inzwischen aus ihrem Blickwinkel verschwunden. Hohe Bäume, kleinere Hügel und dichte Buschgruppen behinderten die Sicht auf die davonziehenden Wagen. Von hinten kamen seltsamerweise keine nach. Sie mussten von irgendetwas aufgehalten worden sein.

Die Sonne war inzwischen aufgegangen. Tiefe Radspuren hatten den Schnee und das Eis aufgeworfen und braune Erde mischte sich hässlich unter das Weiß.

Elisa machte sich sorgenvolle Gedanken. Sie hörten schon seit geraumer Zeit keine Kampfgeräusche mehr hinter sich. War der Grund dafür der, dass die Deutschen inzwischen alle ihre Stellungen verlassen hatten und ebenfalls flohen? Wenn das der Fall war, dann gab es zwischen ihnen und der Roten Armee womöglich keine Truppen mehr, die sie schützen konnten. Diese Vorstellung flößte Elisa unbändige Angst ein. Es half ihr wenig, sich dadurch zu beruhigen, dass sie sich sagte, dass vermutlich das hügelige Gelände alle Geräusche verschluckte.

Sie reichte Anton die Zügel hinüber, da sie sich nicht mehr auf den Weg konzentrieren konnte. Sie beugte sich weit vornüber und begann zu beten. Sie brauchte einen Halt, etwas, an das sie sich klammern konnte, egal, was in den nächsten Minuten, Stunden oder Tagen auch geschehen mochte.

Ihr aufgewühltes Inneres kam allmählich zur Ruhe. Langsam richtete sie sich auf.

Inzwischen quälten sich die Pferde einen weiteren steilen Weg hinauf. Das zusätzliche Gewicht wirkte sich deutlich auf ihre Reisegeschwindigkeit aus. Sie kamen spürbar langsamer voran als zuvor. Oder waren die Pferde bereits am Ende ihrer Kräfte angelangt? Sylwia zog an den Führstricken der beiden Tiere, um sie zum steten Weitergehen zu bewegen.

Ohne den Wagen anhalten zu lassen, weil dies an diesem Hang zu gefährlich gewesen wäre, sprang Elisa ab, um ihrer Freundin zu helfen. Sie nahm ihr eines der Seile ab, und nun zerrte jede von ihnen die Pferde Schritt für Schritt weiter, der Kuppe des Berges entgegen. Schließlich erreichten sie das Ende des ansteigenden Weges und die beiden Frauen blieben keuchend und leicht nach vorne gebeugt stehen.

Ein entsetzter Ausruf von Anton ließ sie beide aufblicken. Vor ihnen, in einem von einer weißen Decke bedeckten Tal, bot sich ihnen ein schrecklicher Anblick. Pferde hingen verletzt oder sterbend in ihren Geschirren und tote Menschen lagen auf der Erde, zertrümmerte, auf der Seite liegende Wagen und ein paar heftig flackernde Feuer vervollständigten das Bild des Grauens. Es bestand kein Zweifel: Diese Wagen waren auf durchziehende Armeeverbände gestoßen. Fassungslos standen die beiden da und blickten auf das Chaos hinunter.

Elisa fasste Sylwias Hand. „Sag Friederike, sie soll die Kinder beschäftigen. Sie dürfen das nicht sehen." Damit ließ sie die Hand wieder los und kletterte zu ihrem Bruder auf den Kutschbock. Sie nahm Anton die Zügel aus der Hand und ließ sie auf die Rücken der Tiere knallen, die eher widerstrebend wieder anzogen.

Die Straße den Hang hinunter war nicht so steil, wie es der Weg nach oben gewesen war. So kamen sie sicher hinunter.

Der Geruch von verbranntem Holz und versengtem Fleisch hing in der Luft. Die Pferde scheuten vor den roten Blutflecken im weißen Schnee zurück.

Langsam, darauf bedacht, den toten Tieren, entstellt daliegenden Menschen und den zertrümmerten und umgekippten Wagen nicht zu nahe zu kommen, steuerte Elisa die Pferde an den gut ein Dutzend Wagen vorbei. Ein Pferd, das auf dem Boden lag, strampelte wild mit den Beinen, als sie an ihm vorüberfuhren. Es hing im Geschirr fest und blutete. Elisa ignorierte das Tier. Sie konnte ihm nicht helfen.

Ihr Blick war auf die rot geflickte Plane des Wagens gerichtet, der noch einige Stunden zuvor direkt vor ihr über den Weg gerollt war. Sie waren ihm eine Zeit lang gefolgt – so lange, bis sie angehalten hatte, um Josef und Samuel mitzunehmen. Der Halt hatte ihnen vermutlich das Leben gerettet.

Anton beugte sich vor, um den Wagen mit den roten Flicken so lange wie möglich im Blick zu haben. Dann wandte er sich an sie. „Ich habe deine Entscheidung für falsch gehalten, Lisa. Ich hätte die Jungen nicht mitgenommen. Entschuldige bitte", sagte er ernst.

Elisa drückte ihm kurz den Arm. Sie hatte jetzt im Nachhinein nicht das Gefühl, dass dies ihre Entscheidung gewesen war. Die Verantwortung für die beiden kleinen Jungen hatte sie von anderer Stelle übertragen bekommen.

Die Spuren der Pferdekarren sowie die tiefen Rillen motorisierter Fahrzeuge auf dem Weg führten vor ihnen in eine Straße hinein, die breit und mit Sicherheit angenehm zu befahren sein würde. Doch Elisa zügelte die Pferde und wartete, bis Sylwia, die ein wenig zurückgefallen war, sie wieder eingeholt hatte.

Die junge Mutter warf den Pferden Heu und Hafer vor die Hufe, die sie wohl aus einem der liegen gebliebenen Wagen genommen hatte, und wandte sich dann an die beiden Geschwister. „Die Sowjets haben, wie es aussieht, alle mitgenommen, die noch gelebt haben. Wir müssen in die andere Richtung."

„Weißt du noch, wohin? Kennst du dich hier überhaupt noch aus?"

„Nein. Aber die Russen haben eine Menge Menschen gefangen genommen. Sie sind unterwegs nach Osten. Da wollen wir nicht hin", erklärte sie mit einem Anflug eines Lächelns und deutete mit der Hand auf einen schmalen, nicht vom Schnee befreiten Feldweg.

Ihre Flucht ging weiter. Elisa war es ausgesprochen unbehaglich zumute. Sie waren alleine unterwegs. Nirgendwo war ein anderer Wagen zu sehen. Weit und breit gab es nur ein paar alte, schief stehende Häuser, laublose, die Äste in den grauen Himmel streckende Bäume und den eisigen Wind, der den losen Schnee vor sich her über den Boden trieb. Ob sie hier richtig waren? Wo waren all die anderen Flüchtlinge?

Langsam senkte sich im Westen die Sonne. Bei einem der Bauernhäuser stieg aus dem Kamin Rauch in die Höhe, und Elisa spürte den dringenden Wunsch in sich, dort nach einem Platz für die Nacht und einem heißen

Getränk zu fragen. Doch sie trieb die Tiere unbarmherzig weiter voran.

Endlich sah sie vor sich auf dem Weg wieder Pferde- und Wagenspuren, und diesen Spuren fügten sich von verschiedenen Nebenstraßen weitere hinzu.

Schließlich konnten Elisa und Sylwia in der Ferne die ersten Häuser einer größeren Stadt entdecken. „Posen", erklärte Sylwia und lächelte ihr zu. Erleichterung machte sich in Elisa breit. Zwischen den Häusern würde es in der Nacht wärmer sein als auf diesem offenen Feld, wo der eisige Wind unangenehm durch die Bespannung blies. Außerdem keimte in ihr die Hoffnung auf, dort auf weitere Flüchtlinge zu treffen, denen sie sich anschließen konnten – vorausgesetzt, die Russen waren nicht schon in Posen gewesen.

Kapitel 44

Stimmengemurmel und einige verzerrte Geräusche, die er nicht einordnen konnte, drangen in Samuels Bewusstsein vor. Er spürte einen brennenden, kaum auszuhaltenden Schmerz in seinem Brustkorb. Obwohl er den Atem anhielt, ließ der reißende Schmerz nicht nach. Er atmete stöhnend aus und hatte damit die Aufmerksamkeit einer in der Nähe befindlichen Person auf sich gezogen. Als es ihm gelang, seine schweren Augenlider zumindest ein Stück weit zu öffnen, konnte er die schemenhaften Umrisse einer Frau vor sich erkennen.

„Sie sind wieder wach, Dr. Bader?", sprach die Frau ihn an. Ihre Stimme klang besorgt und angespannt.

„Elisa?", presste er mühsam hervor.

„Nein, Schwester Renate", lautete die Antwort und ihm wurde eine weiche Hand auf die Stirn gelegt.

Samuel presste die Augen wieder fest zusammen. Seine Gedanken flogen in alle Richtungen davon und er konnte sie nicht festhalten oder zu sinnvollen Überlegungen zusammenfügen. Er sah Elisas rundliches Gesicht mit dem freundlichen Lächeln vor seinem inneren Auge, und doch war ihm bewusst, dass er sie schon unendlich lange nicht mehr gesehen hatte. Aber wo war er hier? Und was war das für ein grauenhafter Schmerz? „Was ist passiert?“, brachte er schließlich mühsam heraus.

„Granaten, Dr. Bader. Sie haben einen Splitter in den Brustkorb bekommen.“

„Wann?“

„Vor zwei Tagen. Das Lazarett hat gebrannt. Wir sind in Frankreich – erinnern Sie sich nicht?“

Wieder nahm er das Murmeln mehrerer Stimmen wahr. Dann hörte er das Stöhnen anderer Verletzter und das knatternde Geräusch einer Zeltplane, als ein heftiger Windstoß daran rüttelte. Der Geruch von Desinfektionsmitteln und verwesendem Fleisch hing in der Luft. Samuel versuchte, erneut die Augen zu öffnen, doch der helle Schein einer Lampe blendete ihn zu sehr und ein unangenehmes dumpfes Pochen entstand in seiner Stirn.

Langsam kamen die Erinnerungen wieder und verzweifelt wehrte er sich gegen eine erneute drohende Bewusstlosigkeit und das Dahinschwinden seines inzwischen halbwegs klaren Verstandes.

„Sie hatten Glück, dass Sie im Lazarett waren und Ärzte um sich hatten, sonst hätten Sie wohl nicht überlebt“, erklärte ihm die Schwester nüchtern.

Samuel hörte, wie die Schritte der Frau sich entfernten. Weitere Fragen drängten sich ihm auf, aber die Schwester war verschwunden. Was hatten ihre kurz angebundene Art und die Besorgnis und Angst in ihrer Stimme zu bedeuten?

Keine Stunde später sollte er den Grund erfahren.

Vor dem Zelt wurde es unruhig. Die Schritte von schweren Militärstiefeln waren zu hören und ein Befehl in englischer Sprache ließ Samuel zusammenzucken.

Mit einer energischen Bewegung wurde die Zeltplane am Eingangsbereich des Lagers beiseitegeworfen und mehrere Soldaten in amerikanischen Uniformen marschierten herein. Sie verteilten sich zwischen den Reihen der auf Feldbetten oder auf dem Boden liegenden Verletzten.

Von den Ärzten oder den Sanitätern und Sanitätsschwestern war niemand mehr zu sehen.

Samuel schloss seine brennenden Augen und seufzte leise. Die Westfront war im Begriff zusammenzubrechen. Es würde wohl nur noch Tage dauern, bis die alliierten Truppen das Rheinland erreicht hatten. Aber wenigstens waren es die Amerikaner, in deren Gefangenschaft er nun geraten war. Leise dankte er Gott dafür. Er mochte sich nicht ausmalen, was die Streitkräfte, in deren Länder die Deutschen einmarschiert und mit ihrem NS-Terror unendliches Leid angerichtet hatten, mit diesen taten, wenn sie sie in die Hände bekamen. Er dachte dabei vor allem an seine Familie – und an Elisa.

Kapitel 45

Die Straßen Posens waren vollkommen mit Flüchtlingen überfüllt; es herrschte ein heilloses Chaos. Laute Stimmen, die verzweifelt nach dem Weg in Richtung Westen oder nach den Stellungen der Roten Armee fragten, mischten sich mit dem Rattern der eisenbeschlagenen Holzräder und dem harten Aufsetzen der Hufe auf den Pflastersteinen. Der Lärm hallte zwischen den Häuserfronten wider und steigerte zusätzlich die Unruhe in den

Gesichtern der unterkühlten, hungernden und gehetzten Menschen.

Elisa gestand ihrer Familie und den Pferden nur zwei Stunden Ruhe zu. Sie selbst ging durch die Hauptstraße und musterte die Flüchtlinge. In der Hoffnung, die Baders oder ihre Verwandten, wenigstens jedoch jemanden aus ihrem früheren Dorf zu finden, ging sie weiter und weiter und studierte dabei die Gesichter der Menschen. Was sie darin sah, war Entsetzen, Angst und Wut. Immer rücksichtsloser drängten sich die Menschen mit ihren Handkarren, Fahrrädern oder mit den Pferdewagen an den anderen vorbei, und inzwischen türmten sich Koffer, Kisten und sogar Möbelstücke entlang des Straßenrandes. Weinende Kinder wurden von ihren Müttern unbarmherzig mitgezogen, und so manches bekam eine ordentliche Ohrfeige, wenn es nicht mehr weiterwollte oder -konnte.

Doch alle diese Menschen waren Elisa gänzlich unbekannt und erneut überrollte sie das Gefühl des Alleingelassenseins. Wieder einmal wollte die Furcht vor der Verantwortung, die allein auf ihren Schultern lag, sie überwältigen, doch dieses Mal kämpfte sie erfolgreich dagegen an. Sie musste zurück zu Sylwia, Friederike, Anton und den Kindern. Sie hatten sich schon länger hier aufgehalten als ursprünglich geplant, und es galt weiterzuziehen, um die Menschen, die ihr ans Herz gewachsen waren und die ihrer Fürsorge anvertraut worden waren, in sicheres Gebiet zu bringen.

Kreuz und quer standen die Planwagen in den Straßen und behinderten sich gegenseitig. Zwischen den Fahrern zweier Flüchtlingswagen entbrannte deswegen sogar ein Streit, und die junge Frau duckte sich im Vorbeigehen reflexartig, als müsse sie sich vor den wild gestikulierenden, laut schreienden Menschen schützen.

Verunsichert blickte sie sich um. Wo war ihr Wagen? War sie denn so weit gelaufen? Die junge Frau drehte sich einmal um ihre eigene Achse und betrachtete dabei die Häuserfronten, die spitz zulaufenden Dächer und die vom Eis zugefrorenen Fenster in dem Versuch, sich zu orientieren. Schließlich schob sie ihre eiskalten Hände in die tiefen Taschen des Mantels und begann in die Richtung zu rennen, in der sie ihr Fuhrwerk vermutete.

Sie stolperte über einen Hund, stieß eine ältere Dame an und prallte mit der Schulter gegen einen Laternenpfahl, doch nichts konnte sie aufhalten. Ihre Lunge begann schon schmerzhaft zu ziehen, da die eiskalte Luft tief in sie hineinströmte.

Als Elisa endlich wieder stehen blieb, ging ihr Atem heftig und pfeifend. Dann entdeckte sie den Wagen. Anton lief aufgeregt vor diesem auf und ab, während Sylwia mit den Kindern auf einem kleinen, schneefreien Platz spielte und Friederike den Pferden Hafer zu fressen gab. Erleichtert atmete Elisa auf, und sie lächelte, als sie auf die kleine Gruppe zuging.

„Wo warst du, Lisa?“, wollte Anton wissen. Er klang etwas verärgert.

„Es tut mir leid. Ich war selbst erschrocken, wie weit ich mich entfernt hatte. Ich habe ein bekanntes Gesicht gesucht.“

„Und?“

„Nichts. Ich mache mir solche Sorgen um Tante Olga und Vera und um die Baders. Ich weiß nicht, ob sie rechtzeitig weggekommen sind“, erklärte Elisa leise.

„Wir müssen weiter, Lisa. Es hilft nichts“, gab er ihr zu verstehen und ging nach vorne zu den Tieren, um das Geschirr zu überprüfen.

Sylwia und Friederike setzten sich auf den Kutschbock, während Elisa die Kinder in den Wagen schickte und sich zu ihnen setzte. Ihre kleinen Geschwister sowie Alicja kuschelten sich sofort an sie, ebenso wie die Bürgermeisterkinder. Die beiden Brüder Samuel und Josef sahen sie nur verstört an. Sie konnten noch immer nicht begreifen, was mit ihnen geschah. Sie zwinkerte den beiden zu, wie Samuel Bader es so gerne tat, und ein kleines Lächeln legte sich auf ihre Gesichter.

Unsanft zog der Wagen an. Nach einer Weile konnte Elisa am Ausbleiben des lauten Aufsetzens der Hufe und dem fehlenden Echo der rollenden Wagenräder hören, dass sie die Stadt hinter sich ließen. Ohne den Schutz der Häuser bekamen sie wieder den kräftig wehenden, eiskalten Ostwind zu spüren und die Plane blähte sich abwechselnd in die eine oder in die andere Richtung auf.

Elisa rutschte ein wenig weiter nach unten und versuchte, es sich auf den Matratzen und Kleiderbündeln ein wenig bequemer zu machen. Ihre Gedanken waren bei Samuel, und wieder fragte sie sich, warum er so lange nichts mehr von sich hatte hören lassen. Eine Todes- oder Versehrtennachricht war nie an die Baders übermittelt worden. Hatte er keine Zeit mehr zu schreiben? Oder hatte Georg Alder nun auch einen Weg gefunden, die Post aus den Reihen der Soldaten abfangen zu lassen? Was war, wenn gerade in diesen Tagen ein Brief auf dem kleinen Postamt in der Nähe des polnischen Bauernhofes eintreffen würde? Niemand konnte ihn dort mehr entgegennehmen. Sorgenvoll dachte sie auch an ihre Großmutter. Wenn doch nur einer der anderen Flüchtlinge sicher wissen würde, in welche Richtung sie fahren mussten, dann würde Sylwia endlich zu ihr zurückkehren können.

Sie schloss ihre Augen und betete. Schließlich döste sie, mit vier Kindern im Arm, ein wenig ein. Erst als der Wagen stoppte, schrak sie in die Höhe.

Draußen war es dunkel. Allerdings lag das an den tief hängenden, grauen Wolken, nicht an der Tageszeit, denn es konnte gerade einmal Nachmittag sein. Ihr Magen knurrte laut, und dabei fiel ihr ein, dass sie während der Pause in Posen nichts zu sich genommen hatte. Vorsichtig schob sie die schlafenden Kinder beiseite. Sie kauerte sich vor die hintere Plane und hob sie ein Stück weit an, um hinauszuschauen. Sie befanden sich mitten auf einem schneebedeckten Feld, das sich in leichten Hügeln bis zu einem als dunkle Wand erkennbaren Waldstück ausbreitete.

Von vorne waren Stimmen zu hören. Sylwia unterhielt sich auf Polnisch mit einem Mann. Elisa lauschte. Es hatte den Anschein, dass Sylwia ihren Gesprächspartner anflehte. Die Worte des Fremden hingegen klangen hart und unfreundlich. Doch dann hörte Elisa, wie Sylwia sich bedankte, und die Pferde zogen wieder an.

Die Stute, die hinten angebunden war, hob erschrocken den Kopf und stapfte unwillig weiter durch den von Schlittenspuren aufgeworfenen Boden.

Elisa senkte die Plane nicht vollständig, sodass sie einen Blick auf den ärmlich gekleideten Mann mit seinen harten, zornigen Gesichtszügen erhaschen konnte, der dem Wagen nachblickte. Ein Grinsen lag auf seinem bärtigen Gesicht, das Elisa nur als abschreckend und unangenehm bezeichnen konnte. Sie ließ die Plane langsam wieder hinab und schloss sie mit den Schnüren. Dann kämpfte sie sich zwischen den Kindern hindurch nach vorne.

Nun schob sie dort die Plane beiseite. Eisige Luft wehte ihr entgegen und sie hielt erschrocken den Atem an. „Sylwia? Was hat er gesagt?“, fragte sie dann.

„Wir sollen hier weiter. Da kommen wir auf die Straße.“

„Er war unfreundlich.“

„Er mag keine Deutschen. Nimmst du ihm das übel?“

„Und wenn er nicht die Wahrheit gesagt hat?“

„Ich habe ihm gesagt, ihr seid gute Deutsche. Alles Kinder!“, erklärte Sylwia, doch Elisa hatte sehr wohl bemerkt, dass sie mit ihrer Antwort gezögert hatte.

Elisa blickte nach vorne. Der Feldweg war aufgrund des hohen Schnees nur schemenhaft zu erkennen, und Sylwia musste sich gut konzentrieren, um den Wagen nicht in den Graben links oder rechts zu lenken.

Schließlich erreichten sie die Kuppe eines kleinen Hügels, der bisher ihren Blick auf den weiteren Verlauf des Weges verdeckt hatte. Genau in diesem Augenblick gab es einen gewaltigen Knall. Im Dämmerlicht des dunklen Tages konnten sie das Aufblitzen von Geschossen sehen und der Lärm von Granateneinschlägen hallte bis zu ihnen herüber. Unruhige Bewegungen waren zwischen den Bäumen eines Waldes zu sehen, in den der Feldweg hineinführte.

Sylwia zügelte die Pferde, die unruhig über den Lärm die Köpfe in die Höhe warfen und mit den Augen rollten.

Anton, der neben dem Wagen hergelaufen war, sprang herbei. Er ergriff eine der Stuten am Zaumzeug und stemmte sich mit seinem ganzen Körper gegen sie, damit sie rückwärtsging. Stück für Stück rollte der Wagen wieder über die Kuppe hinunter, bis sie den Blick auf den Wald und das Kampfgeschehen dort verloren. „Wir müssen hier weg! Schnell!“, schrie Anton zu ihnen hinauf, und Friederike schlug ihre kalten, blau angelaufenen Finger vor ihr Gesicht.

„Hier kann ich den Wagen nicht wenden“, rief Sylwia.

„Wir dürfen auch nicht zu dem polnischen Mann zurück“, mahnte Elisa und kletterte nach vorne auf den Kutschbock, um von dort in den laut aufbrechenden Schnee hinunterzuspringen. Hilflos sah sie sich um. Sie würden den Wagen über die Felder fahren können, doch der Graben hinderte sie daran, hinüberzukommen.

Im Wagen war die Aufregung der Älteren erkannt worden. Leises Weinen drang zu ihnen heraus.

Anton sah sich hektisch um und lief dann den Weg wieder ein Stück hinunter. Doch der Graben war überall gleich tief. Schließlich kam er zurück und zog hilflos die Schultern in die Höhe, während er Elisa mit zusammengekniffenen Augen ansah.

Ein unangenehmes Kribbeln breitete sich in ihrer Magengegend aus, und sie fühlte eine lähmende Ohnmacht in sich, die sie nur schwer abschütteln konnte. „Wir müssen eine Art Brücke bauen", murmelte sie dann leise.

Friederike und Sylwia, die inzwischen ebenfalls abgestiegen waren, sahen sie fragend an.

Anton reagierte am schnellsten. „Hier gibt es nichts! Kein Holz, keine Steine."

„Aber Schnee, Anton. Wir werden ihn an einer Stelle anhäufen und festtreten. So lange, bis eine Überfahrt möglich ist."

„Das wird dauern", murmelte er wenig begeistert und blickte zur Kuppe des Hügels hinauf, die nur wenige Meter von den unruhig stampfenden Pferden entfernt war.

„Dann lasst uns an die Arbeit gehen. Manfred soll dort oben Wache halten. Wenn sich uns Truppen nähern, müssen wir es wagen – egal, wie weit wir sind", bestimmte Elisa. Sie forderte die größeren Kinder auf, aus dem Wagen auszusteigen und mitzuhelfen, und zog einen kleinen Handspaten hervor, der an der Seite des Wagens geklemmt hatte.

Sie hatten es geschafft, an zwei Stellen, die etwa genauso weit auseinanderlagen wie die Wagenräder, etwas mehr als die Hälfte des Grabens aufzufüllen, als Manfred angelaufen kam und auf beiden Füßen und dem Po in den Graben schlitterte. „Bewegungen am Waldrand", keuchte er und packte Elisa am linken Arm.

„Rüber mit allen und dann lauft, so schnell euch eure Füße tragen. Wir kommen mit dem Wagen nach. Wenn es nicht klappt, müssen wir den Wagen zurücklassen. Anton, versuch, die Pferde und den Wagen weiter den Weg hinunterzubringen. Rückwärts können wir nicht hier herüber."

Während die Kinder losliefen, sprang Anton aus dem Graben und auf die Pferde zu, die erschrocken die Köpfe aufwarfen. Mit gutem Zureden brachte er sie dazu, Stück um Stück rückwärts den Hügel hinunterzugehen, ohne dass der Wagen vom Weg abkam.

Das Ganze schien unendlich lange zu dauern. Elisa schloss entsetzt die Augen. Hatten sie so viel Zeit? Rückte die Rote Armee in ihre Richtung vor? Ihr war übel vor Angst. Hektisch blickte sie zwischen den Kindern, die sich über das Feld entfernten, und der Hügelkuppe hin und her.

Endlich war es geschafft. Die beiden Hinterräder des Karrens rollten über die provisorische Brücke auf das Feld. Sylwia umarmte Elisa schweigend und setzte sich dann neben Anton auf den Kutschbock.

„Spring auf, Lisa!“, rief ihr Bruder ihr zu und wartete mit dem Anfahren nicht einmal, bis sie hinten auf die Ladefläche geklettert war. Während der langsamen und schwankenden Fahrt durch den tiefen Schnee kletterte sie hinauf und hüllte sich in alle Decken ein, die sie nur ergreifen konnte. Elisa behielt die Hügelkuppe aufmerksam im Auge. Doch dort blieb alles ruhig.

Es dauerte lange, bis sie die Kinder, die schon vorgelaufen waren, eingeholt hatten. Nacheinander half Elisa ihnen in den Wagen. Die Kleineren schmiegten sich sofort dicht an sie, um sich aufzuwärmen. Sie alle waren vom Schnee durchnässt und begannen innerhalb kürzester Zeit heftig zu zittern.

Ein leises Jammern erfüllte den Wagen. Die Kinder spürten die Angst, die Sylwia, Anton und Elisa umtrieb. Was würde sie wohl hinter dieser Wiese erwarten?

Vor ihnen lag ein weiterer bewaldeter Hügel. Elisa hörte Anton unruhig vor sich hin murmeln. Also pellte sie sich aus ihren Mänteln und Decken, schob die Kinder, die sie mit großen, ängstlichen Augen anblickten, von sich und kletterte nach vorne hinter den Kutschbock.

Dort zerrte sie die vor Kälte steife Plane beiseite und sah sich prüfend um.

„Ich sehe keinen Weg, Lisa“, sagte Anton. „Und über den Berg können wir nicht. Dort liegt der Schnee mindestens einen halben Meter hoch. Das schaffen wir nicht. Außerdem sind die Pferde hungrig und müde.“

„Vielleicht gibt es am Fuße des Berges einen Weg, der aber nicht geräumt wurde. Einen Weg, der nur im Sommer für die Landwirtschaft gebraucht wird“, versuchte Elisa, sich, Anton und Sylwia Mut zu machen.

Doch auch auf Sylwias vor Kälte gerötetem Gesicht zeigte sich eine Spur von Resignation. „Warum haben wir auf den Mann gehört und sind diesem Weg gefolgt?“, flüsterte sie.

„Wir hatten keine andere Wahl, Sylwia“, erklärte Elisa und spürte neu Angst und Unsicherheit in ihrem Inneren aufflammen. Hatte sie Gott nicht darum gebeten, ihnen den richtigen Weg in die Sicherheit zu zeigen? Warum ließ er sie solche Umwege fahren? Sollten sie denn nicht bis über die frühere deutsche Grenze hinüberkommen?

Sie kamen dem Berg vor ihnen immer näher. Wie ein gigantischer, weißer Bär baute er sich vor ihnen auf, und schon war das Rauschen der Tannen, Linden und Kiefern an seinem Hang bis zu ihnen zu hören.

Anton brachte die Pferde zum Stehen und sprang vom Kutschbock. Er ging ein paar Schritte weiter und trat prüfend ein paar Mal fest auf der Stelle. Gespannt und hoffnungsvoll verfolgten die beiden Frauen sein Tun. „Du hattest recht, Lisa. Hier ist ein Weg“, rief er triumphierend und dabei breit grinsend zu ihnen herüber.

Geschickt lenkte Anton den Wagen über den nur zu erahnenden, zugeschneiten Feldweg, bis sie eine größere Straße erreichten. Er hielt die Tiere an und wandte sich Elisa zu, die inzwischen zu ihm auf den Kutschbock geklettert war. „Wohin, Lisa?“, fragte er.

Das unerschütterliche Vertrauen, das ihr jüngerer Bruder ihr und ihrem Urteilsvermögen entgegenbrachte, bereitete ihr Angst, denn es rief ihr erneut in Erinnerung, was für eine große Verantwortung sie ihren Geschwistern und den anderen Kindern gegenüber hatte. Nachdenklich schloss sie die Augen. Dann deutete sie mit der Hand nach links.

Anton sah sie überrascht an. „Zurück in Richtung Posen?"

Sie konnte ihm nicht erklären, weshalb sie annahm, dass diese Richtung besser sei als die andere, doch etwas in ihr drängte sie, nochmals zurückzufahren.

Anton fügte sich einfach, und als der Wagen im immer spärlicheren Licht des ohnehin sehr trüben Tages über den kaum erkennbaren Feldweg rumpelte, kauten die Kinder auf den letzten Beständen ihres inzwischen teilweise gefrorenen Brotes herum.

Sie waren nicht mehr ganz bis nach Posen zurückgefahren, sondern hatten auf einer größeren Landstraße einen Flüchtlingstreck gefunden, dem sie sich angeschlossen hatten. Aber die Frage, ob sie mit ihrem Umweg nicht zu viel Zeit verloren hatten, nagte schwer an Elisa.

Auch Antons Miene war verbissener und düsterer als jemals zuvor und immer häufiger wanderten seine Blicke zurück oder an den Himmel hinauf. Er suchte feindliche Truppen und schien förmlich auf einen weiteren Angriff aus der Luft zu warten. Doch nichts geschah.

Erschreckend langsam zog der lange Strom der Flüchtlinge in Richtung Westen. Und je weiter sie kamen, desto häufiger sah man tote Kinder, Erwachsene und Tiere am Wegesrand liegen, auf die der Blick bislang von den vielen unnützen Gegenständen und schweren Möbelstücken, die im Laufe der erbarmungslosen Flucht von den Wagen geworfen waren, verdeckt worden war. Jetzt bedeckte sie nur noch der kalte, weiße Schnee wie ein dünnes Leichentuch.

Kapitel 46

Elisa und ihr überfüllter Wagen verbrachten eine unruhige Nacht im Schutz eines Werksgeländes, ehe sie in einem Tross von anderen Wagen und Flüchtlingen, die zu Fuß unterwegs waren, weiter in Richtung Westen zogen. Wieder erreichte sie die Nachricht von Flüchtenden, die sie überholten, dass sowjetische Verbände sehr knapp hinter ihnen sein mussten.

Gerne wäre Elisa viel schneller vorangekommen. Wie oft drängte sie die Wagen vor ihnen in Gedanken, ein bisschen schneller zu fahren, doch es half nicht. Meter um Meter kämpfte sich der Flüchtlingsstrom voran. Immer wieder gab es einzelne Wagen oder eine kleine Gruppe, die sich von dem großen Treck trennten, um einen anderen Weg einzuschlagen, von dem sie hofften, dass sie dort schneller vorwärtskamen. Jedes Mal sah Elisa ihnen nach und fragte sich, ob sie vielleicht den besseren Weg nahmen. Sie wusste nicht, ob es an ihrer Unsicherheit und ihrem mangelnden Entschlusswillen lag, dass sie nicht einem der ausscherenden Wagen folgte. Irgendwie fühlte sie sich in der Masse der Wagen und in dem zwar langsam vorankommenden, aber ordentlich hintereinanderfahrenden Zug besser aufgehoben.

Da sie noch vor Tagesanbruch losgefahren waren, sehnte Elisa das Tageslicht herbei, auch wenn es wieder ein trüber Tag werden würde. Sie saß auf dem Kutschbock und trieb die Pferde an, während Friederike bewegungslos und stumm neben ihr saß und den alten, klapprigen Wagen direkt vor ihnen nicht einen Moment aus dem Auge ließ. Elisa war versucht, es ihr gleichzutun. Nur so konnte man zumindest versuchen, die erfrorenen oder durch Krankheiten und Verletzungen dahingerafften Menschen- und Tierleichen am Wegesrand zu ignorieren.

Als sie vor sich eine am Wegesrand langsam dahinstapfende Frau entdeckte, die zwar noch ihr Kopftuch trug, aber über ihrem Wollrock und der dicken Baumwollbluse keinen Mantel hatte, konnte sie den Blick nicht von ihr nehmen. Die Frau wurde von einem Wagen nach dem anderen überholt, ohne dass sie nur einmal den Kopf hob und um eine Mitfahrgelegenheit oder um eine Decke bat. Ihre Schultern waren gebeugt und ihre Bewegungen wirkten schwer, resigniert und mechanisch. Irgendetwas an dieser Frau zog Elisas Aufmerksamkeit auf sich. Sie betrachtete ihren gebeugten, schmalen Rücken und überlegte, ob sie nicht noch Platz in ihrem Wagen für sie haben würden. Doch dort drin war es bereits unerträglich eng. Allerdings bedeutete die Enge auch Wärme, überlegte Elisa und nahm sich vor, der Frau zumindest eine ihrer Decken zu geben, wenn sie bei ihr angelangt waren.

Als sie die sichtbar geschwächte Frau, die heftig zitternd die Arme um ihren Leib geschlungen hielt, erreichten, zügelte Elisa die Pferde ein wenig, sodass sie auf gleicher Höhe mit ihr blieb.

Die Frau hob den Kopf. Unter den hellen Haaren, die mit einer dünnen weißen Eisschicht überzogen waren, schauten ein paar dunkle Augen hervor. Elisa blickte in das ausgezehrte Gesicht einer sehr jungen Frau. Dann erst erkannte sie sie.

„Vera! Mein Gott, Vera!“, entfuhr es ihr und sofort zog sie die Zügel an.

Als der Wagen stand, schob sie die Decke von ihren Beinen und kletterte vom Kutschbock.

Vera stand einfach nur da und starrte sie an.

Elisa ergriff sie an den Schultern und wartete auf eine Reaktion ihrer Cousine, aber deren glanzlose Augen sahen sie nur abwesend an, während sie bewegungslos vor ihr stand.

„Vera!" Elisas Stirn runzelte sich, während sie die junge Frau sanft schüttelte. „Was ist passiert? Wo ist deine Mutter? Und weißt du etwas von den Baders?", fragte sie, doch Vera sah sie weiterhin nur an und schwieg.

Inzwischen hatte auch Friederike den Kutschbock verlassen, und Sylwia und Anton kletterten hinten aus dem Wagen. „Was ist mit ihr?", fragte Anton und warf einen prüfenden Blick auf die spärliche Kleidung, die starr vor Kälte an seiner Cousine hing.

Von den Wagen hinter ihnen wurden protestierende Stimmen laut, die forderten, dass sie weiterfuhren.

Elisa blickte auf und sah, wie sich der alte Wagen, der in den letzten Stunden vor ihnen hergefahren war, immer weiter von ihnen entfernte. „Wir helfen ihr in den Wagen und fahren dann weiter", entschied sie.

Sylwia ergriff Vera unter einem Arm, während Elisa sich auf die andere Seite stellte, um ihre Cousine beim Gehen zu stützen.

Anton beugte sich zu Elisa hinüber. „Ich fahre wieder. Dann kannst du dich um sie kümmern."

Elisa sah ihren jüngeren Bruder mit einem dankbaren Lächeln an.

Vera half mit, wenn auch sehr schwach, auf den Wagen zu klettern. Die Kinder rutschten bereitwillig noch enger zusammen, und mit großen, erschrockenen Augen musterten sie die Frau, die da zwischen sie gelegt wurde. Der zehnjährige Josef lenkte Frank, Manfred und seinen Bruder Samuel ab, während Sylwia und Elisa begannen, Vera die steif gefrorenen Kleider auszuziehen, die die ganze Prozedur wortlos über sich ergehen ließ.

Elisa bedachte den Jungen mit einem liebevollen Blick. In der Enge des Wagens war es nahezu unmöglich, Veras

Intimsphäre zu wahren. Josef versuchte es dennoch auf seine erstaunlich feinfühlige Art.

Kritisch betrachtete Elisa Veras Zehen. Sie fürchtete, dass ihre Cousine ein paar von ihnen verlieren würde. Sie konnte nur hoffen, dass sie schnell genug einen Arzt finden würden, bevor Vera eine Blutvergiftung bekam. Sie bettete Veras Kopf in ihren Schoß und strich ihr immer und immer wieder über die klammen, nassen Haare. „Was ist nur passiert?“, flüsterte sie.

Vera begann zu stöhnen. Ihr Körper wurde wieder wärmer und das bereitete ihr Schmerzen.

Elisa lehnte den Kopf gegen das schwankende, knarrende Gestänge, das die Plane über ihnen hielt, und schloss die Augen.

„Lisa?“ Veras leise Stimme drang zu ihr durch.

Sie blickte zu Vera hinunter. Ihr vorher blasses, beinahe bläuliches Gesicht hatte eine ungewöhnliche Rotfärbung angenommen, doch ihre Augen glänzten wieder, und erleichtert stellte sie fest, dass Vera nicht mehr wie durch sie hindurch sah. Sie hatte sie offensichtlich wiedererkannt.

„Meine Vera“, flüsterte sie und strich ihr die Tropfen aus dem Gesicht, die aus dem wirren Haar erst über die Stirn und von da über die Schläfen rannen.

Vera begann, leise zu weinen, und rollte sich in Elisas Schoß zusammen.

Josef sah Elisa erschrocken an.

Sie schenkte ihm ein beruhigendes Lächeln. „Sie wird es überleben“, sagte sie in seine Richtung. „Das ist meine Cousine Vera“, erklärte sie Josef und Samuel. Der Ältere der beiden nickte nur, während Samuel sich enger an seinen Bruder schmiegte.

Elisa wandte ihre Aufmerksamkeit erneut ihrer Cousine zu. „Was ist passiert, Vera?“, wagte sie erneut zu fragen.

Es dauerte Minuten, bis es Vera gelang, etwas herauszubringen.

Sylwia und Elisa mussten sich weit über sie beugen, um sie überhaupt verstehen zu können.

Erst zögerlich, dann immer schneller, als würde sie gejagt und hoffte, dem Schrecklichen zu entkommen, berichtete die junge Frau. „Die Baders sind doch vor uns gefahren. Wir kannten kaum jemanden von den Leuten um uns herum. Niemand wollte uns beiden Frauen helfen. Wir mussten oft Pausen machen. Mama und ich sind es nicht gewohnt, einen Wagen zu fahren. Wir machten mit anderen Flüchtlingen eine Pause auf einem Bauernhof. Dann waren sie auf einmal da. Mama hat gerufen, ich solle weglaufen. Ich wollte erst nicht, aber dann hat mich einer gepackt. Ich bin aus dem Mantel geschlüpft, davongelaufen und habe mich in einem Dornengestrüpp versteckt. Sie haben die Männer an die Scheune genagelt und die Frauen und Mädchen vergewaltigt. Immer und immer wieder. Ich habe sie betteln und schreien hören und die Soldaten haben gegrölt. Sie haben nicht aufgehört. Alte Frauen, kleine Mädchen. Dann wurde geschossen." Vera hielt einen Moment inne, atmete laut und heftig und presste die Augen fest zusammen. Dann öffnete sie sie wieder und schaute ihre Cousine an. „Ich bin nicht zurückgegangen, Lisa. Ich wusste, dass sie alle tot sind. Ich habe mich davongeschlichen und bin einfach immer nur gelaufen."

Elisa schloss gequält die Augen. Als sie eine Hand auf der ihren spürte, öffnete sie sie wieder.

Sylwia sah sie mit rotumrandeten Augen, aber doch bittendem Blick an. „Sie können nicht vergessen, Lisa. Jahrelangen, grausamen Terror von der SS und der Wehrmacht. Sie alle haben Angehörige durch die Ausrottung von Hitler verloren."

Die junge Frau wusste, dass Sylwia recht hatte, aber der Schmerz und das Entsetzen saßen so schrecklich tief. Ihr war schlecht, und sie fühlte, was selten einmal vorkam, unbändige Wut in sich. Wie konnte Gott all diese Grausamkeiten zulassen? Sie kämpfte mit sich.

Sie wusste, dass sie Gott gegenüber ungerecht war. Gott hatte seinen Menschen einen freien Willen gelassen. Sie konnten selbst entscheiden, ob sie hassen und töten oder Liebe und Vergebung schenken wollten.

Wieder forderte Sylwia ihre Aufmerksamkeit. „Jetzt wissen wir auch, warum wir diesen Umweg machen mussten."

Elisa nickte. Sylwia hatte recht. Hätten sie sofort den richtigen Weg eingeschlagen, wären sie zwar inzwischen der deutschen Grenze wesentlich näher, aber sie hätten Vera nicht gefunden.

Der fünfte Tag der Flucht brach an. Die klirrende Kälte in der Nacht hatte die schneebedeckten Straßen in eine gefährliche Eisfläche verwandelt. Die Zugpferde rutschten und fielen in ihrem Geschirr auf den harten Boden. Scharfe Eisstücke schlitzten ihnen die Haut auf, und es war viel gutes Zureden nötig, um die Tiere dazu zu bringen, sich überhaupt wieder auf die unsicheren, zitternden Beine zu stellen.

Der überfüllte Wagen kam immer langsamer voran. Stellenweise mussten die älteren Kinder aussteigen und hinter dem Fahrzeug herlaufen. Auch sie holten sich blutige Schrunden und schmerzende Gliedmaßen. Zudem litten sie Hunger. Seit Tagen hatten sie keine warme Mahlzeit mehr bekommen, und selbst die letzten, mageren Rationen von Käse und Brot waren bereits – in gefrorenem Zustand – verspeist worden.

Die Eisfurchen brachen unter den Hufen der Pferde, dem Gewicht der Wagenräder und selbst unter den Schuhen der Kinder mit lautem Knacken, und auch das Quietschen und Knirschen des Wagens und des Zuggeschirrs klang beängstigend, fast so, als wolle alles demnächst auseinanderbrechen.

Meter um Meter schleppten sie sich vorwärts, Trebisch, der ersten deutschen Stadt hinter der früheren Grenze, entgegen.

Während Anton den Wagen lenkte, ging Elisa neben dem Gefährt her. Sie sah sich um. Seit ihrer letzten Rast waren sie allein. Nirgendwo in der verschneiten Landschaft war ein Mensch zu sehen oder die Bewegungen irgendeines motorisierten oder von Tieren gezogenen Fahrzeuges. Diese Stille hatte etwas Beängstigendes.

Bleierne Müdigkeit legte sich auf sie und schien ihr Gehirn mit einem immer dichter werdenden Nebel zu füllen. Sie musste sich zwingen weiterzugehen, die Landschaft zu beobachten, zu beten und vor allem die Gleichgültigkeit, die sich heimlich ihrer bemächtigen wollte, zu verdrängen.

Sie dachte an die schreckliche Erzählung ihrer Cousine und an die jungen Mädchen, die im Wagen kauerten. Friederike, Amalie, Marlies und Alicja. Das spornte sie an weiterzugehen, einen Fuß vor den nächsten zu setzen und auch die anderen immer wieder zum Durchhalten zu ermuntern.

Langsam schob sich die Sonne im Osten immer weiter in die Höhe und brachte die schneebedeckten Flächen und das Eis mit einem blassen Gelbton zum Glitzern. Die junge Frau blinzelte, weil sie geblendet wurde, doch sie freute sich über den tröstlichen, schönen Anblick. Sie gönnte es sich, einen kurzen Augenblick stehen zu bleiben, die Augen zu schließen und die wohltuenden Sonnenstrahlen zu genießen.

Jemand trat neben sie und legte seinen Arm um ihre Hüfte. Sie wusste, dass es Sylwia war. Elisa lächelte mit noch immer geschlossenen Augen und wandte sich dann ihrer polnischen Freundin zu.

Diese sah sie nachdenklich an, dann schlich sich auch auf ihr von Müdigkeit und Entbehrungen gezeichnetes Gesicht ein flüchtiges Lächeln. „So möchte ich dich gerne in Erinnerung behalten, Lisa Steiger", flüsterte sie ihr zu und drückte sie kurz an sich.

Elisa sah sie traurig an. Sie wusste, was Sylwia ihr sagen wollte. Sie hatten die deutsche Grenze erreicht, und für sie und ihre Tochter wurde es Zeit zurückzugehen, um ein eigenes, neues Leben zu beginnen – hoffentlich an der Seite ihres Ehemannes.

„Ich lass dich nur ungern gehen. Und ich habe Angst um dich, wenn du alleine mit Alicja unterwegs bist."

„Ich weiß. Aber es geht nicht anders."

„Wie kann ich dir jemals genug für deine Hilfe danken?"

„Indem du mich und Alicja nie vergisst. Und ich wünsche mir, dass du uns ebenfalls in dein Gebet am Abend aufnimmst."

Elisas Augen füllten sich mit Tränen. Der Abschiedsschmerz wühlte sie auf. War es das Wissen, dass sie die beiden niemals wieder sehen würde?

Der Wagen hatte sich inzwischen ein gutes Stück von ihnen entfernt. Sylwia lief ihm nach und rief Anton zu, er solle anhalten. Aus der Entfernung beobachtete Elisa, wie die Polin ihre Tochter und ihre wenigen Habseligkeiten aus dem Wagen nahm, sich von allen verabschiedete und das mitgeführte Reitpferd losmachte. Mit Alicja an der rechten Hand und den Zügeln des Pferdes in der linken kam sie wieder zu ihr zurück.

Elisa bückte sich und nahm Sylwias Tochter auf den Arm. Das Kind legte sein verschmutztes, vor Kälte stark gerötetes Gesicht gegen Elisas Wange und kuschelte sich an sie. Jetzt liefen die Tränen ungehindert über Elisas Gesicht und sie konnte nur mühsam ein Schluchzen unterdrücken. Leise flüsterte sie dem Kind ein paar Abschiedsworte zu. Dann wurde sie von Sylwia lange und fest umarmt.

Wortlos standen die beiden Frauen da und genossen die letzten Augenblicke, die sie gemeinsam verbringen durften. Einige schwere Jahre, die sie gemeinsam durchlebt hatten, hatten aus einem anfänglich kühlen Verhältnis eine tiefe, vertrauensvolle Freundschaft wachsen lassen.

„Umarme Großmutter Hannelore von mir. Sag ihr bitte, wie sehr die Kinder und ich sie vermissen. Ich werde jeden Abend für sie, für dich, Krystian und Alicja beten, Sylwia. Und ich hoffe, dass ich eines Tages wieder etwas von dir hören werde oder dich sogar wiedersehen darf."

Sylwia löste sich aus der Umarmung. „Das ist gut. Bring deine Cousine und die Kinder gut dorthin, wohin Gott dich führen will." Sie lächelte ihr noch einmal zu, setzte das Kind auf den ungesattelten Pferderücken und ging langsam, mit einer Hand das Bein ihrer Tochter festhaltend, den Weg zurück, den sie gekommen waren.

Elisa schaute den beiden nach, bis ein paar mächtige Tannen den Blick auf sie verwehrten.

Kapitel 47

Vier Tage war es her, dass sie die frühere deutsche Grenze passiert hatten. Doch noch immer waren sie auf der Flucht. Die Rote Armee rückte weiter vor und zwang die deutschen Truppen, Kilometer um Kilometer zurückzuweichen. Damit jagte sie auch Tausende von Flüchtlingen vor sich her.

Elisa fand keine Ruhe, obwohl sie und ihre Schützlinge diese Nacht in einem Zimmer eines großen Bauernhauses schlafen durften. Mehrere Flüchtlingsfamilien hatten hier Unterschlupf gefunden und es wurde die ganze Nacht über nicht einen Moment richtig ruhig um sie. Doch es war nicht die Unruhe, die sie wachhielt. Es war die Tatsache, dass sie am nächsten Morgen die Oder zu überqueren hatten. Es gab keine Brücken mehr über den breiten Strom, und das bedeutete, dass sie über das Eis mussten.

Aufmerksam betrachtete Elisa den ersten hellen Schein, der sich vor dem kleinen Fenster des Zimmers am Himmel abzeichnete. Vorsichtig schob sie sich unter der dicken Federdecke hervor, um Amalie und Marlies nicht zu wecken, die sich aufgrund der Kälte dicht an sie gedrückt hatten, und stieg aus dem Bett, über Friederike hinweg, die auf einer Matratze auf dem Boden lag.

Vorsichtig kratzte sie eine dünne Eisschicht von der Fensterscheibe, um in den allmählich heller werdenden Tag hinauszublicken. Die kahlen Äste der Bäume und ihre Stämme waren mit einer weißen Schicht bedeckt. Sogar die Hecken und Büsche trugen dieses weiße Kleid, das, von den ersten morgendlichen Sonnenstrahlen beschienen, wunderschön aussah.

So leise, wie es ihr möglich war, zog Elisa sich an, spritzte sich ein wenig Wasser ins Gesicht und verließ das Haus.

Eisige Kälte schlug ihr entgegen und raubte ihr für einen Moment den Atem. Ihre Finger wurden sofort klamm und die Haut in ihrem Gesicht begann unangenehm zu spannen. Dennoch genoss sie die kurze Zeit des Alleinseins.

Sie hörte vom Schnee gedämpfte Schritte hinter sich und drehte sich um. Anton kam aus dem Stall und gesellte sich zu ihr. Der Junge klopfte mit beiden Fäusten kräftig gegen seinen Körper, um die Durchblutung anzuregen. Immerhin hatten er und die Jungen im angebauten Stall übernachten müssen, und dort war es mit Sicherheit noch kälter gewesen als im Haus.

„Warum kann es nicht wenigstens ein bisschen wärmer sein?“, brummte er und stieß mit der Stiefelspitze gegen den aufwirbelnden Schnee.

„Die Pferde hätten es leichter und wir kämen schneller voran. Irgendwann werden die Tiere sich noch die Beine brechen.“ Anton spuckte in den Schnee hinunter.

Elisa unterdrückte ein Lächeln, das bei Antons Verstimmung vermutlich nicht angebracht gewesen wäre. „Die Russen wären auch schneller. Außerdem können wir heute dankbar dafür sein, dass es so kalt und die Oder gefroren ist, sodass wir darüberfahren können.“

Anton musterte sie von der Seite, während Elisa noch immer die mit weißem Eisschnee überzogenen Äste und Zweige ansah. Sie konnte nur hoffen, dass sie mit ihrer Vermutung recht hatte. Es wäre schrecklich, wenn sie einbrechen und in die kalten Fluten der Oder stürzen würden.

„Lass uns die Kinder wecken, Lisa. Je früher wir dran sind, umso größer ist unsere Chance, heil das andere Ufer zu erreichen. Wenn das Eis erst einmal mehrere Wagen tragen musste ...“ Anton beendete den Satz nicht, sondern wandte sich um und ging mit großen Schritten zurück in Richtung Stall.

Nur eine Stunde später stand Elisa am Ufer der Oder und blickte sorgenvoll über den breiten Strom hinweg auf die gegenüberliegende Seite. Sie waren unter den Ersten, die an diesem Tag den zugefrorenen Fluss überqueren würden.

Während Anton die Pferde dazu zwang, die kleine Anhöhe hinunterzugehen, sperrten einige Männer mit langen, stabilen Holzstangen die Räder, damit der Wagen langsam und kontrolliert auf die ufernahe Eisfläche rollte.

Elisa hielt die Luft an. Doch das Eis hielt. Langsam und vorsichtig lenkte ihr Bruder das Gefährt über die glitzernde Fläche, zwischen Strohbündeln hindurch, die den Weg kennzeichneten, den er mit dem Wagen nehmen sollte. Hinter ihnen machte sich der nächste Flüchtlingswagen bereit. Die Männer an der Böschung riefen zu dem Lenker hinauf, dass er warten solle. Es musste ein gewisser Abstand zwischen den Wagen eingehalten werden, damit das Eis nicht zu sehr belastet wurde.

Erschrocken sah Elisa sich um. Es war an der Zeit, dass sie ihre Kinderschar, Vera und Friederike aufforderte, mit ihr dem vorausfahrenden Wagen zu folgen. Ihr Blick wanderte über die mit Tüchern und Mützen bedeckten Köpfe hinweg, und mit einem schmerzlichen, angstvollen Ziehen in ihrem Inneren wurde ihr klar, dass sie nicht eines dieser ihr anvertrauten Kinder verlieren wollte. „Herr, hilf mir zu vertrauen!", murmelte sie halblaut vor sich hin, ehe sie langsam die Böschung hinunterrutschte.

Elisa betrachtete die lange, von einer dünnen Schneeschicht bedeckte Fläche vor sich. Ob sie sie tatsächlich tragen würde? Mit dem kleinen Samuel und Marlies an der Hand ging sie langsam mit vorsichtigen Schritten los. Die anderen Kinder folgten ihr wie willenlose Lämmer, die sich gerne und vertrauensvoll ihrer Führung anschlossen. Friederike und Vera bildeten den Schluss.

Schritt für Schritt ging die kleine Schar über die gefrorene Fläche. Niemand sprach. Selbst die kleineren Kinder stapften wortlos voran.

Hier und da waren Äste, kleine Steine oder sogar einmal ein Kiefernzapfen in einer tiefer gelegenen Eisschicht zu erkennen. Das beruhigte Elisa ein wenig, da diese eingefrorenen Gegenstände deutlich machten, wie dick das Eis sein musste. Kaum hatte sie diesen Gedanken zu Ende gedacht, gab die Eisfläche ein lang gezogenes Zischen von sich. Es folgte ein lauter, gurrender Ton.

Elisa blieb wie erstarrt stehen. Heiße Schauer jagten ihr über den Rücken. Mit verzweifeltem Blick sah sie sich um. War das Eis nicht stabil genug für den Wagen und die vielen Menschen? Würde es nun brechen und würden die eiskalten, dunklen Fluten sie alle mit sich reißen?

Die Sekunden zerrannen. Elisa murmelte immerfort dasselbe Gebet, das sie schon am Flussufer gesprochen hatte. Das Geräusch hörte auf. Es war nichts geschehen. Die Eisschicht hielt und unbeeindruckt gurgelte das pechschwarz wirkende Wasser unter ihr her.

Die Einzige, die völlig unbeeindruckt und wie in Trance weitergegangen war, war Vera. Sie schien seit ihren traumatisierenden Erlebnissen die Außenwelt von sich abzuschirmen und nichts mehr um sich herum wirklich wahrzunehmen, nicht einmal mögliche Gefahren.

„Schnell, Kinder, gehen wir hinüber. Der Wagen ist schon an der Böschung", erklärte Elisa.

Die Prozession setzte sich wieder in Bewegung. Schweigend gingen sie weiter. Der Wagen wurde mittlerweile mithilfe weiterer Pferde die Böschung hinaufgezogen und Anton winkte ihnen freudestrahlend zu.

Endlich erreichten auch sie das andere Ufer. Noch immer schweigend kletterten sie hinauf, und erst als sie oben standen und wieder festen Boden unter den Füßen hatten, jubelten die Kinder los.

Friederike fiel Elisa in die Arme. „Gott sei Dank", flüsterte sie in das Ohr der älteren Schwester.

Elisa lächelte zu Anton hinüber, der ein so breites Grinsen zeigte wie schon lange nicht mehr. Dann ging ein Ruck durch seinen Körper, und während sein Gesicht ernst wurde, blickte er Elisa auffordernd an.

Die junge Frau löste sich von ihrer Schwester und betrachtete einen Moment die beiden Wagen, die sich gerade auf dem Eis befanden. Sie war froh, die Flussüberquerung hinter sich zu haben. „Weiter, Kinder. Geht in den Wagen. Wir müssen sofort weiterziehen!", rief sie.

„Können wir nicht erst etwas essen?"

„Es ist nichts mehr da, Friederike", erwiderte Elisa leise und legte beschwörend den Zeigefinger an ihre

Lippen. Sie alle hatten in den letzten Tagen so wenig gegessen, dass die Kinder nicht an ein Frühstück gedacht hatten. Es war besser, sie nicht daran zu erinnern.

Friederike wandte sich wortlos ab und half den Kindern beim Einsteigen. Elisa kletterte zu ihrem Bruder auf den Kutschsitz und er trieb die Pferde an. Wenigstens die Tiere hatten im Stall ausreichend Futter bekommen.

Kapitel 48

Ein heftig wütender Schneesturm hatte die Geschwister einen ganzen Tag lang auf einer von Bäumen gesäumten Straße aufgehalten. Stundenlang hatten Elisa und Anton bei den Pferden ausgeharrt, um sie halbwegs ruhig zu halten, und mehr als einmal waren sie kurz davor gewesen einfach aufzugeben.

Ein Trupp deutscher Soldaten war an ihnen vorbeigezogen. Junge Männer, die kaum älter als 15 Jahre alt gewesen sein konnten, wurden an die Front gebracht. Vielleicht hatte Anton es dem wütenden Schneesturm, der alles in eine Wolke aus Weiß und Grau hüllte, zu verdanken, dass er nicht entdeckt und ebenfalls mitgenommen worden war.

Es blieb eiskalt. An manchen Tagen fiel die Temperatur unter 20 Grad minus. Noch immer litten Elisa und die Kinder Hunger. Sie waren zwar in Deutschland, doch die Menschen hier waren ihnen nicht gerade freundlicher gesonnen als die Polen, und so durften sie nicht darauf hoffen, von ihnen Hilfe zu erhalten.

An diesem Morgen war es der vierjährigen Amalie allerdings gelungen, sich, von Elisa unbeobachtet, auf einem Bauernhof zwei Laibe Brot von der Bäuerin zu erbetteln, die sie freudestrahlend und stolz mit ihren Leidensgefährten teilte. Elisa bat die Kinder zwar, mit dem Essen noch zu warten, bis das Brot, das gerade erst frisch aus dem Ofen geholt worden war, abgekühlt war, doch der Hunger war zu groß. An diesem Tag litten Anton, Manuel und Manfred und auch der kleine Samuel unter heftigen Bauchkrämpfen. Dennoch zogen sie weiter. Es blieb keine Zeit, ihnen ein wenig Ruhe zu gönnen.

Gegen Abend kamen sie an einer Abzweigung mit dem Hinweisschild vorbei, dass es bis Berlin noch 30 Kilometer seien.

Friederike und Elisa, die nebeneinander auf dem Kutschbock saßen, sahen sich schweigend an. Ein Stich fuhr Elisa durchs Herz, als sie den Namen der Hauptstadt las. Sie waren nicht mehr weit von dem Ort entfernt, in dem Samuel in den vergangenen Jahren gelebt hatte. Er hatte sie schon vor vier Jahren mit hierhernehmen wollen. Sie fragte sich, wie ihr Leben wohl verlaufen wäre, wenn sie damals tatsächlich nach Berlin gegangen wäre. Aber was wäre dann aus ihren Geschwistern und den anderen Kindern geworden. Ob Samuel überhaupt noch lebte? Und was war mit Anne und ihrem Verlobten, Moritz Steinfurt? Tränen der Sorge, aber auch der Erschöpfung liefen ihr über das von der Kälte gerötete Gesicht.

Plötzlich ertönte ein seltsames, lang gezogenes Heulen, das an- und gleich wieder abschwoll. Über dem lauten Geräusch des fahrenden Wagens und dem der Hufe der Pferde auf dem gefrorenen Boden war es nur schwach zu hören, doch es reichte, um Elisa in Unruhe zu versetzen.

Die vier Wagen vor ihnen, denen sie sich an diesem Morgen angeschlossen hatten, hielten an.

„Fliegeralarm", brüllte Anton mit sich überschlagender Stimme aus dem Inneren des Wagens.

Elisa fuhr herum. Ihr Bruder wühlte sich durch die Plane, um einen Blick nach draußen werfen zu können.

Elisa reagierte sofort. „Friederike, bring den Wagen unter die Bäume da hinten", wies sie ihre Schwester an, und als diese nicht schnell genug reagierte, nahm sie ihr die Zügel aus der Hand.

Die Pferde warfen nervös die Köpfe in die Höhe und ließen sich nur sehr widerwillig von Elisa in Richtung der schützenden Bäume lotsen. Schwer holperte das Gefährt über die schneebedeckte, hügelige Wiese. Die Kinder im Inneren weinten und jammerten, doch darum konnte Elisa sich im Moment nicht kümmern.

Schon war das tiefe, gleichmäßige Brummen von Motoren in der Luft zu hören und im Süden wurde der Himmel von den ersten Leuchtspuren noch nicht von Bomben zerstörter Flaks erhellt.

Gerade als die tief hängenden Zweige über die Wagenplane streiften, zogen die Flugzeuge wie dunkle, kreuzförmige Schatten über sie hinweg. Das Donnern der Motoren erfüllte die Luft.

Die Pferde des ersten Wagens in der Reihe derer, die auf der Straße verblieben waren, gingen durch. Wild schlitterte das Fuhrwerk auf der rutschigen Straße dahin, bis es unter lautem Krachen zur Seite kippte und zerbarst.

Elisa hielt die Zügel eisern fest, froh, dass ihre Pferde mit den Gesichtern zwischen den Bäumen standen und somit gar nicht auf die Idee kamen vorwärtszustürmen. Sie schloss die Augen, betete und hoffte, dass sie hier nicht entdeckt wurden.

Das Motorengeräusch wurde leiser. Doch dann waren – so verhalten wie zuvor die Sirenen – die Detonationen der Bomben über Berlin zu hören.

„Wir bleiben hier“, entschied Elisa. „Die Flugzeuge werden wieder zurückmüssen.“

Niemand widersprach. Nur das Wimmern der Kinder drang zu ihr nach vorne, und obwohl sie sich wünschte, sie schützend und tröstend in die Arme nehmen zu können, blieb sie bewegungslos sitzen.

Elisa sollte recht behalten. Nach einiger Zeit kehrten die Flugzeuge zurück und zogen in Richtung Norden davon. Es handelte sich um eine riesige Fliegerstaffel, und Elisa glaubte, das Dröhnen der Motorengeräusche über ihr würde niemals enden.

Als sie endlich abgezogen waren, herrschte tiefe Stille um sie her. Nur das Rauschen der Bäume und das zaghafte Zirpen eines Vogels waren zu hören.

Elisa blickte sich um. Die Straße war leer. Sie wusste nicht, wann und wohin die anderen Wagen verschwunden waren.

Nur die umgestürzte Karre am Straßenrand deutete darauf hin, dass sie tatsächlich da gewesen waren. Vielleicht waren die Menschen, die darin gewesen waren, von den anderen Wagen mitgenommen worden.

„Das waren Engländer", murmelte Anton, der noch immer aus der Plane heraussah. „Fahren wir weiter, Lisa?"

„Wir müssen. Wer weiß, wie nahe die Russen schon sind", erwiderte sie mit leiser Stimme.

An diesem Tag mussten sie einige Panzersperren umgehen, und sie passierten dabei mehrere Wegweiser, die auf die unmittelbare Nähe Berlins hindeuteten. Gegen Abend fanden sie schließlich ein teilweise ausgebombtes Werksgelände, in dem sie unter einem Lagerhallendach mitsamt Wagen und Tieren Schutz vor dem eisigen Wind fanden.

Kapitel 49

Anne trat vor die Tür und zog ihren dünnen Mantel fester um sich. Ein kalter Wind pfiff durch die Straßen des Berliner Vorortes, in dem sie wohnte. Die Luft roch verbrannt, doch das war nichts Ungewöhnliches in diesen Tagen. Noch immer flogen die Alliierten ihre Luftangriffe auf Berlin. Sie fragte sich, ob in der Hauptstadt überhaupt noch ein Stein auf dem anderen stehen konnte. Was würden sie tun, wenn sie Berlin ganz zerbombt hatten? Würden sie sich dann mehr den Vororten zuwenden? Wie sicher waren sie und ihre Vermieter hier noch? Bis jetzt hatten sie zwar die Flugzeuge und Detonationen immer hören können, waren jedoch bis auf zwei Angriffe verschont geblieben.

Anne lief ein wenig schneller. Es war gefährlich, allein auf den Straßen unterwegs zu sein. Zum einen konnte sie sich bei einem weiteren Fliegeralarm in keinen Keller oder Bunker flüchten, zum anderen zogen immer wieder Heimatlose durch die Straßen, um sich Nahrung oder wärmere Kleidung zu beschaffen.

Sie war erleichtert, als sie einige andere Arbeiterinnen entdeckte, die ebenfalls auf dem Weg in Richtung Fabrik waren. Sie schloss sich ihnen an und schweigend hastete die kleine Gruppe dem Fabrikgelände entgegen. Das Gebäude war seit dem Bombenangriff vor vierzehn Tagen zwar nur noch eine Ruine, dennoch wurde die Arbeit fortgesetzt.

Gerade als die Frauen durch das offene Geländetor gingen, stellte sich ihnen Rudolf Tabart, ihr Vorgesetzter, in den Weg. „Ihr könnt wieder gehen“, erklärte er knapp, wandte sich ab und ging in Richtung Fabrikhalle.

Die Frauen blickten einander verständnislos an. Sie konnten doch nicht einfach wieder nach Hause gehen. In der Fabrik hatten sich die meisten von ihnen sicherer gefühlt als zu Hause. Zudem brauchten sie das Geld, um zu überleben.

Anne hinkte, so schnell sie konnte, dem Mann hinterher, der gerade dabei war, eine der verbogenen Eingangstüren der Produktionsstätten zuzuschließen. „Herr Tabart?“, sprach sie ihn an.

Der Mann gab nur ein Brummen von sich, ohne sich ihr zuzuwenden.

„Warum wird die Fabrik geschlossen?"

„Alle Verantwortlichen sind schon weg", lautete die Antwort.

„Warum weg? Was ist denn passiert?"

„Die Rote Armee soll schon ganz nah an Berlin sein."

Anne trat von einem Bein auf das andere. Ihr war furchtbar kalt. „Die Alliierten bombardieren Berlin schon lange. Das hat auch niemanden veranlasst, die Fabrik zu schließen, Herr Tabart."

„Die Eigentümer hatten ein Werk im Osten", lautete die knappe Antwort, ehe der Mann sich umwandte und einfach davonging.

Anne sah ihm nach. Das alles brachte sie sehr durcheinander. Viele Geschäftsleute hatten irgendwelche Zweigniederlassungen in besetzten Gebieten. Warum hatten sie jetzt so viel Angst vor den näher rückenden Sowjettruppen? Sie hatten dort doch Arbeitsplätze für die Bevölkerung geschaffen. Oder hatte das etwas mit diesen Gerüchten über die Konzentrationslager im Osten zu tun?

Herr Tabart drehte sich noch einmal nach ihr um. „Sie sollten auch gehen, Fräulein Alder." Dann verließ er das Gelände, ohne das große Tor zu verschließen.

Wie stellte der Mann sich das vor? Wo sollte sie hingehen? Sie kannte in Deutschland niemanden. Außerdem, wenn Moritz noch am Leben war, würde er sie hier suchen. Nein, sie würde bleiben müssen.

Langsam drehte sie sich um. Das Werksgelände war leer. Die anderen Frauen waren alle gegangen. Unsicher, da sie nicht wusste, ob ihre Entscheidung zu bleiben wirklich richtig war, hinkte sie auf das weit offen stehende Tor zu.

Plötzlich vernahm sie links von sich schnelle Schritte auf dem festgetretenen Schnee. Verwundert, da sie gedacht hatte, alle anderen hätten das Gelände bereits verlassen, drehte sie sich um und entdeckte ein kleines Mädchen. Es war warm eingepackt und sein kleines Gesichtchen war unter der viel zu großen Jungenmütze kaum zu erkennen. Es kam auf sie zu und blieb wenige Schritte vor ihr stehen. „Hallo, ich heiße Amalie. Hast du etwas Brot für mich und meine Geschwister?"

Anne ging in die Hocke und betrachtete das blasse Kindergesicht. „Wo kommst du denn her? Und wo sind deine Geschwister?", fragte sie verwundert zurück. Das Kind hatte schwäbisch gesprochen. Diesen Dialekt hatte sie hier in der Nähe von Berlin noch nie gehört.

„Da drüben in der Halle sind sie", lautete die Antwort des Mädchens in dem Dialekt, der Anne so sehr an ihre frühere Heimat erinnerte. Wie lange war es her, dass sie Bessarabien verlassen hatte? Waren es wirklich nur vier Jahre? Ihr kam es viel länger vor.

Die junge Frau wusste, dass sich in und um Berlin ganze Banden von Kindern gebildet hatten, die ohne ein Dach über dem Kopf und ohne die Hilfe von Erwachsenen versuchten, diesen Krieg zu überstehen. Aber dieses Mädchen konnte unmöglich auch nur aus der Nähe von Berlin stammen. „Es tut mir leid. Ich habe nichts bei mir, Amalie", erklärte Anne und blickte erneut in die dunklen Augen, die ihr seltsam vertraut vorkamen. Ob das Kind verstehen würde, dass sie selbst gerade einmal das Nötigste zum Leben hatte? Sollte sie es mit nach Hause nehmen, um ihm wenigstens etwas von dem abzugeben, was sie besaß?

In diesem Moment setzten die Sirenen ein. Anne richtete sich auf und sah sich gehetzt um. Die Fabrik hatte zwar einen Bunker, aber die Türen zum Gebäude waren verschlossen. Sie musste so schnell wie möglich nach Hause! Sie wollte gerade loslaufen, da fiel ihr Blick auf das kleine Mädchen vor ihr, das noch immer dastand und sie einfach nur ansah. „Lauf zu deinen Geschwistern. Ihr müsst euch verstecken. Die Flugzeuge kommen", forderte Anne das Kind auf.

Das Mädchen stand verwirrt da, den Kopf leicht schräg gelegt, um auf das laute Jaulen der Sirenen zu lauschen. Kannte es denn die Warnung nicht?

Widerwillig ging Anne zu dem Kind hinüber. Ihr ging wertvolle Zeit verloren. Vielleicht würde sie es nicht mehr bis nach Hause und dort in den Keller schaffen, bevor die Flugzeuge angedonnert kamen.

„Wo sind deine Geschwister? Führ mich zu ihnen!", herrschte sie das Mädchen an.

Die kleine Amalie ergriff ihre Hand und zog sie hinter sich her in eine der Lagerhallen hinein.

Anne sah ein Pferdegespann vor einem heruntergekommenen Planwagen. Amalie gehörte zu einer der Flüchtlingsfamilien, die seit Tagen in langen, beinahe endlosen Kolonnen aus dem Osten hier vorbeizogen.

Ein junger Bursche stellte sich ihr in den Weg und schickte das Kind mit einer knappen Handbewegung zum Wagen.

Anne musterte den Jungen. Er hatte bereits die breiten Schultern eines Erwachsenen, doch sein Gesicht wirkte noch sehr jung und kam ihr ebenfalls sehr vertraut vor.

Auch der Junge musterte sie schweigend, ehe er den Kopf wandte und rief: „Lisa, komm her!"

Anne blinzelte. Lisa? Sie packte den Jungen am Oberarm. Jetzt wusste sie, warum er ihr bekannt vorkam. „Du bist Anton, nicht wahr? Anton Steiger?"

In diesem Moment war der erste Bomber über ihnen. Die Motoren ließen die Luft erzittern. Die Pferde bäumten sich in ihrem Geschirr auf und wieherten schrill. Dann war ein seltsames Geräusch zu hören, das näher kam und zu einem gefährlich klingenden Pfeifen wurde.

Der Boden bebte unter jedem Bombeneinschlag. Die Holzlatten der Hallenwand klapperten aneinander und ein heftiger Windstoß jagte Schmutz, kleine Steine, Hölzer und sonstigen Unrat durch die Spalten und Löcher zwischen den Verstrebungen hindurch. Elisa presste Amalie und Hannes noch fester gegen sich. Sie hielt den Atem an.

Irgendwann hörten die Einschläge auf und auch die Motorengeräusche wurden leiser. Die Flugzeuge entfernten sich wieder.

Langsam hob Elisa den Kopf und blickte sich nach den anderen um. Links neben ihr kauerte Friederike, die die drei Bürgermeisterkinder in den Armen hielt, rechts Vera. Frank, Josef und Samuel hatten sich um Anton geschart, der dicht am Wagen saß und die Zügel der Pferde um einen Stützbalken geschlungen hatte, damit die Tiere nicht durchgehen konnten.

Ein paar Meter daneben entdeckte sie eine Frau mit modernem Haarschnitt und ebenso modischem Rock und Schuhen, die zusammengekauert dasaß. Langsam hob die Frau den Kopf. Elisa traute ihren Augen kaum. „Anne", flüsterte sie heiser.

„Lisa." Anne stand umständlich auf.

Die beiden Freundinnen gingen aufeinander zu, blieben dann voreinander stehen und musterten sich. Ein Lächeln legte sich auf Elisas Gesicht, das von Anne erwidert wurde. Dann fielen sie sich in die Arme.

„Ich hatte schon befürchtet, die Russen ...", flüsterte Anne. Sie beendete den Satz nicht.

„Manchmal war es sehr knapp", erwiderte Elisa.

Anne blickte zu der verstörten Vera hinüber, die noch immer zusammengekauert dasaß und an ihnen vorbeistarrte. „Was ist mit ihr?", flüsterte sie.

„Das erzähle ich dir später. Du bleibst doch jetzt bei uns, oder? Wir dürfen uns auf keinen Fall wieder trennen. Wir haben gehört, es gäbe Sammellager für uns

Flüchtlinge. Einige Kilometer von hier, in der Nähe von Brandenburg."

Anne löste sich von Elisa und musterte die Kinderschar, die die beiden jungen Frauen schweigend beobachtete. „Ihr seid doch schon so viele und in eurem Wagen –"

„Für dich finden wir auch noch einen Platz. Du solltest nicht hierbleiben. Das ist viel zu gefährlich."

„Das hat mir heute schon jemand gesagt", murmelte Anne leise. Unschlüssig wandte sie sich dem Ausgang zu. Draußen loderten helle Flammen in den Himmel und der Wind trieb Brandgeruch und braune Rauchwolken herüber. Sie drehte sich wieder Elisa zu. „Ich weiß nicht einmal, ob das Haus noch steht, in dem ich wohne. Meine Arbeitsstelle gibt es nicht mehr, aber –"

Elisa schwieg, da sie ahnte, was Anne beschäftigte. Auch sie wusste nicht, ob ihr Verlobter noch lebte und wie sie sich in diesem Chaos, das über Deutschland hereingebrochen war, jemals wiederfinden sollten. „Es bringt nichts, hier zu warten, Anne. Dein Moritz könnte überall sein. Wenn der Krieg endlich vorbei ist, können wir uns auf die Suche nach unseren Lieben machen. Nach deinen Eltern, Moritz und Samuel." Elisa wollte ihrer Freundin gerne Mut machen, aber sie spürte selbst den Schmerz und die Verzagtheit über die vielen Verluste der letzten Jahre zu heftig in sich.

„Vielleicht hat Gott mir mit dir eine Antwort geschickt, bevor ich überhaupt eine Frage gestellt habe", flüsterte Anne ihr zu. Dann ergriff ihre Freundin sie an der Hand und drückte sie fest. „Ich komme mit euch, Lisa. Brandenburg ist ja nicht so weit."

Elisa lächelte schwach und wandte sich Anton zu, der bereits unruhig bei den Pferden wartete. Noch immer galt es für sie, so schnell wie möglich einen größeren Abstand zwischen sich und die nachrückende Rote Armee zu bringen und einen Platz zu finden, an dem sie vorerst bleiben konnten. „Willst du noch zurück in deine

Wohnung, um ein paar Sachen zu holen?", fragte sie ihre Freundin.

„Die wärmsten Kleider habe ich an, Lisa. Und wer weiß, ob meine Wohnung überhaupt noch existiert."

Gemeinsam gingen sie zum Fuhrwerk hinüber. Friederike hatte den Kindern bereits in das Gefährt geholfen. Anne half Vera hinein, die sie verunsichert musterte, als habe sie Probleme, ihre alte Freundin wiederzuerkennen.

„Sehen wir zu, dass wir heute eine möglichst große Strecke hinter uns bringen. Wenn wir Glück haben, kommen die Flugzeuge nicht noch einmal", flüsterte Elisa Anton zu.

Rechts und links ihres Weges ragten brennende und rauchende Ruinen in die Höhe. Weinende Frauen und verstörte Kinder liefen umher. Eine einzelne Krankenschwester kümmerte sich um die Verletzten, die auf einem größeren Platz gesammelt wurden. Dunkle Rauchwolken wallten durch die Straßen und es roch ekelerregend nach verbranntem Fleisch. Ein alter Mann hockte auf den Mauerresten vor seinem Garten und starrte ihnen mit leerem Blick hinterher.

Anton hatte Mühe, den Wagen zwischen den herumliegenden Mauerteilen und den teilweise tiefen Kratern in der Straße voranzubringen.

Elisa erblickte auf der Straße einen einzelnen Kinderschuh, den vermutlich ein Kind verloren hatte, als es nach einem Versteck vor den Bombern gesucht hatte. Ob es wohl noch rechtzeitig einen Unterschlupf gefunden hatte? Sie schloss die Augen. Wollte dieses Elend denn niemals zu Ende gehen? Als sie die Augen wieder öffnete, sah sie zwei halbwüchsige Jungen in Uniformen der Hitlerjugend, die aus einem noch unbeschädigten Haus gerannt kamen. Sie hatten offenbar geplündert. Eine ältere Frau lief ihnen schreiend und schimpfend hinterher.

„Wäre ich einer von diesen Jungs, wenn ich hier gelebt hätte?“, hörte Elisa Anton leise fragen.

„Du bist auch in Polen der Jugendorganisation aus dem Weg gegangen“, erwiderte Elisa.

„Dort war das sicher einfacher als hier, Lisa.“

„Vielleicht hast du recht“, antwortete sie, ehe sie beide wieder in Schweigen verfielen.

Als sie die Stadt verließen, schob Elisa sich auf dem Kutschbock ganz nach außen, um an der Plane vorbei nach hinten zu schauen. Die Häuser am Stadtrand waren unversehrt geblieben. Doch über der Stadtmitte hing eine riesige Rauchwolke, die vom Wind zerstoben und davongetragen wurde. Noch immer züngelten die Flammen aus den Häusern, aber Feuerwehrsirenen waren keine zu hören. Vielleicht gab es keine Männer mehr, die sie bedienen konnten.

Gerade wollte Elisa sich wieder umdrehen, da entdeckte sie zwischen dem letzten Haus und einem kleinen Kiefernwäldchen eine männliche Gestalt, die in ihre Richtung lief. Seinen Bewegungen nach zu urteilen, musste es ein jüngerer Mann sein. Was er hier wohl tat? Immerhin waren alle verfügbaren Männer von der Reichswehr eingezogen worden. Verletzt konnte er nicht sein – dafür lief er zu schnell.

Anton bog auf eine andere Straße ab und Elisa wandte sich wieder nach vorne um.

Kapitel 50

Seit zwei Stunden versuchte die Sonne, gegen die grauweißen Wolken anzukämpfen, doch es gelang ihr nur hin und wieder, ihre Strahlen auf die Erde hinunterzuschicken. Elisa brachte den Wagen zum Halten. Sie waren nur langsam vorangekommen. Es hatte weitere Fliegerangriffe gegeben, außerdem waren die Straßen völlig zerbombt und deshalb schlecht befahrbar. Hinzu kam, dass ihre Tiere, genau wie die vor den Wagen der anderen Flüchtlinge, völlig erschöpft waren und sich nur noch schleppend vorwärtsbewegten.

Doch endlich hatten sie den Kreis Westhavelland erreicht. Dort hatten sie sich auf einem Bürgermeisteramt nach dem Sammelpunkt für Flüchtlinge aus dem Warthegau erkundigt und schließlich hatte man sie ein paar Ortschaften weiter geschickt.

Müde kletterte Elisa vom Wagen. Sie sah sich wie so oft in den letzten drei Tagen prüfend um. Seit sie die Gegend um Berlin verlassen hatten, fühlte sie sich permanent beobachtet. Sie meinte, den Mann, den sie beim Verlassen des Berliner Vorortes gesehen hatte, noch zweimal entdeckt zu haben. Er schien sie tatsächlich zu verfolgen. Da sie nur im Schritttempo vorangekommen waren, war es für ihn auch nicht allzu schwierig gewesen, mit ihnen mitzuhalten. Sie verstand allerdings nicht, weshalb ihr Flüchtlingskarren, beladen mit drei Frauen und einigen Kindern, die Aufmerksamkeit von irgendjemandem geweckt haben sollte, der vermutlich vom Kriegsdienst befreit worden war, um anderen Aufgaben innerhalb dieses militärisch durchstrukturierten Überwachungsstaates nachkommen zu können.

Hinter ihnen ratterten weitere Fahrzeuge auf den gepflasterten Platz und die Häuser warfen die Geräusche als mehrfaches Echo zurück. Je mehr Wagen kamen, desto lauter wurde die Geräuschkulisse. Kinder, die von der langen Flucht völlig entkräftet waren, weinten vor Müdigkeit, Männer, ob nun Flüchtling, Stadtbewohner oder von der Ortsbehörde, stritten lautstark miteinander, Frauen bettelten verzweifelt bei den Anwohnern um Nahrungsmittel und die Hufe der Pferde scharrten und klackerten auf dem Kopfsteinpflaster. In den umliegenden Häusern wurden Fenster aufgerissen und wieder zugeknallt. Die Anwohner beschwerten sich auf ihre Art über den Lärm, der vermutlich schon seit Tagen anhielt und nicht so schnell enden würde. Es waren noch Tausende von Menschen auf der Flucht. Aber für Elisa und ihre Schutzbefohlenen war sie hier erst einmal zu Ende.

Anton kam zu ihr herüber. Ein zaghaftes Lächeln zeigte sich auf dem schmal gewordenen Gesicht der jungen Frau. Ihr Bruder nickte ihr knapp zu, als wolle er seine Anerkennung darüber kundtun, dass sie es tatsächlich geschafft hatten. Dann deutete er auf einen Tisch, der neben dem mit Menschen völlig überfüllten Bürgermeisteramt aufgestellt worden war und vor dem sich eine lange Schlange gebildet hatte. „Ich glaube, du musst dich da vorne irgendwo anstellen. Sie werden dir sagen, wo wir unterkommen und vielleicht auch etwas zu essen bekommen können."

Elisas Blick folgte seinem ausgestreckten Arm. Die wartenden Menschen traten auf der Stelle, um sich ein wenig warm zu halten – oder wieder warm zu werden.

„Vielleicht kann Anne sich hier anstellen, Anton. Sie lebt schon ein paar Jahre in Deutschland. Und sie spricht ein wenig Hochdeutsch", schlug Elisa vor. Verunsichert sah sie in die strengen Gesichter der genervt wirkenden Männer, die hinter dem Tisch standen. Ihre Armbinden mit dem Hakenkreuz leuchteten bis zu ihr hinüber.

Ihr Bruder beugte sich zu ihr herüber. „Vielleicht solltest du ihnen nichts von Anne erzählen, schließlich kommt sie nicht aus dem Warthegau. Sonst schicken sie sie womöglich zu irgendeiner anderen Registrierungsstelle."

Elisa begann nervös ihre kalten Finger zu kneten. Sie fühlte sich schon damit überfordert, dass sie mit den

Männern der Ortsbehörde sprechen musste, jetzt sollte sie auch noch eine Person verheimlichen?

„Nun geh, Lisa. Sonst wird die Schlange noch viel länger“, forderte Anton sie ungeduldig auf.

Elisa bahnte sich langsam ihren Weg zwischen den abgestellten Wagen, Schubkarren, Handkarren, Fahrrädern und Koffern hindurch zu der wartenden Menschenmenge hinüber. Gerade als sie deren Ende erreicht hatte, wurde ein weiterer Tisch aufgestellt, hinter dem sich zwei Frauen aufbauten. Sofort stellte sich Elisa, gemeinsam mit ein paar anderen – hauptsächlich Frauen –, davor an. Sie versuchte, sich zurechtzulegen, was sie den uniformierten Frauen sagen konnte, und hielt ihre Ausweispapiere mit heftig zitternden Händen fest gegen ihren Mantel gedrückt.

Schließlich war sie an der Reihe. „Name? Herkunft? Wie viele Personen?“, bellte eine der Frauen hinter dem Tisch.

Elisa machte leise ihre Angaben. Dabei verschwieg sie Anne in der Hoffnung, dass niemand auf die Idee kommen würde, die angemeldeten Angehörigen herzuholen und zählen zu lassen.

„Was können Sie arbeiten?“

„Ich kann nähen, im Haushalt arbeiten oder auf einem Bauernhof mithelfen.“

„Haben Sie Wertgegenstände dabei, die Sie tauschen können? Schmuck, Geschirr, Möbel, Pelze?“

Irritiert legte sich Elisas Stirn in Falten. Wertgegenstände? Sie hatte nur das Wertvollste mitgenommen: die Kinder.

Ängstlich musterte sie die Frau vor sich, die sie wiederum feindselig ansah.

„Sie haben nichts dabei?“, fragte die Uniformierte, „oder wollen Sie es verheimlichen? Glauben Sie, die Leute hier nehmen Sie mit Kusshand auf und füttern einige Tausend halb verhungerte Seelen durch? Sie haben selbst kaum genug zum Leben!“ Mit lautem Klatschen setzte sie ihre Handflächen auf die Tischplatte und beugte sich weit zu Elisa hinüber.

Die Knie der jungen Frau begannen zu zittern. Sie waren hier ebenso ungewollt wie in den besetzten polnischen Gebieten. „Es tut mir leid", stotterte Elisa. Sie machte einen Schritt nach vorne, um leiser sprechen zu können, da sie nicht wollte, dass die Leute um sie herum alles mitbekamen.

Die Frau verzog das Gesicht und wich zurück.

Entschuldigend hob Elisa eine Hand. Mit Sicherheit war sie kein angenehmer Anblick und sie roch schrecklich. Doch was erwartete die Frau? Sie waren beinahe drei Wochen unterwegs gewesen, zusammengepfercht in einem kleinen Wagen.

„Was sollen wir bloß mit euch?", herrschte die Frau sie an.

Elisa wollte am liebsten fragen, ob sie jetzt für den Krieg verantwortlich gemacht werden sollte. Aber sie schwieg, hilflos und verunsichert. Glaubte die Person, sie sei freiwillig hier? Ganz sicher nicht. Sie wünschte sich, der Krieg hätte niemals begonnen und sie hätten in Bessarabien bleiben können. Dort war es ihnen gut gegangen. Sie waren eine nette dörfliche Gemeinschaft gewesen und ihr Leben war in ruhigen, gleichmäßigen Bahnen verlaufen. Seitdem sie die geliebte Heimat hatten verlassen müssen, hatte sie ihre Eltern verloren, dazu ihren Onkel und ihre Tante, und sie wusste nicht, was aus den anderen Menschen geworden war, die einmal zusammen mit ihr in dem Ort gelebt hatten.

„Sie sehen sowieso jüdisch aus. Wollen Sie sich etwa hier einschleichen? Es soll ja noch immer ein paar von denen im Reich geben", fauchte die Frau plötzlich über den Tisch und stieß die andere neben sich an, damit auch sie auf ihren Fall aufmerksam wurde.

Elisa wurde es ganz heiß vor Angst. Wie sollte sie so einen Verdacht widerlegen?

Die Frauen hinter ihr begannen zu flüstern. Elisa drehte sich um und fing den mitleidigen Blick einer älteren Frau auf, die in der Schlange neben ihr stand. Tränen traten ihr in die Augen.

Hinter ihr entstand Bewegung. Aus dem Augenwinkel sah sie einen Mann in Uniform mit der Hakenkreuzbinde am Arm in ihre Richtung kommen. Er stellte sich an die Breitseite des Tisches und fragte mit herrischem Ton in der Stimme: „Was ist hier los?"

Elisa wurde es schlecht. Sie hatte tagelang nicht richtig geschlafen und ebenso lange kaum Nahrung zu sich genommen. Ihr Magen rebellierte und ihr wurde es schwarz vor Augen.

Moritz biss die Zähne aufeinander. Er untersagte es sich, sich um Elisa zu kümmern, die sich taumelnd vor Schwäche am Tisch festhalten musste. Er schob seine verschlissenen Schuhe, die nur noch von Lederriemen, die um den ganzen Fuß gebunden waren, zusammengehalten wurden, etwas weiter unter den Tisch und hoffte außerdem, dass niemandem die ziemlich mitgenommen aussehende Uniformhose auffiel.

Die Dame hinter dem Tisch sah ihm einen Augenblick forschend ins Gesicht und zuckte dann gleichgültig mit den Schultern. „Sie benimmt sich auffällig. Sie könnte eine Jüdin sein."

Moritz zwang sich, sein forsches Verhalten aufrechtzuerhalten, und durchbohrte die Frau förmlich mit seinem Blick.

Tatsächlich begann sie, sich unruhig hin und her zu bewegen.

„Diese deutsche Frau hat einen langen und gefährlichen Weg hinter sich", herrschte er sie an. Moritz unterstützte seine gespielte Autorität, indem nun er die Hände auf der Tischfläche abstützte. Er ignorierte Elisa, die sich wieder aufrichtete, und hoffte, dass sie ihn nicht erkannte und versehentlich verriet.

Es war riskant, was er hier tat. Er hatte beobachtet, dass Anne sich den Steigers angeschlossen hatte, und war dem Wagen von Berlin aus heimlich gefolgt. Er war Elisa dankbar dafür, dass sie Anne aus der Nähe der gefährlichen Hauptstadt herausgeholt hatte. Eigentlich hatte er sich weiterhin versteckt halten wollen, doch als er gesehen hatte, dass Elisa von der Frau in die Mangel genommen worden war, hatte er in Windeseile seine abgenutzte Uniformjacke übergeworfen, um die Autorität auszuspielen, die von dieser ausging.

Vielleicht war es unvorsichtig gewesen, sich hier unter die Leute zu mischen, doch er hatte es einfach nicht ertragen, wie die Verlobte seines besten Freundes, die so viel auf sich genommen hatte, um ihre Lieben in Sicherheit zu bringen, heruntergeputzt wurde.

„Weisen Sie die Familie einem Bauernhof zu", ordnete er schroff an und wandte sich einfach ab. Er musste schnell wieder aus der Menschenmenge verschwinden und untertauchen – zumindest noch so lange, bis dieser ganze Irrsinn endlich ein Ende gefunden hatte. Doch er würde von nun an nicht mehr in Annes Nähe bleiben können. Wenn Elisa ihn doch erkannt hatte, würde sie ihrer Freundin mit Sicherheit erzählen, dass sie ihn gesehen hatte, und das konnte gefährlich sein – für ihn, für Anne und auch für Elisa und ihre Geschwister.

Verbissen zwängte er sich zwischen der lauten Menschenmenge hindurch. Er betrachtete die ausgezehrten, erschöpften Gestalten, sah die Wut, die Verzweiflung und den Schmerz in ihren Gesichtern, aber auch Tränen der Erleichterung und Freude in so manchen von ihnen. Sie waren die Glücklichen, die es geschafft hatten. Nun waren sie endlich in Sicherheit – zumindest vorerst – und würden versorgt werden.

Als er an einer Stelle nicht durchkam und so am Weitergehen gehindert wurde, spürte er, dass sich eine schmale Hand auf seine Schulter legte. Erschrocken wandte er sich um. Vor ihm stand Elisa und blickte ihn mit ihren dunklen Augen aufmerksam an. Dann legte sich ein Lächeln auf ihre Gesichtszüge.

Moritz konnte nicht anders. Er lächelte zurück. Wie oft hatte Samuel ihm begeistert von diesem liebevollen Lächeln erzählt.

„Sie sind Moritz Steinfurt, nicht wahr?“

Er nickte kaum merklich. „Bitte grüßen Sie Anne von mir, und sagen Sie ihr, dass ich sie liebe“, flüsterte er leise und wollte sich schon wieder abwenden, doch Elisa hielt ihn am Unterarm fest.

„Bitte ... sie wird Sie sehen wollen.“

„Das ist zu gefährlich“, antwortete er, obwohl es ihn innerlich fast zerriss bei dem Gedanken daran, dass Anne ihm so nah war und dass er sie trotzdem nicht sehen durfte. Wie sehr sehnte er sich danach, mit ihr zu sprechen, ihre Stimme zu hören und sie fest in die Arme zu schließen.

„Weshalb?“, flüsterte Elisa.

Moritz sah zu, wie sie, als er nicht antwortete, seine heruntergekommene Erscheinung musterte. Offenbar reimte sie sich aus dem, was sie erfahren hatte, und aus seinem Erscheinungsbild selbst zusammen, warum. Das erkannte er an ihrem erschrockenen Blick.

Moritz öffnete den Knopf seiner linken Brusttasche und holte das kleine Tagebuch heraus, das er seit dem Beginn seines Versteckspieles geführt hatte. Es war in den vergangenen Monaten seine einzige Möglichkeit der Kommunikation gewesen. Anne würde es helfen, wenn sie lesen konnte, wie es ihm in der Zeit ergangen war. „Geben Sie das Anne. Wenn sie es gelesen hat, muss sie es verbrennen. Bestehen Sie darauf. Es könnte sonst mein und ihr Leben in Gefahr bringen.“

„Was wollen Sie jetzt tun?“

„Ich muss hier verschwinden. Sagen Sie Anne, wenn das alles hier vorbei ist, werde ich sie finden.“ Moritz wandte sich ruckartig ab und drängte sich wieder durch die Menge, um zu einem nahe gelegenen Waldstück zu laufen. Seine Gedanken wirbelten wild durcheinander. Er konnte immer noch nicht glauben, dass er Anne – wie schon vor ein paar Tagen – so nah war und sie doch nicht sehen durfte.

Die letzten Meter bis zum Waldrand lief er so schnell, dass seine Lungen zu ziehen begannen. Er warf sich hinter eine Schneeverwehung und krallte seine Hände um eine junge Tanne.

Minutenlang lag er da und kämpfte gegen den Wunsch an zurückzugehen, doch seine Vernunft und Vorsicht behielten die Oberhand. Er richtete sich langsam auf, klopfte sich gegen die leere Brusttasche und schüttelte, wütend über sich selbst, den Kopf. Es war ein Fehler gewesen, Elisa das kleine Heft mitzugeben. Es würde Anne nur noch mehr aufwühlen, und wer wusste schon, ob sie es übers Herz bringen würde, es zu vernichten. Doch was, wenn sie es nicht tat und es in falsche Hände geriete?

Kapitel 51

Anton lenkte den Wagen auf den Hof und brachte ihn zum Stehen. Elisa rutschte auf dem Platz neben ihm unruhig hin und her. Aus dem Inneren des Wagens hörte sie das keuchende Husten von Anne. Sie hatte sich auf der Reise im Wagen erkältet und nun auch noch hohes Fieber bekommen.

Ein Hund bellte, beruhigte sich aber schnell wieder. Im Schnee waren frische Schuhabdrücke zu sehen, aber niemand zeigte sich, um sie zu begrüßen.

Elisa blickte sich um. Dank Moritz Steinfurt würden sie hier ein Dach über dem Kopf und Arbeit und somit auch Essen und Kleidung bekommen. Doch ob die Bauernfamilie begeistert sein würde, so viele kleine Kinder ins Haus zu bekommen?

Anton und Elisa blieben schweigend sitzen und außer Annes Husten war auch aus dem Wagen kein Geräusch zu hören. Alle warteten schweigend ab, was nun geschehen würde.

Die beiden Zugtiere schnaubten kurz auf und drehten die Ohren umher, doch ansonsten verhielten sie sich ebenfalls ruhig.

Schließlich öffnete sich die dunkle, hölzerne Eingangstür. Eine Frau von Anfang dreißig trat heraus. Sie trug ein Kleinkind auf der Hüfte und näherte sich langsam dem Wagen.

„Sind Sie die Flüchtlinge, die wir aufnehmen sollen?“, fragte sie aus einiger Entfernung.

Elisa nickte. Sie brachte kein Wort heraus.

„Man sagte mir, Sie kommen aus Bessarabien. Das kenne ich nicht. Sprechen Sie Deutsch?“

Wieder nickte Elisa.

Anton räusperte sich und bemühte sich, ein wenig Hochdeutsch zu sprechen: „Ja, wir sprechen Deutsch.“

Ein flüchtiges Lächeln erhellte das Gesicht der Bäuerin und endlich trat sie näher. „Sie sehen sehr erschöpft aus. Sicher haben Sie auch Hunger. Sie können die Zimmer im ersten Stock beziehen. Die stehen schon lange leer. Nach dem Essen können Sie baden, wenn Sie möchten“, erklärte die Frau und blickte Elisa freundlich an.

„Das ist sehr nett von Ihnen“, flüsterte Elisa. Sie kletterte vom Kutschbock, und als sie mit den Füßen den Boden berührte, überfiel sie wieder diese schreckliche Schwäche wie schon eine Stunde zuvor, als sie von der uniformierten Frau so in die Mangel genommen worden war.

„Meine Güte, Sie fallen ja gleich um. Kommen Sie schnell ins Haus. Ich richte Ihnen sofort eine Mahlzeit her!“, rief die Frau mit einem erschrockenen Blick auf Elisa, wandte sich um und eilte davon.

Anton lief um den Wagen, um seine Schwester zu stützen.

Elisa schloss die Augen, als sich alles vor ihr zu drehen begann.

Als sich der Schwindel nach wenigen Sekunden wieder gelegt hatte, schaute sie in den Wagen hinein. „Wir können hierbleiben. Die Frau scheint sehr nett zu sein“, erklärte sie leise.

Nachdem die Kinder und Vera das schwankende Gefährt verlassen hatten, kletterte Elisa auf die Ladefläche und setzte sich neben Anne. Die kranke junge Frau lag dort, das verschmutzte, zerknitterte Heft von Moritz an ihr Herz gedrückt, und atmete laut und schwer. Offensichtlich hatte sie das Tagebuch auf der Fahrt gelesen.

„Wir brauchen einen Arzt für dich und für Vera“, sagte Elisa.

Anne strahlte übers ganze Gesicht. „Er ist verschwunden, bevor die Gestapo kam, und hoffte, dadurch seine Eltern und mich zu schützen. Er war die ganze Zeit in meiner Nähe – und ich wusste es nicht.“

„Er ist ein guter Mann, Anne“, gab Elisa zurück. „Aber du solltest das Heft möglichst bald vernichten. Am besten, du wirfst es in der Küche ins Feuer.“

Anne blickte sie entsetzt an. „Nein, ich brauche es. Es tut so gut zu lesen, wie sehr er mich liebt.“

„Er hat mich gebeten, dass es vernichtet wird. Noch ist die Gefahr nicht vorüber.“

„Wer sollte denn bei mir irgendetwas vermuten, das Rückschlüsse auf Moritz' Verbleib zulässt?“

„Man kann nie vorsichtig genug sein. Du solltest das System nicht unterschätzen.“

„Das tue ich nicht. Ich habe schließlich einen Bruder, der Teil dieses Systems ist", gab Anne bitter zurück. Tränen traten in ihre ohnehin vom Fieber glänzenden Augen.

„Bitte gib es mir."

Anne krallte ihre Finger um das kleine Büchlein. Dann warf sie es plötzlich in Elisas Schoß und wandte den Kopf ab.

In diesem Moment klopfte jemand gegen das Holz des Wagens und eine fremde männliche Stimme rief: „Ich habe gehört, hier gäbe es eine kranke Frau. Ich möchte sie ins Haus tragen."

Elisa versteckte das Tagebuch hastig in ihrer Manteltasche, bevor sie die Plane beiseiteschob. Draußen stand das Bauernehepaar. „Ja, meine Freundin hier ist krank." Sie sah zu, wie der Landwirt Anne vorsichtig anhob, um sie in das Haus zu tragen. Als auch sie wieder von der Wagenfläche kletterte, nahm die Bäuerin sie einfach in den Arm. Die Frau strich ihr über den Rücken und flüsterte mit tränenerstickter Stimme: „So viele Kinder! So viele Kinder haben Sie gerettet, Mädchen. Gott hat Ihnen eine große Verantwortung übertragen. Und er hat Sie bewahrt!"

Elisa schloss die Augen und genoss die Umarmung und die liebevollen Worte. Tränen liefen ihr über die Wangen.

„Sie werden jetzt etwas essen. Und in den nächsten Tagen werden Sie sich erst einmal von mir verwöhnen lassen."

Teil 6

Sommer 1945–Herbst 1947

Du, Herr, bist alles, was ich habe;
du gibst mir alles, was ich brauche.
In deiner Hand liegt meine Zukunft.
Psalm 16,5; Hfa

Kapitel 52

Elisa und ihre Schutzbefohlenen erholten sich unter der liebevollen Pflege der Bäuerin, Frau Groß, schnell von den körperlichen Schädigungen durch die Flucht. Die kleineren Kinder wichen kaum noch von Elisas Seite und bei jedem Fliegeralarm brachen sie in verzweifeltes Wimmern aus. Veras beinahe erfrorene Zehen mussten nicht amputiert werden. Allerdings hielt sich ihre teilnahmslose Abgestumpftheit, und vor jedem Mann, der in ihre unmittelbare Nähe kam, ergriff sie die Flucht. Ihre Freundinnen, Anne und Elisa, bemühten sich verzweifelt darum, die einst so lebensfrohe, selbstbewusste junge Frau, die immer unbedingt früh hatte heiraten wollen, um dem einfachen Leben Bessarabiens zu entkommen, wieder zurück ins Leben zu helfen.

Zwei Monate nach der Kapitulation des Deutschen Reiches am 8. Mai 1945 arbeiteten Anne und Elisa Seite an Seite auf einem nahe beim Bauernhaus gelegenen Kräutergarten. Elisa berichtete Anne gerade, dass die sowjetische Militäradministration für Deutschland in Berlin-Karlshorst eingerichtet worden war und sie in diesem Bezirk offiziell unter deren Herrschaft gestellt waren, als plötzlich Moritz Steinfurt vor dem Kräutergarten stand. Anne humpelte ihm entgegen, so schnell es ihr Bein zuließ, und warf sich ihm in die Arme.

Moritz sah noch elender aus als die Flüchtlinge Anfang Februar, als sie auf dem Bauernhof eingezogen waren. Der Hunger, die monatelange Einsamkeit und die ständige Furcht davor, entdeckt zu werden, hatten ihre Spuren im

Gesicht und am Körper des jungen Mannes hinterlassen. Aber zumindest hatte er die Registrierungsunterlagen der Flüchtlingsfamilie Steiger im Bürgermeisteramt der nächstgrößeren Stadt finden können, das sie, auch dank seines Eingreifens damals, zur Arbeit auf diesen Hof vermittelt hatte.

Die Gestapo hatte als Folge des Attentates vom 20. Juli 1944 etwa 1700 Personen verhaften und um die 200 hinrichten lassen. Nach Moritz Steinfurt hatten sie offenbar nicht intensiv gesucht. Vielleicht war dies seiner Vorsicht zu verdanken, die er hatte walten lassen, als er damals wichtige Informationen aus der Reichskanzlei weitergegeben hatte, sodass er nie in Zusammenhang mit Hans Bernd von Haeften, dessen Bruder Werner, Karl von Stauffenberg oder Dietrich Bonhoeffer und all die anderen Widerständler gebracht worden war. In jedem Fall war seine rechtzeitige Flucht in den Untergrund richtig gewesen.

Nachdem Anne und Moritz sich begrüßt hatten, wandte der junge Mann sich Elisa zu. „Ich habe die Baders gefunden, Fräulein Steiger“, erklärte er.

Ihr Herz machte einen Sprung. Doch ein Blick in Moritz’ Augen ließ einen beinahe unerträglichen Schmerz folgen.

„Sie sind ebenfalls auf einem Bauernhof untergekommen – östlich von hier. Samuels Vater geht es nicht sehr gut. Seine Mutter und seine Schwester sind wohlauf.“ Wieder zögerte er. „Sie haben seit Monaten nichts von Samuel gehört. Die letzten Kriegsmonate waren ein einziges Chaos. Viele sind in Gefangenschaft geraten oder gefallen, ohne dass die Namen von irgendjemandem dokumentiert wurden. Diejenigen, über deren Schicksal man nichts weiß, werden als vermisst geführt. Samuel gehört dazu.“

Elisa blieb bewegungslos stehen, schloss die Augen und versuchte, der schmerzhaften Leere in ihrem Inneren ein

Gebet entgegenzusetzen. Doch es half nicht. Verzweiflung und Angst wühlten sie auf. Sie sank auf die Knie, da ihre Beine sie nicht mehr tragen wollten.

Anne lief zu ihrer Freundin hinüber, kauerte sich neben sie und wiegte sie wie ein kleines Kind hin und her.

Moritz setzte sich ebenfalls auf die staubige, trockene Erde und berichtete leise und mit sorgsam gewählten Worten weiter: „Ich habe beim Suchdienst des Roten Kreuzes auch Ihren Namen angegeben. Wenn man etwas von ihm hört, wird man es Ihnen mitteilen, Fräulein Steiger."

Elisa nickte dankbar.

„Aus eurem Dorf habe ich nur eine Familie Kessler ausfindig machen können. Er war wohl euer Feldscher?"

Anne bestätigte leise.

„Er hat mir erzählt, dass die Kerlers mit Sicherheit in die Hand der Russen gefallen sind. Von allen anderen weiß er nichts. Allerdings nimmt er an, dass Annes Eltern es geschafft haben. Sie waren einige Zeit zusammen auf der Flucht. Nur hat er noch nicht herausgefunden, wo sie untergekommen sind."

Elisas Gefühle schwankten zwischen Erleichterung und Verzweiflung. Was war mit all den anderen Leuten aus ihrem Dorf geschehen? Konnte es sein, dass sie alle, wie die Kerlers, deren Zuchtbulle damals Anne verletzt hatte, von der Roten Armee eingeholt worden oder unter den schrecklichen Bedingungen während der Flucht gestorben waren? Hoffentlich würden sie nach und nach erfahren, dass noch mehr Familien die Flucht geglückt war!

„Vielleicht interessiert es Sie, Fräulein Steiger, was das Rote Kreuz über die Diakonisse Anita Kleber erfahren hat. Immerhin lief Ihr Briefkontakt zu Samuel lange Zeit über die Schwester, ehe sie von der Gestapo verhaftet wurde", wandte sich Moritz erneut an Elisa.

Die junge Frau nickte zustimmend, obwohl sie ahnte, dass es sich um keine guten Nachrichten handeln würde.

Wer erst einmal in die Hände der Gestapo geraten war, hatte selten die Möglichkeit gehabt, ihr wieder zu entkommen.

„Sie ist leider im Konzentrationslager Bergen-Belsen gestorben."

Lange Zeit schwiegen die drei. Schließlich nahm Elisa Moritz Steinfurts Hand und drückte sie kurz. „Danke", murmelte sie nur.

Moritz wandte sich an seine Verlobte. „Geht es euch gut? Auf den umliegenden Höfen machen sich zunehmend Russen breit."

„Hier ist so weit alles in Ordnung. Die Familie Groß ist sehr freundlich zu uns, Moritz", erklärte Anne.

„Meinen Sie, die Leute würden Anne auf dem Hof entbehren können?", fragte Moritz, nun wieder an Elisa gewandt.

Elisa lächelte. Sie drückte die strahlende Anne an sich. Als sie sich wieder von ihr löste, zog sie sich das Kopftuch von den Haaren und trocknete damit ihr verweintes Gesicht. „Ich werde sie sehr vermissen, Herr Steinfurt. Aber Sie dürfen sie trotzdem gerne mitnehmen. Ich glaube nicht, dass die Familie Groß irgendwelche Einwände hat."

Moritz grinste sie verlegen an. „Das kleine Landhäuschen meiner Eltern in einem Vorort westlich von Berlin ist fast unbeschadet geblieben. Sie haben sich dorthin geflüchtet und uns eingeladen, zuerst einmal zu ihnen zu ziehen."

„Das ist schön", seufzte Elisa. Anne sollte also bald heiraten. Es würde mit Sicherheit eine ganz kleine Trauung werden und sie konnte vermutlich nicht dabei sein. Doch das empfand sie nicht als zu schlimm. Sie freute sich für Anne, dass sie ihr Glück gefunden hatte und die beiden gemeinsam ein neues Leben in dieser zerstörten Umgebung aufbauen konnten. Ob es das für sie eines Tages auch noch geben würde?

Kapitel 53

Die heißen Strahlen der Sommersonne beschienen die umliegenden Wiesen und ließen sie in einem freundlichen Grün erstrahlen. Krähen, Amseln und Spatzen flogen in unregelmäßigen Abständen auf, um sich an anderer Stelle laut pfeifend und krächzend erneut niederzulassen.

Samuel Bader stand hinter dem hohen Zaun und beobachtete die Tiere, während seine Hand über die von seinen Mitgefangenen kahl gegessenen Äste der Sträucher strich. Er hörte die sich nähernden Schritte und wandte sich dem amerikanischen Arzt zu. Wie immer um diese Zeit kam er, um sich nach seinem Ergehen zu erkundigen.

„Hey, wie sieht es aus?", begrüßte James Crowley ihn wie jeden Tag in seinem breiten Amerikanisch und mit einem noch breiteren Grinsen.

„Jeden Tag sterben mehr, James", klagte Samuel und fühlte dieses grässliche Gefühl der Ohnmacht in sich, das er jeden Tag auszuhalten hatte. Denn obwohl er in einem der fast 20 Rheinwiesenlager als Arzt arbeitete, konnte er den deutschen Kriegsgefangenen um ihn her kaum helfen.

„Ich weiß", antwortete Dr. James Crowley und das Grinsen verschwand aus dem mit Sommersprossen überzogenen Gesicht. Er sah sich prüfend um und schob ihm hastig ein in Papier eingewickeltes Päckchen durch die Maschen des Zaunes zu.

Samuel packte das Brot und den Käse aus und begann zu essen.

Die amerikanischen Ärzte hatten ihn zu Beginn seiner Gefangenschaft als Arzt für die verletzten Deutschen und später auch für die GIs eingesetzt, wenn auch unter strenger Bewachung. Seit ein paar Wochen brauchten sie ihn nicht mehr, und so musste er wie die anderen

Soldaten auch den Tag im Gefangenenlager verbringen – gequält von Langeweile, Hunger und Durst, schutzlos den Unbilden des Wetters ausgesetzt, ebenso wie den katastrophalen hygienischen Bedingungen. Am schlimmsten waren jedoch die von den Amerikanern eingesetzten deutschen Lagerführer und die deutsche Lagerpolizei. Samuel hatte vielen der von diesen Männern verprügelten Soldaten nur noch beim Sterben zusehen können.

„Brauchst du etwas, Sam?“

„Informationen.“

Sein Gegenüber zog die Schultern in die Höhe und warf einen prüfenden Blick auf die vorbeipatrouillierenden Wachen. Sie kannten das Bild der beiden sich unterhaltenden Ärzte und es wurde geduldet. Immerhin hatte der Deutsche auch ein paar ihrer Kameraden das Leben gerettet.

„Demnächst wollen sich Präsident Truman, Stalin und Churchill in Potsdam treffen. Es wird wohl hauptsächlich um die territorialen Streitigkeiten gehen.“ James reichte Samuel einen Apfel durch die Drähte hindurch und fuhr fort: „Durch Deutschland ziehen noch immer Flüchtlingstrecks. Ich habe keine Chance, irgendetwas über deine Familie oder deine Elisa herauszufinden. Deinen Brief habe ich einem Captain mitgegeben, der nach Berlin versetzt wurde. Aber ob er ankommt?“

Samuel zwang sich, in den Apfel zu beißen. Er konnte es sich nicht leisten, vor Kummer nicht zu essen. Immerhin war er der Einzige in diesem mit über 200 000 Wehrmachtsangehörigen überfüllten Rheinwiesenlager, der diese Begünstigung bekam. Und er musste schnell essen, schließlich wollte er bei der heimlichen Mahlzeit weder von den amerikanischen Wachen noch von seinen Mitgefangenen gesehen werden.

„Das Lager wird bald den Franzosen übergeben, Sam. Es werden weiter Gefangene zum Arbeitsdienst nach

Frankreich, Großbritannien, die Niederlande, Belgien oder Luxemburg überstellt. Auch Polen, die Tschechoslowakei und Russland sollen bedacht werden."

Samuel ließ den Apfelstiel, das Einzige, was von der Frucht übrig geblieben war, fallen und rieb sich mit beiden Händen über sein unrasiertes Gesicht. Sollte er hoffen, nach Russland gebracht zu werden? Es bestand immerhin die Möglichkeit, dass seine Familie oder Elisa dort waren.

„Russland werde ich versuchen zu verhindern, das ist nicht gut für dich", flüsterte James, als habe er seine Gedanken erraten.

Samuel schwieg. Auch dieses Lager war nicht gut für ihn, für keinen der Insassen. Doch Deutschland und Frankreich waren zerstört. Woher sollten die Siegermächte die Ressourcen nehmen, die schätzungsweise elf Millionen deutschen Kriegsgefangenen zu versorgen?

„Aber bei den Franzosen wird es auch nicht schlecht sein. Du solltest nur nicht nach Russland", wiederholte der Arzt und steckte ihm zum Abschied noch ein kleines Stück Schokolade zu.

„Die Vorräte in der Krankenbaracke könnten mal wieder aufgefüllt werden!", rief Samuel ihm nach.

James winkte mit einer Hand zum Zeichen, dass er ihn gehört hatte, ohne sich jedoch zu ihm umzudrehen.

Samuel schob sich die Schokolade in den Mund und blieb so lange stehen, bis sie vollständig auf der Zunge zerlaufen war. Dann drehte er sich um und ging zu dem Erdloch zurück, das er sich als Schlafplatz in die Erde gegraben hatte. Dabei entgingen ihm nicht die lauernden Blicke einiger anderer Gefangener, unter denen sich auch Georg Alder befand, den irgendjemand zum Lagerpolizisten bestimmt hatte.

Georg Alder drückte seine geballten Fäuste gegen seinen schmerzenden Magen. Er litt Hunger, und das, obwohl der Krieg schon seit Monaten zu Ende war und er in seiner Position von anderen Gefangenen zusätzliche Nahrungsmittel erpressen konnte. Doch nicht einmal das reichte, um annähernd satt zu werden. Sein Blick folgte dem amerikanischen Soldaten, der draußen vor dem Zaun auf und ab ging. In den nächsten Tagen würden die Rheinwiesenlager an die Franzosen übergeben werden. Ob das irgendwelche Verbesserungen für die gefangenen Wehrmachtssoldaten mit sich bringen würde?

Hinter ihm war ein seltsames Geräusch zu hören. Alarmiert drehte er sich um und versuchte, die Dunkelheit mit seinem Blick zu durchdringen. Aber vermutlich handelte es sich nur um einen der Gefangenen, der versuchte, durch den Schlamm zu den Latrinen zu gelangen.

Ein Zischlaut machte ihn auf die Ankunft zweier weiterer Männer aufmerksam.

Georg grüßte knapp.

Die beiden hatten sich, wie er selbst, freiwillig zur Lagerpolizei gemeldet. Einer von ihnen, Ernst Krebs, ein verbissen wirkender Feldwebel, berichtete Georg leise: „Bader ist in der Krankenbaracke. Ich habe ihn gesehen. Bei dem Appell heute haben die polnischen Wärter wieder ein paar Leute zusammengeschlagen. Er versucht, sie durchzubringen." Georg nickte zufrieden. Dieser Samuel Bader war fast ausschließlich bei der Arbeit. Kranke und Verletzte gab es wahrlich genug. Und dadurch erhielt inzwischen auch er, wie die Lagerleitung und die Lagerpolizei, einige Vergünstigungen.

Der andere, ein sehr junger Bursche mit einer breiten Verbrennungsnarbe auf der Wange, spuckte auf den Boden. „Polacken!", knurrte er und drohte dabei mit der Faust in Richtung der Lagerstraße, wo er die polnischen Wächter wusste. Die Amerikaner setzten für die Wachen in den Wachtürmen, auf den Lagerstraßen, die die einzelnen Cages voneinander trennten, und außerhalb des großen Lagers hauptsächlich polnische Hilfstrupps oder schwarze Soldaten zweiten Ranges ein.

„Was hast du vor, Georg?“, fragte Krebs lauernd.

„Einer der Jungs hat gesehen, dass der Ami ihm etwas zu essen zugesteckt hat.“

„Hat sowieso Vergünstigungen und kriegt noch Extraportionen!“, begehrte der Bursche auf. Eine herrische Handbewegung von Krebs brachte ihn zur Ruhe.

Georg grinste in sich hinein. Auch der Junge bekam durch seine Stellung die doppelte Ration zu essen. Aber der Neid in diesem Lager war grenzenlos, denn hier ging es ums nackte Überleben. Und genau dies galt es für ihn zu nutzen. Schließlich wollte er in jedem Fall verhindern, dass Bader das Lager lebend verließ und sich womöglich auf die Suche nach Elisa machte. „Gehen wir hinüber und warten, bis Bader aus der Baracke kommt. Dann werden wir sehen, was er zu unseren Anschuldigungen zu sagen hat“, schlug er vor. Langsam stapfte er durch den aufgeweichten Boden in Richtung der vor Kurzem errichteten Krankenbaracke. Hinter sich hörte er Krebs und den Jungen flüstern: „Wie ich Georg kenne, braucht Bader nachher selbst einen Arzt.“

„Vielmehr einen Totengräber.“

Samuel warf frustriert das abgenutzte Operationsbesteck in eine Schüssel. Diese aus Zeltplanen errichtete Krankenbaracke verdiente ihren Namen nicht. Es war vielmehr eine Todesstation, denn kaum einer, der es zumindest bis hierher geschafft hatte, überlebte.

Der Arzt wusch sich seine Hände in dem von den Amerikanern stark chlorierten, aber ungefilterten Rheinwasser und säuberte anschließend das Besteck mit Kernseife.

Kernseife hatten sie im Überfluss – vielleicht weil ein paar der Offiziere sich eine Zeit lang einen Spaß daraus gemacht hatten, aufmüpfige Gefangene diese essen zu lassen. Was jedoch fehlte, war Wasser. Nicht selten standen die Gefangenen mehrere Stunden an, um einen Becher mit halbwegs trinkbarem Wasser am Tag zu erhalten. Andere, die zu schwach waren, um sich anzustellen, tranken aus Pfützen. Dementsprechend kursierten in den Cages die Durchfallerkrankungen.

„Samuel, soll ich ihn rausschaffen?“, fragte sein Helfer.

Samuel nickte dem älteren Mann zu, der in seiner früheren Einheit als Sanitäter gearbeitet hatte. Sie waren beide vor inzwischen fast einem Jahr zum gleichen Zeitpunkt in Gefangenschaft geraten. Peter hatte ihm den Tipp gegeben, sich gegen die Kälte ein Erdloch zum Schlafen zu graben. Als Samuel in den Vorzug gekommen war, ein Zelt in einem der Cages für die priviligierten Gefangenen zu beziehen, hatte er sich dafür eingesetzt, dass Peter an seiner Seite als Sanitäter arbeiten durfte und sich das Zelt mit ihm teilen konnte.

Der Mann trug den vollkommen abgemagerten Toten bis zu der provisorischen Tür und stieß diese mit dem Fuß auf. Dann schrie er erschrocken auf. Samuel, der gerade die Pritsche abwaschen wollte, fuhr erschrocken herum.

Im Lichtschein der Lampe, der nach draußen fiel, konnte er sehen, wie sich mehrere dunkle Gestalten auf Peter und den Toten warfen.

„Was soll das?“, rief er entrüstet. Er ließ den Schwamm fallen und rannte zur Tür. Dort wurde er derb gepackt und gegen einen der Holzpfähle geworfen, die die Zeltplane hielten. Trotz der Dunkelheit konnte er das Gesicht Georg Alders vor sich erkennen, ehe er eine geballte Faust in die Magengegend gerammt bekam. Keuchend krümmte er sich zusammen. Dann durchzuckte ihn ein heftiger Schmerz, als ihm ein spitzer, scharfer Gegenstand in den Rücken gestoßen wurde.

„Samuel!“, hörte er Peter aufschreien. Er torkelte zwei Schritte auf Alder zu und brach dann zusammen. Das Blut rauschte in seinen Ohren. Der Sanitäter rief nach den ganz in der Nähe patrouillierenden Wachen. Aber Samuel wusste, dass er von ihnen keine Hilfe erwarten konnte. Sie wagten sich nicht in eines der Cages. Das Letzte, was er wahrnahm, waren die kräftigen Fußtritte gegen seinen Körper.

Kapitel 54

Elisa erhielt für alle die Genehmigung zum Überschreiten der Zonengrenze, die seit der Potsdamer Konferenz im Sommer 1945 benötigt wurden, um zwischen den unterschiedlich besetzten Zonen, in die Deutschland aufgeteilt worden war, hin und her reisen zu können. Die drei Siegermächte, die Sowjetunion, die USA und das Vereinigte Königreich hatten neben der Einteilung in Zonen weitere tief greifende politische, wirtschaftliche und erzieherische Ziele festgelegt. Frankreich, dessen Außenminister nicht an der Konferenz beteiligt war, war bereit, den Bestimmungen zuzustimmen.

Der Hof der Familie Groß blieb unter russischer Vorherrschaft. Elisa, die sich in der Gegenwart der Russen, vor denen sie fast drei Wochen lang geflohen war, niemals sicher fühlte, entschloss sich im Frühjahr 1946, einem Aufruf bessarabischer Landsleute aus Stuttgart zu folgen und mit ihrer großen Familie dorthin zu ziehen.

Sie hütete die wertvollen Genehmigungen wie einen Schatz, hatte sie sie doch nur im Zuge der Flüchtlingsverteilung in Deutschland erhalten.

Frau Groß nahm erst jedes der Kinder, dann Friederike und Vera und schließlich Elisa zum Abschied in die Arme. Nur den inzwischen 15-jährigen Anton verabschiedete sie per Handschlag. Ihr fiel der Abschied ebenso schwer wie den Steigers.

Die kleine Gruppe marschierte bis zur nächsten Bahnstation und setzte sich dort – voller Unsicherheit über ihre Zukunft, aber mit dem festen Willen, nach Württemberg zu reisen und dort eine Existenz aufzubauen – in den angemieteten Viehwaggon der Bahn.

In Stuttgart wurden sie von einem Vertreter des Bessarabiendeutschen Hilfswerks abgeholt und bei einem älteren Bauernehepaar untergebracht.

Elisa strahlte, als sie das ihr so vertraute Schwäbisch hörte, und es machte ihr nichts aus, ein kleines Zimmer zusammen mit Vera, Friederike, Amalie und Marlies zu teilen. Anton, Frank, Hans, Manfred, Manuel und die Brüder Josef und Samuel bewohnten den zweiten ihnen zur Verfügung gestellten Raum.

Allmählich beruhigte sich das durcheinandergeworfene Leben der bunt zusammengewürfelten Familie. Die schulpflichtigen Kinder gingen in dem kleinen Vorort von Stuttgart zur Schule, Anton arbeitete in der Landwirtschaft, ebenso wie Elisa, und Friederike begann eine Ausbildung als Schneiderin.

Vera, die allmählich ihren Weg ins Leben zurückfand, half frühmorgens in einer Bäckerei, während sie tagsüber die kleineren Kinder beaufsichtigte.

So ging das Jahr 1946 allmählich in das nächste über.

Elisa legte die Zeitung beiseite, in der über den Prozess in Nürnberg berichtet wurde. Die von den Allierten gegen einige ehemalige Nazigrößen geführte Gerichtsverhandlung, die sich vor allem um die begangenen Kriegsverbrechen und die Verfolgung und Vernichtung der Juden und anderer Personen drehte, deren Leben als „unwertes Leben“ eingestuft worden war, war noch immer in vollem Gange. Die junge Frau strich sich eine Haarsträhne aus dem Gesicht und zurück unter das Kopftuch. Sie legte den Hinterkopf an das Holz der Gartenbank, auf der sie eine kleine Pause einlegte, und ließ sich die Sonne direkt ins Gesicht scheinen. Genießerisch schloss sie die Augen.

Anne und Moritz würden in den nächsten Wochen zu Besuch kommen. Immerhin hatte es Annes Eltern ebenfalls in die frühere Heimat ihrer Vorfahren gezogen. Sie wohnten nur wenige Kilometer von Stuttgart entfernt, ebenso wie die Baders. Elisa freute sich auf den bevorstehenden Besuch und wagte zu hoffen, dass die beiden vielleicht auch in die nähere Umgebung ziehen würden. Unwillkürlich wurde sie an Georg erinnert. Sie hatte ihn seit dem Spätherbst vor der Flucht, als er von der Wehrmacht doch noch eingezogen worden war, nicht mehr gesehen. Er galt als vermisst – ebenso wie Samuel. Es war schon seltsam, dass die beiden Männer, denen sie so grundsätzlich gegensätzliche Gefühle entgegenbrachte, vielleicht dasselbe Schicksal zu erleiden hatten. Es fiel ihr nicht leicht, doch sie bemühte sich darum, auch Georg Alder in ihr allabendliches Gebet mit einzuschließen.

Schritte kamen näher und Elisa hob den Blick. Sie blinzelte gegen die abendlichen Sonnenstrahlen an und erkannte Friederike. Hinter ihrer Schwester sah sie einen groß gewachsenen, jungen Mann, der sie mit scheuem Blick betrachtete und in einiger Entfernung stehen blieb.

„Guten Abend, Lisa“, begrüßte Friederike sie und blieb vor ihr stehen. Die fast 18-Jährige spielte mit ihren Fingern.

Elisas Stirn legte sich in Falten, als sie die Nervosität in Friederikes Stimme bemerkte. War etwas passiert? Beunruhigt stand Elisa auf und strich ihre Schürze glatt.

„Lisa, ich möchte dir jemanden vorstellen."

Elisas Blick wanderte zu dem jungen Mann hinüber.

Dieser machte einen Schritt nach vorne und streckte ihr seine Rechte entgegen. „Klaus Braun", stellte er sich knapp vor.

Elisa schüttelte die Hand, ohne irgendetwas sagen zu können. Bedeutete dieses Zusammentreffen das, was sie vermutete?

„Seinem Vater gehört das Bekleidungsgeschäft, in dem ich lerne, Lisa", erklärte Friederike mit unsicherer Stimme und betrachtete ihre Schwester fragend.

Elisa blieb weiterhin stumm. Was sollte sie auch sagen? Was erwartete Friederike von ihr?

„Ich dachte, da du irgendwie unser Familienoberhaupt bist, ist es richtig, dass ich dir Klaus vorstelle. Wir haben einander sehr gern, und ich möchte, dass du das weißt", erklärte Friederike unbeholfen, und ein schüchternes Lächeln erhellte ihr hübsches Gesicht. Dann wandte sie sich an ihren Begleiter. „Setz dich doch, Klaus. Ich hole uns etwas zu trinken." Sie wirbelte herum und eilte ins Haus.

Elisa setzte sich wieder und Klaus Braun ließ sich am anderen Ende der Gartenbank nieder. Elisa wusste noch immer nicht, was sie sagen sollte. Für sie kam das alles schrecklich überraschend. Immerhin hatte Friederike ihr nichts von Herrn Braun erzählt.

Schließlich war es der junge Mann, der das Gespräch begann. „Ich freue mich, Sie kennenzulernen, Fräulein Steiger", sagte er. „Friederike hat mir viel von Ihnen erzählt. Sie ist sehr stolz auf Sie und verdankt Ihnen wohl ihr Leben."

Elisa lächelte zaghaft zu dem jungen Mann hinüber, der wesentlich mehr Selbstbewusstsein an den Tag legte, als sie zunächst vermutet hatte.

„Sie arbeiten im Betrieb Ihres Vaters?", fragte sie schließlich, damit sie endlich auch einmal etwas sagte.

„Nur gelegentlich. Ich habe nach dem Krieg mein Studium wieder aufgenommen. Aber irgendwann werde ich das Unternehmen einmal übernehmen."

Elisa nickte anerkennend. Der junge Mann schien ehrgeizig zu sein. Er würde ihre Schwester sicherlich gut versorgen können. Dennoch wollte sich die Freude bei ihr nicht so recht einstellen. Nun würde sie also auch noch ihre Schwester verlieren. Aber hatte sie tatsächlich angenommen, Friederike würde immer bei ihr bleiben? Ihre Schwester war beinahe 18. Sie selbst war 16 Jahre alt gewesen, als sie Samuel kennengelernt hatte.

Klaus Braun entspannte sich zusehends und setzte sich etwas bequemer hin. Friederike kam mit einem Tablett und drei Gläsern, gefüllt mit Apfelsaft, wieder heraus. Sie reichte Klaus und Elisa ihre Gläser, nahm sich selbst eins und setzte sich ganz selbstverständlich neben den jungen Mann auf die Bank.

Elisa überließ es den beiden, den Großteil der Unterhaltung zu bestreiten.

Während sie Hannes, Amalie, Marlies und den kleinen Samuel beobachtete, die auf einem nahe gelegenen Wiesenstück spielten, war sie in Gedanken bei Samuel Bader. Noch immer hatte der Suchdienst des Roten Kreuzes kein Lebenszeichen von ihm gefunden. Sein letzter bekannter Aufenthaltsort war ein Feldlazarett in einem großen, französischen Herrenhaus gewesen, in dem er Dienst tat, als es unter einem heftigen Angriff vollständig zerstört worden war. Elisa seufzte leise auf. Lebte er noch? Wie lange konnte sie noch hoffen? Die junge Frau hob den Blick zu den langsam über den Himmel hinwegziehenden Wolken hinauf. Solange es noch Hunderte von Gefangenenlager gab, konnte sie nicht aufhören zu hoffen und zu beten, dass er eines Tages zu ihr zurückkehren würde.

Kapitel 55

Elisa legte das Messer auf das raue Holz des Erntekarrens. Anschließend bückte sie sich, nahm den Weidenkorb und schüttete den frisch geschnittenen Mais zu den anderen bereits abgeernteten Kolben.

Friederike trat zu ihr und leerte ebenfalls ihren Korb aus. Nachdem sie ein paar Maiskolben, die von der Ladefläche rollen wollten, weiter zurückgeschoben hatte, richtete sie sich auf. Müde blinzelte sie gegen die herbstlich milde Sonne an und versuchte dann, mit der flachen Hand ihre Augen vor den Strahlen zu schützen. „Wer ist nur dieser Kerl, der da drüben seit über einer halben Stunde steht?“, fragte sie und benetzte ihre trockenen Lippen.

Verwundert wandte Elisa sich um. Ihr war niemand aufgefallen. Doch als sie mit den Augen gegen die tief stehende Sonne schaute, konnte sie am Rande des hochgewachsenen Maisfeldes die dunkle Silhouette eines Mannes sehen. Ahnungslos zog sie die Schultern in die Höhe. „Du sagst, der steht da schon länger?“

„Mindestens eine halbe Stunde. Er schaut uns die ganze Zeit bei der Arbeit zu“, antwortete Friederike. Ihre Stimme klang beunruhigt.

„Vielleicht sollten wir Anton oder Herrn Weiss hinüberschicken. Sie könnten ihn fragen, was er will, und notfalls fortschicken“, schlug Elisa vor. Die Vorstellung, schon seit längerer Zeit von einem Unbekannten beobachtet worden zu sein, behagte ihr überhaupt nicht.

Die große, schwarze Gestalt am Feldrand bewegte sich, kam aber nicht näher. Elisa kniff die Augen zusammen, um gegen das blendende Licht besser sehen zu können. Plötzlich wurde sie von Aufregung erfasst. Ihre Gedanken wirbelten wild durcheinander. Diese Statur ... Wie die Person von einem Bein auf das andere trat und die Arme vor der Brust verschänkte ... Diese Bewegungen kamen ihr so vertraut vor. „Warte!“, zischte sie ihrer Schwester zu, die gerade gehen wollte, um ihren Bruder zu holen, und umklammerte mit beiden Händen fest deren Unterarm.

„Lisa? Was ...?“

„Oh mein Gott!“, stieß Elisa aus. Sie raffte ihren Rock in die Höhe und begann zu laufen. Mit einem gewaltigen Satz sprang sie über den niederen Graben, der den Weg von dem Feld trennte, und lief über die abgeernteten Halme weiter.

Sie hatte keinen Zweifel mehr daran, wer der Mann war. „Samuel! Samuel Bader!“, rief sie schließlich außer Atem.

Die Gestalt kam ein paar Schritte in ihre Richtung und blieb dann stehen.

Er war es tatsächlich. Sein Gesicht war schmal und kantig geworden und zeugte von den Strapazen der letzten Jahre. Einige graue Strähnen zogen sich durch sein hellbraunes Haar und seine eisblauen Augen wirkten erschreckend matt.

Elisa blieb wenige Schritte vor Samuel stehen und legte ihre Hände an ihren Hals. Ihr Atem ging laut und heftig, und das nicht nur wegen des schnellen Laufens. „Du bist zurück“, sagte sie, als sie dazu wieder in der Lage war.

„Ja, ich bin zurück, Elisa“, flüsterte Samuel kaum hörbar. „Aber ich weiß nicht ... Nach all den Jahren ... Ich möchte mich nicht in dein Leben drängen.“

„Samuel, du bist Teil meines Lebens“, erwiderte sie schnell und war selbst erstaunt, mit welcher Leichtigkeit und Klarheit ihr diese Worte über die Lippen kamen.

Samuel machte einen einzigen Schritt auf sie zu. Dann hob er hilflos beide Hände an. „Es ist so viel geschehen, Elisa. Der Krieg, das Lazarett, die Gefangenschaft“, begann er und senkte die Hände wieder, als habe er keine Kraft mehr, sie anzuheben.

Elisa lächelte zaghaft. „Es ist vorbei, Samuel. Und du bist hier!“, erwiderte sie und all ihre Zuneigung lag in ihrer Stimme.

„Elisa!“, flüsterte Samuel und zog sie in seine Arme.

Elisa klammerte sich an ihm fest und spürte Tränen über ihr Gesicht laufen. Sie wusste nicht, ob es seine oder ihre waren, doch das war gleichgültig. Samuel war nach Hause gekommen! Das war alles, was im Moment zählte.

Minutenlang blieben sie in dieser engen Umarmung stehen und sie konnte sein Herz schlagen hören. Schließlich schob Samuel sie ein Stück von sich und nahm ihr Gesicht zwischen seine Hände. Er musterte sie lange schweigend, ehe er leise fragte: „Willst du mich noch immer heiraten, Elisa Steiger?“

„Und ob ich das will.“

Sein Gesicht näherte sich ihrem und sie küssten sich, das erste Mal seit über drei Jahren. Schließlich löste er sich erneut von ihr und fragte: „Meinst du, die anderen sind böse, wenn ich dich von der Arbeit entführe? Ich habe so unendlich viele Fragen, und es gibt so viel, das ich dir zu erzählen habe.“

Elisa wandte sich um und entdeckte am Ende des Maisfeldes eine lächelnde Friederike. Ihre Schwester winkte ihr zu und eilte dann davon. Vermutlich würde sie den anderen erzählen, was sie soeben gesehen hatte. „Ich denke, wir können einen langen Spaziergang machen“, lachte Elisa und ergriff Samuel an der Hand.

Die beiden verließen nach einigen Metern das Feld und betraten einen schmalen Pfad, der sie zu einem Waldstück brachte. An diesem liefen sie entlang, während sie sich gegenseitig erzählten, was sie in den vergangenen Jahren erlebt hatten – Elisa auf der Flucht und Samuel im Krieg und der anschließenden Gefangenschaft.

Als er von Georgs Angriff auf ihn berichtete, wirbelte sie herum und stellte sich vor ihn. Sie blickte ihn entsetzt an.

Traurig sah er auf sie hinunter. „Ich würde es dir nicht erzählen, Elisa, wenn dieser Angriff nicht der Grund dafür gewesen wäre, dass ich schließlich in die USA kam. Der ältere Sanitäter, Peter, kroch verletzt bis an das Gatter und brachte den schwarzen Soldaten dazu, diesen Dr. James Crowley, von dem ich dir erzählt habe, zu holen. Er kam tatsächlich, fand mich, operierte mich und sorgte dafür, dass Peter und ich als Kriegsgefangene in ein Camp nach Texas kamen. Und das gerade noch rechtzeitig. Denn als die Franzosen ein paar Tage später die Rheinwiesenlager übernahmen, wurden die meisten aus unserem Cage zur Zwangsarbeit nach Russland gebracht. Unter ihnen auch Georg."

„Gott hat meine Gebete erhört und gut auf dich achtgegeben", flüsterte Elisa nach längerem Schweigen.

„Ich vermute, ihr habt die von den Amerikanern übliche Postkarte mit dem Vermerk, dass ich in Gefangenschaft genommen wurde, niemals erhalten, da ihr zu diesem Zeitpunkt schon auf der Flucht vor der Roten Armee gewesen seid. Und von Texas aus wurden diese Karten nicht mehr verschickt. Schließlich sollte die Benachrichtigung längst erfolgt sein."

Elisa lehnte sich leicht gegen ihn und er umschloss ihren Körper mit seinen Armen.

Inzwischen stand der Mond hoch am Himmel und ein kühler Wind fegte zwischen den Bäumen hindurch. Doch das störte die beiden nicht. Sie waren viel zu sehr miteinander beschäftigt und zu glücklich, als dass ein kalter Wind sie hätte stören können.

„Ich habe auf der letzten Etappe hierher eine Diakonisse kennengelernt und mich mit ihr unterhalten. Das Stuttgarter Diakonissenmutterhaus führt ein Krankenhaus und sucht dringend Ärzte. Ich könnte dort sofort anfangen zu arbeiten."

Ein amüsiertes Lächeln legte sich auf Elisas Gesicht. „Sie ziehen dich an, diese Schwestern, nicht wahr?" Erleichtert schloss sie die Augen, als sie Samuel kurz auflachen hörte. Er konnte nach all dem Schrecklichen, das er durchgemacht hatte, noch lachen. Auch dafür konnte sie Gott dankbar sein.

Nach einiger Zeit des Schweigens flüsterte er in ihr Ohr: „Ich werde dich also versorgen können. Das heißt, wir können schon bald heiraten, Elisa Steiger."

„Du willst wirklich eine Frau heiraten, die acht Kinder in ihrer Obhut hat?", fragte Elisa vorsichtig nach und fürchtete sich ein wenig vor Samuels Reaktion. Nur drei der Kinder waren ihre jüngeren Geschwister. Vielleicht würde er sie bei sich aufnehmen wollen, nicht jedoch die Bürgermeisterkinder und die beiden Findlinge.

„Ich heirate dich mit den acht Kindern", antwortete Samuel ernst, aber ohne zu zögern.

Elisa blickte ihn mit großen Augen an. Mit Sicherheit wusste er, dass es nicht ganz einfach sein würde, in diesen Zeiten acht Kinder durchzubringen, doch es stand für ihn außer Frage, dass sie zu Elisa gehörten.

„Dann gibt es nur noch eines zu klären."

Samuel trat einen Schritt zurück und ergriff sie an ihren Schultern. Im Mondschein konnte sie sein Lächeln und das Zwinkern seiner Augen erkennen. Elisa seufzte glücklich auf. Wie sehr hatte sie dieses liebevolle Zwinkern vermisst!

„Noch etwas?", fragte er.

„Wann werden wir heiraten?"

Das Lächeln auf seinem Gesicht vertiefte sich. „Heute ist Dienstag. Wie wär's am Samstag?"

„Gut, Samstag", erwiderte sie und amüsierte sich über seinen verblüfften Gesichtsausdruck.

Teil 7

Sommer 1995

Du darfst mit Gottes Handeln rechnen.
Du kannst ihm unbedingt vertrauen.
Von guten Mächten stets umgeben,
darfst du auf deinen Glauben bauen.

Im Lebenswettstreit gibt es Hilfe.
Im Dunkel leuchtet Dir ein Licht,
und solltest du selbst an dir zweifeln,
verlässt dich seine Güte nicht.

Du darfst mit Gottes Handeln rechnen.
Du kannst ihm unbedingt vertrauen
Und mit viel Zuversicht und Hoffnung
in deine eigne Zukunft schauen.

Renate Eggert-Schwarten

Epilog

Elisa Bader erklomm langsam den Hügel, auf dem noch immer der alte, knorrige Baum stand, unter dem Vera, Anne, Christina und sie sich immer getroffen hatten. Ihr Atem ging heftig; immerhin war sie kein junges Mädchen mehr wie damals, als sie in dem bessarabischen Dorf gelebt hatte.

Sie erreichte die Hügelkuppe und drehte sich um, um Samuel zuzuwinken, der unten an der Straße an das Auto gelehnt wartete. Die Reise in die Ukraine hatte ihn angestrengt und seine Knie schmerzten gelegentlich heftig. Das Alter ging auch an ihm nicht spurlos vorüber. So hatte er sie alleine hier heraufgehen lassen, wohl auch, um ihr diesen besonderen Augenblick der Erinnerung in aller Ruhe zu gönnen.

Umso enttäuschter war Elisa, als sie oben, direkt neben dem Baum, eine Frau entdeckte. Ihr Gesicht war mit unzähligen Runzeln durchzogen, und sie trug, wie viele der armen Bauersfrauen in der Ukraine, einen einfachen Rock, eine geflickte Bluse und ein gemustertes Kopftuch über den Haaren.

Elisa ging noch ein Stück weiter auf den Baum zu und blieb dann stehen. Sie blickte auf die Ebene hinunter, betrachtete das vom Wind bewegte, lange Steppengras und atmete tief den Duft der würzigen, fruchtbaren schwarzen Erde ein. Sie dachte an Christina, von der sie nie wieder etwas gehört hatte, an Anne, die inzwischen Witwe war und noch immer im ehemaligen Westberlin lebte, und an Vera, die vor fast zwei Jahren gestorben war. Ihre Gedanken wanderten zu Sylwia Nowak und ihrer Tochter Alicja. Sie hatte nie mehr etwas über die beiden, ihren Mann Krystian oder ihre Großmutter in Erfahrung bringen können.

„Sie kommen von hier, nicht wahr“, hörte Elisa plötzlich eine raue Stimme hinter sich fragen. Sie runzelte die Stirn, drehte sich um und betrachtete die alte Frau, die ein paar Schritte näher gekommen war. Ihr schwerfällig klingendes Deutsch hatte einen deutlich schwäbischen Einschlag.

Über das Gesicht der Frau huschte ein zaghaftes Lächeln. „Du bist Lisa, Elisa Steiger, nicht wahr?“

Elisa schlug eine Hand vor ihren Mund.

„Christina?“ Tränen schossen ihr in die Augen. Ungläubig und verwirrt zugleich musterte sie die Frau vor sich. Dann machte sie einen Schritt auf sie zu und nahm ihre verbrauchten, abgearbeiteten Hände in die ihren. Lange hielten sie sich schweigend fest.

Schließlich forderte Christina sie mit aufgeregter Stimme auf: „Erzähl mir von dir. Wie ist es dir in all den Jahren ergangen. Hast du geheiratet?“

Elisa zeigte wortlos zum Auto hinunter.

Christina warf einen flüchtigen Blick an ihr vorbei und lächelte. „Samuel Bader?“

Elisa nickte lächelnd. „Und was ist mit dir und mit Carol?“

„Er ist im Gulag* in Sibirien gestorben, noch bevor unsere Tochter geboren wurde.“

„Das tut mir sehr leid.“

Christina ging darauf nicht ein.

„Ich habe viele Jahre bei einem russischen Offizier und seiner Frau gedient. Sie brachte meiner Tochter das Violinespielen bei. Ihre Tochter konnte es von einem Musiklehrer lernen und meine Urenkelin hat es in einer der besten Musikschulen Russlands erlernt.“

*russisches Arbeitslager

Elisa versuchte, sich anhand dieser knappen Informationen ein Bild über den Verlauf von Christinas Leben zu machen. Hatte die Offiziersfamilie sie irgendwann aus Sibirien herausgebracht? Warum betonte sie das Violinespiel ihrer Urenkelin so sehr?

„Seit die Deutschen kommen, um ihre alten Dörfer zu suchen, komme ich hierher. Immer wenn ich ein Auto über die Hügel dort vorne fahren sehe, steige ich hier herauf. Ich habe auf dich, Vera oder Anne gewartet, Lisa."

Elisa nahm erneut Christinas Hände in die ihren und drückte sie fest. „Jetzt bin ich da."

„Was ist mit Vera? Hat sie ihren Traumprinzen geheiratet? Und was ist aus Anne geworden?"

„Vera hat niemals geheiratet. Sie hat auf der Flucht schreckliche Dinge erlebt, die sie sehr verändert haben. Du hättest sie nicht mehr wiedererkannt. Ich glaube, sie hatte ihr ganzes Leben lang Angst vor Männern. Vor zwei Jahren ist sie gestorben. Anne hat Moritz Steinfurt geheiratet, den Freund von Samuel. Ich weiß nicht, ob du dich an ihn erinnerst."

Christina nickte und ließ eine ihrer Hände los, um hinunter in ein angrenzendes Tal zu zeigen. Dort waren ein paar kleine, unscheinbare Häuser zu sehen, die früher nicht da gewesen waren.

„Ich wohne dort unten, Lisa. Und Anna, meine Urenkelin, ist gerade hier. Ich wünsche mir, dass ihr Anna mitnehmt. Sie kann ein wenig Deutsch und sie ist mit ihrer Violine sehr begabt. Anna würde gerne in Deutschland Musik studieren."

„Aber –"

„Anna wird neben ihrem Studium arbeiten und das Geld für Miete und Verpflegung haben."

„Sie kann gerne bei uns wohnen, Christina. Aber was ist mit dir? Möchtest du nicht auch mit uns mitkommen?"

Christina schüttelte entschieden den Kopf.

„Einen alten Baum verpflanzt man nicht mehr."

Elisa hob die Augenbrauen. Sie verstand Christina und doch wiederum auch nicht. Elisa warf einen abschätzenden Blick auf die ärmlich wirkenden Häuser im Tal. Aber Christina ließ ihr keine Möglichkeit, weitere Fragen zu stellen.

Mit nüchternem Ton in der Stimme erzählte sie: „Seit ich mit Carol nach Sibirien verschleppt wurde, hatte ich nur zwei Wünsche: wenigstens eine meiner Freundinnen von früher wiederzusehen, um zu erfahren, was aus ihnen geworden ist, und meine Urenkelin in Deutschland Musik studieren zu lassen. Ich habe fest darauf vertraut, dass sie erfüllt würden, und das hat Gott mir heute geschenkt."

Elisa lächelte ihre alte Freundin an. „Ich würde deine Anna gerne kennenlernen, Christina."

„Dann kommt, bitte. Ihr braucht dem Fahrer nur zu sagen, dass er der Straße weiter folgen soll. Gleich das erste Haus auf der rechten Seite ist meines."

Christina drehte sich um und lief, erstaunlich behände, den Hügel hinunter. Traurig sah Elisa ihrer Freundin nach, bis sie aus ihrem Blickwinkel verschwunden war. Sie hatten ein so gegensätzliches Leben geführt und sich so viele Jahrzehnte nicht gesehen. Leider war Christina gerade nicht sehr gesprächig gewesen. Und dabei drängte es sie doch so sehr, alles von ihr zu erfahren. Ob sie ihr dort unten in dem kleinen Haus mehr von sich erzählen würde?

Als sie den Hügel hinunterging, legte sich ein Lächeln auf ihre Gesichtszüge. Mit Anna, Christinas Urenkelin, würde sie wieder eine Schutzbefohlene bei sich zu Hause haben, die sie bemuttern konnte.